세구: 흙의 장벽 2

SÉGOU, TOME 1 : LES MURAILLES DE TERRE
by Maryse Condé

© Éditions Robert Laffont, Paris, 1984

Korean translation © 2022 EunHaeng NaMu Publishing Co., Ltd.

This Korean edition was published by arrangement with

Éditions Robert Laffont through Sibylle Books Literary Agency, Seoul.

세구: 흙의 장벽 2

마리즈 콩데

정혜용 옮김

은행나무세계문학 에세 • 6

은행나무

차례

일러두기

* 본문 하단의 각주는 모두 옮긴이의 것이다.

3부

고약한 죽음

1

거지 같은 날씨! 몇 주, 아니 몇 달 전부터 비가 온다. 나무 꼭대기는 엉터리 살림꾼의 솥뚜껑처럼 시커멓게 낮게 드리운 하늘에 가까이, 더 가까이 다가가며 끝없이 쑥쑥 올라갔고, 반면에 뿌리는 기름지고 부드럽고 진흙으로 변한 대지의 배 속 저 멀리까지 늘 더욱더 깊숙이 내려갔다. 아침과 낮과 저녁이 서로 닮았으니, 태양이 뜨지 않아서였다. 기운을 잃어버린 태양은 여인들의 막자가 부르는 소리에 응답도 없이, 두툼한 구름 병풍 뒤에 배를 깔고 엎드려 있었다. 말로발리가 나뭇가지들로 급하게 지은 가옥 하나로 들어가 동료들에게 물었다.

"어쨌든 다시 길을 떠나야 하지 않을까?"

그들 중 한 명이 그를 향해 고개를 들었다.

"조용히 좀 하자, 밤바라! 내가 알기론, 호위대를 지휘하는 게

네가 아닐 텐데······?"

이러고저러고 간에 그건 사실이었다. 말로발리가 한숨을 쉬며 앉더니, 콜라 열매를 찾아서 옷을 뒤졌지만 나오지 않자 주변에 물었다.

"누구 담배나 콜라 열매 가진 사람······!"

누군가 한 명이 그에게 코담뱃갑을 내밀었다.

말로발리와 동료들은 온갖 종류의 부적과 이슬람 호신부가 들어 있는 삼각형 가죽 주머니가 주렁주렁 달린 윗도리와 무명 바지를 입고, 동물 꼬리 가죽을 여러 겹 꼬아 만든 허리띠를 두르고, 이전에는 붉은색이었지만 지금은 얼룩이 튀어 더러워진 가죽 장화를 신고 있었다. 그들은 실내라서, 자패화를 박아 넣은 모자 끈은 묶어둔 채 원숭이 가죽 모자를 뒤로 넘겨 벗은 상태였다. 그들은 아샨티 왕국*의 왕, 즉 아산테헤네의 부대원들이었다. 말로발리는 코담배를 들이마시고, 바닥에 누워 몸을 둥글게 말고 잠을 청하려고 애를 썼다. 공기는 주위의 습기를 잔뜩 머금었고, 제대로 씻지 못하고 때에 찌든 그 모든 몸뚱어리에서 풍기는 땀 냄새로 자욱했다. 하지만 말로발리는 그들이 더럽다고 멸시하지 않았다. 그도 그들과 흡사했으니까. 그는 니아의 거처에서 귀여움을 받으며 자라던 아이, 귀족의, 세력가의 아들이었던 시기를 거의

---

* 17세기 중엽부터 20세기 초까지 서아프리카 가나 지역에 있었던 나라.

잊었다. 그는 숙식을 제공받고 가끔은 전리품의 일부를 받는 대가로, 아산테헤네에게 용역을 빌려주는 외국인 용병일 뿐이었다. 물론 그런 경우가 그 혼자만은 아니었다. 포로, 속국의 백성, 온갖 지역 출신의 이방인 등 아샨티족이 아닌 남자들로 구성된 군주의 군대는 6만 명에 이르렀다. 이 부대는 아샨티 왕국의 이웃 국가들, 북쪽의 곤자와 다곰바, 북동쪽의 지아만, 남동쪽의 느지마에게도 가리지 않고 용역을 제공했고, 아콰무족과 안로족을 복속시키려 볼타강을 건너기까지 했다. 판티족이 여전히 아샨티의 패권에 맞서는 유일한 민족이었지만, 최근에 영국인의 막강한 지원에도 불구하고 해안 쪽에서 패배했다.

말로발리는 좀체 잠이 오지 않았다. 다시 일어나서 친구 코드조, 조금 전에 코담뱃갑을 내밀었던 남자에게 다가갔다.

"일어나, 이 짐승아. 나랑 한 바퀴 돌러 가자. 어쩌면 죽여도 될 짐승을 발견할 수도 있고……."

코드조가 한쪽 눈을 열었다.

"비 그쳤어?"

"그럴 리가! 이 불행한 나라에서 비가 언제 그친 적이 있대?"

어떤 남자의 목소리가 튀어나왔다.

"이 나라가 싫으면, 밤바라야, 떠나라고. 너 잡는 사람 아무도 없다. 네 나라로 가!"

그저 농담일 뿐이었다. 말로발리와 코드조가 대꾸하지 않고 밖으로 나갔다.

숲이 하도 무성해서 주위가 거의 컴컴했다. 융단처럼 깔린 이끼와 버섯 위의 거대한 고사리와 대나무에서부터 꼭대기가 빈틈없이 꽉 찬 궁륭 모양의 뽕나무에 이르기까지 온갖 종류의 식물들이 뒤엉켜 있었다. 한 걸음 내디딜 때마다, 복잡한 아라베스크 문양을 그리며 나무둥치를 공격하고 타고 오르는 칡과 함정만큼이나 위험한 덩굴손과 부착근을 갖춘 덩굴식물에 부딪혔다. 처음에 말로발리는 죽음과 부패의 악취를 풍기는 그 컴컴한 세계를 증오했더랬다. 지금도 그 세계는 그의 가슴을 짓눌렀는데, 돌아 나갈 때마다 분노한 정령의 불길한 모습과 맞닥뜨릴 것만 같아서였다. 말로발리가 그 어떤 것도 믿지 않았더라면 좋았겠지만, 그는 자신도 모르게 질병과 갑작스러운 죽음을 밀어내는 기도문을 중얼거리고 있는 자신의 모습을 발견하곤 했다. 코드조는 몸을 숙여 이 지역 사람들이 사족을 못 쓰는 보랏빛 살을 가진 거대한 달팽이들을 주웠지만, 말로발리는 달팽이라면 질색이었다. 코드조는 1세기 전에 아샨티의 지배 아래 놓이게 된 지아만 왕국의 아브론족이었다. 하지만 어머니가 고로족이어서 말로발리의 언어와 아주 가까운 언어를 가르쳐줬더랬다. 처음에는 그 때문에 두 사람이 가까워졌다. 그러고는 서로 동일한 관점을, 인간에 대해 증오에 가까운 일종의 경멸을 품고 있음을 알게 됐다. 코드조가 뿌리 위에, 그 끝이 몇 걸음 떨어진 곳의 부식토에 박혀 있는 거대한 덩이줄기 위에 앉아서 말로발리를 쳐다봤다.

"할 말이 있어. 케이프코스트*에 도착하면 난 쿠마시**로 다시는 돌아가지 않을 생각이야……."

말로발리가 그의 옆에 털썩 주저앉더니 외치다시피 말했다.

"미쳤어?"

"아니. 이 안에 계획이 전부 다 들어 있다니까……."

그가 이마를 치며 말로 하는 것보다도 더 잘 의미를 전달하더니, 말을 이어갔다.

"미래는 해안 쪽에 있어. 영국인, 백인 쪽에. 판티족이 그렇게 오래 아샨티에 맞설 수 있었던 게 그들 때문이 아니겠어? 그들은 무기를 갖고 있고, 그들은 바다에서 움직이는 선박도 갖고 있고, 그들은 돈도 갖고 있고, 그들은 새로운 식물들도 알고 있어……. 아산테헤네 오세이 본수도 그들 앞에서 벌벌 떨며 그들의 은총을 얻으려고 들지……."

말로발리가 어안이 벙벙해서 동료를 뚫어져라 바라봤다.

"백인을 섬기려고 한다는 말은 아니지?"

코드조가 야생 베리를 하나 따서 갈아 먹기 시작했다.

---

* 아샨티 왕국의 항구도시.
** 아샨티 왕국의 수도.

"그들만의 비법을 알고 싶어……. 쓰는 법도 배우고 싶고……."

말로발리가 어깨를 으쓱했다.

"그럼 이슬람 신도가 되라고. 그렇게 해도 역시 글을 잘 쓰게 되니까!"

대화가 가능하지 않다고 느낀 코드조가 일어나서 다시 걷기 시작했다. 말로발리가 잠시 자신의 생각에 빠져서, 잠자코 그의 뒤를 따랐다. 그러다가 그가 말을 던졌다.

"어쨌든 그들이, 네가 말하는 영국인들이 너를 돌보지는 않을 거야. 네가 그들의 종교로 개종하지 않는 한……."

코드조가 고개를 돌리고 받아쳤다.

"그래, 그럼 개종하지 뭐……!"

그런데 말로발리는 '개종'이라는 말을 들으면 즉각 티에코로, 증오하는 형을 생각하지 않을 수가 없었다. 그의 삶이 이런 방향으로 흘러가게 만든 이가 티에코로였다. 세구를 떠나라고 엄명을 내린 것과 다름없이 그를 확실하게 고향에서 쫓아낸 이가 티에코로였다.

나디에의 자살 이후, 티에코로 그 자신도 잠시 삶과 죽음 사이에서 머물렀더랬다. 그러고는 나왔다. 하지만 겸허하게 다시 살아가는 대신, 온 세상을 증인으로 불러내며 자신의 시련을 과시했다. 아, 얼마나 큰 고통을 겪었는가! 그런데 왜 고통을 받았는데? 한심한 파렴치범이었으니까. 하지만 티에코로는 그 뒤로 고행을 하겠다고 결심했다. 온통 흰색으로 휘감고 묵주를 손에 들거나 혹은 손목에 감고서 짚자리에 앉아, 이슬람 성원에 갈 때만 자리를 떴다. 금방 사람들이 그를 향해 몰려들기 시작했고, 어떤 이는 기도를, 또 어떤 이는 충고를, 또 어떤 이는 그저 손을 만져보기를 청했다. 어떻게 그렇게 되었는지는 모르겠지만, 그의 성덕(聖德)에 관한 명성이 점점 커져서 제네, 통북투, 가오까지 도달했다……. 심지어 셰이크라는 칭호를 갖다 쓰며 도시를 건립하여 함달레라고 명명한 아마두 하마디 부부의 귀에까지 들어갔다. 그래서 그가 밤바라인을 이슬람으로 개종시키는 최상의 방법에 대해서 논하자며, 함달레에 와서 머무르라고 티에코로를 초대했다.

어느 날 아침, 티에코로가 늘 그렇게 해왔듯이 한 줌의 신자를 상대로 설교했다. "신은 사랑이고 권능입니다. 인간의 창조는 그 어떤 구속도 아니요, 신의 사랑에서 비롯된 겁니다. 사랑으로 움직이는 신의 의지에 의해서 만들어진 것을 증오하는 것, 그것은 신의 뜻에 반하는 것이며 신의 지혜를 부인하는 겁니다."

그 목소리가 말로발리 안에서 극도의 역겨움을 곁들인 극심한 분노를 일깨우는 바람에, 말로발리는 그길로 말에 올라타서 세구를 떠났다. 처음에는 테넨쿠에 있는 어머니에게 가보려는 생각이었다. 어머니와도 역시 결판을 낼 일이 남아 있었으니까! 그러다가 살라가를 향해 내려가는 콜라 열매 장수들을 만나, 그들 틈에 섞여 들어갔다. 그렇게 꼬리에 꼬리를 물고 아산테헤네 군에 입대까지 하게 되었다.

개종이라고! 아버지들이 믿던 신들과 그 신들을 관통하는 문명 전체와 아버지들이 일궈냈던 문화 전체를 부인하는 것, 그건 말로발리가 보기에는 용서받을 길이 없는 범죄였다. 절대로, 고문을 당한다 해도, 그런 죄악은 저지르지 않으리라. 시가는 조상들이 믿던 신앙을 온전히 간직한 채 페스에서 돌아오지 않았던가? 시가를 생각하면 말로발리의 마음이 유순해졌다. 어쩌면 모험에 뛰어들기 전에 그 형의 의견을 구했어야 했나? 뭐, 후회하기에는 너무 늦었다.

두 사람은 마와 고구마를 심어놓은 숲속의 작은 개간지에 도착했다. 그들이 나흘 전 쿠마시를 떠난 이래로, 처음 접하는 사람 사는 흔적이었다. 두 사람이 급하게, 거리낌 따위는 없이 자기들 것이 아닌 그 덩이줄기 식물들을 캐내려고 하는 순간, 어떤 젊은 여자가 손에 바구니를 들고서 나타났다. 아주 젊었고, 가슴은 작고 동그랬고, 다리는 끝없이 길게 뻗었다. 그녀가 높고 가느다란 목소리로 엄하게 말했다.

"그대로 놔둬요. 안 그럴 거면 우리에게 자패화를 주든가……."

말로발리가 웃기 시작했다.

"왜 **우리**라고 말하지? 여기 혼자 와 있으면서?"

소녀가 손으로 오솔길을 가리켰다.

"우리 마을이 멀지 않아요."

"그런데 왜 그렇게 겁을 내지?"

코드조가 빈정거리며 뿌리 위에 앉아 있는 동안, 말로발리가 소녀에게 다가갔다. 예뻤다. 흑옥처럼 검은 피부. 뺨을 따라서 난, 부족을 나타내는 섬세한 도안의 상흔문신. 말로발리 안 어디에선가 욕망이 꿈틀거렸다.

"이름이 뭐지?"

소녀가 머뭇대다가 마음을 굳혔다.

"아야오비……."

그러더니 획 돌아서서 냅다 달렸다. 말로발리가 그 뒤를 쫓아 튀어 나갔다. 처음에 아야오비는, 말로발리가 젊고 몸매가 근사한 여자 앞에 서면 언제나 느끼는 막연하고 쉽게 제어되는 욕망만을 불러일으켰더랬다. 그런데 이런 추격전이 그를 흥분시켰다. 아야오비가 달리자, 그녀의 벌거벗은 엉덩이가 통통 튀었고, 견갑골로 줄줄 흘러내리는 빗물은 그녀의 피부에 특별한 입체감을 부여했다. 소녀는 나무 뒤로 사라졌다가 고사리 사이에서 다시 모습을 드러냈고, 칡에 걸려 비틀거렸다. 말로발리가 푹신한 부식토에서 그녀를 덮쳤다. 소녀를 몸으로 깔아뭉개다가 가늘고 섬세한 몸매에서 아직 어리다는 걸 깨달았고, 그 순간 그가 처음 취하려던 행동은 소녀가 엄청난 위험에서 벗어나 달아나게 내버려 두려는 거였다. 그런데 소녀가 욕설을 퍼붓기 시작했고, 어찌나 빠르게 쏟아지는지 아직 트위 언어*에 익숙하지 않은 그의 귀에는 뭉그러진 소리로만 들렸다. 그게 그의 성질을 긴드렸다. 입을 다물게 하려고 뺨을 때리려고 하는 순간, 소녀가 뱀 대가리처럼 재빨리 고개를 쳐들어 그의 얼굴 한복판에 침을 뱉었다. 도를 넘었다. 그로서는 소녀에게 벌을 줄 수밖에 없었고 그가 동원할 수 있는 수단은 하나뿐이었다. 그는 소녀의 다리를 거칠게 벌리면서 사춘기도 못 됐나 보다, 라는 생각을 했고, 자신이 저지르는 잘못의 엄청남을 깨달았다. 하지만 소녀가 그렇게 어린 여자에게서는 의외인 도전적인 눈길을 던졌다. 그래서 뚫고 들어갔다. 소녀가 비명을 지르자, 말로발리는 자신이 죽는 날까지 고막을 찢어발기는 이 비명이 귓전에 쟁쟁하리라는 걸 깨달았다. 고통스러워하는 겁먹은 아이의 비명. 어른들의 잔혹함에 대해 신들을 증인으로 삼는 아이의 비명.

갑자기 기운이 빠진 그의 성기 아래로 피가 번져 고인 것이 느껴졌다. 벌떡 일어서서 용서해달라고 애원할 뻔했지만, 자신도 어디서 오는지 모르겠는 악한 기운이 엄습했다. 어려움이 없지는 않게 끝까지 뚫고 들어갔다. 그러고는 감히 소녀를 바라보지 못하고 꼼짝 않고 가만히 있었다. 손 하나가 그의 어깨를 툭툭 쳤다. 코드조의 손이었고, 그가 중얼거렸다.

* 아샨티족의 언어.

"친구 생각은 하는 거지?"

그가 자리를 넘겨줬다.

이전에 꾸려졌던, 특히 판티족을 대상으로 꾸려졌던 그 모든 원정대에 비해서, 이번에 말로발리가 소속된 원정대는 완전히 평화로운 성격이었다. 와기라는 이름의 백인 한 명을 케이프코스트까지 호위하는 임무였다. 그 와기라는 인물은 아산테헤네의 왕실에 도착하기까지 믿기지 않을 정도의 여행을 했는데, 이스탄불에서 트리폴리로, 그리고 다시 무르주크로, 카노에서 통북투로, 그리고 제네에서 살라가라는 상업 도시로 갔다가, 마지막으로 아샨티 왕국의 수도인 쿠마시로 들어왔다. 외국인에 대한 극도의 정중함으로 유명한 아산테헤네 오세이 본수는 조금의 불편함도 피해 가도록 제대로 호위를 해서 해안까지 데려다주라는 명령을 내렸다. 거기에 도달하면, 영국인이 그가 자기 나라로 돌아가도록 도울 터였다. 그 와기라는 인물은 어디서 온 건가? 왜 아프리카에 있는가? 말로발리도, 그의 동료들도 개의치 않았다. 그들은 그저 임무를 완수하기만 하면 됐고, 모두 한마음으로 그 남자와 거리를 뒀다.

교역로마다 마주쳤던 무어인을 제외하면, 이전에 백인을 본 적이 없는 말로발리에게 와기와 그의 동류는 여자나 동물처럼 속을 보여주지 않고 음모를 꾸미는 그런 특별한 종족이었다. 그는 백인이 특별한 일들을 이루어냈다며 백인에게 감탄하는 사람을 이해할 수 없었다. 왜냐하면 페울족과 이슬람 신도들을 몽땅 다 집결시켰을 때 생겨나는 위험보다도 훨씬 월등한 위험을 그 모든 것에서 감지했기 때문이다.

말로발리와 코드조가 다시 그들의 숙소로 돌아왔을 때는 완전히 깜깜한 밤이었다. 다른 병사들이 불을 피워놓았지만, 불꽃보다는 연기가 더 많이 나서 따뜻한 기운을 뿜어내지 못했다. 나무가 젖었기 때문이었다. 그들 중 한 명이 물었다.

"어이, 뭘 갖고 왔어?"

코드조가 자루를 비웠다. 거무스름한 두꺼운 껍데기 속에 쏙 들어가버린 달팽이 몇 마리와 고구마 몇 개. 왁자 웃음이 터졌다.

"퍽이나 근사한 식사가 되겠다……!"

코드조가 자리에 앉더니 비밀스러운 어조로 말했다.

"그건 우리가 어쩌면 더 근사한 사냥감을 발견했기 때문일 수도 있지…….'

대번에 졸고 있던 병사들이 깨어나고 숙소 안쪽에 배를 깔고 엎드려 있던 병사들도 가까이 모여들자, 코드조가 아야오비의 매력을 세세하게 묘사하기 시작했다. 그러자 말로발리가 아직도 자신의 행위에 대한 부끄러움이 마음을 짓누르고 있었기에 화를 냈다. 그래서 거칠게 말을 던졌다.

"닥쳐, 코드조. 자랑해서는 안 되는 것도 있다고!"

그러고는 다시 밖으로 나갔다. 그의 등 뒤에서 한마디씩 해대는 소리가 들렸다.

"밤바라 놈이 돌았구나······!"

세구를 떠난 뒤로 말로발리의 삶은 비난받아 마땅한 행위의 연속이었다. 아산테헤네의 적들을 죽이거나 포로로 잡아와서가 아니었다. 그래, 전쟁은 전쟁이고, 그는 그러라고 돈을 받았으니까. 하지만 너무 자주 그의 무기가 죄 없는 사람들을 겨누어서였다. 코드조 그리고 다른 몇 명과 함께 아샨티 마을로 들어갔을 때, 마을에서는 온순한 농부들이 말라붙은 흙들을 발에서 떼어내고 여자들은 푸푸*를 만들려고 바나나를 찧고 있었다. 말로발리 무리는 신들에 필적하는 즐거움을 위해 강간하고 훔치고 불을 지르며 이전 순간의 행복과 평온을 절망으로 바꿔놓았다. 어느 날엔가는 노인을 죽였는데, 그저 겁이 나서 콧물을 흘리는 노인의 얼굴이 너무 보기 싫다는 게 이유였다. 갑자기 말로발리는 과거의 자신의 태도가 역겨워졌다.

그렇다면 어떻게 해야 하나? 세구로 돌아가야 하나?

잠시 멈췄던 비가 다시 시작되어, 뜨거운 동시에 시원한 굵은 빗방울을 뿌려댔다. 말로발리의 눈앞에 아야오비의 얼굴이 떠올랐다. 그 애는 몇 살이나 됐으려나? 기껏해야 열 살 혹은 열한 살?

---

* 익힌 마니옥 등을 찧어서 반죽 같은 질감의 덩어리로 만든 음식.

평소라면 일단 강간을 저지르고 나면, 더는 희생자들에 대한 생각은 하지 않았다. 그런데 왜 이렇게 수치스럽고 후회가 될까? 그는 발길 가는 대로 비를 맞으며 걷다가 어둠 속에서 어떤 남자와 맞닥뜨렸다. 말로발리는 사포헤네, 즉 호위대 대장임을 알아봤다. 대장이 큰 소리로 말했다.

"아, 밤바라인이로군! 동료들에게 새벽에 길을 떠날 거라고 일러둬……."

말로발리가 빈정거렸다.

"그러죠, 너무 이르다고는 할 수 없지만! 조금 더 있다가는 식물처럼 뿌리를 내릴 판이니……."

그런 지적은 이미 말로발리 때문에 화가 난 적이 종종 있었던 대장의 마음에 들지 않았다. 그가 휙 돌아서면서 퉁명스럽게 말했다.

"여기서 명령을 내리는 건 나라는 걸 알아둬. 우리 임무는 백인을 데려다주는 거고, 그자는 노인이라고. 숲을 뚫고 나가는 데 많은 어려움을 겪고 있지……."

하찮은 일이 아니라는 건 사실이었다. 병사들이 도끼를 휘둘러서 걷는 데 방해가 되는 풀과 칡과 거대한 뿌리들을 쳐내야 했다. 또한 가끔씩 푹푹 빠지는 무른 땅에서 무릎까지 빠지기도 했는데, 서로를 이어주는 밧줄만이 그들이 완전히 진창에 빠지는 걸 막아줬다. 거머리만큼이나 탐욕스럽게 얼굴, 목, 어깨에 들러붙는 벌레와 파충류는 말할 것도 없었다. 다른 때라면 말로발리는 그렇게 쌀쌀맞게 내침을 당해도 개의치 않았을 거다. 하지만 그날 밤에는 진정 수모로 다가왔다. 숙소로 돌아갔다.

남자들이 덩이줄기 식물을 익히느라 재 속에 파묻혀됐고, 이미 꼬치에 꿴 달팽이의 두툼한 살은 잉걸불 위에서 구워지고 있었다. 팜주가 든 가죽 주머니가 돌았다.

말로발리가 축축한 벽에 등을 대고 구석에 가서 앉았다. 얼마나 더 이런 거칠고 답답한 생활을 버틸 수 있을까? 이런 거친 음식을 먹어야 할까? 이런 천박한 농담들을 들어야 할까?

코드조가 가까이 다가오자 말로발리가 속삭였다.

"이봐, 친구, 너의 그 완벽하다는 계획 좀 얘기해봐……."

코드조가 웃었다.

"내 이야기에 흥미를 보일 거라고 알고 있었지! 들어봐, 여러 가지 가능성이 있어. 케이프코스트 요새에 주둔군이 있는데, 훈련이 잘된 병사들이래. 그들은 아샨티족만 공격하나 봐. 그들에게 우리 용역을 제공할 수 있지……."

"배신하자고?"

코드조가 한 손으로 그런 말은 쓸어버렸다.

"도시와 도시 주변에는 사제들, 그들이 부르기는 선교사라고 하던데, 그들이 밭을 갖고 있어서 거기서 일할 사람을 고용하고 읽기와 쓰기도 가르친다네. 심지어 영국으로 공부하라고 보내주기도 한다더라. 그게 좋으면, 그쪽을 시도해볼 수도 있고…….”

말로발리의 반응이 신통치 않자 코드조가 말을 이어갔다.

“아니면 무역을 할 수도 있고…….”

이번에는 말로발리가 빈정댔다.

“뭘 팔 건데? 영국인들이 이제 노예는 필요 없다잖아…….”

코드조가 어깨를 으쓱했다.

“하지만 프랑스인, 포르투갈인, 네덜란드인도 있다고……. 그 모든 게 머리 쓰기 나름이지……. 아니면 팜유를 갖고 장사를 할 수도 있고. 백인은 비누 만들 때 그걸 사용하잖아……. 아니면 가죽. 그것도 아니면 코끼리 엄니…….”

말로발리는 그 모든 말을 어안이 벙벙해서 들었고 자기만큼이나 경박하고 향락적인 줄 알았던 코드조가 어떻게 이런 걸 다 구상할 수 있었는지 궁금해졌다. 그래서 평소와는 달리 그에 대해 일종의 존경심을 느꼈다. 반면에 자신이 아둔하게 느껴졌고, 스스로에 대한 경멸이 커져갔다. 진흙과 나뭇가지로 만들어서 틈새에 벌레가 우글거리는 벽을 등지고 돌아누워서 잠을 청했다. 그런데 아야오비만 눈에 선했다. 얼마나 멍청하고 아무 이유 없는 행동이었는지! 그 여자애 안으로 뚫고 들어갈 때 그의 음경이 반발하다시피 해서, 자신이 들은 욕설을 떠올리며 게으른 말에게 채찍질하듯 다그쳐야 했다. 그는 아야오비가 마을로 돌아가서 울고 헐떡이며 고백하는 모습을 그려봤다. 그 아이의 묘사를 듣고 나면 그 아이의 가족은 그런 짓을 저지른 자들이 아산테헤네의 남자들임을 깨달을 테고, 겁에 질려서 개입하지 않으려고 하리라. 그렇게 되면 그 범죄도 처벌받지 않고 묻히겠지. 아, 그래, 삶을 바꾸어버리자! 해안에 정착하자! 해안에 정착하는 게 왜 안 되겠는가?

말로발리는 다시 벽에 딱 달라붙었다. 지붕에 얹은 이파리들 위로 빗방울이 조용조용 똑똑 떨어지고 있었다.

2

　

1822년 6월, 어떤 사람들은 케이프코스트가 황금해안이라고
불리는 아프리카 연안 지역에서 가장 아름다운 도시라고 여겼다.
널찍하고 관리가 잘된 거리에는 몇십 년 전부터 그곳에 정착한
영국인 상인들이 소유한 화려한 석조건물들이 늘어서 있는 반면,
그 지역 주민들은 일종의 근교를 차지하고 있었는데, 종려나무와
야자수 그늘 아래 흙집들이 들어선 그곳은 매력이 전혀 없다고
는 할 수 없었다. 하지만 가장 인상 깊은 건축물은 뭐니 뭐니 해도
요새였다. 요새는 열 번이나 주인이 바뀌어서, 스웨덴인에서 덴
마크인으로, 그다음에는 네덜란드인의 손으로 넘어갔다가, 그 뒤
영국인들이 굳건하게 지키고 있었다. 두꺼운 벽으로 둘러싸인 요
새는 삼각형 모양이었으며, 바다를 마주한 두 면에서 바닷바람에
부식이 되었지만 여전히 불을 뿜을 수 있는 대포 77문이 시커먼

눈으로 응시하며 주위를 감시했다. 최근까지도 영국인들은 아메리카 대륙을 향해 떠나는 노예들의 집하장으로 요새를 사용했고, 선박이 도착하여 해안 지역 주민들, 특히 판티족과 교역을 할 일이 생길 때가 아니면 요새 바깥으로 거의 나오지 않았다. 차츰차츰 영국인의 중요성이 커져갔고, 그들은 내륙의 적, 특히 아샨티족에 맞서는 판티족의 수호자라고 자임했다. 그렇다고 아샨티족이 그 지역을 복속시키고 그곳에 총독을 앉히는 걸 막지는 못했다. 영국이 노예무역을 폐지한 뒤로 요새 안의 영국인들은 심심해서 재갈을 물어뜯을 판이었고, 본국에서 아샨티족의 새 주인들과 어떤 관계를 맺을지 빨리 결정 내리기를 기다렸다. 왜 그 야만인들을 공격하지 않는가? 왜 자유롭게 교역하기 위해 지역 전체를 점령하지 않는가?

바로 그게 요새에 새로 부임한 사령관 매카시의 의견이어서, 아샨티 전사들의 소부대가 도착했다고 알려오자 그는 거의 대포를 쏴버릴까 하는 생각을 할 정도였다. 그를 제지한 것, 그건 그들의 대열에 왕립 아프리카 회사 유니폼을 입은 나이 든 백인이 한 명 끼어 있다는 보고였다. 그는 불신에 가득 차서 보초병들에게 그 노인과 통역과 사포혜네만 들여놓으라는 명령을 내렸다. 말로발리와 코드조, 그 둘은 식사를 할 수 있는 선술집을 찾았다. 숲의 습기를 벗어나자 바닷가의 공기는 대조적으로 건조한 듯했는데, 그 공기와 만나자 입술에는 갈증을 부추기는 얇은 막이 한 겹 내려앉고 두 눈에는 야릇하게도 눈물의 짭짤한 소금기가 차올랐다. 선술집은 야자수 숲 사이에 자리 잡고 있었으며, 말로발리 눈에는 아주 근사해 보이는 벽돌 건물이었는데, 무엇보다도 진, 럼, 슈납스, 프랑스산 포도주 등의 술이 다량으로 구비되어 있었다.

술집 주인은 이곳에 유럽인의 수가 많아진 뒤로 해안 지역 전체에 급증하기 시작한 인종인 흑백 혼혈이었다. 초기에는 덴마크인, 스웨덴인 혹은 영국인들이 아프리카 여자들과 온갖 형식의 혼인 계약을 체결했고, 자식들, 특히 아들들은 본국으로 유학을 보내줬다. 그러고는 그런 관습이 너무 흔해지자, 기껏 해준다는 게 어머니에게 양육비를 주는 걸로 축소되었다. 술집 주인이 박그릇에 넘치게 술을 따라주며 물었다.

"호위하고 온 그 백인이 누구요?"

말로발리가 어깨를 으쓱하며 코드조에게 설명을 맡겼다.

"키즐랴르라고 부르는 국가에서 태어났고 노예로 팔렸다나, 뭐 그러더라고……."

"저런, 저런, 그러니까 백인을 노예처럼 판다고?"

코드조가 말로발리가 자리 잡은 탁자에 합류했다. 선술집은 여기저기 썩은 야자수 둥치들과 고기잡이배의 잔해가 흩어져 있는 하얀 모래사장을 향해 열려 있었다. 저 멀리에 유럽 선박 한 척이 닻을 내린 채였고, 해안가 상인들이 소유한 선박 여러 척이 그 주위를 둘러싸고 있었다. 켜켜이 쌓인 붉은색, 녹색, 흰색, 푸른색 줄무늬의 직물들, 줄줄이 놓여 있는 황동 혹은 산호 팔찌들, 나무로 만든 술통들이, 겉보기에 하찮아 보이나 인간들이 서로 갖겠다고 싸우는 그런 온갖 물건들이 보였다. 코드조가 다시 박 그릇을 채워달라고 술집 주인에게 가까이 오라는 손짓을 했고, 술집 주인이 그들을 향해 몸을 숙이자 그가 질문을 던졌다.

"반은 백인이니, 백인들 일을 잘 알겠네?"

상대방이 웃었다.

"경우에 따라서……."

"예를 들어, 일자리 얘기를 해보자고. 우리는 군대에 싫증이 났거든……."

상대방이 눈살을 찌푸리며 바다를 바라봤다.

"너나없이 해안가로 몰려들어 백인을 위해 일하고 싶어 하니. 그래서 어려워지고 있네. 물론 선교 쪽이 있지. 전도사가 되기에는 좀 나이가 많은 것 같은데. 그래도 언제든 시도는 해볼 수 있으니까."

말로발리가 거부감을 누르려고 애쓰고 있는데, 주인이 꼭 집어냈다.

"자넨 아샨티가 아니지. 페울족 같은데……."

그런데 말로발리는 누군가가 자기 안의 반쪽짜리 페울을 떠올리게 하는 걸 싫어했는데, 그가 믿기로는 자신을 버린 어머니와 결부되어 있어서였다. 그가 얼굴을 찌푸렸지만, 코드조는 그를 다독이려고 이런 말을 속삭였다.

"그래, 그러면 넌 일을 찾기가 훨씬 더 쉬울지도 몰라!"

사실, 영국인과 판티족이 어찌나 공작을 해댔던지, 아샨티족이라는 이름만으로도 앙코브라강에서부터 볼타강에 이르기까지 미움을 받았다. 아샨테헤네가 무거운 과세와 온갖 종류의 걱정거리와 모욕을 안겨주며, 정복한 나라들에 대해 호락호락하지 않았으니까 더 그랬다.

코드조와 말로발리는 실제로 직접 가서 한번 보기로 결정했다.

감리교단에게서 자극을 받아 선교 열풍이 케이프코스트에 불고 있었다. 예전에는 요새 안과 그 안의 고용인들이 낳는 평균 열두엇 남짓한 아이들에게만 한정됐던 전도열이 이제는 지역 주민 전체를 공략했다. 거대한 회색빛 석조 교회가 도시 중앙에 우뚝 솟아 있는 한편, 그보다는 눈에 덜 띄는 선교단 건물이 엘미나의 거리에 반쯤 숨어 있었다. 사실 그 건물은 볼품없었다! 초가지붕을 인 장방형의 가건물에 불과했고, 앞쪽 뜰에서는 보잘것없는 채소 및 꽃들이 자라고 있었다. 처마 밑에서 한 줌의 사내애들이 나무를 잘라내 구슬을 깎고 있었고, 그런가 하면 가느다란 목소리가 어우러진 합창 소리가 이해할 수 없는 노래를 읊조렸으며, 돼지 떼는 주둥이로 땅을 파헤쳤다.

자신의 문간에 와 있는 아샨티 전사 둘의 모습에 아마도 호기심이 생겨서였겠지만, 선교사가 베란다로 나왔다. 대경실색하게도 흑백 혼혈이 아닌가! 검은색 천으로 만든 두툼한 옷을 입고, 끝에 거대한 나무 십자가가 달린 일종의 묵주를 목에 걸고 있었다. 그런데 흑백 혼혈이라니!

말로발리와 코드조는 시선을 교환했다. 그래, 그 반쪽짜리 흑인과는 할 일이 전혀 없었다. 볼일 다 봤다. 두 사람은 발길을 돌려버렸다.

승전국의 유니폼을 입고 도시를 걷는 건 얼마나 사람을 도취시키는가! 상인들은 재산을 지켰다. 남자들, 몸을 내줄 생각만 하는 여자들. 아이들이 급하게 영지 밖으로 달려 나와 새된 소리를 지르고 손뼉을 쳐댄다. 말로발리는 예전 같으면 홀딱 넘어갔겠지만, 이제는 그 모든 일에 무덤덤했다. 주위를 둘러보면서 케이프 코스트에서 대단한 인상을 받기는커녕 오히려 과거도 전통도 없는 그 도시를 경멸하다시피 하는 마음이 생겼다. 그 도시를 태어나게 한 건 백인의 열의였으니, 포르투갈인이 '카부 코르수'*라고 부르는 그 정박지를 높이 치자, 다른 유럽인들도 그곳에 요새를 세우려고 뒤를 이어 서로 다투어댔다. 그래서 케이프코스트는 마치 백인이 데리고 자다가 애를 배면 내버리는 그런 계집처럼 장벽도 없이 자신을 열어주고 내주었고, 그곳에 들어선 직각의 건물과 상가 건물에는 아무런 신비로움도 없었다. 솔직히 그

---

* '짧은 곳'이라는 뜻으로, '케이프코스트'를 가리킨다.

게 도시인가? 아니, 그건 그저 인간 매매라는 불명예스러운 낙인이 영원히 찍힌 창고일 뿐이었다. 대장이 부대원들을 이미 해산했기 때문에, 말로발리와 코드조는 아산테헤네가 아샨티의 권력이 내린 결정을 실행하라는 임무를 부여하며 파견한 총독 오우수 아돔의 관저로 갔다. 오우수 아돔은 아산테헤네의 조카니까 왕가의 핏줄을 타고난 인물이고, 그 자격으로 넓은 뜰에 둘러싸여 지냈다. 그는 자신의 권위를 보여주는 신성한 상징인 걸상을 갖고 있었고, 지금 기거하는 임시 숙소에서는 부채 시중꾼, 홀(笏) 시중꾼, 코끼리 꼬리 시중꾼, 해먹 시중꾼, 검 시중꾼, 언어 전문가, 환관, 요리사, 악사들이 그가 자라난 곳인 왕궁과 흡사한 분위기를 만들어주려고 애를 쓰며 분주히 움직였다. 총독 휘하의 대장 아마콤이 두 남자에게 나머지 부대원이 이미 모여 있는 막사를 가리켰다. 모두가 즐거웠는데, 아마콤이 박 그릇에 담긴 팜주와 냄비에 담긴 푸푸, 그리고 붉은 팜유로 만든 수프를 내오게 시켜서였다. 말로발리가 손을 씻으며 조롱했다.

"우리 근사한 계획은 이렇게 끝이 나네!"

코드조가 하늘을 향해 눈을 쳐들었다.

"내가 그렇게 빨리 낙심할 거라고 생각해? 부모가 다 백인인 선교사도 반드시 있을 거야. 없다면 다른 걸 시도해볼 거고."

한편, 쿠마시에 있는 아산테헤네의 궁에서는 알현의 날이 되었다.

아산테헤네 오세이 본수는, 각료회의에서 이슬람에 대해 호의를 보였다는 이유로 형 오세이 콰메를 폐위시키자 그 뒤를 이은 인물로, 키는 작지만 아주 건장했고, 근사한 두 눈은 통찰력으로 번뜩였다. 그가 왕좌에 앉아 있었고, 금과 청동으로 만든 세 개의 큰 종과 세 개의 작은 종으로 장식한 아산티 왕국의 상징인 황금 걸상이 왕의 옆에, 마찬가지로 왕좌에 놓여 있었다. 오세이 본수는 화려하게 직조된 옷감으로 만든 켄테*를 두르고 있어서 어깨 한쪽이 노출된 상태였고, 어떤 순간에도 발이 흙에 닿으면 안 되었기에 발에는 커다란 샌들을 신고 있었다. 온갖 다양한 동물의 모습을 섬세한 세공으로 보여주는 거대한 황금 팔찌와 발찌를 팔과 발목에 차고 있었다. 목걸이, 역시 황금으로 만든 가슴 장식, 그리고 가죽 갑에 든 이슬람의 수많은 부적들이 나무의 몸통처럼 곧고 매끈한 목을 장식했다. 그의 옆에는 대사제들이 시립했고, 그런가 하면 하인 둘이 주위에서 타조 깃털로 만든 커다란 부채로 부채질을 하고 있었다. 연단 아래의 먼지 구덩이에 베콰이 지역 마을의 우두머리가 공손하게 엎드려서 이야기를 하자, 오세이 본수는 그 말을 전달해주는 언어청장의 말에 주의 깊게 귀를 기울였다.

---

*　어깨에서부터 늘어뜨려 입는 전통 의상.

중죄가 저질러졌기 때문이었다.

사춘기도 넘기지 않은 소녀가 숲에 있는 부모의 밭에 갔다가 강간을 당했다. 다른 상황에서라면 그 어린 희생자의 부모는 입을 다물었을 수도 있다. 아산테헤네의 최강 군대에 속한 병사가 범인이었으니까. 하지만 그 소녀 아야오비는 아들 여섯과 딸 셋이 죽고 나서 태어난 외둥이로, 신이 그들에게 살게 해도 된다고 허락한 유일한 자식이었다. 그들은 정의가 구현되기를 요구했다. 언어청장이 입을 다물자, 대사제들이 지체 없이 판결을 내렸다. 이 범죄는 대지 자체에 가해진 죄악이다. 만약 그 범죄를 처벌하지 못한다면 대지는 쉬지 못하리라. 사냥꾼들은 더는 사냥감을 포획하지 못하고, 수확물은 더는 무르익지 못하리라. 혼돈이 닥치리라.

범인이 누구인가?

군의 총사령관 콘티헤네가 앞으로 나섰다. 아이가 제공한 묘사에 따르면, 아샨티족 같지는 않고 북부에서 온 페울족이나 하우사족 용병일 듯하다. 용병 부대가 약 일주일 전쯤 베콰이 지역에 머물렀다. 그런 사실에 비추어 콘티헤네가 급하게 결론을 내렸다. 백인 와기를 수행하던 호위대의 대원, 밤바라족 용병 말로 발리일 수밖에 없다. 따라서 조속히 쿠마시로 불러들여 처벌해야 한다.

왕국의 시조인 오세이 투투가 통치하던 시절이라면, 그런 범죄는 사형으로 다스렸으리라. 하지만 오세이 본수는 관습에 약간의 너그러움을 도입했으며, "협상의 길이 열려 있을 때 절대로 검을 휘두르지 마라"라는 신조를 가졌다. 오세이 본수는 성의 별채에 원고 측 가족의 안식처를 마련하라고 지시하고, 재무상에게는 그 가족에게 황금 가루 1도마파*를 하사하라는 명령을 내렸다. 사제들과 원로들이 커다란 목소리로 왕의 자비심을 찬양했다.

아샨티 왕국은 쿠마시가 수도이며, 황금 왕국이라고도 불렸다. 우기가 되면 빗물에 쓸려 내려간 땅에서 금가루가 드러났고, 아산테헤네의 대리인들이 삽으로 긁어 가기만 하면 됐다. 왕국에는 또한 고갈되지 않는 금광들인 오부아시, 코농고 그리고 타르콰가 있었고, 그로 인해 통치자에게 '금을 깔고 앉은 자'라는 별명을 가져다줬다. 하지만 왕을 뒤덮고 있는 수많은 장신구가 상징하듯이 그처럼 극도의 번영을 누리고 있음에도 오세이 본수는 울적했고 근심거리에 시달렸다. 영국인, 영국인들!

선박 한 척씩 가득하게 노예들을 사 가더니, 이제 노예무역을 폐지했단다! 왜? 이제 그들이 원하는 게 뭘까? 전쟁 포로들은 어떻게 해야 하나? 밭 한가운데에 난 잡초처럼 그의 신민이 포로에게 질식당하라고, 그 잡초들이 신민 한가운데에서 번져나가게 내버려둬야 할까? 해로운 짐승처럼 잡아 죽여야 할까? 게다가 영국

* 아샨티에서 금을 잴 때 사용하는 단위.

인들을 향해 호의의 태도를 배가해도 소용이 없었으니, 그들은 끈질기게 그에게 대항하여 조직되는 반란이란 반란은 전부 다 부추겼다. 그들은 왜 자신의 왕국을 파괴하려고 하는가?

이런 기분에 젖을 때마다 그래왔듯이, 오세이 본수는 신들과 조상들에게 물어보기로 결정했다. 혹시라도 소홀히 섬기는 죄를 뭔가 저질렀는가? 그렇지 않다. 매일 왕의 권위를 상징하는 걸상들에 피를 흠뻑 먹였다. 최근의 오드위라 축제 때에는 소금과 고추를 넣지 않고 익힌 닭과 양의 고기를 젊은 여자의 속살처럼 눈부시고 부드러운 얌의 속살과 함께 바쳤더랬다. 그러고는 궁의 문과 창문과 회랑에 달걀노른자와 팜유를 섞어서 발랐더랬다…… 오세이 본수는 이슬람 신도인 모하메드 알가르바를 데려오게 시켰다. 형처럼 이슬람으로 개종하고 싶은 생각은 조금도 없었지만, 어쨌든 이슬람 신도의 학식에 대해서는 최고로 존중했고, 자신의 주변뿐만 아니라 왕국 내에서도 그들에게 상당한 위치를 부여했다.

그들 중 몇 명은 그의 개인 고문단에 들어 있었다. 다른 이들은 북쪽의 여러 이슬람 국가에 사절로 나가 있었다. 또 다른 이들은 먼 곳의 군주 및 상인들과 주고받는 서신을 작성했다. 쿠마시만 해도 이슬람 신도들이 한 구역을 몽땅 차지하고 있었고, 그 구역의 이름은 아산테 은크라모였다.

모하메드 알가르바가 어느 지역 출신인지는 잘 알려져 있지 않았다. 몇몇 사람들에 따르면 페스라고도 했다. 그가 우스만 단 포디오의 측근으로 살아왔다는 게 일반적인 견해였다. 천박한 점술가도 아니었고 글자를 끄적거려 부적을 만들어주지도 않았다. 그가 현재와 미래를 읽어내는 그런 통찰력으로 오세이 본수를 이롭게 해준다면, 그건 알라의 이름으로 행하는 거였고, 알라의 강력함에 대해 그를 설득하려는 것이었다.

그가 들어오는 기척이 나자, 오세이 본수가 급하게 돌아보았다.

"영국이 케이프코스트 요새에 다른 총독을 내려보냈다는 소식을 방금 들었소. 영국은 내게 그런 사실을 알리지도 않았고, 그자는 내게 관례대로 선물을 보내오지도 않았지……."

모하메드가 한숨을 쉬었다.

"태양의 아들이시여, 전하는 너무 선하십니다. 영국인이라는 종족은 가짜이고 사악합니다. 그들이 원하는 거라고는 오로지 권력이고, 왕께서 소유하신 황금에 접근하는 것이며, 이 나라의 교역을 독점하는 겁니다. 그들과 논의를 한다는 건 가능하지 않습니다. 공격하세요, 공격하고 파괴하십시오. 너무 늦기 전에……."

오세이 본수가 전율을 느꼈다.

"너무 늦다고?"

모하메드가 자기가 하는 말의 심각성을 줄여보려고 부드럽게 이야기를 이어갔다.

"그렇게 쓰여 있습니다, 전하. 영국은 아샨티의 권력을 해체하고 황금 의자를 손에 넣으려고 할 겁니다…….”

그다지도 대담한 발언을 하면 죽어 마땅했다. 하지만 오세이 본수는 그 말의 무례함이 문제가 아니며, 고문을 믿어야 함을 알고 있었다. 그가 중얼거렸다.

“기도를 해보게, 모하메드. 그리고 자네의 신에게 우리 편에 서 달라고 부탁하게나. 만약 자네가 신의 마음을 움직여서 신을 우리 편으로 끌어들이는 데 성공한다면…….”

왕은 거기에서 말을 멈췄다. 사실 정신으로만 사는 사람에게 뭘 줄 수 있겠는가? 무력감과 실망감이 왕을 엄습했다. 그렇게 쓰여 있다니, 싸워서 무엇 하겠는가? 벌어질 일은 벌어지고야 말 테니…….

그러고 있는 동안 모두가 그런 울적한 기분을 나누는 건 아니었다. 어린 아야오비는 행복했다. 사흘 전에 부모와 함께 베콰이를 떠나 이곳에 도착한 뒤로, 소녀에게는 삶이 환희의 연속이었다. 쿠마시는 얼마나 아름다운 도시인가! 아버지가 소녀에게 대왕 뱀을 죽인 나무, 왕국의 시조가 여러 세기 전에 심었다는 나무 쿰니니의 유적지를 보여줬더랬다. 오세이 투투가 다스리던 시기였다. 이곳은 당시에는 쿠마시라고 불리지 않았으며, 일개 부락에 불과했다. 하지만 쿰니니가 가지를 활짝 펼쳐 아샨티인 모두에게 이곳이 그들의 수도여야 함을 알려줬더랬다. 궁으로 말하자면, 건물과 회랑과 하늘까지 치솟은 나무가 존재하는 궁만으로도 그 자체가 진정한 하나의 도시였다.

　그토록 수많은 아름다움 앞에서 어린 아야오비는 자신의 슬픔
도 거의 잊을 판이었다. 아랫도리의 그 끔찍한 상처도. 결국 열한
살짜리 소녀일 뿐이었다. 양발로 번갈아 폴짝폴짝 뛰면서, 고향
마을에서 친구들과 놀 때 즐겼던 구슬픈 가락을 노래하기 시작했
다. 그러다가 입을 다물었다. 그런 유치한 행동은 이제 자신의 위
치에 맞지 않는다. 곧 남편이 생길 테니. 그것도 어떤 남편인데!
아야오비는 말로발리의 얼굴을 다시 떠올렸다. 어쩌면 거칠다고
할 만하고 욕망으로 일그러졌더랬다. 하지만 잘생겼다. 너무나도
잘생겼다. 그래, 그 사람은 어깨에 총을 메고 큰 칼을 옆구리에 차
고 손에 곤봉을 쥔 채 지역을 지나가던, 그저 그런 용병 중 한 명
이 아니다. 어느 모로 봐도 그의 동료와는 닮지 않았다. 그자의 얼
굴은 이미 잊어버렸다는 게 그 증거다! 말로발리만이 중요했다.
아, 그를 쫓으라고 보낸 남자들이 바지런을 떨어서 최대한 빨리
그를 데리고 오기를!

　아야오비는 가끔 살짝 불안해졌다. 법정에서 맹세까지 해놓고
는 한 남자만 고발했으니, 거짓말을 하지 않았는가? 사제가 짐승
의 멱을 따면서 하던 말이 떠올랐다.

　대지여,
　지고의 존재여

당신을 믿습니다

대지여

악이 승리하지 않게 해주소서

그래, 거짓말을 했다. 에이, 아야오비는 그런 생각을 떨쳐냈다. 뭐니 뭐니 해도 열한 살짜리 소녀였다! 병사들로 가득한 궁정 안을 요리조리 빠져나가 여러 개의 대문 중 하나로 다가가, 커다란 광장에 서 있는 진홍색 꽃들이 달린 튤립나무와 대왕야자수와 그보다 거만함이 살짝 덜할까 말까 한 케이폭 나무와 그 회색빛 도는 식물섬유로 땅이 뒤덮인 광경을 바라봤다. 아야오비의 어머니가 이미 아이 뒤에 따라붙었다. 그 비극이 일어난 뒤로 아이를 제대로 지키지 못했다는 자책으로 마음이 편한 적이 없었다. 그 용병들이 강간해야 했던 여자는 자신이 아닌가? 이제 겨우 유년기에서 빠져나온 연약한 여자아이가 아니라, 남자의 몸에 대해 하나도 모르는 게 없는 그녀가 아닌가?

그녀의 남편은 그녀를 냉대했다. 왜 우는가? 남자들이 사춘기도 넘기지 못한 여자아이를 범한 일이 처음은 아니지 않은가. 그 경우 죄인은 양 한 마리를 내놓아야 했다. 그 양을 대지에 제물로 바치는데, 사제가 대지의 용서를 얻기 위해 양의 피로 대지를 적셨다. 그러고는 소녀가 결혼 적령기에 이르면 의식을 거행하고 결혼을 축하했다. 그러면 다 되는 거다! 곧 아야오비는 남편을, 그것도 대단한 남편을 맞게 되리라! 왕실 군대의 전사라니! 아산테 헤네가 기름야자나무를 심을 만할 땅을 하사하리라는 건 확실하다. 소녀들이 신랑 신부 곁에서 합창을 하겠지.

신이 아들과 딸을 여럿 주기를!
신이 무르익은 나이를 주기를!

아! 조상들은 늘 무엇을 해야 할지를 알고 있다. 온갖 안 좋은 일에서도 좋은 일이 나온다.

3

"달아나, 밤바라, 달아나라고. 널 잡으러 오고 있어!"

그런 소리가 말로발리의 얕은 잠을 찢어발겼다. 그가 반쯤 몸을 일으켰다. 그 목소리가 다시 외쳤다.

"도망가, 밤바라, 도망가라고!"

말로발리는 몸이 아직도 무겁고 정신이 몸에서 반쯤 빠져나간 상태로, 방구석에 던져뒀던 옷을 향해 기어갔다. 그에게 붙어 있던 여자가 잠에서 깨어 항의했다.

"아니, 어딜 가는데?"

그가 험한 말로 여자의 입을 다물렸고, 바지를 꿰고는 출입구를 향해 내달렸다. 새벽이었다. 야자수 잎사귀 사이로 보이는 하늘이 회색이었다. 규칙적으로 밀려드는 바닷물이 단조롭게 철썩거리는 소리가 들렸다. 웅성거리는 목소리들이 정원에서 솟아오르자, 말로발리는 자신이 꿈을 꾼 게 아님을 깨달았다. 케이폭 나무 한 그루가 영지 내벽에 다붙어 서 있었다. 말로발리가 낮게 드리운 가지에 매달려서 담장 위로 올라갔고, 거기서부터 거리로 가볍게 뛰어내렸다. 그러고는 달리기 시작했다.

목숨을 걸고 달리는 남자는 자기 주위에 뭐가 있는지 전혀 인지하지 못한다. 그는 쭉쭉 뻗는 근육들의 조합, 조절되는 호흡, 거세게 날뛰는 심장일 뿐이다. 말로발리는 달렸고, 주위의 그 어떤 것도 중요하지 않았다. 그는 달렸고, 일렬로 반듯하게 늘어선 가옥들이 지나가고, 야자수들이 곧게 뻗었거나 바람을 맞아 허리가 부러진 모습으로 모래 위에서 쉬고 있는 풍경이 나타났다. 그는 달렸고, 반듯한 거리가 한두 사람이 똑바로 지나갈 수 있을 정도의 지저분한 길로 바뀌었다. 그는 달렸고, 태양이 그의 머리와 견갑골에 뾰족한 햇살을 내리꽂으려고 모습을 드러냈다.

마침내 기진맥진해서 모래밭에서 굴렀다. 얼마나 달린 거지? 왜 달리는 거지? 대답할 수 없었으리라. 몇 미터 떨어진 곳에 바다가 보였고, 아직은 연녹색이지만 곧 반짝거리게 될 바다가 비웃는 것 같았다. 그가 이마로 줄줄 흘러내리며 눈물처럼 눈을 따갑게 만드는 땀을 닦았다. 잠시 뒤 생각을 정리해보려고 노력했다. 왜 체포하려고 오는 걸까? 무슨 짓을 했다고?

술에 취하긴 했지만, 평소보다 더한 건 아니었다. 소란을 피우지도 않았다. 그를 잠자리에 받아준 여자로 말하자면, 그가 지닌 황금의 누런빛을 사랑하는 만인의 여자였다. 그렇다면?

　판티족이 휴전을 깨고 그들의 수호신인 영국인들의 축복을 받으며 아샨티족에게 전쟁을 선포했을까? 그런 경우라면 왜 도망을 가나? 오히려 나머지 부대원들에 합류하여 무기를 드는 게 맞는다. 말로발리는 도주로 만족하기에는 지나치게 모험을 즐기며 과단성 있는 성격이었다. 그는 케이프코스트로 가는 길로 다시 접어들었다. 하지만 신중하게, 병사의 옷은 벗고 헐렁한 바지만 남기고 단도 하나만 찼다. 두 개의 길이 케이프코스트에서 시작된다. 하나는 서쪽의 엘미나 요새와 동쪽의 무리 요새로 이어지는데, 엘미나 요새는 가장 오래된 요새로 예전에 포르투갈의 소유였다가 네덜란드의 소유가 되었으며, 무리 요새는 반쯤 버려진 상태였다. 다른 하나는 프라강을 거쳐 아샨티 왕국으로 가는 길이었다. 말로발리는 두 요새의 점령군 사이의 관계로 보건대 왕래가 적을 법한, 엘미나 쪽 길을 통해 도시로 들어가기로 결심했다. 그가 도시의 입구에 도착했을 때, 작은 무리의 남자들이 거기에서 나오는 게 눈에 띄었다. 아샨티의 전사들임을 알아본 말로발리는 서둘러 그들을 소리쳐 부르며 달려가 자신이 누구인지를 밝히려다가 이번에도 신중함이 발동하여 자제했다. 가시덤불로 뒤덮인 장소를 가로질러 좀 더 멀리 떨어진 사거리로 가서 자리를 잡았다.

　병사 열두엇이 코드조를 둘러싸고 있는데, 코드조는 범죄자나

사형수처럼 발에 족쇄를 찬 채였다. 그는 머리에 난 상처에서 흘러내린 피가 뺨에서 굳어버리는 바람에, 검은색 피부에 보기 흉한 불그스름한 피딱지를 달고 있었다. 어리둥절한 데다 얼이 빠져 보였다.

말로발리라고 그렇지 않은 건 아니었다. 왜 코드조를 잡아가지? 뭘 했다고? 그러다가 깨달았다. 강간. 숲속 빈터의 소녀. 그 일일 수밖에 없었다.

소녀의 부모가 공포를 무릅쓰고, 게으름을 피우는 법이 결코 없는 아산테헤네의 법정에 호소했음이 틀림없다. 말로발리의 첫 번째 동작은 친구를 구해내려는 거였다. 하지만 반쯤 벌거벗은 그가 무장한 남자들을 상대로 뭘 할 수 있겠는가? 그는 수풀 한가운데에 쭈그린 채 가만히 있었다. 그러고는 무력감과 수치심이 뒤섞인 감정이 엄습하자 길게 속을 게워냈다. 탐욕스러운 개미의 행렬이 땅에서 나타났다.

이제 어떻게 할까?

더 이상 그 도시에 있는 건 안전하지 않다. 총독 관저에 모습을 나타내면 필시 코드조와 같은 운명을 겪게 되리라. 체념이 밀려들었다. 뭐, 어때, 그런 걸 바랐던 게 아닌가? 삶을 바꾸겠다며? 조롱하는 신들이 그를 다시 아이처럼 발가벗겨놓았다. 시라가 세구에서 그를 낳았을 때에도 그보다 더 상처받기 쉬운 존재는 아니었다.

한낮이 되자 배고픔이 배 속을 갉아대기 시작했다. 모험을 즐기는 생활을 해오다 보니 덫을 놓아 새를 잡고, 돌 두 개 사이에 불을 피우고, 재로 소금을 만드는 법을 배웠더랬다. 그가 나뭇가지를 뾰족하게 다듬는데 어떤 목소리가 들려 화들짝 놀랐다.

"여기 있는 자가 밤바라인이 아니라면 신들이 내게서 시력을 빼앗아 가기를!"

말로발리가 펄쩍 뛰었다. 앞에 노인이 한 명 서 있었는데, 이가 빠졌고 다리는 상처로 여기저기 헐었는데도 불구하고 더할 나위 없이 건장해 보였다. 옷이라고는 무명으로 만든 성기 가리개만 하고 있었는데, 거대한 헤르니아를 가려주지는 못했다. 말로발리가 공손하게 말했다.

"아버지*, 저를 어떻게 아십니까?"

상대방이 보랏빛 도는 목젖이 보이도록 껄껄 웃어댔다.

"도시 전체가 네 얘기만 하니까. 그런데 널 어떻게 아느냐고 묻다니. 네 동료에게 닥친 일은 알고 있고?"

말로발리가 한숨을 쉬었다.

"걔가 지나가는 걸 봤어요……."

노인이 한층 더 커다랗게 웃었다.

"최악은, 콘티헤네가 부하를 보내 찾아오라고 시킨 건 그자가

---

*   자신보다 나이 많은 남자 어른에게 예의를 갖춰 아버지라고 부른다.

아니라는 거지. 소녀는 네 얘기만 했거든."

"저만요?"

"그렇다니까! 소녀에게는 네가 엄청나게 인상적이었나 봐. 코드조가 도착하는 걸 보면 그 애가 어떤 표정을 지을지. 어쨌든 네 동료는 자수했어……."

이번에는 말로발리가 웃었다. 하지만 아야오비를, 소녀의 가늘고 섬세한 몸과 그 풋풋한 체취를 떠올리자 살짝 아쉬웠다. 그러다가 다시 정신을 차렸다.

"아버지, 이제 전 무얼 해야 할까요? 제 아버지를 낳았을 수도 있는 연배시니까, 충고를 해주세요."

노인이 쭈그려 앉더니, 성기 가리개에서 콜라 열매 한 알을 꺼내어 열었다. 그러고는 붉은색 줄이 간 그 속살을 들여다보다가 말했다.

"도망가! 네가 할 수 있는 건 그게 다야. 도망가는 것. 바다가 배들로 덮였지 않니……."

바다가 배들로 덮였다고? 하지만 그 배들은 어느 방향으로 가는가? 자메이카, 과들루프…… 종속과 애도의 땅을 향해. 그뿐만 아니라, 사막의 경계에서 태어난 말로발리에게 바다는 늘 공포가 곁들여진 거부감을 불러일으켰다. 발아래에서 푹 꺼지며 비밀의 심연 속으로 처박아버리는 그 허상의 바다. 노인에게 질문을 퍼부을 생각으로 고개를 쳐들었지만, 노인은 사라지고 없음을 깨달왔다. 그제야 가야 할 길을 가리켜주려고 온 조상임을 깨달았고, 커다란 안도감이 밀려들었다.

그는 도시를 피해 바닷가로 향했다. 먼바다에 닻을 내린 유럽인의 선박들을 향해 변함없이, 여전히 분주히 오가는 모습이었다. 말로발리는 다정다감한 성격이 아님에도 불구하고, 사슬에 묶인 채 절망에 빠져 이 해안을 밟았을 그 모든 이들을 생각하자 동정심이 생겼다. 아산테헤네가 노예무역이 불법임을 선포한 영국인들에게 반대한다는 걸 알고 있었고, 영국인들에게 호감을 느끼게 해줬어야 할 그런 결정이 그가 보기에는 수상쩍었다. 그 뒤에 뭘 숨기고 있을까?

잠시, 말로발리는 세구로 돌아갈까 생각했다. 세구! 얼마나 고향이 그리운지! 졸리바강에서 언제 다시 멱을 감게 될까? 하지만 티에코로에 대한 기억이, 겸허함 속에서조차 거만한 그의 목소리에 대한 기억이 다시 돌아오자 구역질이 솟구쳤다.

"여러분께 이번에도 자비심에 대해 말씀드려야겠습니다. 여러분 중 그 누구도 진정으로 선한 그런 마음을 충분히 갖고 있지 않아서 마음이 아프기 때문입니다. 하지만 얼마나 커다란 은총일까요!"

아, 됐다, 그를 견디지 못하리라! 결심을 굳히고 나서 해변이 끝나고 바다가 시작되는 곳을 향해 걸어가다가 상냥한 표정의 젊은이가 선박의 하역 작업을 감독하는 걸 보고서 다가갔다.

"저기, 누굴 위해 일하고 있지?"

"하워드밀스 씨의 물품 인도를 감독하는 중이야."

"그자는 영국인⋯⋯?"

"아니, 아니, 흑백 혼혈!"

말로발리가 외쳤다.

"흑백 혼혈이라고! 이제는 그 짐승들이 사방에 발을 붙이는구나⋯⋯."

젊은이가 체념의 몸짓을 보여줬다.

"어쩌겠어? 백인들이 그들을 선호하니까. 자기네 자식들이잖아. 하워드밀스 씨는 아주 부자지. 넌 이쪽 바닷가 출신이 아니지?"

말로발리가 젊은이의 팔을 잡았다.

"내가 어디 출신인지는 신경 쓰지 마. 그보다는 내가 여기서 빠져나가게 도와줘⋯⋯."

그들 주위로 줄줄이 늘어선 짐꾼들이 온갖 다양한 물품 보따리를 케이프코스트 쪽으로 져 날랐다. 젊은이가 통목선 한 척을 띄우더니 말로발리에게 거기 올라타라는 손짓을 하고는 먼바다를 향해, 새로 등장한 신들의 상징적 권좌인 선박을 향해 열심히 노를 젓기 시작했다. 바다가 발아래에 깔린 왕의 융단처럼 펼쳐졌다. 고개를 돌려보니, 해안가의 나무들이 만들어내는 어두운 그림과 성채의 몸체가 보였다. 백인들이 찾아와서 그런 성채를 짓겠다며 약간의 땅을 달라고 구걸했는데, 그 뒤로 백인들로 인해 더는 그 무엇도 예전 같지 않았다. 그들은 낯선 물건들을 들여놓았고, 그걸 갖겠다고 민족과 민족이, 형제와 형제가 반목하며 다퉜다. 이제 그들의 야심은 한계를 몰랐다. 어디까지 가려고 하나?

통목선이 외관이 멋진 돛 세 개짜리 범선의 옆구리에 다가갔다. 말로발리는 승선용 사다리에 발을 딛는 순간, 주춤거렸다. 그 범선이 어디로 가는지만이라도 알고 있는가? 그러다가 다시 마음을 다잡았다. 조상이 직접 충고를 하지 않았는가?

아산테헤네의 총독 오우수 아돔은 말로발리의 실종을 보고받자, 그 일에 영국인들의 손길이 개입했다고 보았다. 그들만이 피난처를 제공하고, 바다에 떠 있는 그들 소유의 선박에 오르게 함으로써 그의 도피를 지켜줄 수 있었다.

오우수 아돔은 케이프코스트에 거주한 뒤로 자신이 요새 안으로 받아들여진 적이 단 한 번도 없었던 만큼 더욱더 분노했다. 전임 총독도 신임 총독도 마찬가지였다. 그런 모욕은 그만을 향하는 게 아니었다. 그를 통해 왕권을 구현하는 인물, 아산테헤네 본인에게 향하는 거였다. 그래서 케이프코스트를 떠나 지체 없이 쿠마시로 돌아가기로 결정했다.

아침부터 길을 나섰다. 노예들이 거추장스러운 칡덩굴, 뿌리, 나뭇가지를 쳐내는 용도의 검으로 무장하고 행렬의 맨 앞에 섰다. 그 뒤에 그의 직책을 상징하는 황금 검의 양 끝을 들고 가는 두 명의 남자가 섰고, 사제와 고문과 저마다의 용처를 지닌 사람들이 뒤따랐다. 오우수 아돔 본인은 걷기에서 인내력을 발휘해 뽑힌 일군의 남자들이 지고 가는 튼튼한 해먹에 자리를 잡았고, 그를 둘러싼 악사들이 어찌나 맹렬하게 나팔이나 뿔피리를 불고 탐탐을 두드리고 작은 종을 흔들어대는지 새들이 둥지에서 날아오르고 수풀에서는 겁먹은 뱀들이 숨을 곳을 찾아 도망갔다.

해변에서 막 상담을 매듭지은 상인들이 합세하면서 차츰차츰 행렬이 불어났다. 영국인과 네덜란드인은 이제 노예를 사들이지 않았다. 적어도 공개적으로는. 은밀하게 움직이는 노예선이 먼바다에 늘 떠 있었으니까. 하지만 하늘에 고맙게도 프랑스인이 있었다. 툭하면 돈 떼먹고 까다롭게 구는 주제에 탐욕스럽기는 그 어느 나라 사람보다도 훨씬 더했다! 프랑스의 선박이 엘미나와 위네바로 몰려들었다. 노예무역이 폐지된다면 다들 어찌 되겠는가? 팜유 교역으로도, 숲에서 잘라낸 목재의 교역으로도 그걸 대체할 수 없었다. 군주뿐만이 아니라 모두가 거기에서, 노예제도에서 이익을 봤다. 부락의 우두머리는 법정에서 유죄 선고를 받은 이들을 전부 다 내다 팔 수 있었다. 일반인은 채무자를 내다 팔 수 있었다!

행렬에서는 코드조와 말로발리에 대한 이야기도 돌았다. 충격적인 건 소녀를 강간한 게 아니었다. 약삭빠른 두 젊은 놈이 그런 방식으로 여자 하나를 나눠 갖는 걸 본 적이 있었나? 대지를 진정시키자면 양 한 마리로는 모자라리라! 어떤 면에서 보자면 공범 둘 중 하나가 달아난 게 다행이었다. 그러지 않았더라면 재판관들에게는 그 무슨 딜레마였겠는가! 소녀를 누구와 결혼시켜야 하는가? 어떤 이들은 처음 소녀의 몸을 꿰뚫은 첫 번째 남자여야 한다고 주장했다. 다른 이들은 첫 번째 남자는 길을 낸 것에 불과하니까 두 번째 남자여야 한다고 주장했다.

그러고들 있다가 모두 입을 다물었고, 침묵이 자리 잡았다. 숲으로 들어갔기 때문이었다. 자단나무, 뽕나무, 마호가니 나무들이 만들어내는 궁륭이 하늘의 궁륭과 뒤섞여 압박감을 주는 환경이 형성됐다. 숲은 신들과 조상들의 거처였다. 그들이 가장 자주 나타나는 곳이다. 대사제 오콤포 아노케의 부름에 응해 신들이 모두의 존경을 받을 자로 오세이 투투를 지목하면서 그의 무릎에 황금 걸상을 내려보내줬던 것도 숲의 경계에서가 아니었던가? 역대 왕들의 걸상이 보존되어 있는 곳도 숲속이 아니었는가? 중요한 협의가 있을 때마다 대사제들이 모이는 곳도 숲이 아니었는가? 숲은 여인의 배와 같아서, 거기서부터 생명이 나오고 희망이 나온다.

계속 나아가기에는 날이 너무 어두워지자, 노예들이 낮게 드리운 나뭇가지들을 잘라서 빠르게 임시 거처를 만들고, 다른 노예들은 불을 피우고, 악사들은 제대로 된 연주회를 열었다. 그 뒤를 이어받아 언어전문가가 어쩌다가 둥글게 둘러앉은 사람들 가운데로 나서서, 아샨티인 모두의 귀에 가장 즐거움을 주는 이야기를, 그러니까 왕국의 건국과 오세이 투투가 겪은 우여곡절을 이야기했다.

"아샨티 민족은 하늘에서부터, 달의 배에서부터, 권력이 여인들에 의해 대대로 이어지기를 원한 달여인[月女]의 배에서부터 이곳으로 내려왔습니다. 그러니 오비리 예보아 왕은 자신의 누이인 마누 공주가 결혼한 지 5년이 됐는데 그때까지도 아이를 낳지 못해서 근심이 많았지요. 대체 누가 뒤를 이어 권좌에 오를까? 어느 날 모후께서 마누를 불러들였습니다. '공주가 생산할 수 없는 몸이라고는 생각지 않는다. 적어도 대사제는 그렇게 확언한다. 그러니 대사제를 따라가서 그가 하라는 대로 전부 다 하거라……'

마누는 복종했고, 아홉 달 뒤—탄생의 신성한 북을 울려라! 상아 나팔을 불어라!—아들이 태어났습니다. 대사제들이 몸을 숙여 아기를 내려다보고는 즉각 어느 조상의 환생인지를 알았고, 아이에게 오세이 투투라는 이름을 지어줬습니다. 투투는 방금 마누를 가득 채워준 풍요의 신이었으니까요…….

그렇게 오세이 투투는 자라고, 또 자라서……."

나무들이 만들어낸 궁륭 너머 어딘가에서 달이 떠올랐다. 달은 마치 자신에게도 친숙한 그 이야기를 듣고 싶다는 듯 켜켜이

가로지른 잎사귀들을 달빛으로 뚫고 들어왔다. 달도 관련이 있지 않은가? 사실 오세이 투투는 달의 아들이었다. 비록 태양이 시간이 흐르면서 달의 자리를 찬탈하고, 모든 피조물의 아버지임을 주장하면서 세상의 군주로 지배하기 시작했지만, 사실 오세이 투투는 달의 아들이었다.

"오세이 투투가 열 살이 됐을 때 아버지 왕께서 덴키라 왕국으로, 작은아버지에게로 보냈습니다. 젊은 왕자들의 교환은 평화의 담보니까요. 적이 자신의 후계자를 인질로 잡고 있음을 아는데, 전쟁을 선포하는 데 있어 어떤 왕이 어찌 주저하지 않겠습니까?"

모여 앉은 사람들과 달과 오우수 아돔 모두 언어전문가의 이야기에 귀 기울였다. 신뢰가 다시 태어났다. 아샨티 민족은 불멸의 존재였다. 영국인은, 피부가 차갑고 창백한 저주의 색깔을 띤 그 물의 민족은 결코 그들을 없앨 수 없으리라. 그러는 동안 사제들이 숲의 소리에 촉각을 곤두세우며 보이지 않는 존재들이 보내오는 신호를 해석했다. 그들은 엄청난 사건이 꾸며지고 있으며, 그들이 있는 바로 그 장소에서 오세이 투투의 이야기를 지워버릴 무시무시하고 특별한 이야기가 쓰이게 되리라고 느꼈다.

4

　말로발리는 두 명의 백인 중 나이 많은 쪽의 시선이 자신의 얼굴에 와서 떠돌며 서성임을 느꼈는데, 마치 배가 열린 채 사거리에서 나뒹구는 썩어가는 시체에 파리가 들러붙듯이 끈질기고 고집스러운 시선이었다. 그가 무슨 말을 하는지 들리지 않았다. 그의 입술이 그리는 모양도 따라갈 수 없었다. 하지만 무슨 말을 하는지 알고 있었다.

　"전혀 신뢰를 불러일으키지 않아요. 우선 나이가 너무 많지. 그 나이에 하는 개종은 표면적이고 타산적일 수밖에 없잖아요."

　상대방은 평소의 다정함과 꼿꼿함으로 대답했다.

　"에티엔 신부님, 신부님이 틀렸어요. 저 친구는 근면하고 보기 드물게 영리해요. 프랑스어와 목공 일에서 보여주는 발전은 놀라울 따름이고요. 신앙심이야 내가 보증……."

말로발리는 자신이 둘 중 누구를 더 미워하는지 궁금했다. 그를 그렇게나 잘 꿰뚫어 보는 첫 번째 신부? 자신을 그리도 잘 안다고 믿고 있는 두 번째 신부? 그는 대패질 중이던 널빤지로 눈길을 내렸다. 에티엔 신부가 목소리를 높여, 자신의 말을 잘, 더 잘 알아듣게 한 음절 한 음절 또박또박 말했다.

"사뮈엘, 이리로 오너라!"

말로발리는 복종했고, 그렇게 하라고 가르쳐준 대로 양손은 바지 옆 재봉선에 두고 똑바로 섰다. 두 명의 신부는 초가지붕을 인 허름한 가옥의 베란다에 앉아 있었다. 한 명은 대머리에 제법 뚱뚱했다. 다른 한 명은 반대로 삐쩍 말랐고 거의 해골 같았다. 둘 다 진홍빛 얼굴로, 끊임없이 부채질을 해댔다. 말로발리에게서 공포심을 불러일으키는 것, 그건 대장간 화덕의 불길처럼 견디기 힘든 불길이 저 안쪽에서 타오르고 있는 그들의 환하고 투명한 눈이었다. 말로발리는 그들의 시선이 자신의 몸 어디든지 내려앉으면 화상을 입는 느낌이어서, 자기 살이 말짱한 걸 보고 놀랐다.

"윌리슈 신부님 말씀이 영성체를 곧 받을 거라더구나. 비할 바 없는 그런 영예를 맞을 준비가 됐나?"

말로발리가 애써 가장 심오하고 엄숙한 표정의 가면을 얼굴에 장착하고 대답했다.

"예, 신부님."

"우리는 우이다*에서 성사를 거행하려고 한다. 내일 그곳으로 출발할 텐데, 거기에 가면 수많은 기독교 신자들이 있기 때문이야. 주님의 가족이 점점 불어나고 있어."

말로발리가 애써 기쁜 표정을 지었다. 그러고는 더 이상 자기 통제가 되지 않자, 고개를 들고 자신이 상대방에 대해 느끼고 있는 증오와 맞먹는 증오로 가득 찬 신부의 시선을 맞았는데, 그 의미는 이랬다.

'넌 오만하고 잔혹한 대단한 야만인이야. 네 손엔 피가 흥건하지. 그래도 괜찮아. 네가 선택한 놀이를 계속하자고……. 누가 먼저 나가떨어지나 알게 되겠지.'

윌리슈 신부가 평소의 감동적인 말투로 말했다.

"좋아, 사뮈엘, 이젠 가도 된다……. 아직도 빨랫감을 갖고 있는 건 아니지?"

말로발리는 마음속에 분노가 가득하여 뒤돌아섰다. 이게 지금 그의 모습이다. 아내 없는 저 백인의, 불알 없는 저 백인의 아내 대용. 부엌을 가려주는 처마 아래에서 더러운 빨랫감으로 가득한 대야를 집어 들고 호수로 향했다. 가끔 자신의 처지를 생각하면, 차라리 아메리카 대륙에 노예로 끌려가는 게 더 낫지 않았을까, 라는 생각이 들었다. 적어도 거기에서는 남자의 일, 대지의 일을 하니까. 미사 때면 무명옷 몇 가지를 받고서 영세를 수락한 서너

---

*   서아프리카 베냉 남부에 위치한 도시.

명의 사람들이 나무둥치로 만들고 나뭇가지로 덮은 성당으로 모여들었는데, 말로발리는 그 성당 앞을 지나 수풀에 잠식당한 길로 접어들었고, 마을에 등을 돌린 그 길이 호수로 구불구불 이어졌다. 선교관은 마을 바깥에, 데 우에조 왕이 선교사들에게 양도한 작은 땅뙈기에 세워졌다. 거기엔 윌리슈 신부와, 개종을 시키겠다는 헛된 희망을 품고 사케테로 떠나는 바람에 지금은 자리를 비운 포르트 신부가 기거했다. 둘 중 나이 많은 에티엔 신부는 오랜 세월을 보냈던 마르티니크를 떠나온 터였다.

가끔씩 말로발리는 증오심에 눈이 멀지 않을 때면, 이곳에 온 그 남자들에 대해 일종의 감탄을 느꼈다. 그들은 무엇인지는 모르겠으나 그 어떤 이상에 내몰려서 자신의 땅과 동포를 떠나왔고, 고독이나 언제라도 그들을 바다로 내던질 수 있는 왕의 변덕의 대상이 될 수 있는 위험에도 개의치 않으니까. 그들이 외부 세계와 갖는 유일한 접촉이라고는 제방 너머에 닻을 내린 프랑스 국적 노예선들과의 접촉뿐이었다. 가끔은 역시 강렬한 감각이 그리웠을 어느 프랑스 여행객이 이 해안가의 삶을 관찰하고 묘사하러 왔다.

하지만 대체로 말로발리의 마음에는 찬탄을 위해 내줄 자리는 거의 없었고, 오히려 절망과 무력한 분노뿐이었다. 아, 대지가 아야오비를 능욕하고 달아난 것에 대해 얼마나 오지게 복수를 했는가! 아, 케이프코스트에서 속내를 털어놨던 그 상냥한 얼굴의 젊은이가 얼마나 그를 농락했는가! 그자는 배신의 대가로 얼마를 받았을까? 그자는 말로발리를 범선으로 데리고 간 뒤 선장과 오랜 대화를 나눴고, 그 뒤 배가 출항하자마자 말로발리는 얻어맞고 손발이 묶인 채 짐 꾸러미들 사이에 내던져졌고, 기아로 죽어가면서 거기에 그런 상태로 있었다. 여러 날이 지난 뒤 범선이 다시 닻을 내렸다.

말로발리는 열과 배고픔으로 안개 낀 듯 몽롱한 가운데, 해안가 산등성이를 깎아먹고 들어선 부락과 요새의 육중한 윤곽을 알아보았다. 배 한 척을 바다에 띄우고 선장과 두 명의 남자가 올라타더니 엄청난 속도로 요새를 향해 노를 저어 갔다. 말로발리는 그에게 예정된 운명을 깨달았다! 저 석조 요새의 측보(側堡)에서 곧 무리 지어 나올 노예들의 수를 불려주는 것.

어떻게 반쯤이라도 밧줄을 풀고 바다로 뛰어들어, 간수들의 잔혹한 횡포에서 빠져나올 수 있었을까? 아마도 조상이 불쌍히 여긴 덕분이었겠지……. 정신을 차려보니 모래밭이었고, 어떤 백인이 발가벗고 허약하고 추위에 떨며 겁에 질린 자신을 내려다보고 있었다. 그 백인이 몸을 숙여 그를 아이처럼 두 팔로 안아 들고 자신의 거처까지 데리고 갔다. 그곳에서 그 백인은 그를 내놓으라고 요구하는 사람들 모두에게 그를 돌려주기를 거부하면서 밤낮으로 돌봐줬더랬다. 그랬다. 그 백인이 그의 목숨을 구해냈다.

하지만 말로발리는 그 백인을 증오했다. 그 누구도 증오해본 적이 없었던 그가. 심지어 티에코로조차도. 그런 그가 그 백인을 증오했다. 왜냐하면, 어떻게 그리고 왜인지는 이해할 수 없지만, 상대방이 곧 둘 사이에 종속 관계를 만들어냈기 때문이었다. 그가 교사였다. 말로발리는 학생일 뿐이었다. 이마에 물을 한 줄기 쏟아붓고는 그의 이름을 사뮈엘로 바꾸어버렸다. "그 천한 방언"을 금지하더니, 그의 눈에 유일하게 고상한 언어인 프랑스어를 가르쳤다. 그는 잠시도 그를 자유롭게 두지 않았다. 그랬다. 그가 지어 올린 감옥은 벽이 보이지 않는 만큼 가장 튼튼하고 가장 정교했다!

종종 말로발리는 그를 죽이는 꿈을 꿨더랬다. 한번은 윌리슈가 창백한 얼굴로 모기장 아래에서 땀을 흘리며 누워 있는 침대에 다가가기까지 했더랬다. 그의 목구멍에 단도를 박아 넣고 피가 부글부글 흘러내리는 모습을 보기. 그것만이 그를 씻어주리라. 그것만이 그를 다시 남자로 만들어주리라. 하지만 윌리슈가 눈을 뜨고 있었더랬다. 그 파란 두 눈을.

그렇다면 도망갈까?

하지만 어느 방향으로? 열 걸음도 채 못 뗐는데, 그 포르토노보*의 마을에 살고 있는 군족과 나고족이 그를 붙잡아 꽁꽁 묶은 뒤 몸뚱어리를 팔아넘기리라. 말로발리는 그들 역시, 데 아드주

---

* 베냉의 수도.

앙 왕을 위시해 자기 자식도 팔아먹는 그 탐욕스럽고 잔혹한 종족 역시 증오했다! 얼마나 많은 포로들을 내륙에서 붙잡아 와 요새에 가축처럼 빽빽하게 몰아넣었을까! 두려워해야 할 게 노예제도만은 아니었다. 궁궐의 환관들, 그러니까 라리들이 종종 순수한 즐거움을 위해 애 밴 여자들은 배를 가르고 아이들은 목을 잘랐으니, 여전히 더운 김이 나는 그 머리통들이 장터에 굴러다니는가 하면, 왕족들 역시 왕국 전역에 황폐의 씨앗을 뿌려대지 않는가!

말로발리가 호숫가에 도착했다. 가장 괴로운 건 여자들이 거기 있을 때였다. 여자들은 사제가 입으라고 준, 꼭 맞는 빨간색 제복 윗도리와 꽉 끼는 검은색 일자바지 차림으로 그가 나타나자마자 웃음을 터뜨리기 시작했다. 그가 빨랫감을 풀어놓고 어색한 동작으로 문대기 시작하면 몸을 꼬아가며 웃었다. 그 여자들의 언어를 말할 줄 몰랐으니, 그 여자들이 들어 마땅한 욕을 퍼부어줄 수도 없었다. 물론 그 여자들을 때려줄 수도 없었다! 다행히도 그날 아침에는 호숫가에 인적이 없었다. 무성한 식물들이 물속으로까지 진출하여 그곳에서도 계속 생명을 이어가, 군데군데 보랏빛이 돌며 부패물처럼 유해한 꽃들이 떠 있었다. 다른 곳에서는 회색빛 도는 호숫가 땅이 짐승의 발자국으로 움푹 팬 채 또렷이 드러났다. 말로발리는 쭈그리고 앉았다가 제복 윗도리를 벗고 땅바닥에 길게 누웠다. 머리 위 하늘에는 구름 한 점 없었다. 니아가 이 세상 어딘가에서, 이곳에서는 북쪽일지 동쪽일지 서쪽일지 알 수 없지만, 그 어딘가에서 그를 생각하며 울고 있었다. 니아가 쉼 없이 조상들과의 사이에서 중재하여 그에게 순탄한 삶을 보장해달라고 주물사들에게 간청했다! 그렇다면 그들, 그 주물사들은 성공하지 못했다! 지금 그가 있는 곳이 바로 지옥, 윌리슈 신부가 쉬지 않고 말하던 그런 지옥이었다.

신부가 말로발리의 머릿속에 주입하려고 하는 종교는 전적으로 이해할 수 없고 난해해 보였다. 희생, 헌주, 봉헌 등, 그에게 익숙한 그 어떤 행위에도 기대지 않았으니까. 더 심각한 건, 그 종교는 그의 삶을 혼자서 돌아다니는 사막으로 바꿔놓으며 모든 생명의 표출을, 음악과 춤을 단죄했다. 가끔 윌리슈 신부가 그에게 말하면, 지금 문제가 되고 있는 그 어디에나 존재한다는 신을 붙잡아보려고 오른쪽 왼쪽으로 고개를 돌려봤다. 하지만 오로지 침묵만이, 부재만이 그에게 답했다.

무엇을 해야 하나?

한 번 더 그 질문을 자신에게 던졌지만, 답을 찾지 못했다. 멀리서 코뿔새 한 마리가 나무 꼭대기에서 날아올랐다.

포르토노보에서 우이다까지, 그 지역에서는 글레우에라고 불리는 그곳까지는 해안을 따라 배를 타고 가는 게 훨씬 안전했다. 사제 두 명과 말로발리는 네 명의 노꾼이 노를 젓는 배를 타고, 이

틀 반에 걸쳐 여정을 마무리했다. 다호메의 강력한 군주가 우이다라는 도시를 장악하고, 그곳에 보둔*을 들여놓은 뒤였다. 배에서 내려 그곳까지 가는 길은 가까웠는데, 몇 년 전부터는 주로 브라질과 쿠바로 끌려가는 노예들, 그리고 포르투갈인, 네덜란드인, 덴마크인, 영국인, 프랑스인 등 저마다 요새를 소유하고 있고 왕을 상대로 앞다퉈 음모를 꾸미는 유럽인들이 지나다니는 길이었다. 외국인은 모두 다 그러하듯이 두 명의 사제 역시 도시로 들어가면 다호메 왕의 대리인인 요보강을 만나러 가서 그곳에 온 목적을 설명해야 했다. 사실 두 신부는 브라질에서 돌아온 해방 노예 출신의 아프리카인들을 비롯해 포르투갈과 브라질의 상인들로 구성된, 상당한 규모의 가톨릭 이주 집단이 우이다에 있음을 이미 알고 온 거였다. 그런데 그곳에 마지막으로 부임하여 요새에서 거주하던 포르투갈 국적의 신부가 사망했고, 포르투갈은 전쟁을 치르고 식민지 브라질을 최근에 상실하는 바람에 국력이 약해져서 더는 그곳에 안정적으로 선교사들을 보낼 수 없게 되었다. 신은 신이니까. 그 신을 포르투갈인이 섬기든 프랑스인이 섬기든 무엇이 중요하겠는가! 그래서 윌리슈 신부와 에티엔 신부가 목자를 잃어버린 그 어린 양들에게 성사를 베풀러 온 거였다.

요보강 직책을 맡고 있는 다그바는 거대한 남자였는데, 너무

---

*   베냉, 나이지리아, 토고에서 쓰이는 폰어로 '신'을 뜻한다.

나 거대해서 가까스로 몸을 움직일 정도였다. 부채질하는 노예들에 둘러싸여서 높은 나무 의자에 앉아 있었는데, 티 한 점 없는 무명 파뉴로 감싸고 목에는 자패화 목걸이를 겹겹이 두른 차림이었다. 말로발리는 쿠마시에서 아산테헤네의 측근들이 구가하는 화려함에 익숙한지라, 살짝 경멸하는 마음으로 주위를 둘러보았다. 초가지붕을 인 가옥이 정성스럽게 비질이 된 뜰을 향해 열려 있었고, 겉보기로는 잡다하지만 사실 요보강이라는 고위 직책의 상징물들인 온갖 물품들로 주변이 붐볐다.

다그바가 우아하게 이 도시에 머물러도 된다는 허가를 내줬고, 특히 친절을 발휘해, 새로 도착한 이들을 세뇨라 로마나 다 쿠냐의 집으로 모셔다드리라는 임무를 노예 한 명에게 내렸다. 그 세뇨라는 브라질에서 돌아온 옛 노예 출신이며, 관례대로 기독교 공동체에 속한 옛 주인의 이름을 땄더랬다.

두 명의 신부와 말로발리는 우이다의 거리에 생생한 호기심을 불러일으켰다. 여러 해 전부터 우이다의 주민들은 백인이 오가는 모습에 익숙해졌더랬다. 하지만 검은 내리닫이 옷을 입고 넓은 허리띠를 매고 목에 십자가를 건 그 두 사람은 어느 모로 보아도 그들이 보아오던, 옷자락이 늘어지고 단추 달린 조끼를 입고 단을 접은 장화를 신은 남자들과는 닮지 않았다. 말로발리 또한 호기심을 자극했다. 사람들은 그의 상흔문신에 대해 궁금해했다. 어디 출신일까? 마히족도 아니고 요루바족도 아니었다. 아샨티

64

인가?

우이다는 거리가 반듯한 예쁘장한 도시로, 피톤 신을 모시는 사원을 중심으로 세련된 영지들이 촘촘히 들어서 있는데, 그 신앙은 이 지역 최초의 정복자였던 우에다 왕국이 물려준 것이었다. 사원에서 멀지 않은 곳에 온갖 물품을 다 파는 시장이 위치했다. 지역 산물, 신선한 생고기와 훈연 고기, 옥수수, 마니옥, 기장, 얌 등. 또한 유럽의 물품들, 화려한 색깔의 무명천, 영국의 손수건, 그리고 럼, 브랜디, 카샤사 등 특히 주류를 팔았다. 케이프코스트와는 달리, 유럽인이 지은 요새들은 도시 안에, 마치 상호 감시를 위한 것인 듯 총질하면 닿을 거리에 있었다.

로마나 다 쿠냐는 브라질에서 돌아온 해방 노예들만 거주하는 마루 지구에 살고 있었는데, 그들은 백인인 정통 브라질인 그리고 정통 포르투갈인과 종교 및 몇몇 생활 습관을 공유했지만, 그들과 구별해서 '브라질인' 혹은 '아구다'라고 불렸다. 로마나는 유럽의 노예선에서 맡기는 빨래 세탁으로 재산을 모았고, 따라서 네모반듯한 넓은 저택에 살고 있었는데, 저택은 회랑이 빙 둘렀고 회랑에는 섬세하게 투조 세공이 된 목재 덧창이 달려 있었다.

자신의 종교를 분명하게 표시하려고, 집의 북쪽 면에 성모마리아가 자신의 귀중한 짐인 아기 예수를 안고 있는 모습을 도자기 벽돌로 형상화했고, 입구의 문 위에는 십자가를 조각해놓았다. 어른스러운 태도의 소년이 나와서 문을 열어주고는 방문객들에게 기다리라고 부탁하더니, 어머니에게 알리러 달려갔다. 제법 긴 시간이 흐른 뒤, 세뇨라 다 쿠냐가 나타났다.

자그마하고 호리호리한 아직 젊은 여자였는데, 엄격한 동시에 열광적인, 슬픈 동시에 독실한, 겁에 질린 동시에 고집스러운 그 표정만 아니라면 심지어 예뻤으리라. 검은색 천으로 만든 수건이 이마의 반을 가렸고 같은 색의 원피스를 어색하게 입고 있었는데, 자루처럼 만들어진 그 원피스에 아직 둥글고 단단하리라고 짐작되는 가슴과 골반과 엉덩이가 묻혀버렸다. 그녀는 아들을 통역으로 쓰면서, 몹시 영광이며 이렇게 누추한 집에 그런 영예가 가당키나 하냐고 더듬거리며 말했다. 그러고는 어떤 방의 문을 활짝 열었는데, 안락의자와 육중한 서랍장과 번쩍이는 금속제 샹들리에로 장식된 탁자가 놓여 있었다. 말로발리는 그러는 동안 내내 예의를 차리느라 영지 입구에 서서 기다렸다. 그는 윌리슈 신부의 손짓이 있자, 이번에는 자신도 다가가서 주인에게 인사를 하기로 결심했다.

말로발리를 올려다본 순간, 로마나의 얼굴이 일그러졌다. 불신의 표정이, 그 뒤를 이어 강렬한 공포의 표정이 얼굴에 그려졌다. 그녀가 더듬거리며 무슨 말인가를 하자, 그녀의 아들이 아무런 동요 없이 그 말을 옮겼다.

"저 사람은 어디서 나온 거죠? 뭘 원하는 거죠? 누구죠?"

윌리슈 신부가 진정시키려는 어투로 대답을 했다.

"사뮈엘입니다. 우리의 오른팔이죠. 그도 역시 신의 아이랍니다."

"이봐요, 그쪽은 들어오지 말고 밖에 있어요……."

로마나가 명령하더니, 발작적으로 말로발리에게서 등을 돌렸다.

말로발리는 발끈했지만 그 말을 따랐다. 저 여자는 누구지? 무슨 권리로 저런 식으로 말을 하지? 주인의 이름을 갖다 쓰며 자신이 믿던 신들을 버리고 자신의 조상들을 부인한, 팔려 갔던 천한 노예 주제에……. 하마터면 생각을 바꿔서 집 안으로 들어가 로마나를 조롱하고, 그렇게 무례하게 구는 이유를 물을 뻔했지만, 자제했다. 주위에서는 난리법석이었다. 삽시간에 신부 두 명의 도착 소식이 도시 전체로 퍼져나가서, 가톨릭 신도 모두가 몰려들었다. 백인도 끼어 있었다. 말로발리가 케이프코스트에서 봤던 흑백 혼혈 같은 이들도 있었다. 하지만 대다수는 흑인이었다. 꽃무늬 원피스를 입고, 가끔 프랑스어와 영어 단어로 장식해가며 포르투갈어를 썼고, 말하는 사이사이 커다란 몸짓을 곁들였다.

로마나가 다시 뜰에 나타났다. 에티엔 신부와 윌리슈 신부가 사절 자격으로, 선교관을 세워도 좋다는 허락을 얻어내기 위해 다호메 국왕을 보러 갈 때까지, 그녀는 네덜란드산 시트를 깔고 모기장이 달린 침대를 갖춘 제일 좋은 침실을 그들에게 제공하며 유숙시킬 임무를 맡았다. 그녀의 시선은 애써 말로발리를 피했고, 말로발리는 그녀가 자신을 집에 묵게 할 생각인지, 그게 아니라면 자신은 거리로 나가 머물 곳을 찾아야 할지를 궁금해했다.

말로발리가 울적해서 오렌지 나무 아래 멀거니 서 있는데, 어떤 젊은 여자가 다가와서 속삭였다.

"밤바라?"

그가 그렇다고 했다. 그러자 여자가 따라오라는 손짓을 했다. 깜짝 놀란 말로발리가 따라나섰다.

두 사람은 뛰다시피 도심으로 가는 길로 접어들었고, 요새들이 보이는 곳에 도착했다. 거기에서 여자가 기다리라는 신호를 보내더니, 어떤 요새 안으로 사라졌다.

몇 분 뒤 다시 나타났는데, 병사 한 명을 달고서였다. 병사가 다가와서 입을 벌리기도 전에 말로발리는 밤바라인임을 알아봤다. 두 남자가 얼싸안았다. 고국의 언어가 들려오자, 말로발리는 눈물을 쏟는 일은 여자들이나 할 법한 행동이기에 그런 굴욕적인 행위를 하지 않으려고 생전 처음 본 상대방의 제복 천에 두 눈을 비벼댈 수밖에 없었다. 마침내 두 남자가 떨어졌지만, 마치 완전히 떨어질 수는 없다는 듯이 손은 잡은 채였다.

"티에*, 난 비람 쿠야테야……."

"난 말로발리 트라오레……."

밤바라 사람이라고! **발라, 플레, 응고니****, 모두 다 노래하라! 두

---

*   밤바라어로 '남자', 나아가 '형제'를 뜻한다.
**   타악기와 기타 등의 악기들.

눔바를 울려라! 밤바라 사람이야! 그러니까 그는 더 이상 혼자가
아니었다.

말로발리를 데리고 온 젊은 여자는 조신하게, 하지만 존재감을
분명히 드러내며 조금 떨어진 곳에 서 있었다. 말로발리가 몸짓
으로 그 여자를 가리키며 물었다.

"누구?"

비람이 미소를 지었다.

"모뒤페***라고 해. 그 이름에 더 잘 어울리는 사람은 아무도 없
지……. 네가 밤바라인이라는 말을 듣자 즉각 널 내게로 데려와
야겠다고 생각했대. 그녀 본인은 나고족이야. 소그바지 지구에
살고 있는데, 나랑 결혼할 여자의 옆집에 살아……."

하지만 돌아갈 생각을 해야 했다. 두 신부가 '그들의 오른팔'이
탈주했음을 알게 되면 뭐라고 하겠는가? 로마나가 하녀가 자리
를 비운 사실을 알게 되면 뭐라고 하겠는가? 하지만 지금 말로발
리는 마음에 위안을 얻었다.

두 사람이 로마나의 집에 도착했지만, 누구도 그들에게 주의를
기울이지 않았다. 왕국에서 게조 왕 다음으로 가장 중요한 인물
인 포르투갈인 프란시스쿠 드 소자, 일명 샤샤 아지나쿠라는 거
물이 집을 방문했기 때문이었다. 프란시스쿠는 우이다에 도착했

*** 요루바식 이름으로, '고맙습니다'라는 뜻이다.

을 당시에는 상주앙지아주다 요새에서 복무하는 창고 담당 하사관의 회계원 자격이었더랬다. 그러다가 포르투갈인과 브라질인들이 물러가고 나서도 현지에 남았고, 자신이 독점 판매 대리인을 했던 노예무역으로 눈부실 정도로 부유해지면서 최고 권력자가 되었다. 사실 어떤 노예선도 그의 허가 없이는 노예를 단 한 명도 배에 태울 수 없었다. 그가 열성적인 가톨릭 신자라는 사실이 그가 진짜배기 하렘을 소유하는 것을 막지는 못해서, 자식이 몇인지 더는 셀 수 없을 지경이었다. 그가 그런 지위의 남자치고는 놀라울 정도로 아무렇게나 옷을 입고, 이마까지 내려오는 장식술이 달린 벨벳 납작모자를 정수리에 얹은 모습으로 자신의 집 지붕 아래 묵는 영예를 베풀지 않으시다니 이건 모욕이라고 말했고, 그의 아들 이지도루가 약간의 프랑스어를 할 줄 알기에 더듬거리며 중간에서 그 말을 옮겼다. 하지만 에티엔 신부는 자존심이 강한 성격의 사람들을 달래는 재주가 있는지라, 마르타와 마리아 자매를 주제로, 그러니까 주 예수 그리스도가 두 자매의 누추한 거처에 머물기로 한 결정을 주제로 근사한 말들을 성공적으로 늘어놓았고, 그러자 샤샤 아지나쿠도 가라앉았다. 그는 게조왕이 형을 내몰고 왕좌에 오르는 걸 자신이 도왔기 때문에 왕이 자신의 신세를 엄청나게 지고 있다며, 게조 왕이 두 신부를 최대한 빨리 접견하고 두 분이 바라는 것을 내주도록 자신이 중재에 나서겠노라고 약속했다.

곧 하녀들이, 그 가운데에 모뒤페도 끼어 있었는데, 말로발리가 처음 보는 음식이 담긴 접시들을 내왔다. 바이아에서 들어온 요리법에 따라 토마토즙과 양파와 튀긴 고기와 마니옥 가루를 섞어 만드는 페추아다, 그리고 브라질 당과인 코카다와 페지몰레키였다.

말로발리가 자신의 집을 떠나 멀리까지 돌아다닌 지 이미 오래되었기에, 그가 낯선 이들과 섞여 있는 게 당연히 이번이 처음은 아니었다. 하지만 자신에 대한 어떠한 환대의 노력도 찾아볼 수 없었던 건 이번이 처음이었다. 파리아족 취급을 당하게 된 건 처음이었다. 무시당하고. 홀대당하고.

대체 왜?

노예선이 그를 노예제도가 있는 땅으로 데려가, 그를 백인과의 수상쩍은 친밀한 관계 속으로 밀어 넣지 않았다고? 그가 백인의 태도를 흉내 내고 그들의 신앙을 큰 소리로 떠들어대면서 그곳에서 돌아오지 않았다고?

이제 모두 손을 모으고 살베 레지나를 노래하기 시작했다. 아이들의 날카로운 목소리에 어른들의 목소리가 파묻혔지만, 윌리슈 신부는 손으로 박자를 맞추며, 새로 맞이한 양 떼의 열광을 자제시키려고 애썼다. 말로발리는 로마나와 시선이 마주쳤다. 이제 검은색 옷을 벗어버린 그녀는 소매를 부풀리고 목 주위에 여섯 겹의 레이스를 단, 빛의 각도에 따라 색이 바뀌는 긴 드레스를 입고 허리띠로 허리를 졸라맨 차림이었다. 하지만 우스꽝스러운, 적어도 말로발리의 눈에는 그렇게 보였는데, 그런 차림새가 그녀에게 잘 어울렸고, 그리고 신부들이 방문하여 벅찬 기쁨으로 생기 있는 얼굴이 된 만큼 그녀의 젊음이 더욱더 돋보였다. 그녀가 말로발리의 눈길을 재빨리 피했고, 말로발리는 당황스러웠다. 저 여인은 대체 왜 그를 싫어하는 걸까? 그 전날까지만 해도, 서로 단 한 번도 본 적 없는 사람들인데.

그런 의문을 품으며 그가 무릎을 굽히는데, 모뒤페가 음식이 담긴 박 그릇을 내밀었다. 정반대로, 그녀는 얼굴에 찬미와 벌써부터 전적인 복종의 표정을 띠고 있었다. 말로발리는 자신이 원하기만 하면 그녀는 즉각 그의 것이 되리라는 걸 알았다. 결국 우이다에서의 체류는 그렇게 시작이 나쁘지는 않았다. 첫날부터 한 남자의 우정과 한 여자의 사랑을 누리게 됐으니.

5

"아고*!"

말로발리가 눈을 떴고, 에우카리스투스의 윤곽을 알아봤다. 그가 미소를 짓더니 가까이 다가오라고 손짓했다. 아이와 어른 사이에 야릇한 우정이 맺어졌는데, 그 우정은 어른에게서는 깊은 동정심과 뒤섞였다. 에우카리스투스는 불편한 옷을 입고, 별로 중요하지도 않은 일로 채찍으로 얻어맞으며, 무릎을 꿇고 몇 시간씩이고 기도를 하고, 의미를 잘 알지도 못하는 문장들을 강제로 끝도 없이 어름거리며 교육을 받았는데, 말로발리는 그 모습을 보며 자신이 두지카의 영지에서 누렸던 자유, 즐거움, 놀이를 떠올렸고, 그길로 로마나를 찾아가 자신이 느끼는 걸 표현하고

---

* 폰어로 '조심하세요'라는 뜻이다.

싶은 충동을 느꼈다. 그런데 사실 무슨 권리로? 그로서는 전혀 이해가 되지 않는 풍속은 그렇게 시작되는 모양이었다.

아이가 수줍어하며 계속 문간에 선 채로 말했다.

"엄마가 장작을 패달래요……."

말로발리가 한숨을 쉬었다. 그는 노력에도 불구하고 로마나와의 격렬한 충돌을 향해 가고 있음을 느꼈다. 2주도 더 전에 에티엔 신부와 월리슈 신부가, 그가 아무런 도움이 될 수 없기에 그를 뒤에 남겨두고, 사절 자격으로 게조 왕을 알현하러 떠나갔다. 그러자 로마나는 그를 하인처럼 부리기 시작했다. "사뮈엘, 이걸 해라, 사뮈엘, 저걸 해라……."

처음에 그가 고분고분 말을 들었다면, 그건 자신이 손님 자격으로 있는 거라서, 그리고 예의상 그랬었다. 하지만 로마나에게는 그런 것과는 완전히 다른 문제임을 빠르게 깨달았다. 그를 모욕하려는 욕구였다. 왜일까?

그가 몸을 일으켰고, 옷을 꿰려는 수고도 하지 않고 그저 성기 가리개만 하고 뜰로 나갔다. 장작이 거의 처마 가장자리에 닿을 정도로 쌓여 있었고, 그 옆에 도끼 하나가 땅에 박혀 있었다. 말로발리가 분노를 다스리면서 장작을 패기 시작했다. 힘차게 도끼를 내리쳐서 나무둥치와 굵은 가지들을 쪼개나갔고, 그러느라 등줄기를 따라서 땀이 줄줄 흘렀다. 그런 식으로 장작의 족히 3분의 1을 처리하고 났을 때쯤, 로마나가 집에서 나왔다. 이해할 수 없는 말을 쏟아내는 사이사이 소리를 질러대는 게, 극심한 분노에 사로잡힌 듯했다. 말로발리에게 달려들더니 자신이 다칠 수 있는데도 도끼를 손에서 낚아채어 멀리 집어 던졌다. 말로발리는 어안이 벙벙했다. 무슨 일이 벌어진 건가? 도대체 뭘 잘못했다는 거지? 처마 밑에서 세탁을 하려고 세탁물을 준비하고 있던 하녀들이 소란스러운 소리에 몽땅 처마 밖으로 쏟아져 나왔고, 그러자 이번에는 집 안에서 비질을 하고 있던 하녀들이 달려 나왔다. 말로발리는 손으로 이마의 땀을 훔치고, 로마나를 마주 바라봤다.

그는 로마나가 그렇게 허파가 찢어져라 소리를 지르는 모습을 보고 있자니, 정말로 동정심이 솟구쳤다. 저 여자는 어딘가 아프다. 이유가 뭘까? 모뒤페가 말해주기로는, 그녀의 남편이 브라질에서 그녀가 절대 입에 올리지 않을 만한 상황 속에서 죽음을 맞았고, 이제 그녀는 우리 주 예수 그리스도 말고는 다른 남편감을 더 이상 필요로 하지 않았다. 그녀를 괴롭히고 저렇게 비인간적으로 만드는 게 남편에 대한 추억인가? 잠시 로마나의 외침이 끊어지자, 말로발리는 그녀의 아몬드 모양의 두 눈이 아름다움을, 평소에 늘 쓸쓸한 주름으로 가려져 있던 입술 선이 살짝 어린아이 같음을 알아차렸다. 그가 조용히 물었다.

"원하는 게 뭐요?"

그 순간 겁에 질린 에우카리스투스가 집 벽에 바싹 붙어 서 있다가, 거기서 떨어져 나와 더듬거리며 말했다.

"옷을 입어야 한다고, 집 안에 온통 벌거벗은 야만인은 두고 싶지 않다고, 왜냐하면 이 집은 기독교인의 집이니까, 라고 말씀하세요."

말로발리가 온갖 비난을 다 예상했다고 해도 이것만은 아니었을 거다. 언제부터 남자의 몸이 소동거리가 된 거지? 말로발리가 폭소를 터뜨리고, 뒤돌아 자신의 침실로 돌아갔다.

사건이 그걸로 끝났을 수도 있었으리라. 하지만 전혀 그러지 않았다.

말로발리가 오로지 로마나의 마음이 내킨 덕분에 방 한 칸 차지하고 있는 주제에 심드렁하게 자기 방으로 올라가버리자, 그 태도에 표가 나게 격분한 로마나가 집 안으로 들어가더니, 아이들에게나 사용하는 가죽 채찍을 들고나와 말로발리의 뒤를 따라갔다. 어쩌면 그걸 사용하려는 생각은 아닐까? 어쩌면 그저 허세로 그칠 동작인 걸까?

말로발리는 그녀가 손에 채찍을 들고 다시 다가오는 걸 보고는 아연실색했다. 그가 지금 무슨 꼴이 되었기에 여자가 감히 이런 식으로 위협을 하는 걸까? 동시에 분노가 밀려들었다. 로마나에게 달려들어 패주고, 어쩌면 죽이려는 순간, 어떤 목소리가 그가 아야오비를 강간한 뒤 아샨티 왕국에서 말려들었던 말썽을 일깨워줬다. 이제 살인죄를 저지른다면, 그는 어찌 되겠는가?

그가 로마나를 밀쳐내고는 채찍을 무릎에 대고 분지른 뒤 밖으로 나갔다.

모뒤페가 그를 따라 거리로 나왔다. 그녀는 우선 분쟁의 대상이었던 옷부터 건네고는 이번에도 역시 선한 혼령처럼 거리를 누비며 그를 인도했다. 아직 이른 시간이었다. 하지만 시내에서는 분주하게 움직이고들 있었다. 여자들은 시장으로 몰려갔고, 박그릇에 문양을 새기는 장인, 도기장인, 광주리장인, 직조장인 등의 장인들은 시장 주위에 이미 자리를 잡고서 행인들에게 상품을 권하고 있었다. 도시의 성문 근처에 종려나무 플랜테이션 농장이 최근에 만들어져서, 노예들은 줄지어서 그곳으로 가거나 이곳 주민들을 먹여 살리는 먹거리가 나는 밭을 향해 서둘러 갔다. 상인들은 항구로 가는 길에 올랐다.

모뒤페와 말로발리는 피톤 사원 앞을 지나 그녀의 가족이 사는 소그바지 지구로 들어섰다.

모뒤페의 가문은 오요 왕국 출신으로, 직조 기술을 갖고 있었다. 그들은 그 누구에게든 청할 게 아무것도 없는 유복한 사람들이었지만, 그들과 마찬가지로 나고족이며 지역사회에서 대단히 존경받는 세뇨라 로마나 다 쿠냐에게 딸아이 한 명 정도는 맡기는 게 좋을 거라고 여겼다. 그래서 로마나가 예의범절을 그녀의 머릿속에 넣어주고 싶다는 욕망만으로 매질을 하거나 함부로 다뤘다 하더라도, 모뒤페의 머릿속에 불평을 늘어놓겠다는 생각은 절대 떠오르지 않았으리라. 하지만 말로발리에 대한 사랑이 용기를 쳤다. 모뒤페는 영지의 뜰을 연달아 지나가 어머니의 발치에 몸을 던지고 울면서 말로발리가 바람의 친척임을 강조해가며 방금 무슨 일이 벌어졌는지에 대해 하소연해댔다. 모뒤페의 어머니 몰라라의 머릿속에 처음 든 생각은 막강한 로마나의 화를 돋울지도 모르는 일은 아무것도 하지 않겠다는 거였다. 하지만 그녀가 속한 부족에 대대로 내려오는 환대의 전통이 보다 우세했다. "만약 바발라워*가 매일 이파**의 뜻을 묻는다면, 그건 인생이 변화무쌍함을 알기 때문이다"라는 속담도 있지 않은가. 어느 날 그녀의 아들이나 가족의 일원인 누군가가 집을 떠나 먼 외지에서 그만큼의 곤경에 처하지는 않을지 그 누가 알겠는가? 모뒤페의 어머니는 하녀를 시켜서 말로발리에게 시원한 물과 바나나와 강낭콩으로 만든 푸짐한 아침 식사를 대접하게 하고는 남편이 돌아오기를 기다렸다.

프란시스쿠 드 소자, 일명 샤샤 아지나쿠는 관례적으로 '아구다' 사회에서 분쟁이 발생하면 중재를 했다. 그는 자신이 일궈낸 브라질 지구에 자리한 저택에서 판사 겸 조언자 노릇을 해왔다. 그는 자신이 모욕당했다고 생각하는 로마나 다 쿠냐의 진술을 먼

---

* 요루바족의 사제이자 점성가. 원래 이 단어는 '비밀의 아버지'를 뜻한다.
** 요루바족의 예언의 신.

저 듣고, 그다음에 존경할 만한 모뒤페 가족이 그 사건을 그의 권위에 맡기고 싶어 함을 분명히 인지한 가운데 그 가족이 설명하는 대로의 말로발리의 진술에 귀를 기울였다.

샤샤의 저택은 아름다웠다. 유럽에서 온 물건들, 안락의자, 탁자, 서랍장, 모기장이 달린 침대 등으로 꾸며놓은 열두어 개의 방이 오렌지 나무와 필라오 나무를 심어놓은 넓은 정방형 뜰을 향해 나 있었다. 저택 옆에 일종의 창고라고 할 수 있는 가건물이 서 있었는데, 그 안에는 울타리로만 나눠놓은 널찍한 공간이 있어 각지에서 끌고 온 노예들의 임시 거처 노릇을 했다. 약 100여 명에 달하는 노예들이 선박이 도착하기를 기다리고 있어서, 실의를 보여주는 온갖 자세를 취한 극도로 쇠약해진 그 가여운 형체들이 보였다. 하지만 샤샤를 둘러싼 사람들 가운데 그 누구도 거기에 신경 쓰지 않았고, 샤샤라고 해서 그보다 덜하지는 않았다.

샤샤가 코담배를 조금 집어 들고는 말로발리의 얼굴을 뚫어져라 바라보며 수컷, 또 다른 수컷으로서의 그를 가늠해보려고 했다. 여자들이 벌이는 말도 안 되는 짓은 어찌나 대단한지! 그러니까 로마나는 저 남자를 후려쳐도 아무런 처벌을 받지 않을 거라고 믿었다고? 그가 이지도루를 향해 몸을 돌리더니 판결을 내렸다.

"에티엔 신부님과 월리슈 신부님은 세뇨라 다 쿠냐의 집에 사뮈엘을 남겨놓았지만, 그렇다고 하인으로 부리라는 말씀을 하지는 않았다. 사뮈엘은 가톨릭 신자이고 영세를 받았으니 노예처럼 취급을 받아서는 아니 되리라. 하지만 존경할 만한 여성의 집에서 점잖지 못하게 옷을 입은 채로 돌아다님으로써 잘못을 저질렀음은 인정하자. 그렇다고 세뇨라 다 쿠냐가 그를 채찍으로 위협하는 일이 허용되는 건 아니었다. 유사한 사건이 다시 일어나는 걸 피하기 위해, 신의 종복들이 돌아오실 때까지 사뮈엘을 나의 집에 데리고 있겠다."

그러더니 파테르와 아베를 각각 세 번씩 읊조렸고, 그러자 모여 있던 사람들도 다 같이 입을 모아 따라 했다. 그 판결을 듣고 모뒤페의 눈에 눈물이 고였다. 그녀는 말로발리가 자신의 가족에게 맡겨지기를 바랐더랬다. 그랬더라면, 이렇게 급하게 포옹을 나누는 대신 굉장한 밤들이 기다렸을 텐데……! 말로발리는 매우 만족스럽게 여겨서 샤샤, 샤샤의 아들, 모뒤페의 아버지 올뤼에게 다가가 힘차게 악수를 나눴고, 그러고는 니아 앞에서 그리했을 법하게 모뒤페의 어머니 앞에서 깊숙이 고개 숙여 인사를 했는데, 그렇게 우아함이 넘쳐흐르는 동작으로 모든 여자의 마음을 사게 되었다. 보자마자 서로 마음이 맞았던 올뤼가 말로발리에게 요루바의 의복을 내줬던 터라, 그는 이미 원래의 고귀함과 당당함을 되찾은 뒤였다.

로마나는 판결이 떨어지자, 에우카리스투스를 데리고 물러났다. 아이가 어머니의 손을 슬며시 잡다가, 그 손의 타는 듯한 열기에 깜짝 놀라 말했다.

"이리되어 다행이에요, 엄마!"

그런 말은 로마나의 귀에 제대로 들어가지 않았는데, 말로발리가 제대로 보았듯이 그녀는 극심한 고통을 겪고 있었다. 그녀는 나바가 세상을 뜨고 나서 아프리카로 돌아온 뒤로 그 어떤 남자에게도 눈길을 주지 않았더랬다. 그녀는 마음이 망자를 위해 촛불을 밝힌 유해 안치소나 다름없었고, 머릿속으로는 나바를 끔찍한 종말로 이끈 각각의 사건을 묵새겼다. 바이아에서 발생한 이슬람 신도들의 반란. 아비올라의 배신. 소송. 그런 모든 일에 대해 그 누구에게도 절대로 속내를 털어놓지 않았으니, 첫마디를 꺼내자마자 고통을 가둬둔 둑이 터져나갈 테고, 그리되면 키워야 할 아들이 셋이나 있는데 자신이 광기와 죽음을 넘나들지도 모른다고 느꼈기 때문이었다.

말로발리가 나타나자마자 그 모든 게 변해버렸다. 시장에 내다 파는 훈연 고기처럼 딱딱해졌다고 생각했던 그녀의 심장이 다시 펄떡거리기 시작했다. 욕망이 그녀를 괴롭혔다. 그녀는 착란상태에서 나바를 다시 만났다고 착각했다. 더 젊고 더 잘생긴, 하지만 이상하게도 닮은. 질투로 민감해진 여자의 직관으로, 말로발리와 모뒤페 사이에서 무슨 일이 벌어지고 있는지를, 온 집안이 잠들었다는 판단이 서면 모뒤페가 말로발리에게로 간다는 걸 즉각 알아차렸더랬다. 처음에는 밀고라는 수단을 동원하여 모뒤페의 아버지에게 알릴까, 라는 생각도 했다. 그러다가 스스로가 부끄러워졌다.

그녀는 방금 무슨 일을 저질렀나? 어리석음 때문에 그를 다시 볼 수 있는 기회를 스스로 걷어찼다. 그는 더 이상 무심하게 성큼성큼 뜰을 가로지르지 않으리라. 그가 더 이상 더듬대는 요루바어로 인사를 건네지 않으리라. 아침이면 그가 선 채로 옥수수죽을 들이마시는 모습을 보지 못하리라. 그녀가 보기에 최악인 건 누구나 그녀의 비밀을 꿰뚫어 봤다는 것, 이제는 누구나 그녀가 그 남자에게, 그 외지인에게, 그 신부들의 종복에게 미쳐 있는 걸 알게 되었다는 것이다. 더 어리기까지 한 남자에게! 로마나는 집에 도착하자 혼자 조용히 울고 싶은 마음에 침실로 향했다. 하지만 미처 아구다 사회까지는 생각을 못 하고 말았다! 달메이다, 지소자, 다숨상, 다 크루스, 두 나시미엔투⋯⋯ 등 여러 가족이 줄줄이 들이닥쳤고, 전부 다 그 판결로 모욕당했다고 느끼고 있었다. 기독교인인 여성의 집에서 벌거벗고 돌아다닌 그 검둥이를 처벌했어야 하지 않나? 이야기가 갈수록 부풀려지다가 오전이 끝나갈 때쯤에 말로발리는 하녀들을 폭행하고 로마나를 향해 외설스러운 행위를 하며 아이들을 때린 인물이 되어 있었다. 아구다에게 늘 호의적인 게조 왕에게 그 사건을 갖고 가자는 의견이 나왔고, 샤샤에 대한 반란의 정신이 일기 시작한 게 어쩌면 그게 처음이었을 거다.

어두워지자, 로마나는 더는 참을 수가 없었다. 어린 하녀를 보내어 말로발리에게 자신을 보러 와달라는 청을 했다.

말로발리로서는 자신이 로마나에게 불러일으키는 감정을 눈치챌 능력이 전혀 없었다. 그는 그런 전언에 놀랐고, 자신에게 그토록 곤란을 안겨줬던 그 여자가 이제 와 무엇을 원하는 건지 의아해했다. 그는 깜깜해진 바깥으로 나갔다.

도시의 어느 구역에선지 한 인간 존재가 죽음에게 자신의 몫을 치렀음을 알리는 장송곡 합창 소리가 들려왔다.

떠나가는 뱀은
낙엽을 믿고
그 아래 새끼들을 숨긴다오
그대, 그대는 누구를 믿었나?
그대는 누구에게 우리를 맡겼나?
그렇게 죽은 자들의 나라로 떠나가면서?
오 쿠, 오 쿠, 오 쿠*……!

그 노래가 말로발리에게는 불길한 징조로 여겨져서, 길을 되짚어 돌아갈 뻔했다. 어쨌든 계속해서 길을 갔다. 그가 마루 지구에

---

* 폰어로 '죽음'을 뜻한다.

도달해보니, 로마나의 저택은 사실상 어둠에 잠겨 있었다. 어린 하녀들이 다들 정원 구석에 자리한 부속 건물의 침실로 돌아간 뒤였다. 스테아르산 양초로 불을 밝힌 유일한 곳이 로마나의 침실이었는데, 화려한 가구들은 호화롭게 꾸민 방들을 위해 간직했던 터라, 정작 자신의 침실은 짚자리와 박 그릇 몇 개로 간소하게 꾸며놓았다. 로마나는 포르투갈풍 옷을 벗어버리고 요루바식 상하의를 갖춰 입고 있었다. 그러니까 짤막한 파뉴를 옆으로 매듭을 지어 두르고 시원하게 파인 블라우스를 입어서, 그 아래 가려진 그녀의 몸이 갑자기 자유롭고 젊어 보였다. 머리에 모자를 쓰지 않아서 풍성한 검은 머리카락을 곱고 아름답게 땋아 내린 모습이 드러났다. 사실 로마나는 자신이 말로발리에게서 무엇을 기대하고 있는지 본인도 몰랐고, 그가 이다지도 가까이에 서 있으니 기절할 것 같았다. 방금 침실로 들어온 사람이 나바로 여겨졌다. 아마도 노예 생활이 그를 파괴하기 이전에 그랬을 텐데, 젊고 힘찬 나바, 그녀에게 과일과 함께 자신의 사랑을 가져다주던 나바. 하지만 말로발리는 침묵한 채 당혹스러운 눈길로 그녀를 뚫어져라 바라봤다. 마침내 그가 낯선 언어의 미로 속에서 단어를 찾아내어 질문을 던졌다.

"뭘 원하죠? 해야 할 말이 좋은 거라면, 왜 밤이 되기를 기다린 거죠?"

로마나가 얼굴을 옆으로 돌렸다.

"용서해달라고 하고 싶어서……."

말로발리가 어깨를 으쓱했다.

"그 얘기는 더 이상 하지 맙시다. 샤샤 아지나쿠가 분쟁을 해결했으니……."

침묵이 흘렀고, 그러자 로마나가 용기를 발휘해서 내질렀다.

"다시 이곳에 와서 살아. 주님의 이름으로, 다시는 당신을 함부로 대하지 않겠어."

말로발리가 미소를 띠었다. 정공법으로 나갔다.

"내가 살던 곳에는 이런 말이 있어요. 여자를 믿는 자는 흘러넘치는 강을 믿는 거다. 당신은 약속했지만, 다시 화를 낼 거예요……."

"내가 살던 곳"이라는 말이 들리자, 로마나의 입술에서 한 문장이 떨리는 목소리에 실려 나왔다.

"죽은 남편도 당신처럼 세구 출신이었는데……."

그러다가 그런 말이 배신인 것처럼 여겨졌다. 산 자에게 죽은 자에 대해 얘기하는 건 죽은 자에게는 모욕 중에서도 가장 잔인한 모욕을 가하는 거였다. 왜냐하면 산 자가 그 아내의 마음과 감각을 모조리 사로잡지 않았는가. 로마나는 그 이야기를 하는 대신 다른 말을 했다.

"적어도 애들은 보러 와줘. 애들이 당신을 너무 좋아하니까. 특히 에우카리스투스는."

말로발리가 문으로 다가갔다.

"다시 올게요, 세뇨라. 다시 오죠."

혼란스러워진 말로발리는 스스로가 못마땅하고 불안하여, 비람을 만나보려고 요새로 가는 길로 접어들었다. 왜 그 여자는 그를 가만 내버려두지 않는 걸까?

비람이 걸어온 길은 말로발리의 길과는 완전히 달랐더랬다. 그는 카르타 출신이었고, 투아레그인들에게 포로로 잡힌 뒤 왈로 왕국*으로 끌려갔더랬다. 그곳에서, 세네갈에서 농업 식민지를 시도해보려던 슈말츠 총독의 신병으로 들어갔다. 그때부터 늘 프랑스인들과 여기저기를 돌아다녔고, 그러다가 그들과 함께 우이다 요새로까지 흘러 들어오게 되었다. 프랑스 정부가 자국 군인을 다시 불러들였을 때에도, 그는 다른 밤바라인들과 같이 그곳에 남아 노예무역에 매진했고, 노예상들에게 아직 판매할 노예가 있음을 알리려고 깃발을 게양했더랬다. 사실 그도 어느 정도는 샤샤의 남자들 중 한 명이기도 했다.

비람은 방금 무슨 일이 벌어졌는지를 듣고 나서 제안했다.

"여기 와서 살아. 여기는 아무나 한자리 차지해도 된다고……."

하지만 말로발리가 고개를 저었다.

"안 돼, 샤샤가 자기 집에 머물러도 된다고 허락했는데, 배은망

---

*   현 세네갈에 위치했던 왕국.

덕한 놈으로 보이고 싶지는 않아."

비람이 입을 삐죽거렸다.

"그런 포르투갈인, 그런 브라질인, 특히 그런 흑인을 조심해. 더러운 원숭이들 주제에 자기네가 백인인 줄 알고는 모두를 멸시하고 자기네가 더 우월하다고 여긴다고. 할 수 있는 한 놈들과 엮이지 마……."

말로발리는 로마나 생각을 하고 있었다. 다른 여자가 문제였더라면 그는 분명 그 여자의 비밀을 꿰뚫어 봤을 텐데. 하지만 그녀의 경우, 그는 그런 태도, 엄청난 사나움의 뒤를 잇는 그런 다정함, 그런 미소, 그런 시선에 대해 아무것도 이해하지 못했다. 그는 머릿속이 완전한 혼란에 먹힌 채 비람과 함께 브랜디를 여러 병 비웠다.

곧 아구다 사회 전체가, 그리고 우이다 전체가 험담거리를 갖게 됐다.

샤샤 아지나쿠가 말로발리에게 홀딱 넘어가서 그와 우정으로 맺어졌다. 이런 일은 통상적이지는 않았다. 샤샤는 자신이 거느린 아내 중 한 명과 잠자리를 갖는 경우가 아니라면, 거의 노예선 선장과만 어울리는 오만한 인물이었으니까. 그가 노예무역에 말로발리를 끌어들였다. 10년 전부터 영국이 노예무역을 금지하면서 다른 나라들도 따르라고 강요했다. 프랑스의 경우를 봐도, 역시 막 그런 조치를 취한 터였다. 그렇지만 노예무역은 줄어들지 않았다. 노예로 꽉꽉 찬 배들이 브라질과 쿠바를 향해 항해했다.

그리하여 말로발리가 작은 보트를 타고 노예선으로 가서 선장들을 데리고 나와 그들을 요보강 다그바에게로, 그다음에는 샤샤에게로 데리고 가는 모습이 목격됐다. 그가 샤샤의 식탁에서 노예상과 함께 식사를 하고, 미리 그 자신이 직접 온갖 요령을 부려서 사람들 앞에 내놓을 만하게 준비시킨 인간 가축을 그와 함께 검사하는 모습도 목격됐다.

한마디로, 짧은 시간 동안 말로발리는 증오를 샀다.

왜? 노예무역에 뛰어들어서? 물론 아니다. 우이다에서는 정도의 차이는 있을지언정 모두가 그 일을 했다. 그럼 외지인이라서? 그것도 아니다. 쿠포강과 우에메강 사이에 낀 이 좁은 반도에서는 포르투갈인, 브라질인, 프랑스인, 심지어 윌리엄스 요새의 영국인은 말할 것도 없이 아자족, 폰족, 마히족, 요루바족, 우에다족 등이 서로 마주쳤다. 언어가 서로 섞였고, 신들을 서로 교환했고, 풍습이 뒤섞였다. 그렇다면 무엇을 비난하는가? 오만하다고, 여자를 후린다고, 술을 너무 많이 마신다고, 그의 말로는 여기저기돌아다니면서 배웠다는 카드놀이를 하면서 판돈을 싹 쓸어 간다고, 지구상의 그 어느 곳보다도 세구를 더 우월하게 여긴다고 비난받았다. 세구가 그렇다면 대체 왜 거기에 머무르지 않았는가?

두 신부가 계조 왕이 도시 밖의 자투리땅을 양여해준 것에 대해 감사하는 마음이 그득한 상태로 아보메*에서 돌아오자 일이 복잡해졌다. 두 신부가 자신들의 하인을 내놓으라고 요구했지만, 샤샤는 말로발리는 사제가 그에게 부여한 직책보다는 더 가치가 나간다는 구실로 돌려주기를 거부했다.

강력한 항의의 외침이 터져 나왔다!

두 사제는 기독교인에게는 온당치 않은 '인육'의 매매로 말로발리를 끌어들였다고 샤샤를 나무랐고, 말로발리를 비난했고, 그러다가 결국은 승소하고 만 셈이 되었다. 이제 말로발리는 시간을 쪼개어 성당을 건립하는 동시에 대농장주 조제 도밍구스의 팜 플랜테이션에서의 작업을 병행했다.

사실 노예 매매와 더불어 새로운 무역이 발달하여 황금해안의 노예상들, 특히 오일리버 유역**의 노예상들은 이미 한재산을 만들었다. 바로 팜유 무역 덕분이었다.

이제 말로발리가 도시 바깥의 팜 플랜테이션 농장까지 여러 무리의 노예를 이끌고 가서 그들의 작업을 감독하는 모습이 눈에 띄었는데, 그 노예들은 밧줄을 몸에 묶고 잇새에 손도끼를 물고서 팜야자나무에 올라가 열매 송이를 잘라낸 뒤, 그 열매들을 보트에 싣거나 바구니에 담아서 육로로 수송했다.

---

*　다호메 왕국의 수도.
**　니제르강 삼각주를 가리킨다.

말로발리는 계속해서 샤샤의 집에 머물렀다. 밤늦도록 두 남자가 노예선 선장들과 함께 당구를 치고 농담을 주고받으며 럼주를 마시는 소리가 들려와서, 샤샤의 첫째, 둘째, 셋째 아들인 이지도루, 이그나시우, 안토니우는 질투를 했고, 그들의 입에서는 밤바라족이 부리는 마법에 대한 말까지 나올 정도였다.

말로발리의 삶에서 어느 모로 보나 행복한 순간이었다. 위험, 살인, 강간으로 점철된 용병의 삶 다음에 사제의 시중을 드는 종복의 삶에 대한 실망감에 시달린 뒤 완전한 자유를 맛보게 되었다. 게다가 도밍구스가 월급 대신 그에게 남겨준 팜 열매를 가지고 빠르게 재산을 불렸다. 팜 열매의 씨를 빻아 붉은 기름을 짜내는 여자들에게 그 열매들을 팔았기 때문이다. 레지스 형제라는 프랑스인 두 명이 최근에 도시에 도착했는데, 요새를 민영 해외 상사로 만들겠다는 이야기를 꺼냈다. 그곳 요새에 기름을 저장했다가 프랑스의 도시 마르세유로 보내면, 그곳 상인들이 그 기름으로 비누와 기계 기름 등을 만들게 될 거다. 결국 노예무역보다도 그게 더 이문이 남을 거다…….

말로발리는 망설였다. 샤샤는 말로발리가 자기 집을 지을 수 있게 게조 왕에게 청을 넣어 토지 양여를 얻어낼 거라고 큰소리를 쳐댔다. 그렇게 되면 그는 모뒤페와 결혼할 수 있으리라…….
하지만 그는 세구로 돌아가야겠다는 생각이 점점 더 자주 들었다. 이 고장 특유의 메마르고 타는 냄새 속에서, 석호에서, 맹그로

브 숲에서 위험의 냄새를 맡았다. 그 위험은 그를 덮칠 짐승처럼, 그의 목덜미에 송곳니를 박아 넣을 순간을 기다리는 짐승처럼 어딘가에 웅크리고 있었다. 누군가가 다호메 왕국의 북쪽에 있는 아도포디아로부터 통북투까지는 열흘 거리밖에 되지 않는다는 말을 해줬다. 그는 그 도시가 어디 있는지, 그리고 어떻게 그곳에 갈 수 있는지를 알아낼 때까지 멈출 수가 없었다.

일단 통북투에 가면, 세구에 거의 다 도착한 것과 마찬가지가 아닌가?

6

에우카리스투스가 말로발리의 팔을 건드리며 중얼거렸다.

"이야기 하나 해줘요……."

말로발리가 잠시 생각한 뒤 시작했다.

"수루쿠와 바데니가 마주쳤어. 바데니는 수루쿠가 자기 어머니라고 생각했단다. 그래서 바데니는 수루쿠를 졸졸 따라다니며 수루쿠의 젖을 빨기 시작했어. 수루쿠는 벗어나고 싶어서 바데니의 머리통을 잡아떼어놓으려고 했지. 그런데 바데니가 꼭 물고 있는 바람에 수루쿠의 성기까지 몽땅 딸려 나갔단다. 그러자 수루쿠가 소리를 질렀지. '아, 이 바데니 녀석 정말로 세게도 빠는구나.'"

로마나의 막내아들 에우카리스투스가 웃음을 터뜨렸다. 말로발리가 이렇게 이야기를 해주면 아버지에 대한 추억이 어렴풋이 떠올랐다. 아버지가 돌아가셨을 때 그는 너무 어렸다! 겨우 세 살이었을까. 그 뒤로 어머니는 아버지의 이름을 절대 입에 올리지 않았다. 마치 아버지가, 나무와 풀과 관목이 마구 자라나게 내버려둔 채 절대로 잡초도 뽑아주지 않고 개간도 하지 않는 저주받은 들판에 묻힌 것 같았다. 말로발리가 옛날이야기를 해주면, 아주 다정하고 어머니보다도 더 애정이 넘치며 어깨가 당당하게 떡 벌어진 장신의 남자가 눈앞에 어른거리는 듯했다. 요루바어가 아닌 언어의 독특한 억양이 들리는 듯했다. 아버지는 어느 부족에 속할까? 감히 로마나에게 물을 수가 없었으니, 어머니가 채찍으로 때리거나 손으로 입을 찰싹 때리는 것으로 답을 주리라는 걸 알고 있어서였다. 그는 어리광을 부리듯이 말로발리의 어깨에 머리를 기댔다.

"이제 아저씨의 출생 이야기를 해줘요……."

말로발리가 웃었다.

"그건 옛날이야기가 아닌데. 내가 태어난 바로 그날, 흰둥이 하나가 세구 성문에 와서는 만사를 알현하게 해달라고 요구했대. 그자는 어디서 온 거지? 뭘 원하는 거지? 아무도 알지 못했어. 그래서 주물사들은 악한 혼령이 변장한 거라고 생각했단다. 그놈 피부가 알비노의 피부처럼 허옜거든……."

"왜 알비노를 무서워하는 거죠?"

그 순간 하녀 한 명이 어른과 아이가 서로 기대고 있는 방 안으로 들어오더니 중얼거렸다.

"이야가 보재요, 사뮈엘!"

로마나는 집 안에 있었다. 방금 목욕을 마쳤다는 게 여실했다. 기름을 발라 반짝거리는 그녀의 피부에서 은은한 향기가 풍기고 있었으니까. 그녀가 말로발리를 향해 고개를 들더니 그를 나무랐다.

"저런! 에우카리스투스를 보러 오면서 나한테는 인사도 안 하네!"

그가 미소를 띠면서 사죄했다.

"잔다고 생각했죠, 세뇨라······."

그녀가 의자를 권했다.

"사업을 제안하고 싶어서. 동업이라고나 할까. 당신이 팜유 장사에서 엄청난 성공을 거둔 걸 알아. 나랑 동업하면 어떨까······."

"어떻게 하자는 말이죠?"

그녀로서는 기름야자나무든 팜야자나무든 팜유든 별반 상관없다는 걸 이해하지 못하는 둔한 남자 같으니! 그녀가 말을 이어 갔다.

"그러니까 당신이 매주 이곳으로 세 바구니나 다섯 바구니 정도로 야자열매를 가져다주겠다고 약조하면 어떨까. 내게는 하녀든 노예든 충분하니까 나머지 일은 알아서······."

말로발리는 생각에 잠겼다. 그는 동업으로 인해 로마나와 너무 긴밀한 관계로 엮이고 싶은 생각이 조금도 없었다. 그녀의 존재는 그에게 일종의 공포를 불러일으켰으니까. 그녀는 극도로 신경이 흥분된 상태였고, 그로서는 그런 상태의 원인으로는 단 한 가지만이 가능했지만, 그녀에게 그 원인을 감히 부여할 수가 없는지라 그녀의 상태가 몹시 거북했다. 그가 대답했다.

"내가 주인이 아니라는 걸 잘 알면서 왜 그래요. 조제 도밍구스에게 말을 해봐야 해요."

그녀가 한숨을 쉬었다.

"그 사람은 나를 싫어하는데……."

그가 어깨를 으쓱했다.

"왜 싫어하겠어요?"

"여자를 싫어하고, 여자를 경멸하고, 여자가 주도권을 쥐는 걸 원치 않으니까."

그 말이 말로발리에게는 전적으로 이해할 수 없는 말로 여겨졌고, 그로서는 그 말에 대해 아무런 할 말이 없었으므로, 로마나가 말을 이어갔다.

"알겠지만 남편 없는 여자에게는 사는 게 쉽지 않아."

이제 말로발리는 그가 두려워할 만한 영역에 발을 들여놓게 되어서 응수하지 않을 수 없었다.

"대체 왜 남편 없이 있는 거죠? 당신은……."

말로발리가 그녀를 똑바로 바라본 건 어쩌면 그때가 처음이었을 텐데, 그는 그녀가 얼마나 연약한지를 깨닫고 진지하게 이렇게 말을 맺었다.

"…… 아름다워요……."

"모뒤페만큼 아름다워?"

의심의 여지는 전혀 없었다. 말로발리는 자기 앞에서 뒤로 넘어갈 것처럼 구는 여자들을 너무나 많이 봐왔기에 깨닫지 못할 수가 없었다. 그는 관목 속에 있던 뱀과 맞닥뜨린 남자처럼 의자에서 후다닥 일어나서 더듬거렸다.

"이야, 에우카리스투스가 기다리고 있어서, 이야기 마지막 부분을 들려줘야 하니까……."

그가 이야라고 불러서 그녀의 자존심을 일깨워주려고 했다. 하지만 성조를 무시하고 첫 번째 음절에 잘못 힘을 주어 그 이름을 틀리게 발음하자, 로마나가 일어나 그의 품에 몸을 던졌다.

"예전에 누군가가 나를 그렇게 불렀어."

말로발리가 관성에 휩쓸려 그녀의 몸에 팔을 두르고 상대방이 자신에게서 바라고 있는 일을 하려고 드는 차에 그가 겪어보지 못한 위험한 감정들이, 그러니까 열정, 소유욕, 질투, 죄짓는 두려움 등이 그 가느다란 육체에 딸려서 자신의 삶으로 들어올 거라고 직관이 속살댔다. 그는 정신을 차렸고, 바닥에 깔린 짚자리로 단호히 그녀를 밀어놓고 나가버렸다.

에우카리스투스는 오렌지 나무 아래에서 그가 나오기를 기다리고 있다가 그가 성큼성큼 걸어서 가버리는 모습을 바라봤다.

로마나는 혼자 남았음을 깨닫자, 처음에는 아연실색했다. 그렇게 자기 몸을 내주고 일곱 번째 계명을 어기고 남편의 기억을 더럽혔는데 거절당했다. 그녀가 공포에 사로잡혀서 어찌나 커다란 비명을 내질렀는지 하녀들은 비눗물에 손을 푹 빠뜨릴 정도였고, 아이들과 이웃들에게까지도 그 소리가 들렸다.

그 비명은 말로발리의 고막을 꿰뚫었고, 즉각 그의 발목에 날개가 돋게 해줬다. 그는 전속력으로 달리기 시작했고, 사람들은 범죄를 저지른 뒤 달아나는 도둑을 보겠다고 바깥으로 튀어나왔다.

그는 어느새 발밑에 곱고 하얀 모래가 깔린 해변에 닿아, 소금기와 이끼로 갉아 먹힌 야자수 몸통에 몸을 부렸는데, 그 무게로 나무 몸통이 서서히 무너졌다. 먼바다에는 스쿠너선 한 척과 슬루프선 한 척이 떠 있었다. 아! 브라질이든 쿠바든 어디든 가서 삶을 다시 시작할 수 있다면!

말로발리는 자기 삶의 얼굴을 바라보며 증오심을 느꼈는데, 지저분한 유곽에서 창녀를 만나 그 여자와 앞으로 살아갈 나날들을 함께 나눠야만 하여 그녀의 얼굴에 대해 증오심을 품는 남자와 흡사했다.

거기에서 그가 두 손으로 머리를 감싸고 있으니 어떤 남자가 다가왔고, 그를 몰래 지켜봤기에 이런 말을 건넸다.

"사뮈엘 아닌가, 조제 도밍구스의 동업자?"

말로발리는 등을 돌려버렸다. 이번에도 또 그를 동정하는 척하면서 사실은 파멸시키려고 마음먹은 조상들의 충고에 걸려들지 않겠다! 어쨌든 남자가 꿋꿋하게 말을 했다.

"괜찮다면, 바다그리*로 출발하세. 아니면 칼라바르**로. 바로 거기에 미래가 있다니까! 석 달이면 우리도 샤샤 아지나쿠처럼 비단과 벨벳으로 휘감을 수 있을 텐데……."

천만에! 만약 이 고장을 떠나야만 한다면 그건 집으로 돌아가기 위해서이리라. 하지만 언젠가는 거기에 도착하게 되는 걸까? 그는 로마나와 사랑을 나누는 걸 거부함으로써 로마나의 뜻에 굽혔을 때보다도 더 심각한 죄인이 되었음을 분명히 느꼈다. 어떤 식으로, 어떤 식으로 복수하려고 들까?

작은 보트 하나가 불행한 자들을 잔뜩 싣고 해안가에서 멀어져 갔고, 이제 그 사람들은 발에 족쇄를 찬 채 범선의 선창에 던져질 터였다. 바람이 말로발리의 콧속으로 그들의 땀과 고통의 냄새를 실어 날랐다.

그러는 동안, 격분한 아구다 한 무리가 샤샤 아지나쿠의 저택으로 밀고 들어가 뜰을 가득 채웠다. 보고를 받은 샤샤가 실내복을 입은 채 나와봤다. 브랜디를 과음해서 술이 깨도록 누워 있던 차

---

*   베냉과 국경을 접한 나이지리아의 노예무역항.
**   나이지리아 남부의 도시.

였다. 작년에 바이아에서 돌아온 흑백 혼혈인 프란시스쿠 달메이다가 쓰고 있던 그물망 빵모자를 벗어 존경심을 표하며 말했다.

"사뮈엘을 우리에게 넘겨주세요, 샤샤. 놈이 세뇨라 다 쿠냐를 범했습니다⋯⋯."

샤샤는 기분이 몹시 안 좋은 상태였지만, 웃음을 터뜨렸다.

"그런 이야기를 누가 해줬소?"

"증인들이 있어요, 샤샤⋯⋯."

샤샤가 어깨를 으쓱했다.

"증인들이라고? 그렇다면 그건 더 이상 강간이 아니지⋯⋯."

어쨌든 그는 노예에게 말로발리가 와서 변론을 하도록 그를 찾아오라는 명령을 내렸다. 노예가 홀로 돌아와서는 그가 사라졌다고 알리자 아구다 사이에서 격렬한 반발이 일었고, 그 순간 말로발리가 태도만 봐도 자신에게 걸려 있는 피의 사실이 뭔지 이미 알고 있음을 보여주는 모습으로 고개를 푹 숙인 채 뜰에 나타났다. 샤샤가 그를 향해 몸을 돌렸다.

"사뮈엘, 여기 있는 사람들은 아주 심각한 사건을 들고 내게 왔네. 자네가 세뇨라 다 쿠냐를 범했다는데⋯⋯."

말로발리가 고개를 들고 혼란스러운 표정으로 샤샤를 바라봤다.

"누가 그런 말을 했대요?"

프란시스쿠가 증오심을 내비치며 말했다.

"세뇨라가 직접 했을 뿐만 아니라, 이웃이 전부 세뇨라가 방어

하느라 지르는 비명 소리를 들었어. 심지어 어린 에우카리스투스 조차 네놈이 범죄를 저지른 뒤 달아나는 모습을 봤다고……."

샤샤가 끼어들었다.

"신명재판을 하게 도수에게로 데려가세……."

말로발리가 한숨을 쉬었다.

"그럴 필요 없어요. 죄를 지었어요……."

야단법석이 일었다. 몇 명은 말로발리에게 달려들 것처럼 굴었다. 또 다른 사람들은 욕설을 퍼부었고, 반면에 또 다른 사람들은 매질을 하려고 영지에 심어놓은 필라오 가지를 분지르겠다고 나섰다. 샤샤가 모두에게 진정하고 조용히 하라고 명했다.

"게조의 왕국에서는 그 누구도 사적으로 법 집행을 할 수 없소. 도수에게로 데려가서 형을 결정하게 하도록."

도수는 우이다에 나와 있는 법무부 장관의 대리인으로, 장관 자신은 아보메에 거주하며 늘 왕의 지근거리 내에 머물렀다. 예심판사 역할을 담당하는 도수는 자잘한 사건들을 처리했고, 자신의 능력을 넘어서는 사건이면 고소인을 게조 왕에게로 보냈다. 도수는 요보강 다그바에게서 멀지 않은 곳에, 아구다인의 호화로운 저택에 비교한다면 상당히 소박한 외관의 집에 살았다. 아마도 그런 이유 때문인지 그는 아구다인을 싫어했다. 그가 뜰로 나왔고, 아내 중 한 명이 만들어준 칼랄루*와 재 속에 묻어둔 얌 생각에 짜증을 내며 말했다.

"너희들의 사건은 내일까지 기다릴 수가 없는 건가?"

그러더니 두 명의 노예에게 말로발리의 손을 뒤로 포박하여 작은채로 데려가라고 명령했는데, 그의 개인채에 딸린 그 가옥은 감옥으로 사용되었다. 아구다인들은 해산하지 않을 수 없었다.

말로발리는 작고 어둡고 축축한 가옥 한 귀퉁이에 쭈그려 앉았고, 노예들이 야자수 몸통을 갖다가 문 앞을 막아놓았다. 그는 자신의 마음속에서 무슨 일이 벌어지고 있는지 정확히는 이해하지 못했다. 마치 더는 자신의 운명과 달리기 경주를 할 수 없을 것 같은 일종의 피로감. 기껏 아야오비를 벗어났더니 이제는 로마나와 실랑이를 하게 됐다. 그러고도, 모호하고 복잡한 또 다른 감정이 있었다. 로마나에 대한 일종의 동정. 그녀가 거짓말을 했다고 밝혀, 공개적으로 모욕을 줘야 할까? 말로발리는 샤샤의 미소를 똑똑히 봤더랬다. 이런 의미였다. '로마나를 범하려고 하다니, 그 무슨 괴상망측한 생각이야! 설마, 그럴 리가 있으려고!'

그는 애원조의 질문을 떠올렸다. "모뒤페보다 더 아름다워?" 아, 그녀를 안기 전에 "그럼요"라는 대답부터 해줬어야 했다. 그러기는커녕 겁쟁이처럼 뒤로 물러났더랬다. 강간죄로 받게 될 형은 어떤 걸까? 로마나는 유부녀도 아니고 사춘기도 넘기지 못한 어린 소녀도 아니니, 세구에서라면 그런 범행은 아주 중죄로 간주

---

*　곡물과 야채로 만든 일종의 스튜.

되지는 않으리라. 하지만 다호메의 관습이 어떤지 알 수 없었다.

유죄 선고를 받은 자들은 종종 아보메로 끌려가, 왕실의 조령을 달래기 위한 관례적인 대규모 의식이 거행될 때 희생 제물로 바쳐진다고 말하지 않던가? 그게 아니라면, 그들은 아포메이라고 불리는 늪지 지역으로 보내져 평생토록 왕의 토지를 경작했다. 게다가 로마나는 아구다였다. 말인즉슨, 그녀는 왕실에 영향력을 행사하는 강력한 사회 그룹에 속해 있었다. 최악의 사태를 두려워할 만했다. 감옥의 어둠 속에 잠긴 말로발리에게 영지의 뜰에 나와 있는 도수의 아내들과 아이들의 목소리와 웃음소리가 들렸다. 그가 사형을 언도받든 강제 노동을 언도받든, 이곳에서 그 누가 염려해주겠는가? 모뒤페를 제외하면 아무도 없다. 하지만 모뒤페는 열여섯이 채 안 됐으니 그를 잊게 되겠지. 니아 역시 저 멀리 세구에서 그가 돌아오길 기다리다 지쳐, 보나 마나 티에코로가 나디에 아닌 다른 여자에게 만들어줄 아이들을 흔들어 재우리라. 삶이란 무엇인가? 지상에 그 어떤 흔적도 남기지 못하는 덧없는 지나감. 그 의미조차 인지하지 못하는 시련의 연속. 윌리슈 신부는 그 모든 것에는 단 하나의 목적이 있다고 말해 버릇했다. 인간을 정화하여 예수 닮은 인간으로 만들기. 신부의 그런 말이 옳았나?

모기들이 몹시도 성가시게 얼굴 주위에서 원무를 추기 시작했다. 다음 날이면 재판을 위해 그를 아골리*로 불러내리라. 그동안 잠을 자야 했다. 말로발리가 괜히 군인이었던 건 아니어서, 전투와 노략질 틈틈이 도둑잠을 자는 데 익숙해져 있었다. 눈을 감자마자 그의 혼령이 몸에서 떨어져 나와 보이지 않는 존재들의 세계에서 떠돌기 시작했다.

그의 혼령이 광활한 어두운 숲 지대와 황갈색 표면의 모래땅 위를 날아서 세구로 가, 고(故) 두지카의 영지에 내려앉았다.

탄생 축하가 한창이었다. 모로 누운 니아가 품에 아기를 꼭 안고 있었다. 코사**라는 이름을 받은 아들. 여인으로서 장년에 들어서서 아이를 낳는 일보다 더 아름다운 일이 무엇이 있겠는가! 니아에게서는 환한 빛이 뿜어져 나왔다. 그녀가 입술에 젖 방울을 달고 잠든 갓난아기를 내려다볼 때, 젊음의 분가루가 얼굴에 발려 있었다. 갑자기 갓난쟁이가 눈을 떴는데, 검고 깊으며 뚜렷한 악의로 가득한 어른의 눈이었다. 갓난쟁이가 말로발리를 뚫어져라 바라보며 내뱉었다.

"네가 나, 나바만큼 운이 있을까?"

꿈이 어찌나 강렬하던지 말로발리는 헐떡거리며 깨어났다. 무슨 의미일까? 말로발리는 나바가 실종됐을 때 고작해야 일고여덟 살이 될까 말까 한 때여서, 그 형을 정말로 안다고는 할 수 없

---

* 폰어로 '법정'을 뜻한다.
** 밤바라어로 '사건 종결'을 뜻한다. 늦둥이에게 붙여주는 이름.

었고, 그를 위해 눈물을 흘리지도 않았더랬다. 그래서 그의 생각이 그 형을 향하는 때는 정말로 드물었다. 나바의 환생이라고 주장하는 갓난쟁이와 이렇게 갑작스럽고 충격적으로 만난 사건의 의미는 단 하나일 수밖에 없었다. 나바가 죽었다는 것. 그렇다면 그러한 악의와 공격성은 왜일까? 동생이 형에게 무슨 해악을 끼쳤다고?

말로발리는 머릿속으로 그러한 질문들을 곱씹고 또 곱씹었다. 아침이 되자 노예들이 감옥채 입구를 막고 있던 야자수 몸통들을 치웠고, 이어서 에티엔 신부가 들어왔다.

말로발리가 보게 되리라고 가장 예상하지 못했던 인물이었다. 윌리슈 신부만 됐어도 그러려니 할 텐데! 아직 밤에 꾼 꿈과 그 꿈이 심어준 불안의 여파에서 벗어나지 못한 말로발리가 투덜대면서 구석에 웅크렸다. 저자는 뭘 원하는 걸까? 그의 불행을 즐기려는 건가? 에티엔 신부가 길게 성호를 긋고는 명령했다.

"무릎을 꿇어라, 사뮈엘! 나를 따라 파테르 노스테르를 음송하거라……."

말로발리는 그 두 사제의 불길한 시선 아래 놓일 때마다 그랬듯이 복종하지 않을 수 없었다. 말로발리는 자신에게는 진정한 의미를 갖지 못하나 신부들은 엄청난 무게를 부여하는 그 말들을 그러모았다.

"네가 죄를 저지르지 않았고, 사람들이 네가 저질렀다는 그 범죄와 무관함을 안다……."

희망의 불꽃이 말로발리의 심장에서 튀었다. 그가 더듬거렸다.

"신부님, 어떻게 아시는 거죠?"

에티엔 신부가 다시 손을 모았다.

"어제저녁에 로마나 다 쿠냐의 고해를 받았거든. 사뮈엘, 돼지에게 던져준 진주에 관한 잠언을 알고 있나? 비열한 돼지 같은 네놈이 손에 쥔 게 진주란다. 헤아릴 길 없는 현명함의 신께서 어쩌면 이렇게라도 너의 죄를 대속받기를 원하셨던 게지. 그녀와의 접촉으로 넌 정화될 거다. 그녀가 널 주님의 길로 걸어가게 하겠지……."

혼란스러워진 말로발리가 신부를 바라봤다.

"제게서 뭘 원하시는 거죠, 신부님?"

"그녀와 결혼을 해, 사뮈엘. 네가 그녀에게서 타오르게 한 그 사랑이 작용해서 둘 다 구원받을 수 있게……."

"꼭 설명을 해야겠어. 가장 먼저 걸려든 남자 아무에게나 내가 몸을 던진다고 믿지 못하게……."

말로발리가 로마나의 입술에 손가락을 올려놨지만, 로마나는 단호하게 그 손가락을 치우고 말을 이어갔다.

"말하게 해줘. 너무 오랫동안 심장을 누르는 그 무게를 지고 왔어. 거기서 벗어나야만 해. 난 오요에서 태어났어. 요루바족이 세운 왕국들 가운데 가장 강한 나라야. 아버지는 궁정에서 중요한 직책을 맡고 계셨지. 왕가의 가계도를 음송하는 직책에 계셨으니까. 그러던 어느 날 적들의 다툼과 음모에 휘말려서 제물이 된 아버지는 직위를 박탈당하셨지. 가족이 뿔뿔이 흩어졌어. 형제자매들이 어떻게 됐는지 몰라. 나는 노예선에 팔려서 고레 요새로 끌려갔어. 부모에게서 떨어져 나오는, 호화롭고 안락했던 삶에서 뽑혀 나오는 고통을 상상할 수 있겠어? 난 당시 겨우 열세 살이었으니 아이였지. 그래서 그 끔찍스러운 요새에서, 나처럼 지옥행이 예정된 사람들 사이에서 계속해서 울어댔지. 난 죽기를 바랐고 거의 확실하게 죽음에 가 닿았을 순간에 어떤 남자가 나타났어. 그 사람은 키가 크고 건장했어. 어깨에 오렌지 자루를 메고 있었지. 나에게 오렌지 하나를 내미는데, 여러 주 전부터 내게는 떠오르기를 거부했던 태양이 다시 하늘에 모습을 드러낸 것 같았어.

나를 위해, 나를 보호하기 위해 그 남자는 끔찍한 항해를 했지. 가끔 알라팽* 궁보다도 더 높이 치솟는 파도가 갑판을 쓸어버렸어. 그러면 난 그 사람에게 꼭 들러붙었고 그 사람은 내게 자장가를 불러줬는데, 내가 모르는 언어였지만 그 달콤함만은 느껴졌어. 화물창에서는 백인 선원이 흑인 여자를 강간했고, 바다의 탄식 소리에 그들의 신음 소리가 섞여 들려왔지. 사뮈엘, 지옥이 있

---

* 오요의 왕에게 주어진 칭호.

다면 그것과 다르지 않을 거야.

　그러고 나서 우리는 브라질 해안가의 대도시에 도착했어. 팔린
다는 게 어떤 건지 상상이 돼? 연단 주위에 몰려선 사람들이 당신
얼굴을 뚫어져라 쳐다보고, 무리 지어 선 검둥이들은 서로에게
기댄 채 옹송그리고 있고, 근육과 치아와 성기를 검사하고, 경매
인이 망치를 두드려! 어쩌면 좋아! 나바와 나, 우린 따로 팔려 나
갔어……."

　"나바, 나바라고 했어?"

　"말 끊지 마. 나중에, 나중에 당신 질문에 다 답해줄게. 난 마누
엘 다 쿠냐에게 팔려서 그자의 파젠다로 끌려갔고, 나바는 북부
지역의 세르탕으로 떠났어. 바로 거기에서 나의 진정한 고난이
시작됐지. 그때까지 내가 겪은 건 나바가 내 옆에 있어줬기에 고
통도 아니었다는 걸, 그걸 깨닫게 됐거든. 그 뒤로는 혼자였어. 혼
자. 센잘라에 머무른 지 이틀도 채 안 되어서 마누엘이 나를 불러
들였어. 그래서 내가 증오하는 그 남자를 겪어내야만 했지. 그리
고 그가 내 안에 자신의 씨를 뿌렸어……."

　"그만해, 그런 말을 하는 게 너무 힘들잖아……."

　"아냐, 해야 해. 백 번이고 천 번이고, 그 애를 죽이고 싶었지. 나
이 든 여자 노예들은 약초와 뿌리 식물들을 알고 있어서, 그 힘을
빌리면 내 수치의 상징인 태아를 불그죽죽한 액체 상태로 몸 밖
으로 내보낼 수도 있었어. 하지만 뭔가가 가로막았지. 어느 날 나

바가 다시 나타났어. 부엌에서 내가 식사 시중을 들고 있을 때였
는데, 아무런 말 없이 나를 꼭 안아주더라…… 난 씻기고 죄 사함
을 받은 느낌이었지……"

그녀가 잠시 숨을 고르는 틈을 타서 말로발리가 간청했다.

"그 남자에 대해 얘기해줘, 로마나…… 나바라고 부른다고?"

"그래, 그 사람 이야기를 해야 해. 그래야 내가 타락한 여자라서
처음 눈에 띈 아무 남자한테나 반한다고 생각하지 않을 테니! 당
신처럼 세구의 밤바라인이었어. 그 사람의 디아무는 트라오레였
고, 토템은 '왕관두루미'였어. 그 사람은 열다섯 살도 채 안 됐을
때 처음으로 사자를 죽였대. 그래서 여자들이 그 사람만 보면 이
노래를 불렀대.

황갈색 광채가 도는 누런 사자
인간의 재물은 버려두고
자유롭게 살아가는 것들을 먹이로 삼네
사자와 드잡이질, 세구의 나바……

그러던 어느 날, '관목 숲의 미친개들'이 그 사람을 포획해서 팔
아버렸대…… 당신이 신부님들과 함께 내 집으로 들어오는 모습
을 보는 순간, 난 헤아릴 길 없이 선량한 신께서 내게 그를 돌려줬
다고 여겼어. 무릎을 꿇고 신에게 감사를 드리려고 했지. 서글퍼

라! 내가 착각했음을 깨달았거든. 분노가 날 사로잡았어. 운명이 한 번 더 나를 조롱하고 나에게 고통을 겪게 했으니까. 이야기를 계속해야겠지. 놈들이 그를 죽였어, 사뮈엘, 놈들이 그를 죽였다고!"

"놈들이 내 형을 죽였다고?"

"당신 형이라고?"

"내 형, 그 사람 내 형이었어. 당신이 들려주는 이야기는 내 가족의 이야기야. 그 사건 때문에 어머니의 머리카락은 하얘졌고, 아버지는 이른 나이에 돌아가셨고, 우리 집에서는 그 무엇도 더는 전과 같지 않았지……."

말로발리가 로마나를 꼭 껴안으면서 조상들의 통찰력 넘치는 끈기에 감탄했다. 형이 죽으면 로마나는 합법적으로 자신에게 귀속되니까. 하지만 조상들이 끈질기게 엮어준 그런 일련의 모험이 없었더라면, 그가 무슨 수로 자신에게 돌아오는 그런 재산을 소유할 수 있었겠는가? 세구에서 콩으로. 그러고는 살라가로. 살라가에서 쿠마시로. 그러고는 케이프코스트로. 케이프코스트에서 포르토노보로. 결국엔 포르토노보에서 우이다로…….

오, 이제 얼마나 그녀를 사랑하겠는가! 다 잊게 하려고. 벌써 그녀는 그로 인해 아름다움과 젊음을 되찾지 않았는가. 곧 쾌활함도 되찾게 되리라. 그녀의 입술에 웃음을 되돌려놓을 때까지는 멈추지 않으리라. 그리고 아이들의 입술에도. 그는 아주 부드러운 가슴을, 살짝 동그스름한 배를 어루만졌고, 대담하게 음부의 은밀한 솜털까지 가볍게 스쳤다. 신들과 조상들이 바라보는 가운데 이제부터 경작하게 된 그 뜰 구석구석을, 그 아름다운 대지를.

모뒤페는? 그는 머릿속에서 그녀에 대한 생각을 내몰았다. 죽은 형의 아내 앞에서 그녀가 무슨 권리가 있겠는가? 그건 그가 벗어날 수 없는, 성스러운 동시에 절대적인 의무였다.

그는 로마나를 꽉 끌어안으며 소유당하고 싶어 하는 그녀의 욕망을 충족시켰다.

7

생루이드그레구아 요새, 상주앙바치스타지아주다 요새, 윌리엄스 요새의 녹슨 대포들이 동시에 도시를 향해 포문을 열었다 하더라도, 말로발리와 로마나의 결혼 소식보다 더 놀라운 효과를 발휘하지는 못했으리라. 그 일에 신부들의 손길이 뻗쳤다고들 여겼다. 하지만 무슨 목적으로? 신부들은 말로발리의 가톨릭 신앙이 겉만 번지르르할 뿐이며, 두 달도 채 못 가서 로마나가 한 명 혹은 여러 명의 또 다른 아내들의 존재로 상심하게 되리라는 걸 잘 알 만한 위치에 있었다. 아구다들은 그녀가 다 쿠냐라는 브라질의 근사한 성을, 야만과 물신숭배의 냄새가 코를 찌르는 트라오레라는 이름과 맞바꿀 수 있다는 걸 이해하지 못했다. 모두가 모뒤페를 불쌍히 여겼지만, 커다란 고통은 말이 없는 만큼 그녀는 아무 말도 하지 않았다.

결혼식은 건기가 끝나갈 무렵에 거행되었다. 선교사들은 샤샤가 마음대로 부리라고 빌려준 노예들의 도움을 받아가며 썩 잘 해냈더랬다. 그들은 제법 웅장한 성당을 지어 올렸다. 커다란 장방형 가옥으로, 뽕나무 둥치로 기둥을 세우고 중간 높이에 채광창을 낸 벽을 세워 기둥들을 연결했고, 그 위에 초가지붕을 얹었다. 제대는 산울타리에 바싹 붙여놓은 연단 위에 설치했고, 산울타리에는 식물성염료를 사용해서 십자가를 그려 넣었다. 중앙 통로가 양옆으로 갈라놓은 공간에는 긴 의자들이 배치되어 있는데, 100여 명의 인원을 수용할 수 있었다. 성당 뒤편에는 학교와 신부들의 숙소로 사용되는 건물을 올렸다. 리옹의 아프리카 선교회는 하늘을 날 듯한 기분이었다. 우이다에 파견된 선교단이 모두 아구다의 자녀들인 총 56명의 학생 수를 자랑하며, 여성 교육 문제 해결을 위해 수녀들의 도움을 요청했기 때문이었다. 사실, 자녀 교육을 장악하여 기독교 가정을 구축하면, 포교단이 안정적으로 정착하게 되지 않겠는가?

로마나의 간청에 굴복한 말로발리는, 오일리버를 향해 가다가 며칠 동안 윌리엄스 요새에 머물렀던 영국인 상인에게서 프록코트와 꽉 끼는 바지와 검은색 실크 넥타이를 예복으로 구입했다. 로마나 자신도 소매가 넓은 연보랏빛 실크 드레스와 끝단이 바닥을 쓸 정도로 기다란 숄을 샀더랬다. 에우카리스투스, 조아킹, 그리고 제주스, 아들 셋도 온통 검은색 옷을 입고 둥근 손잡이가 은으로 된 작은 지팡이를 들었다. 샤샤 아지나쿠가 말로발리의 혼인에 증인이 되어주었다.

작은 사건 하나가 착착 진행되던 예식을 망쳤다. 혼인미사를 거행하던 윌리슈 신부가 신의 사랑의 반영인 인간의 사랑이 얼마나 아름다운지에 대한 설교를 끝내자마자, 지붕 나뭇가지 위에 똬리를 틀고 있던 기다란 왕뱀이 똬리를 풀었다. 왕뱀은 허공에서 대가리를 앞뒤로 흔들다가 기척도 없이 유연하게 어린이 성가대의 발치로 내려왔다. 다그베, 지고의 존재의 화신인 왕뱀 다그베! 무엇을 알리러 왔을까? 몇몇 사람들은 이걸 좋은 징조로 받아들였다. 또 다른 사람들은 나쁜 징조로 받아들였다. 모두가 당황했다.

우이다의 주민 전부가 아구다의 행렬이 지나가는 걸 구경하려고 집 밖으로 나와 폭소를 터뜨리거나 감탄을 했다. 이렇게 쨍쨍한데 벨벳과 실크로 휘감았으니 얼마나 더울까! 마누엘 다 크루스는 노예 상인에게서 사들인 실크해트를 썼는데, 군중은 그가 지나가자 배를 쥐고 웃었다. 저들은 자신들의 피부 색깔을 잊어버렸나? 백인처럼 입고 있지 않은가!

행렬은 샤샤의 저택으로 들어갔고, 가건물에 거주하는 노예들 모두가 잠시 실의에서 빠져나와 신랑 신부를 구경하러 나왔다. 샤샤가 노예들에게 음식을 추가로 더 내주게 했다. 커다란 식탁 여럿을 차려놓았는데, 그 위에는 차이나 도자기 식기와 근사하게

조각된 유리잔과 온갖 종류의 음식을 쌓아놓은 은제 접시가 놓여 있었다. 물론 페추아다, 코지두, 카슈아파, 피롱 등 브라질 음식이 있었다. 하지만 지역 음식인 아카사 새알, 냄비에 든 칼랄루, 바다에서 혹은 우오 늪에서 잡은 물고기와 통째로 삶은 고기, 산처럼 쌓아 올린 새우, 얌, 마니옥…… 등도 있었다. 발효시킨 기장주가 든 박 그릇이 돌았고, 브랜디, 진, 아쿠아비트, 포르투 포도주, 프랑스산 포도주 및 1파인트짜리 통에 든 스타우트와 기네스도 돌았다. 노예선 선장들도 피로연에 끼었다. 요보강 다그바마저도 무용수와 음악가로 이루어진 수행원에 둘러싸여 나타났다.

여기 모인 하객 중 가장 행복한 이들은 아마도 식탁 끝자리에 앉아 있는 로마나의 아이들이었을 거다. 아이들은 새로운 삶이 동터오는 게 보인다고 생각했다. 어머니가 바뀌어서 웃음을 짓고 너그러움이 넘쳐흘렀다. 아버지의 동생이라는 사람을 통해 자신들의 아버지가 돌아왔다. 예전에 어머니가 들려줬던 투투, 줌비, 주루파리*가 등장하는 이야기보다도 훨씬 더 꿈만 같았다! 새아버지와 더불어 가죽 채찍도 이젠 끝! 로사리오 신공 10여 차례, 살베 레지나, 그리고

어둠 속의 아프리카 민족이여

* 브라질의 전승 이야기의 등장인물들.

천만에, 그대들은 멸시와 증오를 타고나지 않았도다

저주받은 민족처럼 더는 버림받지 않으리라!

그 뒤로 이어지는

나아가자, 예수의 발자취를 따라 나아가자

를 낭송하는 것도 이젠 끝.

끔찍하기 짝이 없는 읽기 시간과 산수 시간도 끝!

아이들은 피로연의 그 어떤 하객보다도 두 가지 삶의 방식과 두 가지 문화와 두 가지 세상 사이에서 전투가 벌어지리라는 걸 잘 느꼈지만, 순진하게도 자신들이 승자를 짐작할 수 있다고 생각했다.

디저트 순서가 되자, 바이아 왕국의 색깔인 노란색과 녹색의 긴 삼각형 깃발을 어깨에서 허리로 걸친 음악가들이 불쑥 끼어들었다. 네모난 작은 북을 두드리고 톱을 금속 막대로 긁어대고 작은 판자 두 개를 서로 맞부딪고 손뼉을 쳐대는, 한마디로 난리법석을 떠는 그들은 바로 아구다의 노예들이었다!

피로연에 참석한 밤바라인들, 특히 비람은 이 모든 광경을 어안이 벙벙해서 바라봤다. 이처럼 브라질에 대한 기억을 영원히 이어가려고 들 거라면, 대체 그들은 왜 거기 남지 않았을까! 저들은 그들 인생의 가장 좋은 때를 그곳에서 보냈다고 주장하지 않는가. 그곳에서 노예였다는 사실을 잊었나? 아프리카 땅으로 돌아오겠다고 선택한 게 아니었나? 브라질에서 종종 반란을 꾀했다는 걸 잊었나? 기이한 돌변이 아닌가!

오후가 끝나갈 무렵, 두 신부가 마지막 설교를 끝으로 물러가자, 분위기가 살짝 품위가 없어졌다. 제로니무 카를루스가 일어나서 수소의 광란의 리듬을 흉내 내기 시작했고, 그의 동생 주앙이 마스크 쓴 남자 노릇을 했다. 아이들이 폭죽을 터뜨렸고, 우이다의 토착민은 백인에게서 배운 그런 오락에 대해 잘 알지 못했기에 폭죽 소리에 공포가 밀려들었다.

피로연은 춤으로 이어졌다. 아구다들은 모두 예전에 그들의 주인이 헤시피, 바이아 혹은 파젠다에서 추수감사절 날 열었던 댄스파티와 그때 자신들은 음식을 나르는 역할로 만족했던 걸 기억했다. 자, 이제 포르투갈인은 어쩌면 잊었을지 모르는 격정을 품고 카드리유나 왈츠 리듬에 맞춰 돌아나가는 건 자신들이었다. 댄스파티의 분위기 속에는 향수와 복수심이 뒤섞여 있어서, 행사에 특별한 색채를 부여하며 피로연의 하객 전부를 끈끈하게 결속시켰다.

이 모든 과정이 불꽃놀이로 끝이 나면서 불꽃이 그리는 우아한 곡선들이 우이다의 초가지붕 너머로, 연안의 야자수 사이로, 하

늘과 마찬가지로 짙은 푸른색의 바다까지도 배경으로 오랫동안
수를 놓았다.

말로발리에게 결혼 초기는 발견의 시기였다. 어쩌면 너무나 많
은 여자와 관계를 맺었기 때문일 텐데, 그는 여자에게 전혀 주의
를 기울이지 않았더랬다. 여자란 그 따뜻함이 좋지만 곧 잊어버
리게 되는 고분고분한 육체일 뿐이었다. 그는 로마나와 마주하여
처음으로, 여자가 당혹감을 불러일으키는 복잡한 감정을 지닌 인
간임을 깨달았다. 그는 로마나에게는 자신에게 없는 영리함이 있
음을 재빨리 인정했다. 그래서 만약 그녀가 그런 동시에 그에게
그렇게 의존하지만 않았더라면, 그녀에게 찬탄을 보내는 쪽이었
으리라. 그녀는 아주 살짝 거친 말 한마디나 짜증이 묻어나는 동
작 하나에도 눈물을 글썽거렸다. 그가 무관심을 가장하면 대경실
색했고, 자신이 뭘 잘못했는지를 그에게 캐묻느라 여러 시간을
보낼 정도였다.

말로발리에게 사랑은 늘 잘 만든 음식이나 술을 먹고 마시는
것처럼 단순하고 만족스러운 행위였더랬다. 로마나와 함께라면
그건 드라마가, 매혹적이며 사악한 놀이가 되었고, 그로서는 해
독할 수 없는 신호로 가득하여 거의 두려워하며 마지못해 휘말려
들게 된 잔혹극이 되었다. 로마나가 왜 자신을 그토록 탐하는지,
그러고는 왜 그녀가 그렇게나 후회하는 듯한지, 그는 이해하지

못했다.

물질적 측면에서는 부부가 번성했다. 팜유 무역에는 관심이 없는 샤샤가 게조 왕에게 청탁을 하여, 말로발리에게 유럽인, 특히 레지스 형제를 상대로 한 팜유 판매의 독점권을 주게 했다. 말로발리는 여자들이 만드는 붉은색 기름을 몽땅 사들인 뒤, 왕의 관리인 타비자에게 세금을 물고 나서 노예상들에게 되팔았다. 곧 엄청난 부를 축적하게 된 그는 통 제조 공장을 세워, 브라질에서 목공 기술을 배운 아구다들을 고용했다. 목제 통은 그때까지 사용됐던 토기 단지에 비해 깨지지 않아 뱃길에 더 적합하다는 장점이 있었다.

로마나는 항상 돈벌이에 악착을 떨어왔고, 예전에 나바는 그런 점을 나무랐다. 아이들과 홀로 남아 아이들의 장래를 걱정해야 했던 기간이 오래였던지라, 로마나에게서는 그런 측면의 성격이 더 발달하고 말았다. 그녀는 금고를 사서, 황금 가루와 자패화뿐만 아니라 몇몇 노예상에게서 받은 금화와 은화를 쌓아두고, 금고 열쇠는 가슴골 깊숙이 묻어뒀는데, 말로발리는 충동적으로 후한 인심을 베풀거나 노예상을 통해 흘러 들어온 술이나 카드놀이에 거금을 사용하는 경향이 있어 미덥지가 않아서였다. 바로 그런 이유로 로마나는 말로발리가 샤샤 그리고 역시 비람과 어울리지 못하게 하려고 애를 썼다. 하지만 그 노력에는 엄청난 질투가 섞여 있었다. 그녀는 말로발리가 자신에게서 떨어져 보내는 시간과 그가 다른 곳에서 맛보는 즐거움과 그가 누리는 자유가 싫었다. 영지 안의 자기 눈에 보이는 곳에 그를 자식처럼 데리고 있었다면 좋았으리라. 그리고 그가 집에 있으면 자기에게 관심을 갖게 만드느라 그를 끊임없이 들볶았다.

부부의 불화는 언제 시작됐을까? 사실 말로발리가 자신이 소유한 것 이상으로 주기를 강요당했던 초야부터였다. 곧 모든 것이 논쟁거리가 되었다. 말로발리는 아구다에 대해 그들의 오락거리가 유치하고 부자연스럽다고 생각했고, 본토박이에 대한 그들의 오만함을 역겹다고 생각했다. 로마나는 밤바라인에 대해 거칠고 타락했으며 진정한 신의 적이라고 여겼다. 그녀는 특히 비람을 싫어했는데, 그는 이슬람 신도였으며, 그녀가 보기에 이슬람은 자신이 태어난 나라인 오요에서 방화와 살육을 저지르고 나바의 부당한 죽음을 초래한 살육의 종교여서였다. 로마나는 영국인 선교사들이 사제 양성을 위해 아프리카의 청년들을 런던으로 보낸다는 걸 알고 나서는 에티엔 신부에게 아이들, 특히 에우카리스투스를 염두에 둬달라고 사정할 생각이었다. 로마나에게는 검은색 긴 내리닫이 옷을 입고 하느님의 무기인 양 허리춤에 묵주를 차고 목에 십자가를 늘어뜨린 모습의 막내아들 앞에 사람들이 엎드리는 광경이 벌써 눈에 선했다. 그런데 말로발리는 아이들에게 물신숭배의 소굴인 세구 이야기만 하고, 아이들에게 밤바라식 이름을 지어주고는 여봐란듯이 그 이름만 사용했다.

말로발리는 그런 분쟁과 그 뒤를 잇는, 분쟁보다 더 힘든 화해를 피해 가기 위해서, 노력이라면 늘 질색임에도 불구하고, 장사에 매진했다. 차츰차츰 그가 로마나와 나누는 대화는 오로지 팜유를 계량하고 포장하고 이윤을 남기고 판매하는 일과 이런저런 경쟁자의 제거에 관한 걸로 한정되었다. 최악은 달이 차고 이울기를 거듭했건만 로마나가 아이를 낳지 못하는 거였다. 아들 넷을 낳았던 그녀가! 그녀의 육체는 오랫동안 황무지로 내버려두어서 이제 더는 씨앗을 틔울 수 없게 된 밭처럼 느껴졌다.

고뇌에 시달리던 로마나는 바발라워를 찾아갔다. 그 신관은 케투 출신으로, 우이다의 나고인들 사이에서 평판이 가장 좋았다. 그는 자리에 앉아 있었고, 앞에는 점술 도구인 야자열매 열여섯 개와 신성한 사슬과 가루가 놓여 있었다. 그가 광채가 번뜩이는 시선으로 로마나의 눈을 응시하면서 주문을 따라 하게 했다.

이파는 이날의 주인이요
이파는 내일의 주인이요
이파는 내일 다음 날의 주인입니다.
오사가 지상에 창조한 네 가지 날들은
이파에게 속합니다.

그러고는 삼각형 도안과 신의 사자인 에슈의 형상으로 가장자리를 장식한 목재 점성판에 야자열매들을 던졌다. 로마나의 심장이 파열될 듯이 거세게 뛰었다. 하지만 이파의 신관은 로마나를 안심시키더니, '올루분미'라는 말로 끝이 나는 길고 난해한 시를 읊조렸다.

모뒤페 역시 자신의 신관이 들려준 예언을 위안 삼으며 말로발리가 돌아오기를 끈질기게 기다렸는데, 말로발리는 언제 모뒤페의 집으로 가는 길에 다시 올랐을까? 그가 언제부터 모뒤페를 자신의 유일한 진정한 아내로 여기기 시작했을까? 그랬다. 성당에서 거행된 그 예식은 아무런 의미가 없었다. 혼수품들이 오가지 않았으니까. 신들과 조상들에게 간청하고 그들을 달래고 그들에게 보호해달라고 청하지 않았으니까. 합창단이 전통적인 축가를 부르지 않았으니까.

이 결혼이 행복하기를!
이 결혼으로부터 수많은 손과 발이 나오기를!
이 결합의 불길이 지속되기를!

세구! 세구! 세구로 돌아가야 했다! 낯선 이들 사이에서 왜 꾸무럭거리는가? 진은 빼게 하면서 아이는 낳지 못하는 여자 옆에서? 세구에서는 무슨 일이 벌어지고 있을까?

만사 다 몽종의 통치가 위대함과 승리 속에 계속 이어지고 있음이 확실했다. 왜 그곳에서 그 위대한 시기를 살아보지 않는 건가? 아, 니아의 무릎에 머리를 뉘었으면!

'어머니, 제가 없는 동안 머리가 세었네요. 어머니 입가에 주름이 생겨나는 걸 보지 못했어요. 제가 기억하는 것보다도 더 가냘프고 연약해지셨군요. 어머니, 제 방황을 용서해주세요, 네?'

말로발리가 모뒤페에게 자기 계획에 대해 알렸다.

"어떻게 하면 그곳에 도달할 수 있을지는 아직 잘 몰라. 하우사 족 상인들에게 자문을 구하려고. 그치들은 모든 길을 알고 있으니……."

모뒤페의 두 눈에 눈물이 차올랐다.

"이 계획에 대해 어머니에게 이야기해도 돼요?"

말로발리가 그녀를 꼭 껴안았다. 그녀가 자신을 위해 감내한 온갖 희생에 대해 자각하고 있었다. 아구다인 대부분이 가톨릭 신도임에도 불구하고 아내를 두셋 거느리고 있지만, 자신에게는 그런 일이 금지된 것임을 알았다. 로마나가 그런 일을 용인할 리 절대 없을 테니까. 그래서 모뒤페의 가족에게 선물은 잔뜩 가져다줬지만, 모뒤페와는 절대 결혼식을 올릴 수가 없었다. 그도 이 사실을 잘 알고 있듯, 그녀는 그런 모욕과 그런 부적절한 상황 때문에 괴로워했다. 그가 다정하게 말했다.

"세구에 가서 우리 가족 사이에서 결혼식을 올리자. 그러고 나면 내 가족이 카라반에 선물을 잔뜩 실어 네 가족에게 보낼 거야.

그 카라반이 우이다로 들어가는 모습이 눈에 선하지? 사람들이 집 밖으로 나와 외쳐대겠지. '대체 어디에서 오는 거지, 저 사람들은? 누구를 찾아가는 걸까?'"

말로발리는 모뒤페가 억지로라도 미소를 띠게 만들었다. 그래, 늦지 않게 그 계획을 실행에 옮겨야 했다. 비람 역시 머나먼 외지에서의 삶에 진력이 났다. 보나 마나 그도 고향으로 돌아갈 계획에 함께할 거다.

로마나의 저택에는 커다란 변화가 여럿 생겨났다. 말로발리가 정원에 흙벽돌 건물을 올리게 시켰다. 그 건물은 상선이 지나가기를 기다리는 동안 팜유 통 보관창고로 사용되는 한편, 소매상들이 토기 단지에 담아 오는 팜유 측정에 쓰는 저울과 분동을 갖춘 상점으로도 사용되었다. 오전 내내, 앞에 놓인 백인의 계량 도구를 믿지 못하는 여자들이 항상 자신의 권리를 침해당했다고 생각하여 제조 왕에게 직접 호소하겠다고 위협하는 소리로 웅성웅성 시끄러웠다. 이제 완벽하게 쓰기를 익힌 에우카리스투스가 잉크병, 다양한 색깔의 펜들, 봉랍이 놓인 탁자에 앉아서 장부를 적었다. 진지하고 어색한 표정을 띤 풋풋한 용모의 그가 종이에 그리는 불가사의한 도안들은 모두를 주눅 들게 했고, 집집이 그에 대해 말할 때면 신동 취급을 했다. 통 제조 공장도 옆 부지에 지어져서, 노예들이 이웃한 숲에서 나무둥치를 져 나르면, 그곳에 고용된 열 명의 노동자들이 하루 종일 자르고 대패질하고 윤을 냈다.

하지만 말로발리가 집에 도착했을 때에는 모두 다 조용했다. 매우 늦은 시간이어서였다. 영지 안의 모든 물건에 배어 있는 갓 자른 나무의 향내와, 거기 섞인 팜유 특유의 톡 쏘는 향만이 떠돌았다. 그가 침실로 들어갔고, 로마나는 그가 술에 취하지 않았음을 간파하고 다행스럽게 여겼다. 그가 바이아의 담배로 파이프를 채우고 나서 불을 댕기지는 않고 잇새에 물고만 있었는데, 그녀가 담배 냄새를 싫어한다는 걸 알고 있어서였다. 그러자 작은 부스러기에도 만족하는 신세가 된 로마나가 그런 분명한 배려에 기뻐했다. 그러다가 그가 심각하게 말을 꺼냈다.

"이야, 아보메에 가야 할 것 같아……."

그녀가 믿기지 않아서 그의 말을 따라 했다.

"아보메에? 거기에서 할 일이 뭐가 있다고?"

말로발리는 모든 준비를 마친 상태인지라 자신 있게 말했다.

"들어봐, 내 소유의 팜 플랜테이션 농장을 갖고 싶어. 내 소유의 노예들이 나무에 올라가서 야자열매 송이를 따고 기름을 짜내면 좋겠어. 소매상에게서 기름을 구매하는 것보다 그렇게 하면 우리에게 더 많은 이문이 남을 거야……."

로마나가 잠시 아무 말 없이 있다가 다시 입을 열었다.

"기름을 짜는 일은 자유인 신분의 여자들이 하는 일이야. 그런 여자 중 몇 명은 세도가 집안의 여자들이고. 예를 들자면 요보강 다그바의 아내 중 한 명이라든가……. 그 여자들이 당신이 그런 일을 하게 가만히 있을 것 같아?"

"바로 그래서 직접 왕을 알현하겠다는 거야……."

로마나가 한숨을 쉬었다.

"말로발리(그를 사뮈엘이라고 부르는 건 금지됐으니까)…… 당신은 외지인이라고, 그걸 잊지 마!"

말로발리가 반박을 쏠어버렸다.

"맞아, 하지만 난 아구다 여자와 결혼을 했고, 게조 왕은 아구다 들을 좋아하지. 그리고 외지인, 그놈의 외지인 타령! 여기에서 비도 내렸다가 해도 뜨게 했다가 마음대로 하는 포르투갈인, 브라질인은 외지인이 아니고?"

만약 그녀가 "맞아, 하지만 백인이잖아!"라고 반박을 했다면, 그는 격분했으리라. 그래서 로마나는 아무런 말도 하지 않고, 심드렁하게 말을 맺었다.

"당신이 잘할 것 같다면야……."

그가 일어서려는 시늉을 하자, 그녀는 속삭이지 않을 수 없었다.

"나하고 같이 있지 않겠어?"

말로발리는 재빨리, 그녀의 의심을 잠재우고 아무런 구속 없이 자유롭게 출발 준비를 하고 싶다면, 그녀의 성적 욕구를 충족시키는 게 더 나을 거란 생각을 했다. 가까이 다가간 순간, 그녀가 하우사인이 파는 향기 나는 크림을 몸에 발랐음을 알아챘다. 그러자 동정심이 생겼고, 그는 그런 감정을 성욕으로 착각했다.

로마나는 왜 여자의 조건을 받아들이지 않았을까! 그를 이끌고 가겠다고 우기며 그가 싫어하는 삶의 방식을 강요하는 대신, 왜 그가 이끄는 대로 따라오지 않았을까! 그렇게 행복의 옆을 지나쳐 가는 건 가슴이 아팠다!

로마나는 로마나대로, 자신과 말로발리 사이에 발생한 어려움의 이유를 나름의 방식으로 찾았다. 나바는 나바였다. 생전에 그렇게 관대하고 다정했던 그라도, 혼자 남은 아내가 동생의 품에 안기는 걸 보는 건 참지 못했다. 말로발리가 그게 밤바라족이 사는 고장의 관례이며, 자신의 어머니 니아도 두지카가 죽자 공동체의 가장 큰 행복을 위해 그 손아래 동생인 디에모고에게 돌아갔다고 아무리 되풀이해 말해도 소용이 없었으니, 로마나는 그 모든 것에서 근친상간의 냄새가 풍긴다고 생각했다. 그래서 성당의 제대를 꽃다발로 장식하며 기도로 몸을 혹사했고, "긍휼히 여기소서, 주여!"를 열정적으로 노래했다.

한마디로, 결혼 후가 결혼 전보다 더 괴로웠다. 그녀가 자꾸 마르자, 우이다의 산파들은 못마땅해서 입을 삐죽거렸다. 조상들이 그 결혼을 부추기지 않은 이유가 있었고, 그 결혼을 축복했던 기독교인들의 신은 곧 호된 교훈을 통해 배우게 되리라. 그날 밤, 잠잠해지고 나서, 그녀가 말로발리의 팔을 쓰다듬으면서 속삭였다.

"게조 왕의 알현을 성사시키려면 아주 값이 나가는 선물을 해야 할 거야. 왕은 특히 백인의 물건만 좋아해. 내일 금고를 열어줄 테니, 원하는 대로 가져가……."

그를 기쁘게 하고 그에게 복종함을 보여주려는 의도의 말이었으나, 말로발리는 그런 말에 성질이 났다. "이야, 내일 금고를 열겠어. 목돈을 쓸 일이 있거든." 그런 말을 했어야 하는 건 그가 아닌가? 집안의 중요한 행사가 있을 때면, 니아와 두지카 사이에서 그런 식으로 일이 진행되지 않았는가? 그가 어둠 속에서 옷을 주워 들고 일어섰다. 그녀가 애원했다.

"어디 가는데?"

그가 아무 대답도 없이 나가버렸다.

말로발리는 일단 뜰로 나가자, 담배에 불을 붙이고 깊이 빨아들였다. 밤은 온화했다. 기운을 잃은 초승달이 목면 나무 가지 뒤편에 숨었다. 떠나야 할까? 나바의 아이들, 그러니까 자신의 아이들이 꾸어 온 이상한 이름을 부여받고 이방의 우상을 숭배하면서 자신들의 전통과 언어를 모른 채 자라나게 내버려두고? 가족 앞에 나섰을 때, 그런 짓은 그가 책임져야 할 범죄가 아닐까? 일가 앞에서 어떻게 그에 대해 변명할 수 있을까? 나바의 아이들을 만났지만 그 애들을 세구로 데려오지 않았다는 걸 니아가 알게 되면, 그녀의 시선을 어떻게 견딜까?

말로발리가 그러한 대담한 시도는 신중함에 위배된다고 스스로를 설득하면서 양심의 소리를 잠재우려고 애쓰고 있는데, 어둠 속에서 에우카리스투스가 나타났다. 아이가 그가 돌아오는 모습을 지켜보려고 문을 살짝 열어두고 있었다는 소리였다. 세 명의 사내아이 중 그에게 가장 애착을 보이고 가장 예민하며 아버지의 부재로 가장 상처받은 아이였다. 에우카리스투스가 졸랐다.

"이야기 하나 해줘요……."

말로발리가 동그스름한 머리를 쓰다듬어주고, 다정하게 이야기를 시작했다.

"자, 잘 들어! 아버지와 아들이 식사를 하고 있었어. 굶주린 외지인이 왔단다. 그래서 함께 식사를 하자고 권했지. 외지인이 앉더니 한 주먹 가득 음식을 가져가는 거야. 그러자 아이가 소리를 질렀지. '바바, 저 사람이 얼마나 한입 가득 음식을 밀어 넣는지 봤어요?' 아버지가 아들을 꾸짖고는 이렇게 말했단다. '입 다물어라. 저분이 그렇게 먹고 나서 또다시 그렇게 먹을 거라고 말했니?' 네 생각엔 누가 식사 자리에서 그 외지인을 내쫓았을 것 같아? 아버지일까, 아니면 아들일까?"

에우카리스투스는 이미 답을 알고 있었지만 어김없이 모르는 척하더니, 다른 질문을 던졌다.

"전 뭐죠? 아구다? 요루바? 밤바라?"

말로발리가 아이를 꼭 끌어안았다.

"아들은 항상, 오로지 아버지에게 속한단다. 넌 밤바라인이야.

128

언젠가는 세구로 가보거라. 그런 도시는 본 적이 없을걸. 이곳의 도시는 백인이 만들어낸 거지. 이런 도시는 인육 장사에서 생겨났어. 그저 거대한 창고일 뿐이란다. 하지만 세구! 세구는 장벽으로 둘러싸여 있지. 그건 마치 네가 폭력을 휘둘러야만 차지할 수 있는 여자와 같단다⋯⋯."

에우카리스투스는 귀 기울여 들었고, 상상력이 불타올랐다. 그랬다. 그는 어머니가 예비하는 미래를 원하지 않았다. 사제가, 아내들이 없는 남자가 되고 싶지 않았다. 젊은 처녀들이 발목에 매단 방울을 딸랑거리면서, 표범과 마주한 요루바의 사냥꾼들이 그러듯이, 자신 앞에서 감탄과 두려움으로 가득해 다 같이 노래하길 바랐다.

왕자님, 왕자님, 당신 무리 중 가장 거대한 분,
당신이 옥죄면 죽음을 맞아요
당신은 갖고 놀다 죽이죠
당신은 심장을 발기발기 찢어놓아요
당신에게서 비롯된 죽음은 달콤하고 신속해요

구름이 초승달 앞으로 지나가자 잠시 하늘이 새까매졌다. 바람이 불어와 바다 내음이, 영지 안 여기저기에 잔뜩 자라나는 오렌지 나무의 향기를 압도하며 밀려들었다. 그는 떠나리라. 마음을 정했다. 하지만 로마나를 떠나려는 순간, 그녀 없는 자신의 삶이 어떨지 그려보고는 슬픔에 잠겼다. 모뒈페가 그녀의 빈자리를 메우게 될까?

에우카리스투스는 말로발리의 생각이 자신에게서 멀리 떨어져 있음을 느끼면서도, 다시 세구 이야기가 듣고 싶어졌다. 그래서 졸랐다.

"태어난 날 이야기랑 도시 성문에 등장한 그 백인 이야기를 해줘요……."

"벌써 백 번도 넘게 들었잖아……."

"그럴지도 모르죠. 하지만 할머니 본인이 그걸 나쁜 징조로 여겼는지 어떤지는 말해준 적이 없잖아요?"

"내 어머니 말이냐?"

말로발리가 일어섰다. 이제 30세가 될 날이 멀지 않았다. 여기저기 돌아다녔고, 세상을 구경했고, 여자들을 안았더랬다. 하지만 고통은 거기 그대로 있었다. 니아의 말이 여전히 귀에 선했다. "나는 네 아버지의 아내고, 너를 사랑하니 네 어머니란다. 하지만 널 배로 품었던 사람은 내가 아니야……."

그를 이렇게 내버린 그 여자는, 그를 낳은 여자는 어디 있을까? 부재하는 어머니! 계모 같은 어머니! 당신이 제가 당신을 찾아서 끝없이 방랑하게 만들었다는 걸 아십니까?

8

우이다에서부터 모래가 흙으로 바뀐다. 식생이 더 풍부해지고, 나무들도 더 빽빽해진다. 그러다가 무성한 숲으로 들어가게 되고, 에크페가 나오면 숲에서 빠져나오게 된다. 에크페 다음에 나오는 라마는 일종의 점토질로 형성된 땅인데, 늘 낮은 수위를 유지했다. 점토와 이회토로 된 진흙 분지였다. 라마에서 빠져나오면 길이 가파르게 올라가다가 완만해지는데, 드디어 남쪽을 보고 있는 원호 모양의 고원에 도달한 거다. 무성한 식물들이 차츰차츰 사라지면서 고원은 기다란 풀들로만 뒤덮이며, 야자수, 종려나무, 목면 나무 숲이 군데군데 차지하고 있다.

말로발리에게는 시작이 전부 다 엉망이었다.

우선 모뒤페의 눈물 앞에서 마음이 약해지는 바람에 그녀의 가족과 비밀을 공유했다. 누군가가 입을 가볍게 놀리기라도 하면,

로마나가 아보메행 여행의 진실을 알게 될 텐데, 그런 일은 언제라도 발생할 수 있었다. 그다음 요보강 다그바를 만났는데, 다그바가 웃음을 터뜨리면서, 자신은 백인과 왕 사이의 관계만 관리한다는 사실을 주지시켰다. 말로발리는 흑인인 데다가 그 지역 여자와, 그러니까 서로 다른 데누*에 납부해야 할 세금을 내기만 하면 완벽한 행동의 자유를 누리는 여자와 결혼을 했다. 다그바는 말로발리에게 다호메의 수장처럼 무장한 하인의 경호를 받으며 파라솔 아래에서 말을 타고 갈 권리를 부여했고, 말로발리가 그러한 영예를 사양하지 못하는 바람에 모두가 그의 행차를 알게 되었다. 그리하여 말로발리는 상인들 사이에 섞여서 자취를 감춘 뒤 주강을 건너 아도포디아로 가는 계획을 고려해봤는데, 거기에서 통북투까지 가는 건 아주 쉽다는 게 중론이었다. 그곳에서 모뒤페가 바람의 안내를 받아 자신을 찾아오기를 기다리리라. 그 모든 계획은 위험하고, 확실하지 않으며, 수많은 예측 불가능한 요인에 달려 있었다.

아보메로 들어선 말로발리는 도시의 규모에, 특히 왕궁인 싱보지 궁에 놀랐다. 왕궁은 우이다 전체와 맞먹는 면적에 걸쳐 있었다. 거대한 성채로 둘러싸였고, 넓게 호를 파서 성채의 방어를 강화했는데, 성에는 왕, 왕비들, 자녀들, 각료들, 여전사들, 남전사

* 폰어로, '세관'을 뜻한다.

들, 일군의 사제들과 가수들과 장인들과 온갖 잡다한 직책에 배치된 하인들 등 약 2천 명이 거주했다. 게조 왕이 사용하는 건물들이 장방형이라면, 경내에 위치한 고인이 된 왕을 모신 무덤들은 원형이었다. 무덤 위에 씌운 초가지붕이 어찌나 낮은지 기어서 들어갈 수밖에 없었는데, 그것은 왕가의 혼령들에 대한 존경의 표시인 동시에, 그와 다른 자세로는 들어가는 게 불가능하기 때문이기도 했다. 그 무덤들은 '에도 웨도', 무지개라고 불리는 중앙 통로 동편에 봉긋봉긋 솟아 있었고, 여전히 '표범들의 어머니'로 불리며 궁내에서 그 중요성이 상당한 '모후들'의 거처들은 서편에 자리 잡았다. 음악 소리가 끊이지 않고 울려 퍼졌는데, 다양한 악기들, 그러니까 상아 각적과 탐탐과 종과 왕이 움직일 때마다 따라다니며 새처럼 지저귀는, '왕의 새들'이라는 별칭으로 불리는 젊은 여인 100여 명의 목소리가 빚어내는 음악이었다.

말로발리는 오케아당 지구에서 하루나 이틀 밤을 묵기로 되어 있었는데, 모뒤페의 가족과 친척 관계인 가문이 그곳에 있어서였다. 그곳에서 걸쩍지근한 사례와 함께 호위대를 떼어내어 우이다로 돌려보낼 생각이었다. 호위대가 우이다에 도착하고, 사람들이 그가 사라져서 놀라기 시작할 시간이면, 그는 통북투 근처에 가 있으리라. 적어도 그리되기를 바랐다. 그런데 모뒤페의 친척인 그 나고인 집에는 게두라는 인물이 아냇감을 만나고 싶다는 바람을 갖고 들락거렸는데, 그는 게조 왕의 비밀경찰인 레게데 소속이었다. 게두가 그 외지인이 호위대와 재빨리 헤어진 뒤 신세를 지고 있는 집의 가족들과 알고 지낼 생각조차 하지 않고 주인이 내준 방에 서둘러 처박히는 모습을 보았고, 그만 그 외지인에게 호기심이 생겨버렸다. 그의 본능이 그 인물이 뭔가 숨기고 있다고 속삭였다. 게두는 집주인의 자녀 중 한 명을 담벼락 그늘 아래로 끌어냈다.

"그 남자가 누군지 아니?"

아이가 입을 삐죽거렸다.

"아샨티족 아니면 마히족 같아요. 어쨌든 나고는 아니에요."

게두가 눈살을 찌푸렸다. 아샨티? 마히? 그렇다면 어쨌든 적이지 않은가!

실제로 쿠마시의 아산테헤네와 다호메의 왕의 관계는 좋았던 적이 없어서, 한두 해 전엔가는 게조가 케이프코스트 요새에 부임한 매카시 총독에게 영국이 아샨티 왕국을 장악하는 꼴을 봤으면 좋겠다는 의사를 전달했더랬다. 마히족으로 말하자면, 대를 이어 내려오는 적으로서, 게조의 모든 전략가들이 왕에게 어서 무찌르라고 다그쳤다. 왕이 이웃인 마히족의 수도 훈즈로토로 한번 더 원정을 떠나려고 한다는 걸 다들 알고 있었다. 노예무역을 위한 포로와 아토 대축제를 위한 속죄의 제물이 필요해서였다. 기획 중인 군사 원정에 필요한 정보를 수집하는 첩보원에게는 풍요로운 계절이었다!

따라서 게두는 제례 담당 대신이자 궁의 집행관이요, 비밀경찰의 수장인 자신의 상관 아자호를 보러, 공관이 자리한 아후아가 지구로 달려갔다.

아보메는 거리마다 얼마나 활기찬가! 해먹에 편히 드러누운 백인이 해먹꾼의 발걸음에 맞춰 흔들흔들 지나갔다. 머리를 밀고 웃통을 드러내고, 손목과 발목에 자패화를 엮은 줄을 감고, 눈 주위에는 고령토와 홍토를 녹여서 흰색과 붉은색 테두리를 그린 주물사도 보였다. 벨벳과 새틴으로 만든 파뉴를 두른 젊은 여자들이 선대왕들에게 바칠 물을 길으러 줄줄이 디도 샘으로 향했다.

아후아가 지구에 도착한 게두는 상관인 아자호가 아침부터 중요한 각료회의가 있어서 싱보지 궁으로 갔다는 사실을 알았다. 궁은 광장과 도시를 향해 수많은 성문을 열어놓았다. 게두는 왕비들만 출입하며 환관들이 지키고 있는 홍보지 문은 조심스럽게 피하고, 페데 문으로 들어갔다. 회의가 이미 끝이 나서, 아자호는 나무 작업대에 앉아 있는 보석세공사 훈톤지와 열띤 대화 중이었는데, 그 장인은 맨발이었고, 땀에 젖은 몸에 걸친 거라고는 다리 사이로 지나가는 넓은 천뿐이었으며, 그 천을 짚을 꼰 끈으로 허리춤에서 질끈 묶었다. 반면에 아자호는 키가 크고 잘생긴 남자로, 왕국에서 '펠트모를 쓰고 다니는 일곱 남자' 중 한 명이었고, 팔랑이는 흰색 비단 파뉴를 두르고 있었다. 게두가 빠르게, 말로 발리가 자신에게 불러일으킨 의심을 상관에게 보고하자, 아자호는 웃어넘기기는커녕 몹시 주의 깊게 귀를 기울였다. 사안이 심각했기 때문이었다. 그가 잠시 생각에 잠겼다가 입을 뗐다.

"게조 왕께서는 마히족을 늘 주시하고 계셔. 놈들에게 교훈을 주고 싶으신 거지. 놈들이 전하의 친구인 백인 두셋을 죽였거든. 그들이 놈들의 신수(神樹)를 보려고 들었으니까. 전하께서는 아샨티족은 완전히 잊고 계셔. 나는 오히려 그쪽에서 공격이 들어오리라고 예상이 되는데! 아샨티족은 영국이 봉쇄하는 바람에 바다로 접근할 통로가 이제는 실제로 없는 셈이니, 우리의 우이다 항을 빼앗으려고 들 거야. 경계를 늦추지 마라, 게두. 그 남자를 놓쳐선 안 돼……."

게두는 두 번 말하게 하지 않았다. 그는 궁을 떠나 중앙 시장 방향으로 싱보지 광장을 가로지른 뒤, 서쪽으로 틀어서 오케아당 지구를 향해 나아갔다. 이제 해가 쿠포강을 향해 기울며 쉬러 갈 태세였고, 선선한 어둠이 하늘에서 내려오기 시작했다. 여자들이 시장을 떠나는 중이었고, 그 뒤를 여자애들이 팔지 못한 고추 보따리와 팜유가 든 가죽 자루와 훈연 고기와 옥수수를 지고 따랐다. 게두는 외지인의 정체를 어떻게 알아내야 할지를 고민했다. 무턱대고 접근한 뒤 질문을 할 수는 없는 일이었다. 갑자기 생각이 떠올랐다. 기장주는 혓바닥을 풀어놓는다. 그 집안과 친한 사이니까 식사 시간에 불쑥 찾아가야겠다. 술을 잔뜩 권해야지. 그는 아자히 시장으로 들어섰다.

말로발리가 살짝 어눌해진 목소리로 털어놓았다.

"우리의 왕들을 이해하지 못하겠소. 백인을 좋아하다니. 포르투갈인에게 환대를 베풀고 나더니, 이제는 조드자기*에게서 눈을 떼질 못한단 말이야. 내가 케이프코스트에 있을 때에는 영국인들이 사랑을 받았더랬지. 왕들은 그 허여멀건 몸뚱어리들이 위험을 안고 있다는 걸 보지 못하나? 난, 난 말이오······."

게두는 한 단어에만 꽂혀서 질문을 했다.

"케이프코스트에 있었소? 호기심을 용서해주길, 그런데 어느 나라에서 왔소?"

말로발리는 사실대로 말하려다가 익명 상태가 더 낫겠다는 생각이 들었다. 로마나가 그의 뒤를 쫓아 정보원들을 보내지나 않았을지 누가 알겠는가? 통북투에 도착한 뒤에나 안심할 수 있으리라. 게두가 지켜보다가 그러한 머뭇거림을 알아차리고는 예의 바른 척 말했다.

"미안하오. 좀 무례했소."

말로발리가 고개를 저었다.

"무례라니? 그렇지 않소. 난 쿠마시의 아샨티요. 오랫동안 전사의 유니폼을 입었고, 그러다가 몇 년 전부터 장사에 뛰어들었지. 하우사국의 '서판에 검게 개칠하는 자들'에게 콜라 열매를 팔아

---

* 폰족이 프랑스인들에게 붙여준 별칭.

요. 이번에 가는 곳도 그곳이고."

게두는 왜 그런지를 말할 수는 없었지만, 그 모든 이야기가 거짓처럼 들렸다. 하지만 심문을 더 밀고 나가는 대신 최초의 대화로 돌아갔다.

"그쪽이 백인에 대해 한 말은 옳아요. 그들의 어떤 점이 우리의 왕들을 홀렸을까나? 그들의 총과 화약? 우리에게는 활과 화살이 없나, 뭐? 그들의 술? 기장주나 옥수수주 역시 훌륭하지 않나? 그들의 벨벳과 실크? 난 우리의 라피아 섬유가 더 좋다는 말을 하지 않을 수가 없구려……."

두 남자는 웃다가 다시 기장주 한 바가지를 비웠다. 말로발리가 다시 말을 꺼냈다.

"백인들이 게조 왕 앞에 엎드리기를 거부한다는 말이 있던데?"

게두가 고개를 끄덕였다.

"내가 목격자지. 그런데 그게 다가 아니오. 왕이 아토 대축제에 그들을 초대했지 뭡니까. 제물 도살 사제들이 신들과 조상들에게로 포로를 보내려는 순간, 그들이 공개적으로 거부감과 불쾌감을 표시했다오. 그들 중 몇 명은 심지어 왕가의 단상을 박차고 나가기까지 했고."

"그래서 게조 왕은 어쨌소?"

게두가 서글프게 고개를 저었다.

"당연히 아무것도 안 했지. 백인들은 우리가 우리의 조상들을 숭배한다는 걸 이해하지 못해요. 당신네의 아산테헤네 오세이 본수가 죽었는데, 사제들이 그분의 동행이 되어드리라고, 그분과 함께 그분의 아내와 노예와 총신들을 보내지 않았다고 상상해보구려……."

그 순간 말로발리가 실수를, 어쨌든 이해가 가는 그런 실수를 저질렀다. 그는 반쯤 취한 데다가 여러 날 계속된 여행에 지쳤고 고뇌가 심했으며, 자신의 계획이 성공할지에 대해서 불안한 상태였다. 그가 게두의 말을 듣고 있다가 어리둥절해서 외쳤다.

"그러니까 오세이 본수가 죽었소?"

게두가 그의 눈을 똑바로 들여다보며 그저 이렇게 말했다.

"오세이 야우 아코토가 황금좌를 계승한 뒤로, 적어도 건기가 두 번은 지났지, 아마."

그가 그 말을 끝으로 물러갔다.

인간은 싸우다가 지치는 순간이 있다. 자기 자신에 맞서서. 운명에 맞서서. 신들에게 맞서서. '아, 될 대로 되라지!' 그렇게 생각한다. 그보다 심각한 건 그의 마음속 뭔가가 혼란과 동요의 종결을 바라며 평화만을 갈망한다는 것. 영원한 평화를. 몇 년 전부터 말로발리는 자신이 어둡고 강력한 힘을 끝없이 피해 다니고 있으나 벗어났다고 생각한 그 힘에 희생되는 시기가 뒤로 미뤄졌을 뿐이라는 느낌이 들었다. 그는 아야오비를 강간한 여파에서 벗어났지만, 선교사들의 그물에 걸려들었다. 그다음에는 로마나의 그

물에. 이제는 로마나에게서 벗어나려고 했다. 어디로 가기 위해서인가?

그의 본능 전체가 게두를 조심하라고, 방금 엄청난 실수를 저지르고 났으니 이 집을 떠나라고, 다시 길에 올라 주강을 건너라고 속삭였지만, 움직일 수가 없었다. 모뒤페의 따뜻한 품을, 니아의 얼굴을, 태양에 달궈질 때나 우기의 비에 흠뻑 젖을 때 세구의 흙에서 나는 냄새를 떠올려봐도 소용없었으니, 몸과 마음이 마비된 채 거기 머물렀다. 그러는 동안 게두는 싱보지 궁으로 달렸다.

아자호는 남계직계의 왕자이자 전쟁에서 보여준 용맹으로 유명한 친구 가우와 함께 있었다. 두 남자는 담뱃대를 주거니 받거니 하면서, 원칙적으로는 왕만이 즐길 수 있는, 우이다에서 온 럼주가 든 바가지를 비우는 중이었다. 두 사람은 겉모습과는 달리 전혀 즐거운 기분이 아니었고, 온 궁정이 입방아를 찧으며 불안해하고 있는 문제, 그러니까 백인이 게조 왕에게 미치는 영향을 논하는 중이었다.

"게조 왕께서 부친이신 아공글로 왕의 성격을 닮지 않았을 거라고 누가 생각이나 했겠나?"

"표범 아가수의 후손임을 잊으셨나?"

게두가 자신의 존재로 관심을 돌리기 위해 가볍게 기침을 하자, 아자호가 그를 향해 몸을 돌렸다.

"그래, 어찌 됐나?"

게두가 카나에서 온 곱고 하얀 모래가 깔린 바닥에 무릎을 꿇고서 조심스럽게 말을 꺼냈다.

"아산테헤네 오세이 본수가 조상들에게로 가서 함께한 뒤로 두 번의 건기가 지났음을 알지 못하는 아샨티인이라니, 어찌 생각하십니까?"

세 명의 남자가 서로 바라보았고, 그러다가 가우가 비꼬듯 말했다.

"이상하긴 하네!"

침묵이 흐르다가, 아자호가 명령을 내렸다.

"몇 명 데리고 가서 체포해. 내일 아침 내게 데리고 와……."

게두가 벌써부터 승진을 생각하면서 아자호를 향해 눈길을 들었다.

"어디에 가둘까요?"

죄수들은 사회적 지위에 따라서 서로 다른 감방에 배치되기 때문이었다. 궁궐 안에는 왕자와 공주를 가두는 독방이 있었다. 아보메의 여러 지역에 있는 감방에는 평민을 가뒀다. 베콩위에그보 감방은 평판이 음산했다. 그곳의 죄수들은 웅크린 자세로 목에 쇠고리를 찬 채 지내야 하는데, 그 쇠고리에 붙어 있는 쇠사슬이 바깥과 연결되어 있어서, 간수들이 놀이 삼아 그 쇠사슬을 잡아당기곤 한다는 말이 있었다. 가끔 간수들이 유난히 즐거운 기분일 때면 너무 세게 쇠사슬을 잡아당기는 바람에, 그 재수가 없는 제물은 목이 부러져버렸다. 그러면 어둠을 틈타서 시신을 처리했다. 따라서 가족들은, 저승길 지킴이 사바가 죽은 자를 망자들의 도시 쿠토메로 들여보내주도록, 죽은 자가 제대로 된 모습으로 출두하게 그의 머리를 밀어주고 손톱을 잘라주고 따뜻한 물로 씻긴 뒤 향유를 발라줄 수가 없었다.

게두가 말로발리를 끌고 간 곳은 베콩위에그보였다.

"이러고저러고 간에 우리라고 그자가 누군지 알고 있나? 그자는 선교사들과 함께 이곳에 도착했잖아. 그러고는 선교사들을 저버렸고. 우리의 여자들을 유혹했지. 레게데 대원들이 그를 체포한다면, 그들 나름의 이유가 있는 거겠지."

말로발리의 체포 소식을 알게 되자, 우이다에서 돈 말들은 얼추 위와 같았다. 아보메로 급하게 달려가서 말로발리의 신분을 확인해주고 그의 신망을 보증해야겠다는 생각을 하는 사람은 아무도 없었다. 샤샤 아지나쿠는 녀석이 너무 오만해져서 궁궐에서 뭔가 무례한 짓을 저질렀음이 틀림없다고 웅얼거렸다. 에티엔 신부와 윌리슈 신부는 손가락 하나 까딱하지 않았다. 우선 두 사람은 왕의 반감을 살까 봐 두려웠다. 그리고 말로발리는 늘 두 신부 사이의 불화의 요인이었으니, 에티엔 신부는 그를 신뢰하지 않는 반면, 윌리슈 신부는 자신이 그 영혼을 신에게로 데려가리라고 확신했다. 모뒈페의 가족으로 말하자면, 바발라워를 불러들였는데, 바발라워는 그 젊은 여인의 정신으로부터 말로발리에 대한 기억을 내쫓기 위한 물약과 연고를 처방해주고는 완벽한 치료를 위해 케투에 있는 작은아버지네로 보내버리라고 충고했다. 비람을 필두로 하는 요새의 밤바라인들은, 자신들은 자신들과 마찬가지로 외지인인 프랑스인의 존재에 기대고 있는 외지인들이며, 게조 왕의 기분에 따라 그 외지인들 모두 바다로 던져질 수도 있음을 떠올렸다. 한마디로, 그 누구도 말로발리를 위해 나서지 않았다.

로마나만 빼고.

로마나는 왜 자신이 동일한 이야기를 꾸준히 되사는 벌을 받는지 이해하지 못했다. 사랑하는 남자가 그가 저지르지 않은 범죄 때문에 감옥에 갇히는 모습을 보기. 어떤 죄의 대가를 치르는 건가? 요루바족의 오리샤들이, '기쁨이 우리 집으로 들어왔다'를 의미하는 아요델레를 로마나라는 이름으로 바꾸면서 자신들을 버렸다고 벌하는 걸까? 그런 생각이 들면, 자신을 개종시킨 조아킹 신부와 혜시피의 산타 카사 지 미제리코르지아 병원의 수녀들을 탓했다.

그러다가, 하느님만을 사랑하고 갈망해야 하는데 말로발리를 사랑하고 갈망했다고 자신을 탓했다. 말로발리 때문에 세상을 뜬 남편에게 바쳐야 하는 정절을 어겼다고. 로마나는 극도의 착란 상태에 빠져들어서, 모두 그녀가 살아남을 거라고 별로 기대하지 않았다. 그녀를 그토록 자주 비난했던 아구다 공동체 전체가 다시 그녀가 누운 자리 주위로 모여들었고, 어떤 이는 그녀의 이마에 올려놓게 이파리를 찧어 만든 반죽을, 또 어떤 이는 음용할 뿌리를 달인 탕약을, 또 어떤 이는 효능이 좋은 연고를 들고 왔다.

바발라워와 보코노*들은 오렌지 나무와 필라오 나무 아래 앉아서, 야자열매나 자패화를 점성판 위로 굴리면서 그들만이 알고 있는 주문을 외워댔는데, 에티엔 신부와 윌리슈 신부는 그들을 내쫓을 엄두는 못 내고 쳐다만 보면서 그들 옆에 진 치고 있다가 환자의 상태가 받아들이겠다 싶을 때마다 영성체를 베풀었다.

그녀가 위독하다는 생각들을 하고 있는데, 로마나가 제정신이 들어서 짚자리에 일어나 앉더니, 물 한 바가지를 청했다. 그러고는 열에 들떠 말했다.

"아보메로 가야겠어. 그를 구해내야 해."

우이다에서 아보메로 가는 길은 훈련된 걷기 전문가라도 족히 일주일은 걸렸다. 해먹에 누워 가기는 왕이나 왕국을 방문하는 백인에게만 국한되었다. 말이나 노새의 사용은 고관대작에게만 국한되었다. 고통으로 반쯤 제정신이 아닌 병약해진 여인을 그런 길을 가게 내버려둬야 하는가? 놀랍게도, 후회에 사로잡히기라도 한 듯, 바람과 밤바라인들이 로마나를 데려다주겠노라 나섰다. 로마나의 하녀들과 밤바라인의 아내들이 어깨끈이 달린 짐

---

* 　바발라워는 요루바의 사제이고, 보코노는 폰족의 사제이다.

가방을 구운 옥수수, 기장 가루, 아카사로 가득 채우고, 물주머니
는 신선한 물로 채웠다.

그 작은 무리는 아침에 길을 나섰고, 비람은 젊은 아내 몰라라
와 함께였다. 도시에서 빠져나가는 곳에 악령인 레그바상이 서
있었다. 거대한 남근을 달고 있는 흙으로 빚은 조상이었는데, 그
시선에는 세상의 온갖 악의가 들어 있었다. 로마나의 심장은 공
포로 차올랐다. 그가 그녀를 보고 있다. 그가 그녀를 보면서, 말로
발리를 구하려는 시도는 전부 헛수고임을 알려왔다. 그가 먹이를
쥐고 있었다. 그 먹이를 절대 놓지 않으리라.

곧 팜 플랜테이션 농장들이 들어선 지역을 통과했고, 로마나는
농장의 노예들이 나무를 타고 오르거나 땅바닥에 떨어진 열매 송
이 주위에서 분주하게 움직이는 모습을 보면서, 말로발리를 떠올
렸다. 결혼 초에 말로발리가 땀에 흠뻑 젖어 밭에서 돌아오면, 콩
가루 반죽에 짓이긴 새우를 섞어 튀긴 브라질 음식 아카라지를
해줬고, 말로발리는 그 음식을 아주 좋아했다. 그러고는 침실로
올라와서 그녀를 껴안으며 웃었다.

"오후에 사랑이라니! 그런 거, 백인들이 당신에게 그런 거 가르
쳤지……."

백인들! 그래, 말로발리가 그녀에게 거리를 두게 만든 건 그들
의 예의범절, 그들의 종교였다. 그녀는 예전에 어머니가 살아왔
던 방식인 복종과 존중과 인내의 놀이를 어떻게 하는지 몰랐다.

대등한 입장에서 그에게 말하기를 바랐다. 그에게 조언을 하고, 나아가 그를 이끌기를. 그러다가 결국 그를 잃고 말았다. 그가 아보메로 달아나면서 피하려고 했던 건 그녀였으니까. 이제 그녀도 그렇다는 걸 알았다. 그녀를 피해서. 그녀만을 피해서.

가여운 로마나의 머릿속에서 이런 생각들이 뒤죽박죽 서로 밀쳐대고 있는 동안, 비람과 그의 아내는 우이다에서 아보메로 이어지는 길, 다호메 왕국에서 가장 많은 사람들이 오가는 그 길의 풍광에서 재미를 맛봤다. 두 사람은 프랑스인과 영국인을 구별해보려고 했지만 성공하지 못했다. 고령토 색깔의 얼굴, 노란색 머리카락, 맹수의 눈처럼 번뜩이는 눈만이 보였다.

다호메 왕국은 번영 일로를 걷는 나라였다. 옥수수밭, 돈아준 북들이 물결치며 구불구불 녹색 줄기가 흙을 뚫고 나와 있는 얌밭, 점점이 찍힌 하얀색 목화솜이 늘어선 목화밭이 끝없이 펼쳐졌다. 바글바글 몰려선 노예들이 우물에서 물을 길어 넓적한 박그릇에 담아 날랐다.

노예들이 머리 위에 받쳐준 거대한 일산 아래 자리 잡은 고관 한 명이 노래꾼, 춤꾼, 악사들을 앞세우며 지나가자, 모두 다 길가에 빽빽하게 자라난 풀숲에 정렬해야 했다. 몇몇 사람들이 요보강 다그바가 게조 왕의 비위를 거스르는 바람에 그를 대체하러 가게 된 소다통 왕자일 거라고 장담했다.

로마나가 겪고 있는 불행을 알고 있는 사람들은 그녀를 연민

어린 시선으로 바라봤다. 하지만 그녀로부터 멀찍이 떨어졌다. 불행은 전염력이 강하지 않은가? 불의 신 조가 나무를 태우고자 할 때, 나무 주변의 풀과 덤불까지 다 태우지 않던가?

어느 날 아침, 로마나 일행은 기다리느라 무기력 상태인 도시에 도착했다. 왕, 각료, 병사, 아마조네스들이 마히 왕국의 수도 훈즈로토를 공략하러 떠난 뒤였다. 로마나는 아구다의 일원으로서 막강한 인맥의 힘을 톡톡히 보았다. 아단도잔 왕이 통치하던 때 이래로, 혼혈이든 흑인이든 해방 노예이든 간에 수많은 브라질인이 통역, 요리사, 의사 등 각양각색의 직업을 수행하느라 아보메 궁으로 향했기 때문이었다. 로마나는 금세 말로발리가 어느 감옥에 수감됐는지 알아낼 수 있었다.

9

훈즈로토 포위 공격은 석 달간 지속되었다.

게조 왕은 그 도시에 대해 보복을 할 이유가 있었으니, 그의 형제 중 두 명이 그곳에 죄수로 잡혀 있다가 사망했다. 그래서 자신의 군대가 도시를 장악하자마자 싹 갈아엎고 불을 지르는 한편, 노인네들은 배를 갈라 죽였고 몸이 성한 남자와 여자와 아이들은 포로로 끌고 왔다.

그리하여 동틀 무렵에, 승자의 행렬은 떠오르는 태양을 마주 바라보며 도수무앵 문을 통해 아보메로 들어왔다. 병사들이 선두에 서서 걸었고, 말에 올라탄 고관들이 해먹에 누운 왕을 둘러싸고 그 뒤를 따랐다. 게조 왕은 전투복 차림이었는데, 붉은색 튜닉 위에 오른쪽 겨드랑이를 지나 왼쪽 어깨에서 묶은 파뉴를 걸쳤다. 허리에는 가죽 주머니를 찼고, 호신부가 주렁주렁 달린 챙 넓은 모자를 쓰고, 오른손에는 가루가 든 물소의 뿔을 쥐고 있었다. 아마조네스들은 왕실 경비대로서, 굳이 왕을 따라나선 왕비들로부터 남자들을 떼어놓았다. 왕비들이 상황과 맞지 않게 새틴, 벨벳, 다마스쿠스 천으로 만든 파뉴를 호화롭게 차려입고, 목에는 황금 목걸이를, 팔목에는 팔찌를, 귓불에는 진귀한 금속판을 꽂은 데 반해, 구식 보병총으로 무장을 한 아마조네스들은 수컷처럼 짧은 바지를 입고 그 위에 갑갑하지 않을 정도로 살짝 졸라맨 튜닉을 걸쳤다. 환관들은 행렬 뒤쪽에 서서, 혹시라도 왕비들을 더럽힐 수 있는 그 어떤 자연의 바람이든 그 어떤 접촉이든 간에 몽땅 차단했다. 그리고 그 뒤로, 등 뒤로 손이 묶이고 발목에 족쇄를 찬 노예들이 끝없는 행렬을 이루며 걸어왔다.

백성은 마히족이 어떤 잘못을 저질렀는지, 왜 곧 모두 제물 도살 사제의 칼날 아래 쓰러져야 하는지, 혹은 포로가 되어 브라질이나 쿠바로 떠나야 하는지 잘 몰랐다. 하지만 북소리가 울리고 병사들이 노래하고 상아 각적 소리가 화약과 먼지 냄새를 뚫고 울려 퍼지니까, 백성은 행복했다. 흥분을 최고조로 끌어 올리려고 병사들이 총을 쏘아댔고, 그러자 열광의 함성이 하늘까지 치솟았다.

로마나는 비람과 몰라라의 팔에 의지해 싱보지 궁 광장에 간신히 나가 있었다. 그녀는 그 무엇도 분간하지 못했고, 아자호가 어떤 종류의 인물인지를 알아내리라는 바람으로 아자호를 뚫어져라 바라봤다. 곧 그의 발치에 몸을 던지러 갈 생각이어서였다. 만약 그 관리가 그녀를 믿지 못하고 그녀가 위험한 인물을 보호하려 든다고 생각한다면, 좋다, 신에게 아디무*를 바치게 해보라고, 그 결과를 잘 알게 될 테니. 비람이 로마나의 팔을 잡아 부축해주며 이끌었다.

"가요, 아요델레(비람 역시 말로발리처럼 절대 그녀를 세례명으로 부르지 않았다). 여기서 더 이상 할 일이 없어요. 차라리 공관으로 가서 아자호를 기다립시다."

그러한 시련이 닥치기 전에는 비람과 로마나는 서로 싫어했으니, 비람은 로마나가 말로발리를 독차지한다고 비난했다. 하지만 석 달 전부터 아보메에서 동일한 근심으로 하나가 되어 서로 가까이 붙어 살게 된 뒤로, 두 사람은 마침내 서로를 이해하게 되었고, 서로를 좋아하게 되었다. 비람은 그 여인이 거쳐와야 했던 대단한 시련들을 생각하면서 감탄과 더불어 진정한 존경심에 사로잡혔다. 동시에 그의 머리는 하나의 수수께끼에 부딪혔다. 힘, 야심, 지능 등 그토록 많은 자질을 타고난 여성이 대체 왜 반반한 낯짝 말고는 쳐줄 게 없으며 그녀를 심하게 모욕한 말로발리에게 그다지도 열렬한 사랑을 품게 됐을까? 여자들이란 얼마나 당황스럽게 만드는 동물들인지!

---

*   요루바족의 신들인 오리샤에게 바치는 봉헌물.

그가 환희에 찬 군중을 뚫고서 로마나와 몰라라를 아후아가 지구까지 안내했다. 다시 평온이 찾아왔다. 여자들은 장에 펼쳐둔 진열대로, 직조장인들은 직조 틀로, 염색장인들은 염료 통으로 돌아갔다. 아도농 문 근처에 왕실에서 사용하는 일산을 제작하는 장인들이 모여 있고 수습생들이 그들을 둘러쌌는데, 모두 곧 있을 축하연에 대한 기대로 웃고 떠들었다. 모두들 승리의 기쁨에 취했으니, 게조 왕은 음식을 베푸는 데 쩨쩨하게 굴지 않을 테고, 금화와 은화를 한 움큼씩 군중에게 던져주리라. 몇 날 며칠을 내내 먹고 마시리라!

로마나, 비람 그리고 몰라라는 오래 기다리지 않아도 되었다. 성실한 관리인 아자호가 자신이 자리를 비운 동안에 무슨 일이 있었는지를 알고 싶어 해서였다.

로마나는 멋지게 보여야 한다는 본능적인 생각으로, 브라질풍의 아름다운 드레스 중 하나로 치장을 했더랬다. 상체 부분은 섬세한 모슬린으로 만들었고, 네크라인에서부터 허리까지 넓은 레이스가 지나갔다. 치마는 풍성하게 부풀려서 완벽한 원을 그렸으며, 밑단은 하얀색 아라베스크로 장식되어 있었다. 거기에다가 좁고 긴 색색의 무명천을 엮어 만든 숄로 드러낸 오른쪽 어깨를 관례대로 가렸다. 머리에는 그물 무늬가 들어간 하얀색 커다란 손수건을 헐렁하게 둘렀다. 아자호는 매료당했다. 그는 로마나의 말을 끊지 않고 귀를 기울이더니, 보좌관들을 제 편 삼아 빈정거렸다.

"당신 같은 여자를 소유한 남자가 대체 왜 여자를 떠나고 싶어 할까? 당신 생각이 틀렸어. 당신이 남편이라고 믿고 있는 남자는 아샨티인 행세를 한 마히족의 개가 틀림없어……."

로마나가 그의 발치에 몸을 던지며 애원했다.

"그이를 제 앞에 불러내주세요, 나리, 그이가 저와의 대면을 버텨낼지 알게 되겠죠……."

희한한 사건일세! 아자호는 로마나를 돌려보내면서 다음 날 다시 오라고 당부했다. 로마나와 비람은 아후아가 지구를 나와 다시 아도농 문 앞을 지나가다가, 종을 흔들어대는 포고꾼과 부딪혔는데, 북꾼 둘이 그로부터 두어 걸음 떨어져 탐탐을 치면서 따라오고 있었다. 두 사람은 포고꾼의 말을 들어보려고 멈춰 섰다.

"아보메 주민에게 고한다. 세상의 주인이자 풍요의 아버지시며 '관목 숲에 불을 놓지 않는 홍방울새'께서 '관례제'가 모레 저녁부터 시작될 예정임을 알리도록 명하셨다. 세상의 주인께서는 선대 왕들께 전언을 보낸 뒤, 백성에게 파뉴와 은을 나눠 주실 예정이다……."

로마나는 전율이 일었다. 선대왕들에게 전언을 보낸다고! 그건 공여를 의미했다. 아, 만약 말로발리를 구해내지 못한다면 그가 그 전언자 무리에 들게 되리라!

두 사람은 조금 더 가서 해먹에 누워 이동하는 백인들을 만났다. 그들이 급하게 도시를 뜨는 이유는, 게조 왕이 백인들에게 경의를 표하기 위해 왕실 전용의 단상에 자신과 함께 앉아 인신공희를 보자고 할 텐데, 그런 광경을 감당할 수 없어서였다. 비람이 그들이 지나가자 침을 뱉었다.

"위선자들! 자기네 나라에서는 자기들이 만든 무기를 가지고 수십만 명씩 서로 죽여대는 것 같더구먼. 여기에서는 가르침을 주고 싶어 하는군……."

비람의 말을 들은 사람들이 큰 목소리로 동의하면서 대화가 시작되었다. 모두가 같은 의견이었다. 백인들이 다호메 왕국을 파괴할 거다. 노예무역도, 선대왕들에게 바치는 제의도 없애버리고 싶어 하니까. 로마나로 말하자면, 그녀의 귀에는 아무런 소리도 들리지 않았다. 그녀의 전 존재가 그저 기도일 뿐이었다. 예수그리스도와 성모마리아와 천국의 성인들에게 빌었다. 하지만 그녀의 부모가 팜유와 갓 수확한 얌과 과일과 피로 달래던, 요루바의 강력한 오리샤들을 향해서도 역시 빌었다. 그녀는 어느 신의 기분을 거스른 걸까? 오군, 샹고, 올로쿤, 오야, 레그바, 오바탈라, 에슈……?

게두는 감옥 입구의 판자를 눌러뒀던 돌을 치우게 시키고는 끔찍한 악취 앞에서 뒷걸음질을 쳤다. 당연히 남자는 그 석 달 동안 누운 자리에서 똥오줌을 지렸을 거다. 그 냄새에는 썩은 음식 찌

꺼기와 죽은 짐승들과 창자처럼 좁고 긴 공간의 탁한 공기에서 풍기는 냄새가 뒤섞여 있었다. 게두는 거기 있던 부하 중 두 명에게 안에 들어가보라는 손짓을 하고는 명령을 내렸다.

"풀어줘라……."

남자들이 혈농이 스며 나오거나 상처가 나서 찢어졌거나 뱀의 피부처럼 껍질이 다 일어난 얄팍한 피부에 덮인 뼈 무더기를 밝은 곳으로 끌어냈다. 머리와 수염이 잡초처럼 마구 자라 있었는데, 벼룩, 빈대 등 온갖 벌레 집단이 자신들의 평소 서식지가 방해를 받자 겁에 질려 달아났다. 빛에 다친 남자의 두 눈이 횃불을 보고 놀란 불나방처럼 뱅글뱅글 움직였다. 게두는 그 광경을 보자, 자신은 책무를 다한다고 생각했는데 결국에는 도살자 노릇을 했을 뿐인지라, 분노가 차올랐다. 그가 남자에게 냅다 발길질을 했다.

"밤바라 명문가 출신이라면서. 대체 왜 말을 안 한 거지? 대체 왜 아샨티인 행세를 한 거냐? 여자들하고 생긴 문제는 나무 아래에서 해결을 할 일이지……. 감옥이 아니라."

말로발리는 당연히 스스로를 변호할 수 없었다. 오래전부터 그는 의식이 없는 거나 마찬가지여서, 육신에서 떨어져 나간 정신은 자신을 여전히 땅에 묶어둔 질긴 끈에 대해서 짜증이 난 상태였다. 사람들이 말로발리를 빙 둘러쌌고, 게두가 여전한 분노를 품고 말을 이어갔다.

"샤샤 아지나쿠의 친구이기까지 한 것 같다. 아자호께서 이자를 아구다 여자인 아내에게 넘겨주기 전에 왕실 의사에게까지 보이려고 하신다."

샤샤 아지나쿠니 아구다 여자니, 그런 모든 말이 말로발리에 대해 얼마나 오해했는지를 뚜렷하게 보여줬다. 하지만 대체 왜 저 남자는 변명을 하지 않은 걸까?

왕실 의사가 곧 도착하여 처음 말로발리에게 눈길을 주고는, 죽었다고 생각했다. 그러다가 희미하게나마 발한 작용이 있음을 보고 자신의 착각임을 깨달았다. 그는 메고 있던 가죽 부대를 열었는데, 그 안에는 가루약, 찜질팩, 연고, 그리고 약효를 보강해줄 부적들이 들어 있었다. 하지만 그의 치료도 소용없었으니, 말로발리는 여전히 의식을 되찾지 못하여, 자신의 발로 설 수도 사람의 목소리를 듣고 따를 수도 없는 상태였다. 의사는 궁여지책으로 수염과 머리카락과 손톱을 자르게 시킨 뒤, 감염을 멈추게 할 요량으로 온몸을 붕대로 감았다. 로마나가 넘겨받은 건 진정 시신이었다.

종종 달수를 채우지 못하고 기형아를 낳는 일이 있다. 가족은 아이를 제거하여, 이런 식으로 그들의 분노를 표출한 신들과의 관계를 회복하려고 든다. 하지만 산모가 거부하며 그 볼품없는 갓난아기에게 집착을 보인다. 그녀는 다른 자식들보다도 더 그 아기를 사랑한다. 그녀는 아기의 시선에서 아주 작은 생명의 광채라도 나타날까 살피며 아기의 삐죽거림을 웃음으로 착각하는

데, 결국 그러한 엄청난 사랑 앞에서 그 작은 존재는 인간의 형체를 갖추게 된다. 말로발리와 로마나 사이에서 벌어진 일이 바로 그거다. 로마나는 벌어진 상처와 토사물과 배설물에서 풍기는 냄새 따위는 전혀 개의치 않고, 바발라워가 요구하는 정말 찾기 힘든 물품들을 모아들이고, 그 어떤 희생 앞에서도 물러서지 않으며 말로발리를 보살폈다. 로마나는 왕실의 보코노 중 한 명이지만 가끔은 평민을 위해서도 신의 뜻을 물어봐주는 월로에게 부탁해보라는 충고를 받았다. 아구다이면서 게조 왕의 요리사인 마르코스와 공모한 덕분에, 로마나는 궁궐 입구의 오른편에 있는 둥근 방까지 뚫고 들어가, 그 방에 있는 노인을 만나는 데 성공했다. 월로는 오랫동안 묵상을 하다가 혼령들과 소통하는 단계로 들어섰고, 그러고 나서 상담을 시작했다. 그런데 그는 여러 도구를 사용해 점을 보면 볼수록 점점 더 근심과 당혹이 어린 표정이 되어갔다. 그가 설득과 위협을 차례차례 사용해가면서, 눈에 보이지 않는 상대방과 길게 담판을 이어간다는 느낌이었다. 그러더니 뒤숭숭한 표정으로 입을 다물고 있다가 선고를 내렸다.

망자들의 도시 쿠토메의 문을 여는 경계 지킴이 사바가 저세상에서 헤매고 있는 말로발리의 영혼이 들어오게 내버려뒀더랬다. 월로는 그게 착오로 보였기에, 사바에게 그를 풀어주고 산 자들에게 돌려주라고 촉구했다. 하지만 사바는 말로발리 곁으로 처음 불려 온 의사가 시신에게만 베푸는 의식을, 그러니까 머리를 깎고 손톱을 자르는 일을 하지 않았냐고 반박했다. 따라서 사바는 정당한 권리를 행사한 거였다. 월로는 사바가 의견을 굽히게 만들 수 있다는 희망을 버리지 않았다. 하지만 그 모든 일은 오래 걸리리라.

처음으로 로마나는 낙심 앞에 무릎을 꿇었다. 그녀는 이미 재산의 상당 부분을 써버렸다. 아이들은 저 멀리 우이다에 남아 있는데, 어떻게 됐을까? 도시 전체가 그녀에게는 아무런 의미도 없는 승리가 안겨준 행복에 취해 있는데, 그 낯선 도시에 그녀가 있었다. 그녀를 따라와줬던 사람들, 그러니까 비람과 몰라라의 인내심이 점점 줄어들어서, 이제 그들은 말로발리의 삶의 종결이 너무 늦춰진다는 생각을 하기에 이르렀다. 한순간 로마나는 그를 죽인 뒤, 왕이 죽으면 그 뒤를 따르는 왕비처럼 자신도 따라 죽을 생각을 했다. 그러다가 기독교 신앙과 요루바의 신앙을 어기는 그런 생각을 했다는 게 부끄러워졌다. 아자히 시장에서는 젊은 여자들이 기장과 옥수수를 팔았다. 마른 잔가지로 다리가 엮인 닭들은 쉼 없이 꼬꼬댁거렸다. 저 닭들은 무슨 이야기를 하는 걸까? 인간의 이야기만큼이나 고통스러운 이야기일까? 로마나는 쓰러지지 않으려고, 시장을 덮은 둥근 천장을 지탱하고 있는 뽕나무 기둥에 기댔다. 근처 진열대에서 풍겨오는 생강과 고추 향이 콧속을 파고들었다. 어떤 여자가 반짝거리는 이를 드러내면서 웃었다. 삶은 계속되고 있는데, 그녀는 밀려드는 고통에 허우적댔다. 그녀는 죽기를 소원했다. 기운 없이, 시장 안의 사족 짐승 매매 구역까지 간신히 걸어가서, 월로가 부탁한 흑양을 샀다. 사람들이 거대한 짐승에게 끌려가는 것처럼 보이는 그 연약한 여인을 호기심에 지켜봤다.

로마나가 오케아당 지구에 도착해보니, 모두가 흥분 상태였다. 말로발리가 자리를 털고 일어나 물을 청해서였다. 지금은 옥수수죽을 조금 먹이는 중이었다. 말로발리가 로마나를 보고는 앓는 소리로 말했다.

"이야, 어디 갔었어?"

육상선수 같던 그의 몸이 반으로 줄어들어버렸다. 늘 정성스럽게 기름을 발라주던 피부는 상처들로 울퉁불퉁했는데, 그중 몇은 제대로 아물지 않아서 고름이 비어져 나왔다. 수많은 여인들이 돌아보게 만들던 살짝 야성적이던 얼굴은 뼈만 남았고, 미친 대장장이가 휘두르는 망치에 우연히 얻어맞기라도 한 듯 군데군데 멍이 들었다. 하지만 살았다. 로마나는 신들에게 감사하면서 그에게 바싹 다가갔다.

그즈음이 확실히 그들 인생의 가장 아름다운 날들이었다. 로마나는 늘 말로발리를 독차지하기를 꿈꿨더랬다. 늘 불가능했던 소유. 왜냐하면 다른 여자들, 술친구들, 유흥 친구들이 그를 차지했으니까. 이제 그 누구도 그를 더 이상 원하지 않았다. 그녀만이 그를 양팔로 보듬고, 그의 몸을 만지려고 하고, 가까스로 알아들을 수 있는 그의 말을 질리지도 않고 따라갈 수 있었다. 그들이 머무는 방에 가까이 다가가면, 목동들이 달이 높이 뜨면 가축 곁의 풀밭에서 뒹굴며 부는 풀피리 소리처럼, 달콤한 음악과 흡사한 속삭임이 들렸다. 사람들은 들어가기가 망설여져서 문 앞에 음식이나 치료에 필요한 약품을 놓아두었다. 그러고는 놀란 마음으로 발끝으로 물러갔다. 완전한 사랑이 존재하는가? 남자와 여자가 마음과 몸이 완전히 섞이는 경지에 도달할 수 있는가?

그 어떤 인간도 신들의 의도를 실제로 분명하게 보지는 못한다. 그래서 왕실의 보코노들이 파그바지*에 상시적으로 진을 치고 있어봤자 소용이 없으니, 그들도 모든 것을 예견할 수는 없다. 훈즈로토 포위 공격으로부터 몇 주 뒤, 백성들이 게조 왕의 명령으로 나눠준 음식들을 미처 다 소화도 못 시키고 있을 때, 천연두의 여신인 사크파타가 성이 났다. 그 누구도 무엇이 여신의 분노를 촉발했는지 말하지 못한다. 희생제의가 소홀히 이루어졌는가? 급해서 대충 기도를 중얼거렸나? 그렇다면 누가? 어쨌든 어느 아침, 사크파타가 그 악취 풍기는 숨결로 아보메를 뒤덮으며 분노하기 시작했다는 건 사실이다. 여신은 나고족의 소굴인 오

---

* 궁 안에 자리한 원형의 방으로, 이곳에서는 보코노들이 왕이 부를 때를 대비해 상시 대기한다.

케아당 지구부터 아후아가 지구와 아드자히토 지구까지, 그리고 도타 지구와 에칠리토 지구 역시 빼놓지 않고서 좌우로 성큼성큼 누비고 다녔다. 여신은 크펭글라 왕*의 무덤 너머 왕궁까지 들어가, 발치에 구식 보병총을 내려놓고 한가롭게 대화를 나누던 호위병들과 아마조네스들을 쳤고, 그들은 격렬한 고통을 느끼며 모래 위로 쓰러졌다. 여신은 선왕들을 기리기 위해 건립된 '지보(至寶)전' 주위를 돌다가 폰족 왕들의 선조인 표범 아가수의 처소는 건드리지 않고서, 자신의 기분을 더 분명하게 보여주려고, 게조 왕이 고관대작들과 남계직계의 왕자들을 주위에 거느리고 왕실 공식 가수의 찬가를 듣고 있던 왕좌의 방으로 난입했다. 치명적인 일격을 받은 도바 왕자가 갑자기 얼굴이 분홍빛으로 변하면서 부풀어 올랐고, 두 눈에 썩은 내를 풍기는 눈물을 글썽거리며 왕의 발치로 쓰러졌다. 사크파타는 심술궂게 게조 왕을 뚫어져라 바라보면서 새된 소리로 일렀다.

"이번에는 네 목숨을 살려주마. 하지만 곧 너를 찾으러 돌아오겠다. 넌 내게서 벗어나지 못할 거다⋯⋯."

그러고는 발을 쾅쾅 구르면서 서민 동네로 되돌아갔다.

바람의 젊은 아내 몰라는 아자히 시장에 나가 있다가 사크파타가 도시로 들어왔음을 알게 되었다. 그녀는 우오 늪에서 잡

---

* 1775~1789년 다호메 왕국의 왕.

은 뒤 훈연한 생선과 팜유, 그리고 마니옥잎을 막 사들이고 나서, 말로발리를 위한 응유를 찾던 중이었다. 그녀는 다급하게 집으로 돌아갔는데, 사크파타가 성이 나면, 집에 머무르고 방문객들을 돌려보내고 이웃을 피하는 편이 좋았다. 삽시간에 시장이 텅비었고, 왕자들이 토론장에 나타날까, 또 가끔은 왕이 몸소 나타날까를 살피는 군중으로 늘 북적거리던 싱보지 궁 광장도 마찬가지가 되었다. 거리마다 겁먹은 사람들로 가득 찼고, 모두들 예방 차원에서 무슨 탕약을 만들어 마셔야 할지를 생각했다. 도처에서 여신을 섬기는 사제들과 엇갈렸는데, 그들은 기도와 제물로 여신을 달래려고 각자의 사원을 향해 다급한 걸음을 재촉했다. 그들이 성공하지 못했음은 명백한데, 저녁이 되면서 벌써 시신이 250구에 달했다. 각 가정에서는 죽은 사람을 씻기는 일이 막 끝났나 싶으면 또 다른 가족이 숨을 거두어, 그가 여행길에 오를 채비를 해주기 위해 달음박질을 쳐야 했다. 가정마다 이제 영지 내 어디에 구덩이를 파야 할지 더는 모를 지경이었다. 곧 장례용 짚자리들이 동이 났고, 흰색 양과 닭도 마찬가지였다. 약아빠진 이들은 부족한 물자를 입수하여 이문을 왕창 남기겠다는 희망을 품고 이웃 도시로 향했으니, 사망자의 가족이 겪을 고통을 예상하고 하는 행위였다. 그리하여 비실거리는 닭 한 마리가 자패화 두 자루나 팜유 세 단지와 맞교환되었다.

이튿째 들어서자, 사크파타는 더욱더 분노하였다. 사람들은 이런저런 설명을 내놓기 시작했다. 사크파타는 게조 왕이 들여와서 섬기게 된, 마히족의 여신이었다. 여신은 아보메 사람들이 자신의 마히족을 짓밟은 걸 보고서 불만을 드러내는 건 아닐까? 자신에 대한 숭배를 들여온 나라에 대한 반감을 드러내는 건 아닐까? 왕이 임명한 대사제 미자이에 대해 항의하는 건 아닐까? 한마디로, 신성모독으로부터 멀지 않은 생각들이었다.

오케아당 지구에서는 말로발리 때문에 모두가 전전긍긍했다. 물론 그는 다시 음식을 섭취하고 도움을 받지 않고서도 몇 발짝씩 걸음을 떼기 시작했더랬다. 하지만 여전히 방어력이 없는 존재여서, 여신의 첫 번째 부름에 여신을 따르는 사람들의 행렬을 불려주러 갈 터였다. 로마나는 통상적으로 열매와 잎의 효능이 최고라고 알려진 타마린드를 잔뜩 비축해두었다. 막 아이가 생긴 비람과 몰라라는 아이에 대해서보다도 말로발리에 대해서 더 걱정이 되었다. 누군가가 예방 차원에서 아프리카 마호가니 나무 뿌리를 달여 먹으라고 권고했던 터라, 비람이 그걸 구하려고 카나까지 갔다.

사크파타를 따르는 행렬은 중단 없이 불어났다. 이제 아보메에 상을 당하지 않은 가정이 하나도 남지 않았을 때, 말로발리가 갑작스레 열이 나기 시작했다. 로마나가 공포에 사로잡혀, 막 이웃집 아이들을 살려낸 의사를 청했다. 하지만 의사는 명확한 진단을 내리지 못했고, 바오바브 잎 찜질팩을 처방했다. 저녁에 온 식구가 한숨을 돌렸다. 열이 떨어져서였다. 사흘 뒤, 열이 더 거세게 돌아왔다.

물병에 물을 길으러 갔던 로마나의 귀에 커다란 외침이 들렸다. 침실까지 한달음에 뛰어가보니, 팽팽하게 당겨진 활처럼 몸이 휜 말로발리가 보였는데, 밭을 덮친 메뚜기들만큼이나 급작스럽게 그를 덮친 농포로 온몸이 뒤덮였고, 두 눈은 젖빛 진물에 잠긴 모습이었다. 몇 시간 뒤 그는 로마나의 품에서 숨을 거두었다.

말로발리는 쿠토메로 들어가는 순간 누구를 생각했을까? 대지의 분노가 자기 머리 위에서 맹위를 떨치게 만들면서 강간했던 아야오비? 절대로 결혼하지 않을 테고, 아들을 만들어주지도 않을 모뒤페? 자신을 만나 돼지에게 던져준 진주가 되었던 로마나? 천만에, 그는 자신의 인생에서 중요했던 유일한 두 여자를 생각했다. 니아와 시라. 그가 눈을 감는 그 순간 두 여자는 무엇을 하고 있었을까? 두 여자는 심장을 정통으로 가격한 격렬한 고통을 느끼고 불안해져서, 아프리카 마호가니 나무 위로 드리운 하늘을 탐색하려고 고개를 쳐들었을까? 아니면 영지 안의 모래 마당을 가로질러 가 하녀들에게 명령을 내리려고 계속 걸음을 옮겼을까?

"어머니, 제가 죽는데 당신들은 알지 못하시는군요!"

말로발리의 혼령이 돌이킬 수 없이 육신을 떠나가는 바로 그 순간, 사크파타가 진정되었다. 여신은 분노하여 도시를 휩쓸었고, 마흔한 번의 낮과 밤 동안 사제들의 진을 빼놓았더랬다. 그러한 막강한 힘의 과시에 놀라 신도 수가 세 배로 늘어났다. 도시의 성문마다 여신의 조각상이 세워졌고, 이제 아보메에서는 집보다 더 많아진 무덤에 여신이 좋아하는 음식을 늘어놓았다.

하지만 싱보지 궁에서는 고뇌가 지배했다. 사크파타 여신이 게조 왕 본인을 찾아서 돌아오겠노라고 약속하지 않았던가? 그래서 파그바지는 그 치명적 귀환의 순간을 예견해보려는 사제들로 비어 있는 적이 없었다. 그들은 하루 종일 각자의 점성판에 야자 열매를 굴려댔지만, 파*는 아무런 말이 없었고 아무런 계시도 주지 않았다.

---

* 폰족의 예언의 신으로 요루바족의 이파와 같다.

10

"말로발리가 숨을 거두자, 아요델레는 더 이상 그 무엇에도 의욕이 없었어요. 자신을 죽음에 내맡길 생각뿐이었는데, 아이를 뱄다는 걸 알게 됐답니다. 아이라니! 말로발리와의 결혼 생활 내내 헛되게 바랐던 보배라니. 그 보배가 남편이 죽고 나니 주어진 거였죠. 아요델레는 몇 년 전에 상담을 받으러 찾아갔던 바발라위의 말을 떠올렸답니다. '올루분미'라는 말로 상담이 끝났더랬는데, 그 의미가 '넌 기쁨으로 가득하리라'랍니다. 그래서 아이에게 그 이름을 붙여줬죠. 그래요, 그 무슨 아이러니인지! 신은 한 손으로는 네게 큰 기쁨을 주고 다른 손으로는 너를 후려치리라. 하지만 그녀는 가톨릭 신자였으니 받아들였습니다. 용감하게 임신을 버텨냈어요. 하지만 아요델레 같은 여자에게는 삶에 의미를 부여하기에 아이만으로는 충분하지 않은 모양입니다. 우리가 옆에서 보살폈지만 소용없었어요. 그 마음속에 이 땅에서 오가고 싶다는 욕망이 더 이상 없었어요. 그녀의 혼령은 이미 쿠토메를 향해 있었고 그 성문을 넘어가려고 들었죠. 어느 이른 아침, 자리에 누운 채 숨을 거둔 그녀를 발견했답니다. 아요델레는 젖이 나오질 않아서 제 아내 몰라라가 갓난아기에게 젖을 주는 형편이었죠. 그래서 아기를 데리고 있다가 제가 다시 세구로 오기로 결심하면서 아기를 데리고 온 겁니다. 이제 가족의 품으로 아기를 돌려보내렵니다."

비람이 입을 다물었고, 잠시 동안 여자들의 울음소리와 남자들의 한숨 소리만 들렸다. 하지만 죽음에 대한 치유책이, 치료약이 아기가 아니라면 무엇이겠는가? 올루분미는 남았다. 니아만이 그러한 체념의 감정을 공유할 수가 없었다. 그녀는 아들 가운데 둘이 죽었다는 사실을 한 번에 알게 되었으니까. 그래서 이성을 잃고 비람에게 호통을 쳤다.

"다른 자식들은요? 내 아들들이 낳은 다른 아이들은요? 그 아이들은 어쨌는데요?"

디에모고가 입을 다물라는 신호를 보냈다. 어쨌든 거칠지는 않게. 여자들이란 고통스러울 때에는 특히나 말을 가려 하는 법이 없음은 잘 알려진 사실이다. 하지만 비람은 벌써 다시 이야기를 꺼내 들었다.

"아요델레의 가문은 오요 출신이에요. 그 지역에서 이슬람을 믿는 페울족과 요루바 사이에서 전쟁이 벌어졌고, 종교적 혼란 통에 집안이 망해 뿔뿔이 흩어졌다고 여겨왔어요. 그런데 어떤 남자가 우이다로 찾아와서는 자신이 아요델레의 작은아버지라고, 그러니까 한마디로 아버지라고 말했답니다. 아베오쿠타에 정착했다가 자메이카로 끌려가서 노예가 되었다더군요. 그러다가 자유를 얻어서 프리타운*에 정착했고, 거기서부터 찾아왔다고 하더군요. 부자라서 위의 애들 셋을 거둘 능력이 충분히 있었고, 그래서 아이들을 데려간다는 걸 막을 수가 없었습니다……."

니아가 땅바닥에서 데굴데굴 굴렀고 다른 여자들도 합세했다. 디에모고가 어쨌든 아이 한 명이라도 데리고 와준 그 손님에게 감사를 표하고 싶은 마음과, 나머지 아이들 셋을 잃어버렸다는 슬픔 사이에서 갈팡질팡하다가 물었다.

"그런데 왜죠? 왜 그 사람이 하자는 대로 했습니까?"

비람이 고개를 숙였다.

"미안합니다. 서로 노옛감을 차지하려고 전쟁 중인 잘 알지도 못하는 나라들을 지나가야 하니, 아이들을 데리고 그 긴 여행을 할 엄두가 안 났어요. 나바에게 일어났던 그런 슬픈 사건이 나바의 아들 중 한 명에게 또다시 벌어질까 봐 무서웠죠. 반면에 올루분미는 몰라라의 등에 업힌 갓난아기일 뿐이니까요. 몰라라가 가

---

* 서아프리카 시에라리온의 수도.

는 곳에 아기도 가잖아요. 아기에게 필요한 건 몰라라의 젖뿐이고요."

온 가족이 아기를 들여다볼 생각을 한 건 그때가 처음이었을 거다. 아직 돌도 지나지 않은 통통하고 토실토실한 아기가 마치 상황의 심각성을 이해한다는 듯이 진지한 시선으로 그 모든 사람들을 뚫어져라 바라봤다. 누군가가 외쳤다.

"올루분미? 그건 밤바라의 이름이 아니잖아요!"

디에모고가 진정하라는 동작을 취했다.

"이름이 뭐가 중요한데! 중요한 건 아이가 살아 있다는 거지……."

그러고는 비람을 향해 몸을 돌렸다.

"우리가 부당하게 굴고 있네요. 감사를 표하고 선물을 가득 드려야 할 입장인데. 그러기는커녕 시비를 걸고 있지요. 그게 바로 사신에게 벌어지는 일이죠. 사신이 들고 온 나쁜 소식에 대한 책임을 늘 그에게 지우니까요."

비람이 한숨을 쉬었다.

"정말이지 그런 소식을 듣지 않게 해드릴 수만 있었다면 좋았을 겁니다. 하지만 그게 신들의 뜻이랍니다."

가족회의는 영지의 중앙 뜰에서 열렸다. 디에모고가 한가운데 앉아 있었고, 주위에 남동생들과 두지카의 장남들과 각각이 거느린 식구들이 있었다. 여자들도 참석하여 니아 주위에 둘러서서,

자신들의 뜨거운 동정으로 니아를 감쌌다. 왜냐하면, 그녀가 지금 벌어지는 비극의 주요 희생자가 아니겠는가? 그녀가 수없이 많은 시련을 겪어 마땅할 그 어떤 짓을 했던가? 하지만 전적으로 동정하기에는 망설임이 있었다. 사실 장년(壯年)에 본 아이, 코사를 품에 안지 않았는가? 그리고 늦둥이 아들이야말로 신들의 호의를 보여주는 명백한 신호가 아닌가? 얼마나 아름다운지, 니아는! 수많은 고통을 정면에서 마주했던 두 눈은 움푹 들어갔고, 젊은 시절 두 눈에 깃들었던 살짝 오만한 광채는 누그러진 대신, 어리석음 앞에서 한층 환해진 다감한 관대함의 빛이 자리했다. 두 개의 주름이 입술 주위에 패었다. 하지만 슬픈 느낌을 주는 대신 살짝 지친 듯하나 관대하고 너그러운 표정이 도드라졌다.

니아가 마치 발언하라고 권하듯이 티에코로를 바라봤다. 아직 아무런 의견도 표명하지 않아서였다. 그런데 티에코로는 가문에서 특별한 자리를 차지했다. 물론 디에모고가 가문의 파, 가족회의가 지명한 가장이었다. 하지만 티에코로가 정신적 인도자라는 사실에는 이론의 여지가 없었다. 그는 나디에의 자살이라는 시련에서, 그러지 못할 수도 있었을 테지만, 빠져나오면서 부쩍 성장했으니, 자기 몫의 책임을 인정하고 공개적으로 잘못을 뉘우쳤더랬다. 그러고는 마시나 왕국의 수도 함달레로 가서 세쿠 하마두 곁에 머물렀고, 그 체류 기간 동안 하마두가 티에코로와 더불어 세구에서의 이슬람 교세 확장 가능성을 논했고, 그 사실만으로도 티에코로는 현명함과 능력이라는 영예를 부여받게 되었다. 티에코로는 모두가 결정을 내리기 전에 찾아가게 되는 그런 사람이, 마호메트에 의해 움직이는 일종의 예언자가 되어버렸다. 더더군다나 지난해에는 순롓길에 올라 메카까지 갔고, 돌아오는 길에 들른 소코토에서는 그곳의 군주가 그에게 아내를 찾아주는 등 갖은 영예를 베풀었다. 이제 가문 전체가 방방곡곡에 명성이 자자한 그런 아들을 둔 걸 자랑스럽게 여겼다.

티에코로가 일어섰다. 그의 명성을 더욱 부추긴 것, 그건 그가 차려입는 옷의 화려함이었는데, 비단으로 만든 바지 위에 같은 천으로 만든 헐렁한 상의, 그 위에 현란하게 수를 놓은 짧은 볼레로를 입고, 묵직한 터번의 끝자락을 얼굴로 늘어뜨렸으며, 흰 베일로 종종 얼굴을 가렸다. 그가 두 손을 모으고 바람을 향했다.

"시비를 걸기는커녕 전 감사를 드리렵니다. 가족 전부가 저를 따라 하라고 권하겠어요. 우리에게 최상의 소식을 가져오신 분이 아니던가요? 영혼이 신의 광휘로 섞여들 때, 육신의 등불인 영혼의 행복에 대해 생각하지 않고 육신이라는 겉껍질 앞에서 한탄하는 사람은 신앙심이 없는 사람이 아니겠습니까? 알라 이외에 다른 신은 없습니다……."

티에코로는 말을 해나갈수록 성량이 커져갔고, 곧 다른 소리들을 전부 다 덮어버렸다. 불에 타면서 마른 나뭇가지가 내는 탁탁 소리, 바람이 흔들어놓은 나뭇잎들의 살랑거림, 울타리 안에 갇

흰 양들의 매애거림. 형이 말하는 것을 듣고 있자니, 시가의 목구멍에 응어리가 졌고, 입으로까지 올라온 응어리가 터지자, 증오의 맛인 씁쓸한 맛이 입안 가득 찼다. 위선자! 위선자! 영지에서 쫓겨난 말로발리가 결국은 죽음을 맞게 될 그런 모험에 내몰렸던 게 그의 잔인함과 부당함 때문이라는 걸 모르는 사람이 없었다. 그런데도 양심의 가책을 느끼기는커녕 조잘거리며 가르침을 주고, 신의 가장 큰 영광을 위한 설교를 해댔다. 어머니에게 아들의 죽음을 기뻐하라고 요구하는 그 신은 대체 뭐지? 시가의 입장에서는 할 수만 있다면 니아를 안아주고 싶었다.

"울어요, 사랑하는 어머니. 이 집에 이제는 빛이 사라졌어요. 두 마리 행복의 새가 날아가버렸네요. 우세요. 하지만 제가 곁에 있다는 건 잊지 마세요."

하지만 시가는 자신의 화를 돋운 게 티에코로의 말뿐은 아님을 인정할 정도로 정직했다. 모두가 티에코로를 바라보는 태도도 그랬다. 특히 여자들이. 무엇보다도 자신의 아내인 파티마가. 신들이 몸소 지상에 내려와서 눈부신 행렬을 거느리고 지상을 누비기로 작정이라도 했다는 듯 모두 넋을 놓고 찬탄하고 있지 않은가. 그러니까 여자들은 그 현학자의 부자연스러운 태도를 보지 못하나?

이제 비람이 일어나서 상징적으로 올루분미를 디에모고에게 건넸고, 디에모고가 아기를 머리 위로 쳐들었다. 이미 아기 아버지가 갖고 있던 페울의 피에 섞인 요루바의 피가 아기에게 완전히 낯선 외모를 부여하는 데 한몫했다. 아기에게 열 달 동안 젖을 물렸는데 정작 아무도 의견을 물어주지 않았던 몰라라가 조용히 눈물을 흘렸고, 비람은 낮은 목소리로 아내를 꾸짖었다. 여행이 무사히 끝이 났고, 어린 고아는 다시 자기 가족을 찾았는데, 왜 눈물 바람인가?

니아가 신호를 보내자, 노예들이 돌로가 담긴 박 그릇들을 내왔고, 모닥불에 장작을 더했다. 그리고 여자들은 남자들끼리 이야기를 나누고 술을 마시게 내버려두고 물러났다. 곧 비람에게 질문이 쏟아졌다.

"다호메? 다호메라고요?"

"거기에는 백인이 많다면서요?"

"페울족은요? 페울족도 있나요?"

"이슬람 신도는요? 이슬람 성원은요?"

호기심이 되살아났다. 곧 나바와 말로발리가 겪은 기이한 역정은 가족의 무형의 유산을 불려줄 이국적인 요소들에 지나지 않게 되리라.

시가는 아무런 말도 하지 않았다. 그는 페스에서 청소년기의 대부분을 보냈기 때문에 말로발리를 거의 알지 못했다. 그가 세구로 돌아와보니, 말로발리는 한창 큰형에게 반항하는 중이었지만, 그는 그러한 다툼에 끼어들지 않았더랬다. 이제는 그게 얼마나 후회가 되던지! 어쩌면 온 가족을 슬픔에 젖게 만든, 비극적 결말로 끝날 그런 모험에 몸을 싣지 못하게 막을 수 있지 않았을까? 모두에게, 모두에게 책임이 있었다! 티에코로를 비난하는 건 정당하지 못했다. 티에코로는 바람에게 질문을 던져대고 있었다.

"그러니까 다호메에서는 위험이 백인으로부터 온다고 생각하는군요? 어째서 그렇습니까? 그들의 종교 때문인가요? 아니면 그들에게 정치적 야심이 있기 때문인가요?"

단순한 영혼의 소유자인 바람은 물론 그런 질문에 대한 답을 줄 수 없었고, 티에코로는 대놓고 자신의 지적 우위를 즐겼다. 역겨워진 시가가 고개를 돌렸다.

그런데 시가가 생각하는 것과는 반대로, 티에코로는 마음의 고통이 극심했다. 나디에가 죽고 난 뒤, 그는 나바와 말로발리의 죽음에 대한 책임이 전적으로 자신에게 있다고 여기기 시작했다. 장례를 치를 때의 여자들처럼 고뇌와 양심의 가책에서 벗어나려고 땅바닥에 몸을 내던지고 데굴데굴 구를 수 있다면 좋았으련만. 하지만 또 다른 역할이 그에게 들러붙어 있었다. 몇 년 전부터 택한 역할로, 신에 대한 관심으로 가득한 현자라는 역할이었다. 그래서 그 현자라는 또 다른 자신이 해야 할 말을 입에 올리고, 그의 행위를 수행하고, 그의 태도를 취할 수밖에 없었다. 하지만 그의 마음속에서 무슨 일이 벌어지고 있는지 누가 알겠는가?

실제로 그의 삶 전체가 나디에와 나누는 긴 대화에 지나지 않왔다. 그에 대한 신뢰가 부족했다고 나디에를 탓하다가, 그가 이성이 흐려져서 스스로에게 도취되긴 했지만 그 도취감이 엷어질 때까지 기다리지 못했다며 탓하기도 했다. 그러다가 용서해달라고, 애정을 보여달라고 애원하기도 했다. 이제는 고인이 된 또 다른 두 사람이 그 그림자에 합류했고, 이번에는 그들이 공격해 올 차례였다. 그가 혼란스러운 마음으로 디에모고에게 다가가서 말을 건넸다.

"말로발리의 친모에게 알려야 하지 않을까요?"

디에모고는 평정을 잃었다. 이번에도 티에코로가 앞질러버렸다. 그 생각을 했어야 하는 건 그가 아니겠는가? 그래서 짜증 때문에 심드렁해진 그가 열의 없이 말했다.

"그 여자가 어디 있다는데?"

티에코로가 어깨를 으쓱했다.

"찾기 어렵지는 않을 겁니다. 마시나에 살고 있고, 종파 문제로 셰쿠 하마두와 다툼이 있었던 아마두 타시루라는 사내와 재혼을 했다네요……. 그자는 티자니야 종파에 속하고, 셰쿠 하마두는 카디리야 종파에 속해서요……."

티에코로는 그런 설명을 해주면서도 현학적이지 않을 수는 없었고, 어쨌든 디에모고가 주위 세상을 갈라놓는 그런 종류의 문제에 대해 무지함을 넌지시 가리키지 않을 수도 없었다. 디에모고는 자신의 시선에 담긴 표정을 숨기려고 땅바닥을 내려다봤다.

"그래, 네 생각엔 그 여자에게 누구를 보내면 좋겠니?"

"그 임무는 제가 직접 맡지요."

디에모고가 어안이 벙벙해서 그를 바라봤다.

"자우이아*는 그만두려고?"

"몇 주만 자리를 비울 텐데요. 어쨌든 자리를 비울 일이 또 있긴 합니다. 만사께서 함달레에 가서 셰쿠 하마두와 대화를 나눠보라는 임무를 맡기셨어요……."

아침까지만 해도 티에코로는 그 임무를 거절할 생각이었다. 의견을 바꾼 이유는 자책과 무력감을 잊게 해줄 뜻하지 않은 기회라고 생각해서였다. 시라를 찾아가서, 함께 고인이 된 말로발리에 대해 얘기를 나누고 위로자의 역할을 하기. 디에모고가 물었다.

"언제 떠날 생각이냐?"

"내일 아침에요……."

그러고 그는 멀어져갔고, 디에모고는 멀어져가는 그 모습을 증오와 흡사한 감정을 품고 지켜봤다. 티에코로는 늘 니아와 그의 사이에 있었다. 잠깐, 그는 자신이 니아와의 사이에서 얻은 아들 코사가 두 사람 사이를 가깝게 해주리라고 여겼더랬다. 서글퍼라! 전혀 그렇게 되지 않았다. 니아는 자신이 티에코로의 어머니이고 그의 이익만이 혹은 그의 변덕만이 중요하다는 것을 한시

---

*   이슬람의 종교교육기관.

도 잊지 않았다. 그녀가 고집을 피워서 자우이아를 열어도 된다
는 허락을 받아냈다. 그러고는 담을 허물었다. 뜰의 일부를 왕국
각지에서 끝도 없이 밀려드는 외지의 학생들을 수용하기 위해 개
조했다. 이제 아이들이 근 100여 명에 달했고, 아이들은 아침부터
시끄럽게 기도를 올리고, 서판에 검은색으로 끼적이고, 이슬람
신앙을 노래했다. 그 아이들을 부양하는 데 드는 비용을 내기라
도 했다면, 그러려니 했겠지만! 천만에! 티에코로는 학부모가 자
녀들에게 진정한 신을 알게 해주려고 돈을 내는 게 말도 안 된다
고 여겼다. 그래서 아이들이 경작하는 밭에서 수확할 때를 기다
리며 아이들을 먹여 살리는 일은 트라오레 가문의 몫이 되었다!
그 이교도 무리를 먹여 살리다니! 티에코로는 이슬람 신도가 적
이란 걸 잊었는가? 디에모고가 그 문제를 꺼내 들려고 할 때마다,
티에코로는 멸시하듯 말을 막았다.

"곡물과 모든 창조물의 성장에 필요한 걸 마련해주시는 신께서
우리가 그 어떤 결핍이든 겪게 내버려두시지 않을 겁니다……!"

니아는 그런 자우이아의 존재가 신들과 조상들을 분노하게 하
여, 그들이 가족의 머리 위에 최악의 재앙을 풀어놓게 할 수도 있
다는 걸 느끼지 못하는가? 어쩌면 그 가여운 말로발리는 큰형의
배교 행위와 그에 대한 가문의 관용이라는 죄의 대가를 자신의
목숨으로 치른 게 아니었을까? 한 번 더 디에모고는 권위를 보여
주고, 자우이아 건을 가족회의에 상정해야 한다고 스스로를 격려

했다.

그러는 동안 티에코로는 당장 내일 함달레로 가겠다는 결심을 알리려고 만사의 궁으로 향했다.

몇 년 전부터 밤바라의 군대와 페울의 군대 사이에 직접적인 충돌은 없었다. 그런데 마시나의 그 유명한 창기병들이 다시 말에 올라 통북투를 정복했다는 사실을 알게 되었다. 이제 페울족은 투아레그인들에게 한곳에 정착해서 땅을 갈라고 강요했고, 다른 주민들에게는 무거운 조세를 강요했다. 황금과 귀한 물품들을 내놓아야만 하는 상인들, 이슬람 신도임에도 불구하고 성폭행을 당한 여인들, 과도한 요구에 시달리는 목축업자 등 눈 뜨고 못 봐줄 사건들에 대한 이야기가 돌았다. 그로 인해 지역에 새로운 상황이 조성되었다. 세구와 통북투 사이의 통상에 무슨 일이 벌어지게 되는가? 세쿠 하마두는 어떤 인물들을 자리에 앉혔나? 군과 민간의 새로운 수장들은 누구인가? 다 몽종은 이제 티에코로가 그 모든 질문에 대해 답을 찾아와서 들려주기를 원했다.

티에코로를 알고 있는 호위병들은 그의 앞에서 창을 내렸다. 그가 첫 번째 경내로 들어갔고, 그의 모습이 보이자 그리오들이 몇 명 모여 있다가 그를 찬양하는 노래를 부르기 시작했다. 티에코로는 궁에 들어갈 때마다 아버지 두지카를 고문 직위에서 해임한 치욕스러운 방식을 떠올리지 않을 수가 없었다. 어떤 의미로는 그가 아버지를 대신하여 복수했다. 그는 일곱 개의 관문을 연달아 지나, 다 몽종이 자신의 측근을 맞이하는 방까지 곧바로 나아갔다.

다 몽종은 많이 늙었다. 근 20년에 걸쳐 통치하고 난 지금, 전쟁터에서 너무나 많은 수훈을 세우느라, 너무나 많은 중대한 결정을 내리느라 쇠약해진 듯했다. 그는 카르타와의 관계, 이슬람에 대한 입장, 노예무역과 북쪽과의 무역 등 선왕 시절에는 그만큼의 중요성을 띠지 않았던 수많은 현안들을 다루어야 했다. 고약한 혓바닥들은 여자를 과도하게 좋아해서 800명에 달하는 처첩에게 관심을 베푸느라 그렇게 쇠약해졌다고 수군거렸다. 그는 해안의 상인에게서 구입한, 다리에 사자 형상이 조각되어 있고 붉은 가죽으로 덮은 의자에 앉아 있었다. 또한 노예무역을 통해 손에 넣은 또 다른 물품인, 황금색 꽃을 수놓은 검은 벨벳 실내화를 신고 있었다.

티에코로는 몸을 굽혀 예를 표하고 나서 곧바로 본론으로 들어갔다.

"천지간 기운의 주인이시여, 전하의 결정을 실행에 옮기러 내일 떠나려고 합니다."

다 몽종이 놀랐다.

"기쁜 소식이군. 그런데 무슨 일로 의견을 바꾸었지? 어제까지만 해도 망설이지 않았나……."

그러자 티에코로가 몇 마디 말로 말로발리의 이야기를 요약하고는 이런 결론을 내렸다.

"그래서 이참에 페울족인 그의 어머니 시라를 만나 알리려고 합니다……."

방 안에 묵직한 침묵이 내려앉았다. 악사들조차 피리를 내려놓고 발라의 채를 쥔 채였다. 낯선 땅에서 죽음을 맞는 것보다 더 나쁜 게 뭐가 있는가? 저 트라오레 가문 사람들의 운명은 어쩜 그리 끔찍할까! 그러니까 저들은 대체 무슨 죄를 저지른 걸까? 모여 있던 사람들, 그리고 정도는 다 다르지만 티에코로를 미워하는 이들은 가족에게 저주를 가져온 게 바로 그의 개종이라는 생각들을 엇비슷하게 했다. 동시에 그의 능력을 필요로 했기에 그러한 증오가 대놓고 표출될 수는 없었다. 그래서 티에코로 주위에는 억눌리고 절반만 드러낸 생각이 자아내는 분위기, 그의 마음에 깊은 상처를 주는 분위기가 조성되었다. 사랑을 받을 수 있었다면 좋았으리라. 그런데 그는 이용당하기만 했다. 두려움의 대상이면서 찬탄을 받았다. 다 몽종이 침묵을 깨고 말했다.

"내일, 너의 집으로 위문품들을 실어 보내겠다. 디에모고에게 우리 모두 그 슬픔을 함께한다고 알리거라."

시가가 티에코로임을 알아보자, 불쑥 말했다.

"뭘 원하는데?"

티에코로는 그러한 접대를 받아도 당황스러워하지 않았다.

"내일 마시나로 떠나서 몇 주 동안 자리를 비울 거라는 얘기를 해주려고."

시가는 어깨를 으쓱하면서 그게 자기랑 무슨 상관이냐를 나타냈고, 티에코로는 마치 그런 태도가 놀랄 정도로 자신을 즐겁게 해준다는 듯 비웃는 표정으로 그를 바라보다가 말을 꺼냈다.

"내가 커다란 도움이 될 수 있을 텐데……."

"무슨 소리야?"

티에코로와 시가 사이의 관계는 좋았던 적이 없었다. 이제 그 관계는 완전히 망가져버렸다. 우선 질투와 원한이 시가에게서 극에 달해버렸다. 티에코로가 아무런 어려움 없이 공동의 영지 안에 자우이아를 열었던 데 반해, 염색 공장을 열겠다는 시가의 계획은 혐오를 불러일으키며 기각당했다. 뭐라고? 대지를 일구는 일만이 적합한 귀족인 트라오레 가문이 가랑케를, 가죽장인을, 장인 계급 사람을 흉내 내겠다는 건가? 시가가 미친 건가? 모두를 멸시하듯 내려다보는 그 이방인 여자를 데려온 걸로도 부족해서, 가족의 명예를 실추시키고 싶은 건가? 그러다가 그 고통스러운 사건이 벌어졌던 거고, 그 일이 있고 나자, 시가는 영지를 떠나 도시의 동쪽 끝에 있는 가문의 토지에 정착하는 게 좋겠다고 생각했다. 시가가 그렇게 떠나게 된 진짜 이유를 비밀로 두었기에, 이제 그는 배은망덕하고 패륜을 저지른 아들로 통했고, 니아는 툭하면 장남과 비교했다. 시가가 그런 생각들을 머릿속에서 내몰려고 애를 쓰는데, 티에코로가 그를 향해 몸을 숙였다.

"중요한 건 다른 사람들을 압도해야 한다는 거야. 넌 그걸 이해하질 못했구나. 존경하게 만들어야 해. 이렇게까지 말하고 싶네. 두려워하게 만들어야 한다고."

시가가 인내심을 잃고 소리를 질렀다.

"설교는 됐다가 자우이아의 학생들을 위해 쓰지 그래. 그런데 아이들에게도 똑같은 연설을 할 수 있는 게 확실해? 아이들에게는 그저 사랑과 자비에 관한 얘기만 하지 않나?"

티에코로가 진정시키려는 듯이 손을 내밀었다.

"시가, 도와주고 싶어서 그래. 진심으로. 세쿠 하마두가 막 통북투를 함락했어. 그 도시의 모로코 출신 명사들은 다 달아났지. 상업이 엉망이 됐어. 이제는 마그레브로 향하는 카라반들도 없어. 황금도 자패화도 더는 없으니까……. 머리가 잘 돌아가는 사람이라면, 이슬람 신도라면 누구나 필요로 하는 그런 물품들을 제공하면서 존재감을 키울 순간이 아니겠어?"

시가가 어깨를 으쓱했다.

"그 이야기는 더 하지 말자, 티에코로. 가족이 내 계획에 대해서 무슨 생각을 하는지 알면서!"

티에코로가 경멸하듯 말했다.

"그럼 네가 싫어하는 일을 계속하든가. 땅을 가는 일 말이야. 결국 넌 그 정도 일에나 쓸모 있는 게 아닐까?"

그가 몸을 일으키자 시가가 잡았다.

"날 어떻게 도울 수 있는데?"

"함달레와 다른 곳의 내 인맥을 활용해 네 얘기를 하기만 하면 주문이 쇄도할 거다. 재물과 함께 존경도 따라오게 되어 있지!"

시가는 그 말이 너무 노골적이어서 충격을 받았다. 하지만 티에코로는 진실만을 말했다. 페스에서 수습생으로 보냈던 세월이 얼마나 오래였던가! 얼마나 많은 계획을 품었던가! 페스의 명문들과 겨뤄보겠다는 꿈은! 그러기는커녕 전처럼 다시 농부가 되어, 가족회의에서 빌려주기로 결정한 밭에서, 노예들을 고용하기에는 너무 가난하여 직접 힘들게 땀을 흘리고 있었다. 그가 형을 뚫어져라 바라봤다.

"용서를 구할 건 없어?"

티에코로가 오만하게 말했다.

"너도 잘 알다시피, 내 탓을 할 건 하나도 없다!"

맞는 말이었다! 그는 적어도 어떤 점에서는 전적으로 무구했다. 파티마의 눈에 '물신숭배자와 야만인의 소굴'로 비치는 이 세구에서, 그가 파티마가 보기에 유일한 문명인으로 보였다 해도, 그게 그의 잘못은 아니었다. 처음에 파티마는 신앙 때문에 그와 가까워졌지만, 그 뒤 자신도 모르는 새 다른 감정을 향해 옮겨 갔는데, 혈통에서부터 이어받은 불장난에 대한 취향이 있어서도 더 쉽게 그리됐다. 시가는 어느 날 아침 페스에서 받았던 그 쪽지를 떠올렸다. "눈이 멀었어요? 내가 당신을 사랑하는 게 안 보여요?"

그래, 그녀는 또 다른 그런 쪽지를 티에코로에게도 보냈더랬다! 아마도 간통을 저지르려는 생각은 없었으리라. 그저 아슬아슬하고 위험한 유희가 그리워서 그런 장난을 되살리려는 생각이었을 거다. 만약 파티마가 밤바라 여인이었더라면, 시가는 서슴지 않고 원래 가족에게로 돌려보냈을 거다. 하지만 파티마는 사랑 때문에 자기 고향을 떠나 먼 곳까지 그를 따라온 외지인이었다. 그녀가 실망해서 우울한 나날을 보내고 있다면 그의 잘못이 아니겠는가? 그가 환심을 사려고 그녀의 눈앞에 들이댔던 게 미래가 아니었나? 시가는 세구로 돌아온 뒤, 자신이 태어난 도시를 파티마의 눈을 통해 보았고, 페스에 있을 때 그 찬란함을 충분히 누리지 못했다는 후회에 사로잡혔다. "이는 비둘기가 자기 목의 고리 무늬를 빌려주고 공작은 자신의 깃털로 치장해준 도시이니라." 바브 엘기사에서 어떤 노인이 그렇게 노래했고, 군중은 그의 입술에서 눈을 떼지 못한 채 귀를 기울였더랬지. 자신에게서 멀어진 것을 좇으며 한숨짓는 게 인간의 운명이런가?

그가 손뼉을 쳐서 노예를 불렀고, 박하 차를 준비하라고 지시했다. 노예가 물러가자, 형을 돌아봤다.

"좋아. 형이 내게 인맥 얘기를 하고, 가죽신 주문을 따낸다 해도, 그 어음은 무슨 수로 결제를 하는데?"

자신이 그리도 자주 상처를 줬던 사람에게 충고를 구하는 것이 얼마나 창피하던지! 티에코로가 예의 그 젠체하는 표정을 띠었다.

"파 디에모고에게 네 몫의 가축과 황금을 요구할 권리가 네겐 당연히 있지. 가축 덕분에 넌 가죽을 손에 넣을 수 있을 거야. 황금으로는 네가 부릴 직공들에게 급료를 지불하고."

시가가 다시 낙담의 몸짓을 보였다.

"파가 뭐라고 대답할지 잘 알면서……. 트라오레 가문의 일원이 가랑케가 된다고! 트라오레 남자가 상인이 된다고!"

"파는 받아들일 거야. 당장 오늘 저녁에 어머니에게 그 문제를 말씀드릴 거니까."

그 말에는 허세라고는 전혀 없었다. 한 번 더 시가는 마음에 깊은 상처를 입었다. 모정은 얼마나 맹목적이고 부당한가! 티에코로는 첫 번째로 태어나는 수고를 했을 뿐인데, 봐라! 그가 주변에 불행의 씨앗을, 실제로 그랬으니까, 뿌려도 소용없었으니, 그가 하는 모든 일이 니아의 눈에는 멋있어 보였다. 그, 시가는 평생 '우물에 몸을 던진 여인의 아들'일 뿐이리라!

노예가 구리 쟁반에 꽃으로 장식된 작은 잔들을 담아서 돌아왔다. 유럽 혹은 마그레브에서 제조된 물건들이 하나둘 세구로 스며들었다. 가문의 아들들이 어느 노예 상인에게서 구입한, 윗단 접힌 장화를 신은 모습을 보는 일이 드물지 않았다. 많은 가정에서 집 안에 은제 접시들을 쌓아놓았고, 만사까지도 사용하는 법이 절대 없는 중국산 고급 도자기 일습을 측근들에게 자랑했다.

티에코로가 옳았다. 마시나의 광신도들이 통북투를 점령하고 난 뒤 발생한, 상업의 붕괴를 이용해야 했다.

그러자 재로 변했던 해묵은 꿈이 되살아났다. 시가는 일군의 노예들을 지휘하며 상체를 드러낸 채 가죽을 적시고 물들이고 자르는 자신의 모습이 눈에 선했다. 게다가 가죽 제품을 파는 상점도 낼 테고, 그 한옆에서는 금실 은실로 수놓은 비단도 팔리라. 그랬다. 그에게는 투지가 부족했나 보다. 항의도 한번 안 해보고 집안의 보수주의 앞에서 고개를 숙였으니까. 예레월로라면 직접 혹은 노예를 부려 땅을 경작하고, 그 소출로 살아가야 한다. 하지만 예레월로 주변의 세상이 변했다. 가문 내에서도 그런 변화가 나타났다. 브라질로 끌려간 나바. 카라반을 따라서 아샨티 왕국까지 갔다가, 세구에서 며칠 낮 며칠 밤을 가야 하는 저 멀리 아보메에서 죽음을 맞이한 말로발리. 둘 다 아들을 남겼는데, 그 아들들은 가문에 반만 속한 것이, 마치 그들을 낳은 이방인 여자들의 혈통이 표식을 남긴 것처럼, 다른 욕망을, 다른 염원을 품고 있었다.

결국 티에코로가 그저 그들 가운데 가장 영리한 게 아니었을까? 그는 이 지역에서 이슬람이 거둘 필연적 승리를 내다보았고, 가장 먼저 개종한 사람 중 한 명일 뿐 아니라 포교사가 되었다. 멋들어진 셈속이 아닌가! 그 순간 시가는 자신이 형을 편파적으로 보고 있다는 느낌이 들었고, 그를 몰래 바라보다가 그 얼굴에 서린 고통의 표정에 몹시 놀랐다. 카리테 버터 등의 불빛이 그의 얼굴을 후광으로 감싸서, 단식으로 금욕적으로 변한 얼굴선이 뚜렷이 부각됐다. 통북투의 독신자들은 여봐란듯이 묵주를 굴리지 않고서는 길에 나서는 법이 없었고, 신은 경배받기 위해 기다리지 않음을 보여주기 위해 장소를 가리지 않고 기도를 올렸는데, 티에코로는 나날이 그들을 닮아갔다. 하지만 그의 커다랗고 검은 두 눈, 때로는 응시하고 때로는 심하게 흔들리는 두 눈은 그 얼굴의 조화를 무너뜨렸다. 사람들은 내면에서 무슨 일이 벌어지고 있는지를 무시무시하게 꿰뚫어 보는 그 시선을 받아내지 못했다.

4부

기름진 피

1

티에코로는 아들 모하메드를 데려오라고 지시했다.

"셰쿠 하마두께서 우리에게 엄청난 영예를 베푸시는구나. 네 종교교육의 완성을 위해 널 자신에게 맡겨달라는 부탁을 담은 편지를 보내오셨다."

모하메드는 티에코로의 가정 내에서, 그리고 영지 전체에서 특별한 위치를 차지하고 있었다. 티에코로가 메카에서 돌아오는 길에 들렀던 소코토의 군주가 그를 위해 구해준 아내 마리엠에게서 얻은 첫 번째 아들이었다. 마리엠은 차례차례 딸만 셋을 낳았고, 티에코로는 자신에게 어울리는 후계자를 얻지 못해 절망했다. 나디에가 낳아준 아들들 아흐메드 두지카와 알리 순칼로를 자기만의 방식으로 사랑했지만, 그 아이들의 신분을 잊을 수는 없었다. 그 아이들은 뭐니 뭐니 해도 노예 여자가 낳은 아들들일 뿐이었으니까. 그런데 마리엠은 술탄의 인척이었고, 황금과 풍요로움과 좋은 음식이 넘치는 환경에서 태어나 자랐다. 그랬기 때문에 모하메드는 왕족이나 다름없었다.

티에코로에 대한 솔직한 감정을 드러낼 수 없는 이들 모두 그 아들에게 앙갚음을 하였기에, 모하메드는 태어나면서부터 그들의 질투와 증오에 부딪혔고, 내성적이며 극도로 감수성이 예민하여 어머니의 치마폭에 매달려 사는 소년이었다. 어머니와 떨어져야 한다는 생각에 절망이 어찌나 심했던지, 아이가 대담하게 저항하며 이의를 제기했다.

"마시나의 페울족은 우리의 적이 아닌가요?"

티에코로가 아이를 무섭게 쏘아보았다.

"감히 그런 말을 또다시 입에 올리면 널 눌러버리겠다, 버러지처럼! 그들은 진정한 유일신인 알라를 믿으니 우리와 같은 종교를 믿는 우리의 형제가 아니냐?"

아이는 더 이상 그 어떤 말이라도 꺼낼 엄두가 나지 않았다. 하지만 아이는 밤바라족이 '붉은 원숭이', '서판에 끼적대는 인간', '비미'*에 대해 품고 있는 증오를 잘 알고 있었으니, 페울족이 제네인과 통북투인처럼 밤바라인을 무릎 꿇리지는 못했지만, 밤바라인을 모욕하는 일이 몹시 잦았다. 아이는 몹시 애를 써서 눈물

---

* 페울어로 '내가 말한다'라는 뜻이다. 밤바라족이 페울족에게 붙여준 별명이다.

을 참으며 어름거렸다.

"언제 떠나야 하는 거죠?"

"내가 지시하면……."

아이가 돌아서면서 두르고 있던 부부를 꼭 여미는 바람에 그 가느다란 몸매가 드러나자, 티에코로의 심장이 조여들었다. 티에코로는 평소의 차가운 태도를 내던지고 꼭 안아주고 싶은 마음에 아이를 다시 부르며 혼자 중얼거렸다. "내가 그런 제안을 받아들인 건 너를 위해서란다. 이슬람이 승리할 거야. 벌써 승승장구하고 있지. 곧 세상은 문자와 책에 담긴 지식을 소유한 자의 것이 될 거란다. 우리 민족은 그 모든 인간적인 장점에도 불구하고 무식하고 거친 민족으로 취급당하겠지……."

하지만 모하메드가 다시 다가오자, 아이에게 어떻게 말해야 할지를 몰라서 그저 이러고 말았다.

"함달레에 가거든 시라 할머니를 찾아뵙거라."

모하메드는 복잡한 가계도에 대해 거의 몰랐기에 두 눈을 크게 떴다.

"마시나에 친척이 있나요?"

티에코로가 그렇다고 고개를 끄덕거렸다. 그가 다시 짚자리에 앉자, 두 번째 아내 아당이 아침 식사인 죽을 가져왔다. 나디에가 죽은 뒤, 티에코로는 기쁘고 감사한 마음으로 수누 사로 공주와의 파혼을 받아들였다. 그에게는 오로지 단 하나의 욕구만이 있었기 때문이었다. 혼자 살고, 다시는 여자를 품지 않기. 그로서는 속죄하자면 남은 생 전부를 바쳐도 충분하지 않아 보였다. 그러고는 소코토의 술탄이 그에게 마리엠을 아내로 줬더랬다. 그러고는 셰쿠 하마두가 자기 가문의 딸인 아당을 그에게 아내로 주었다. 게다가 어떻게 그리됐는지는 모르겠지만, 나디에가 낳은 아들들을 키워주는 노예 양카디와 이미 잠자리를 갖기 시작했다! 그렇게, 원하지는 않았지만, 어느 결에 아내 둘과 첩실 하나를 소유하게 됐고, 자식들이 열댓 명에 달하는 아버지가 되었다! 하지만 가정에서 새로운 탄생이 있을 때마다 그는 기쁨으로 채워지기는커녕 부끄러움으로 채워졌고, 자신의 희구와 본능의 견고함 사이에 존재하는 간극을 가늠하게 되었다. 그래서 그는 아당의 솟아오른 배를 분노의 시선으로 바라봤고, 죽이 너무 묽다고 타박했다. 아당은 잠자코 박 그릇을 거두어 다시 부엌으로 향했다.

티에코로는 아당이 돌아오기를 기다리지 않고서 자우이아로 갔다. 이제 학생 수가 200여 명에 달했고, 학생들은 세구의 최상위 귀족 가문의 자제들이었는데, 귀족 가문 모두 다 동일한 셈속이었다. 적어도 아들 하나에게는 이슬람에 관한 지식을 배우게 하는 게 현명하지 않겠는가?

하루하루가 똑같은 리듬을 따라 흘러갔다. 우선 코란 복습하기. 그다음에는 법학 혹은 신학의 관점에서 주해 다루기. 점심 식사가 끝나면 코란 암송이 시작되어 오후 기도 시간이 되어야 끝이 났다. 그 뒤, 아이들은 트라오레 가문의 토지에다가 그들이 가꾸는 채마밭이나 기장밭으로 일하러 갔다. 티에코로는 땅을 일구는 일을 늘 거부했기에 아이들을 따라가지 않았다. 그는 묵주를 굴리기 시작했다. 그러고는 저녁 기도에 맞춰 사원으로 가서, 밤 기도 시간이 될 때까지 그곳에 머무르며 이맘과 더불어 신앙 문제를 논했다. 두 사람은 티자니를 따르는 길과 셰이크 아흐메드 티자니의 저서 《자와히라 엘마니》에 대해 논하는 일이 점점 더 잦아졌다. 그러고 나면, 티에코로는 가문의 영지로 가는 길에 올랐고, 개인채로 들어가기 전에 니아의 처소에 들렀고, 니아는 그에게 시시콜콜 집안일을 알려주면서 모든 문제에 대해 그의 의견을 구했다. 약혼, 혼인, 태어난 아이에게 지어줄 이름, 명명식, 지참금.

티에코로는 밤의 평화로움 속에서 니아와 함께 보내는 그 시간을 사랑했다. 나디에를 잃어버리고 난 지금, 니아만이 유일하게 그에 대해 흠결 없는 사랑을 품은 존재였다. 그래서 어머니와 이야기를 나누면서 티에코로는 나디에와도 이야기를 나누었으니, 티에코로는 마리엠과 아당을 사랑하지 않았을 뿐만 아니라, 두 여자가 그의 속을 명확히 들여다보고 그를 경멸한다는 느낌도 받았다. 위선자! 위선자일 뿐이다! 영예를 탐하는 자! 영광을 탐하는 자! 알라의 이름을 가져다가 치장하여 관심을 받는 방법을 찾아낸 자! 그의 신앙심은 빛나고 싶은 야망의 은폐에 불과하다!

마시나, 소코토의 술탄, 푸타 토로와 푸타 잘론 등 다양한 나라의 군주들이 그에게 존경을 표한 것과 대조적으로, 티에코로는 자신에게 자격이 없다는 생각을 하고 있었기에 과묵하면서도 격렬하며 열광과 의기소침 사이에서 늘 머뭇대는 인물이 되었다. 그가 자우이아 안으로 들어갔을 때, 아직 어린아이에 불과한 가장 나이 어린 학생들이 집중 기도 시간임에도 불구하고, 전쟁 흉내를 내고 격렬한 놀이를 하느라 소란을 피우고 서로 쫓아다니고 모래밭에서 구르고 있었다. 그의 모습을 보자 모두 얼어붙었다. 바닥에서 구르던 아이들이 벌떡 일어나 후다닥 부부의 먼지를 털어댔다. 다시 열이 지어졌고, 10여 쌍의 눈동자가 바닥을 응시했다. 티에코로는 그 아이들에게 자신이 불러일으키는 효과가 싫었고, 종종 화를 터뜨리며 잘못이라고는 너무 고분고분했던 것밖에 없는 아이들의 뺨이나 이마나 눈꺼풀을 냅다 후려쳤다. 그는 두 번째 등급의 학생들에게 할애된 구역으로 들어가서 짚자리에 앉았다. 한 명씩 아이들이 들어와서 그의 주위에 자리를 잡았다.

모하메드는 두 눈이 퉁퉁 부은 채, 마지막에 들어온 아이들 사이에 자리 잡았다. 보나 마나 어머니에게로 쪼르르 달려가 서로 부둥켜안고 한데 눈물을 쏟았으리라. 아! 정말이지, 아이를 유약하게 만드는 마리엠에게서 아이를 떼어내야 할 때다! 아이를 남자로 만들어야 할 때다! 물론 가족은 그가 자식 중 한 명에게 이런 식으로 드러내는 편애에 대해 분노하겠지. 벌써 뭐라고 떠들어댈지 상상이 되었다. 혈통은 좋지만 재물은 별로 없는 집안의 딸들과 결혼시킨 아흐메드와 알리가 가문 소유의 토지에서 고되게 일하며 가질 앙심도. 자신이 낳은 아들들에 대해 느낄 아당의 불안감도. 하지만 티에코로가 특히 신경이 쓰이는 건 자신의 행위가 낳을 정치적 결과였다. 폐울족과 밤바라족 사이의 긴장감이 달아올랐다. 만사는 마시나를 상대로 대대적인 공세를 펴겠다는 이야기를 했고, 그 목적으로 노예무역을 통해 들어온 총과 화약을 구입하며, 카르타의 군주에게 자신과 동맹을 맺자고 압박을 가했다. 아들을 마시나로 보낸다면 좋게 보이지 않겠지. 하지만 가문의 영광이 되는 일을 거절할 수 있을까? 멀다고 하더라도, 그와 소코토의 군주 사이의 인척 관계가 그렇게 인정받은 게 아닌가?

다시 현실로 돌아온 티에코로가 그를 올려다보고 있는 근심스러운 작은 얼굴들을 응시했다.

"너희 가운데 몇 명이나 어제 내가 해준 충고를 따랐지?"

그 누구도 티에코로가 무얼 가리키는지 정확히 몰랐기 때문에 반 전체가 술렁였다. 그러다가 알파 망데 디아라가 일어섰다.

"저요, 스승님. 스승님께서 권하신 대로, 알라라는 신성한 이름을 제 잠자리 맞은편 벽에 써뒀습니다. 눈 뜨자마자 제 눈에 보이는 첫 번째 형상이었으면 해서요……."

알파 망데는 세상을 뜬 만사 다 몽종의 형제의 아들이니까 왕족이었다. 티에코로는 그 점을 고려해서, 알파 망데에게 농사일을 면제해주고 키랑고에 거주하는 아버지를 보러 가라고 일주일에 이틀의 자유를 주는 우대를 베풀었다. 그는 알파 망데가 왕실의 또 다른 자녀들을 끌고 오기를 바랐다. 그런데 전혀 그러지를 못했다. 만사 티에폴로의 아들 중 그 누구도 따라오지 않았고, 티에코로는 다 몽종의 승하 이후 이슬람 관련 사안에 대해 논의를 하려고 새 군주에게 면담을 청했지만, 요구가 관철되지 않았다. 아, 다 몽종이 모든 문제에 대해 그의 의견을 구하고 이슬람의 도시마다 그를 사절로 보냈던 시절은 얼마나 아득해졌는가! 만사 티에폴로 주변의 인간들은 머릿속에 전쟁뿐이었다! 그들이 마시나의 페울족을 최후의 한 명까지 다 죽인다 해도, 이슬람은 더 강성해져서 이 지역으로 돌아온다는 걸 이해하지 못하는가? 건기의 혹독함을 개의치 않고, 주변의 관목들이 누렇게 되어도 초록이 무성한, 늘 싱싱한 나무처럼 뿌리를 내린다는 걸? 아, 둔하고 무딘 존재들!

티에코로는 가장 뛰어난 학생 가운데 한 명이라는 데 이론의 여지가 없는 알파 망데를 칭찬한 뒤, 강의를 시작했다.

"그래, 너희 모두 벽에 그 신성한 이름을 쓰도록 해라. 아침에 일어나서 그 신성한 이름이 너희 입술에서 나오고 너희 귀를 울리는 첫 번째 말이 되도록, 영혼 저 깊은 곳으로부터 열정을 다해 그 이름을 말해라. 잠자리에 들 때엔……."

그렇게 말하다가 모하메드의 시선과 마주쳤고, 아이가 그의 위선적인 신앙과 무모한 허영심을 명확하게 간파하여, 그를 속속들이 꿰뚫고 있다는 느낌을 받았다. 그래서 마치 자의식을 잃고 싶다는 듯이 더욱더 우렁차게 부르짖었다.

"너희가 끈질기다면, 결국엔 알라라는 글자의 비밀에 담긴 빛이 너희 위로 퍼져나갈 것이다. 신성에서 튄 불꽃 하나가 너희의 영혼을 타오르게 하고 빛을 뿜게 하리니……."

하지만 모하메드는 아버지를 평가하겠다는 생각을 하기에는 너무 어리고 공손하였기에, 아이의 눈에는 티에코로에게 충격을 줄 만한 그 무엇도 담겨 있지 않았다. 다른 이들이 대신 그 일을 했으니, 디에모고의 장남 티에폴로가 그 무리에 속했다.

티에폴로는 두지카가 사망한 후 자신이 직접 제네로 티에코로를 찾으러 갔던 일을 끊임없이 되새겼다. 그리고 끊임없이 그 일에 대해 후회했다. 당시에는 옳은 일을 한다고, 망자의 마지막 뜻을 들어드린다고, 가족의 단결을 이룬다고 생각했는데……. 단지 자기 아버지의 실추와 굴욕을 위해 애쓰는 꼴이 될 뿐임을 알 수만 있었어도!

그는 아버지 디에모고가 티에코로의 뜻을 실행하는 역할로 쪼그라든 모습을 보는 걸 더는 견딜 수 없었다. 자우이아가 인접해 있는 걸 더는 견딜 수 없었다. 가족이 믿지 않는 신의 영광을 기리는 그 기도문을 줄곧 듣는 일도 더는 견딜 수 없었다. 그가 보내는 나날들은 어떻게 하면 가족으로부터 티에코로를 떼어버릴 수 있을까에 대한 열띤 질문의 연속일 뿐이었다. 그는 바라 무소, 첫째 아내 테네그베가 다가와서 방금 들은 소식을 털어놓자, 아내를 불신의 눈빛으로 바라봤다.

"대체 무슨 소리를 하는 거야?"

테네그베는 잠자코 있었다. 카르타 출신의 대단한 미인으로, 여전히 모두의 뇌리에 그 기억이 존재하는 선왕 만사 풀라포 보, '페울족의 목숨을 앗아 가는 자 보'와 모계 쪽으로 인척이었다. 티에폴로는 아내가 이슬람에 대해 품은 증오와 자신 때문에 티에코로에 대해 품은 증오로 인해 정신이 흐려졌다고 여겨서 어깨를 으쓱했다.

"말도 안 되는 소리! 우리 가문과 우리 왕국에 대해 어떤 존중도 없는 자이긴 해. 하지만 그런 짓까지 하지는 않을 거야……."

테네그베는 그저 이렇게 반응했다.

"그럼 모하메드가 함달레로 데려다줄 말에 올라탄 모습을 보면 내 말을 믿겠군요……."

그러더니 물러갔다. 티에폴로가 당혹감을 느끼며 뜰로 나갔다. 우기가 끝나가고 있었다. 마호가니 나무와 타마린드 나무의 잎사귀가 선명한 초록이었다. 여자들이 가꾸는 채마밭에는 꽃이 만발했다. 곧 가옥의 담장에 벽토를 덧바르고, 소나기가 망가뜨린 지붕을 수선해야 하리라. 은퇴하지 않은 남자라면 피가 심장을 즐겁게 가득 채우며 사지에 유쾌한 흥분을 일으킴을 느끼는 때도

1년 중 이맘때이다. 몇 주 뒤 그런 작업이 일단락되면, 티에폴로는 사냥감을 찾아 숲으로 가는 길에 오르리라. 하지만 행복한 기대감이 차올라야 할 이때, 그러기는커녕 불안과 분노만 느꼈다. 그가 이번에는 행동하리라는 결심을 굳히고, 성큼성큼 아버지의 처소로 향했다.

디에모고는 노예장과 이야기를 나누면서 해야 할 일을 알려주고 있었다. 티에코로가 전혀 이해하지 못하는 분야라서, 그에게 어느 정도의 독자성이 남겨진 유일한 분야였다.

티에폴로가 아버지에게 다가가서 공손하게 자신을 돌아봐주기를 기다렸고, 아버지의 인사에 답을 하고 나서 속삭였다.

"그게 진짜인가요? 제가 들은 게? 모하메드를 마시나의 적들에게로 보내려고 한다면서요?"

디에모고가 자신도 어쩔 수 없다는 동작을 취했다.

"니아가 그러더구나. 티에코로가 니아의 정신을 하도 흐려놔서, 니아는 그게 우리 가문에 엄청난 영예라고 생각해……."

"영예라고요? 우리가 배신자와 첩자로 보일 수도 있다고요!"

첩자? 티에폴로가 그 말을 입에 올리는 순간, 계획 하나가 그의 머릿속에서 싹을 틔웠다. 첩자? 당황스러울 정도로 갑작스럽게 아버지에게 작별을 고하고 자기 처소로 돌아가, 보다 품위 있는 옷으로 갈아입었다. 그러고는 영지를 벗어났다. 최근 몇 년 동안 세구의 풍요로움을 보자면, 세구가 왜 그렇게 셰쿠 하마두가 이끄는 폐울족의 탐욕을 부추기는지 이해가 갔다. 물론 그 '붉은 원숭이들'은 세구에 이슬람을 이식하겠다는 말만 해댔다. 하지만 그들이 유일하게 원하는 건 세구의 부를 약탈하고 시장을 장악하는 것임을 모두 알고 있었다. 제네에서 종교 탄압을 당해 쫓겨났던 밤바라인들이 새로운 석공 기술을 들여온 덕분에, 현관 처마 위에 삼각형의 높다란 장식 패널을 설치하고 담장 꼭대기를 규칙적인 장식 띠로 꾸민 집들은 진짜 궁전처럼 보였다. 시장마다 세구 왕국에서 다양한 교역이 이루어지고 있음이 잘 드러났다. 기장, 쌀, 벌꿀 술, 목면, 향수, 향, 가죽, 훈연 처리한 말린 생선, 노예 무역을 통해 들여왔으며 이제는 너무 흔해서 평범해진 물품들. 몇 년 전만 하더라도 여자들이 그런 싸구려 물건들에 달려들었다. 이제는 그쪽으로 눈길도 주지 않았다. 오로지 화약, 무기, 브랜디만이 계속 욕구를 자극했지만, 만사가 그러한 물품의 판매는 엄격하게 통제했다.

티에폴로는 궁궐을 둘러싼 대광장을 지나갔다. 오늘이 군주의 알현일이라는 걸 알고 있었고, 그 누구도 그가 군주에게 다가가는 것을 막지 못할 것이다. 직공들이 진흙과 고령토를 섞어 만든 황갈색 도료를 성벽에 펴 바르고, 갈라진 틈을 메우고, 성벽 위 장식 띠를 다시 손보느라 성벽 주위에서 분주하게 움직였다. 왕실 소속의 직조공들이 두 번째 뜰에 이미 자리를 잡고 일을 하고 있었고, 목면 피륙이 어찌나 긴지 백사(白蛇)가 방적기를 물어뜯는 듯 보였다. 조금 더 나아가니, 반지 낀 손가락으로 박 그릇 여러 개를 두드려대는 어릿광대 한 명을 노예들이 둘러싸고 있었다. 페울족이 아닌가? 아, 저 붉은 원숭이들은 사방에 있구나!

만사 티에폴로는 형 다 몽종의 뒤를 이었는데, 형은 죽고 나서 조차도 아우를 계속해서 비웃었다. 아우가 형보다 덜 잘생겼고, 덜 강하고, 여자들의 찬탄을 덜 불러일으켰고, 전장에서 덜 승승 장구했기 때문이었다. 왕은 소가죽을 깔고 길게 앉아, 아라베스 크 문양으로 장식된 가죽 베개로 팔꿈치를 괸 채, 고소인 두 명의 사안에 대한 그리오의 설명을 지겨워하며 듣고 있었다. 티에폴로 가 들어서는 순간 왕의 재빠른 눈길이 티에폴로에게 머물렀고, 왕이 놀려대는 어조로 크게 말했다.

"아니, '이슬람 성원지기'의 동생이 아닌가? 그분이 우리 민족 인 게 얼마나 영광인지 모른다."

티에코로에게 붙은 별명이 그랬다.

티에폴로는 잠자코 땅에 닿게 머리를 조아리고, 발언권을 줄 때 까지 기다렸다. 하지만 발언 순서가 가까워져올수록 자기 행보의 정당성에 대한 의심이 생기기 시작했다. 우선은 아버지에게 의향 을 털어놓고 동의를 구했어야 하는 게 아닌가? 아니, 그럴 수는 없 지! 디에모고는 가족회의를 요청하라고 부탁했을 테고, 이번에도 역시 니아가 밀어붙이는 대로 티에코로의 손을 들어줬을 테니까.

가족 간 분쟁을 군주 앞으로 갖고 오는 게 잘하는 일일까? 하지만, 바로, 가족의 문제가 아니라는 것이다. 모하메드에 대한 티에코로의 결정은 일족의 틀을 벗어났으며, 어쩌면 왕국의 이익을 위험에 빠뜨릴 수도 있었다. 티에폴로가 자기 자신을 상대로 그런 토론에 한창일 때, 그리오의 수장인 마캉 디아바테가 그의 이름을 불렀다. 불시에 허를 찔린 티에폴로는 더듬거리며 입을 열었다. 하지만 차츰차츰 자신의 문제를 제대로 진술하기 시작했다.

장남에게 마땅히 보여야 할 존경을 모르는 건 전혀 아니다. 또한 세상은 외부 소리에 귀 막은 내던져진 돌멩이가 아니라는 것도 안다. 그래서 형 티에코로의 개종을, 그로부터 비롯된 새로운 생각과 풍습의 밀려듦을 받아들였던 거다. 하지만 이방인이고 페올족인 두 명의 형수, 한 명은 소코토 출신이고 다른 한 명은 마시나 출신인 형수들을 받아들이는 건 어려웠다. 조상들이 물려준 영지의 일부를 불경한 기도와 집회 장소로 개조하는 것을 받아들이기는 더욱 어려웠다. 그런데 이제 형은 아들 중 한 명을 함달레의 셰쿠 하마두 본인의 거처로 보내려고 한다! 그러니 자문하지 않을 수 없다. 형은 외국의 세력에 매수당한 첩자가 아닐까? 세구 왕국의 주적과 맺은 그다지도 긴밀하고 각별한 관계를 어떻게 설명할 것인가? 세구의 평안이 무엇보다도 앞서기 때문에, 물과 천지간 기운의 주인에게 자신의 근심과 의심을 고하러 왔다.

티에폴로가 말하는 동안, 모두가 그의 당당한 풍채와 용모의 고귀함을 찬미했고, 그와 한마음이 되었다. 티에코로의 행실은 모두의 비난을 샀기 때문이었다. 하지만 사람들은 의견이 갈렸다. 아우가 형을 고발해야 하는가? 그 모든 일은 가족이 가문의 영지에 있는 토론의 나무 아래 모여 해결할 수 있지 않을까?

티에폴로가 입을 다물자, 무거운 침묵이 내려앉았다. 알현실의 열린 부분으로 미지근한 미풍과 궁궐의 뜰 어디선가 연주하고 있는 악단의 연주 소리가 스며들었다. 마침내 만사가 입을 열었다.

"동명인 자여, 아주 까다로운 문제다. 그런 말을 하는 게 힘들다는 걸 이해한다……."

동시에 그는 눈으로 티에폴로를 탐색하며 동기가 무엇인지를 알아내려고 했다. 그를 움직이게 한 원동력이 진정 세구에 대한 걱정인가? 티에코로가 디에모고에게서 모든 권위를 빼앗았다고들 하지 않던? 아들이 아버지의 이익을 지키려는 게 아닌가? 하지만 티에폴로의 얼굴에는 진실한 느낌이 묻어났다. 그 남자를 믿어도 됐다. 형에게 위해를 가하려는 게 아니었다. 적어도 그것만이 이유는 아니었다. 실제로 고뇌하고 어찌할 바를 몰라서, 최후의 수단으로 군주에게 호소하는 거였다. 만사가 티에코로에 대해 깊은 반감을 느끼긴 했지만, 그는 충동적으로 움직이는 사람이 아니었다. 그가 말했다.

"그가 하고 싶어 하는 일에 반대하지 마라. 아이가 함달레로 떠나게 두어라. 그런 결정에 대해 불평하려는 식구들의 입을 다물리거라. 그를 감시하는 일은 우리가 맡을 테고, 그가 무엇을 숨기고 있는지 알게 되겠지……."

남계직계 왕자이자 왕실에서 영향력이 센 고문 자격인 망데 디아라가 어깨를 으쓱했다.

"제가 티에코로 트라오레를 압니다. 저도 여러분만큼이나 그를 호의적으로 보고 있지 않아요. 하지만, 파마, 그가 세구를 배신해서 무슨 이익을 보겠습니까? 그 페울인이 여기 우리가 갖고 있지 못한 무엇을 그에게 줄 수 있을까요? 토지? 여기 넘쳐흐르는데. 그러니……."

티에폴로가 그의 말을 가로막으면서 의도치 않게 형을 칭찬했다.

"티에코로가 배신을 한다면, 재물 때문은 절대 아닙니다. 종교 문제일 뿐이지요. 그의 알라가 진정 유일한 신이라고, 자신의 임무는 알라를 찬양하는 것이라고 진심으로 믿고 있으니까요……."

티에폴로는 궁에서 나오는 길에, 에움길을 지나 시가의 영지에 들렀다. 그는 시가가 장인 계급의 일을 함으로써 트라오레 가문의 명예를 더럽힌다고 생각하여, 도둑이나 살인자처럼 그를 가문에서 내쫓아야 한다고 주장하는 축에 속했더랬다. 그러다가 자신도 어떻게 그리되었는지 잘 모르지만, 형에 대한 애정이, 아마도 동정심에서 비롯되었겠지만, 생기게 되었다.

시가는 페스로 돌아가겠다고 위협하는 아내 파티마를 붙잡기 위해 저택을 지어줬는데, 세구의 호기심 많은 사람들이 약초 시장을 거쳐 길을 돌아오면서까지 끊이지 않고 보러 왔고, 감탄해 마지않는 집이었다. 그 집은 세구 시의 다른 집들과 마찬가지로 흙벽돌로 지었지만, 안쪽을 향해 완전히 돌아앉은, 말하자면 거리와 등을 진 집이었고, 안쪽에는 한가운데 연못을 판 원형의 뜰이 있었다. 2층으로 된 본채 주위로 아치와 주랑으로 꾸민 회랑이 빙 둘러 있었고, 중요한 방들은 회랑을 향해 열려 있었다. 뜰과 회랑과 몇몇 방의 바닥은 시가가 엄청난 비용을 들여서 바니 강 가의 한 내포(內浦)로부터 가져온 하얗고 고운 모래로 덮여 있었다. 하지만 가장 놀라운 것, 그건 집의 측면에 지어놓은 가죽 공장이었다. 건기 내내, 시가가 자신이 고용한 노예들과 흡사하게 맨머리로, 둥근 내벽을 돌로 마감하고 배수구 역할을 하는 도랑으로 연결되는 저수조와 구덩이들을 파는 모습이 보였다. 그 저수조와 구덩이에 인접해 있는 두 개의 작업실은 가죽 건조 및 저장을 위한 공간이었다. 시가는 정육사들과 합의를 했고, 그들에게서 가죽을 구입했다. 생가죽이어서 스스로 직접 가죽에 소금을 친 후에야 미지근한 물에 담가서 살짝 부풀리고 여러 번 세척했다. 어쩌랴. 무척이나 인상적인 이 복잡한 공정에서 아무런 결과물도 나오지 못했다! 시가는 저수조와 구덩이에 적합한 바닥의 기울기를 잘못 계산했던 걸까? 제네의 상인에게서 정기적으로 가죽을 구매하는 일의 어려움과, 대대로 가죽을 다뤄온 장인 계급이 아닌 남자에게 복종하고 싶지 않았던 가랑케들의 적대감을 과소평가했던 걸까? 끝이 뾰족한 가죽신도, 장화도, 허리띠도, 마구도…… 아무것도 생산되지 못했다. 심지어 소금이 세구에서 심각할 정도로 부족해서 밤바라 여자들이 화로의 재로 음식에 간을 할 정도였던 어떤 해에는 재고로 쌓여 있던 가죽들이 돌이킬 수 없이 손상되어서, 그 악취가 도시의 거리를 가로질러 만사의 궐문까지 퍼져나갔다.

그 뒤로 시가는 끝이 뾰족한 가죽신 몇 켤레를 제네의 상인에게 보내어 받은 판매 대금과 페스의 옛 고용주가 가끔 보내오는 돈을 무늬 천의 판매 대금으로 근근이 버텼다. 그것 말고는, 티에코로가 압력을 넣어서 가문에서 경작권을 빌려준 밭을 일구었다.

티에폴로는 시가의 아름다운 저택에 들어갈 때마다, 탄원인의 청을 마지막 순간에 들어주기를 거절하는 변덕스러운 신을 모신 사원에 들어가는 듯한 인상을 받지 않은 적이 한 번도 없었다. 모든 것이 신을 만족시키기 위하여 준비되었으니, 제단은 젖과 과일과 피로 덮였고 기도문을 외웠고 탐탐은 세심하게 연주되었더랬다. 하지만 신은 내려오지 않았다. 왜였을까? 파티마는 파티오에 있었는데, 시가가 너무 가난해서 아내를 새로 들이기도 어려웠기에 첩실 노릇까지 겸하는 노예 둘이 시중을 들고 있었다. 티에폴로가 보니, 파티마는 또 몸이 불은 듯했고, 여인에게서 나타나는 풍만함을 번영과 미의 표시로 간주하는 데 익숙하기는 했지만, 거기서 멈춰야 할 텐데, 라는 생각이 들었다. 파티마는 얼굴에 살이 붙었지만 여전히 아름다운 회색 눈으로 그를 응시하더니 투덜대듯 말했다.

"그 사람 자요. 아침에 열이 나서……."

근 10년이 다 되어가지만, 그녀가 구사하는 밤바라어는 끔찍했는데, 그거야말로 남편의 나라에 동화되기를 거부한다는 신호였다. 그러더니 그녀의 남동생이 마치 필수품이나 된다는 듯이 헤나와 분과 함께 정기적으로 보내주는, 속을 채운 대추를 먹어대기 시작했다. 티에폴로는 형의 방까지 올라갔다. 시가는 일찍 늙어버려서, 마치 티에코로는 금식과 기도로 이루어진 삶 덕분에 젊음을 간직하나 싶게, 티에코로보다 열 살은 더 먹어 보였다. 머리는 잿빛이 되었다. 거의 손질되지 않고 머리카락과 마찬가지로 잿빛인 수염이 뺨을 덮었고, 돌로에서 헤어나지 못하는 술꾼답게 두 눈에는 실핏줄이 보였다. 시가가 놀랐다.

"사냥을 떠난 게 아니었어! 영양과 멧돼지들이 아직은 부르지 않더라는 말을 하려는 건 아니지?"

티에폴로가 등받이 없는 간이 의자에 앉았다.

"사냥보다 더 중요한 게 있어서……. 이제 집안에 질서와 권위를 다시 세워야 할 때가 아닐까?"

그러고는 티에코로가 모하메드에 대해 어떤 결정을 내렸는지를 알려줬다. 하지만 시가는 어깨를 으쓱했다.

"자기 아들 아닌가? 그리고 자기 아들을 자기 마음대로 할 권리가 있잖아?"

사실 시가에게는 티에폴로가 어디로 가고 싶어 하는지가 아주 잘 보였다. 그런데 그는 지쳤다. 그가 보기에 자신의 삶은 우기가 지나고 물이 다시 빠져나가면 졸리바강 둑에 닻을 내리는, 소모노 어부의 고깃배 같았다. 강물이 살짝이라도 밀어대면, 진흙에서 떨어져 나와 갈대 섬에 부딪히고 밀집한 굴에 걸려가면서 아주 미세하게 좌우로 흔들리며 강물을 따라 내려간다. 통북투와 페스에서 보낸 무수히 많은 낮과 밤에 생기를 불어넣어줬던 헛된 기대와 꿈이 떠오를 때면, 젊었을 적의 자신에게 무슨 일이 일어났는지를 곰곰 생각했다. 망가졌다. 파괴되었다. 죽었다. 나바와 말로발리만큼이나 확실하게. 오, 물론! 늘 핑곗거리를 찾아낼 수는 있었다. 그 누구도 이해하고 지지해주지 않았다든가, 아내가 자신이 바라던 그런 여자가 아니었다든가. 하지만 모든 잘못은 그의 피가 실어 나르는 내밀하며 불가해한 결함에서 비롯되었다. 그는 발작적으로 기침을 하다가 말했다.

"티에코로가 망하게 도움을 주는 일에 있어서는 내게 기대하지 마. 게다가 성공하지 못할걸. 신들이 그와 함께한다고."

티에폴로가 웃었다.

"신들이라고! 무슨 신들?"

2

함달레라는 도시는 1819년에 건립되었고, 그 이름은 '신에게 바치는 찬양'이라는 의미를 갖는다. 제네에서 온 석공들의 노고 덕분에 3년 만에 도시를 세웠다. 열여덟 개의 구로 나뉘어 있고, 도시를 둘러싼 성벽에는 네 개의 문을 냈으며, 성문 위로 알라를 찬양하느라 내뿜는 신도들의 숨이 안개처럼 피어올랐다. 최소 600개에 달하는 종교학교가 있어서, 하디스, 타휠*, 우술**, 타사우프***를 가르쳤으며, 문법과 구문 같은 보조 학문들은 특수 기관에서 교육했다. 함달레는 금욕적인 곳이었다. 일곱 명의 마라부에 의

---

*   교리.

**   음송.

*** 영적 입문.

해 치안이 유지되었다. 밤 기도 이후 한 시간이 지나 도심에서 발견되는 사람들은 전부 다 신분 확인을 위해 멈춰 세워졌다. 그러면 가계도를 읊고 자신이 이슬람으로 개종한 날을 알려줘야만 했다. 그리고 나면 함달레에 머무르는 이유 또한 알려야 했다. 위생과 청결 또한 엄격했다. 노상 방뇨 금지. 먹을 딴 가축에게서 피가 흐르게 내버려두는 것도 금지였다. 젖을 짜서 파는 여자들은 자신들의 상품을 가려야만 했고, 손을 씻을 수 있게 물이 담긴 바가지를 곁에 두어야만 했다.

북문 근처에는 커다란 타마린드 나무가 서 있었고 그 아래에서 참수형이 이루어졌는데, 모하메드는 그 나무 근처를, 그리고는 중앙 감옥과 판결 집행 장소 근처를 지나가면서 소름이 돋았다. 그 도시는 그에게 공포만을 불러일으켰다. 그와 함께 여행을 했던 사내들이, 셰쿠 하마두의 학생들은 적선으로 살아가기에 이 집 저집 돌아다니면서 음식을 구걸하고, 밤에는 맨바닥에서 자며, 겸양의 표시로 결코 몸을 씻지 않는다고 알려줬다. 벌레를 무서워하는 아이는 겁에 질렸고, 벌써부터 피부가 접힌 곳이라면 자기 몸 어디서든 벼룩이나 빈대가 튀어나오는 광경이 눈앞에 그려졌다. 제자 한 명이 모하메드를 셰쿠 하마두의 영지까지 데려다주고, 하마두의 아내 중 한 명인 아름다운 아디아에게 인계했다.

모하메드 본인은 몰랐지만, 그는 자신의 아버지가 통북투의 엘하지 바바 아부의 뜰에서 겪었던 것과 동일한 고뇌를 거쳐가는 중이었다. 하지만 셰쿠 하마두는 엘 하지 바바 아부가 아니었다. 모하메드는 오십 줄에 들어선 어떤 남자에게로 안내되었는데, 키가 상당히 컸고, 눈빛에는 생기와 호의가 느껴졌으며, 차림새는 정말로 소박하여, 면목 7폭짜리 폭 좁은 부부에 무두질한 가죽 샌들을 신고 머리에는 자신의 손끝에서 팔꿈치까지 길이의 일곱 배되는 짙푸른색 터번을 둘렀다. 그가 모하메드에게 미소를 지었다.

"**앗살람 알라이쿰**……."

모하메드가 눈을 내리깔았다.

"**와 알라이카 살람. 비스밀라**……."

셰쿠 하마두가 여전히 다정하게 물었다.

"아랍어를 하니?"

"조금요, 스승님!"

"**스승**? 아버지라고 불러라. 너를 위해 아버지가 되어주어야 할테니까……."

모하메드는 늘 동정을 오만과, 지식을 타인의 약점에 대한 관대함의 결여와 결부해왔더랬다. 저 남자는 아버지와는 얼마나 다른가! 저 사람이 세구는 말할 것도 없고 밤부크, 카르타, 망데에서 그리도 두려워하는 군대를 이끄는 우두머리라고? 그는 묵주 말고 다른 무기는 몸에 지니지 않았다. 모하메드가 무릎을 꿇었다.

"아버지, 알라신께서 아버지가 보여준 애정을 제가 저버리는 일이 결코 없도록 하여주시기를……."

그 순간, 세쿠 하마두의 둘째 아들 압둘레가 방으로 들어왔고, 아버지가 아들을 돌아보았다.

"이 소년을 잘 돌봐주거라. 애 아버지는 세구의 이교도들 사이에서 알라의 이름을 찬란하게 빛내고 있단다……. 그의 업적이 없다면, 그 왕국은 진실로 암흑의 왕국이 되겠지……."

그러더니 면담이 끝났음을 알렸다.

모하메드 뺨에 흐르는 눈물이 마르고 그가 앞날을 차분하게 생각해보는 데에는 그 이상이 필요하지 않았다. 처음으로 모하메드는 자신이 중요한 인물의 아들임을 깨달았고, 아버지를 사랑하기보다는 더 많이 두려워한 것을 자책했다. 아버지는 성인이었는데, 자신은 그런 사실을 몰랐다.

그러는 사이 압둘레가 학생들의 숙소가 있는 영지의 서쪽 구역으로 데리고 갔다. 대략 11세에서 15세 사이의 소년 40여 명이 일종의 공동 침실에 있었는데, 하나같이 극도의 수척함에 시달렸고 반짝거리는 피부가 찢어질 듯 팽팽했는데, 영양 부실에 수반되는 현상이었다. 아이들이 걸치고 있는 부부는 누더기에 더러웠고, 맨발이었다. 모하메드를 한 번 더 충격에 빠뜨린 건, 아이들이 마치 천연두나 옴이라는 전염병을 견뎌내기라도 한 듯이 다리, 팔, 손이 할퀸 자국과 상처로 울퉁불퉁하다는 거였다. 대번에 여행자들이 해준 말이 다시 기억 속으로 되돌아왔고, 불안감도 다시 생겨났다. 압둘레가 모하메드를 간단히 소개했다.

"여러분의 형제 모하메드 트라오레다. 세구에서 왔어⋯⋯."

그러고는 물러갔다. 그가 사라지자, 그가 충분히 멀리 갔다고 추정이 되자, 다 같이 소리를 질러대며 온갖 다양한 짐승 울음소리를 흉내 내는가 하면, 미쳐 날뛰듯 춤추고 뱅글뱅글 돌았다. 신의 말씀을 가르치기 위한 장소에 있다고는 믿기지 않을 정도였다. 어떤 사내애가 음란한 자세로 모하메드 앞으로 경중경중 뛰어오며 줄곧 되풀이해 말했다.

"세구의 트라오레라고. 밤바라족이구나. 금기의 고기와 개를 먹고, 술도 마시고, 간음도 하는⋯⋯."

어떻게 할까? 자신은 순수 밤바라인이 아니라 절반은 페울족이며 소코토 군주의 인척이라고 말을 해? 그러자니 아버지를 부인하는 거였고, 그럴 수는 없었다. 싸워야 하나? 약해서 늘 지기 일쑤였다. 모하메드가 의젓하게 말했다.

"밤바라인이라고? 그러니까 알라께서 민족을 따지시나? 난 이슬람 신도고 그분 안에서 여러분의 형제야."

모하메드가 한 점 땄음을 의미하는 침묵이 자리 잡았다. 잠시 뒤, 그와 비슷한 키의 소년 한 명이 다가와서 자기소개를 했다.

"난 알파 기다도라고 해⋯⋯."

알파의 얼굴선이 어찌나 고운지, 무슨 변덕이 일어서 자기 머리를 잘라버리고 사내 옷을 입은 소녀가 아닐지 궁금해질 정도였다. 무어인처럼 연한 피부색에 구불거리는 머리카락, 불길이 넘실대는 비스듬히 사선으로 올라간 눈, 왼쪽 입꼬리의 애교점으로 장식된 붉고 육감적인 입술. 알파의 아버지는 도시의 치안을 관장하는 일곱 마라부 중 한 명이었는데, 어찌나 신심이 깊은지 하루에 여러 차례 먹고 싶은 욕구로부터 자유로워져서 일주일에 응유 한 사발로 만족하는 사람이었다.

알파 기다도가 물었다.

"네가 모디보 우마르 트라오레의 아들이라고?"

모하메드는 황홀했다. 그러니까 아버지의 명성이 그렇게 대단하다고? 알파가 말을 이어갔다.

"보리 함살라는 놀려대기는 하지만 나쁜 녀석은 아니야. 얻은 음식을 늘 나눌 준비가 되어 있는 애라고……."

얻은 음식이라고? 모하메드가 귀를 쫑긋 세웠다. 사람들이 말해준 게 사실인가? 알파가 딱하다는 듯이 모하메드를 바라봤다.

"우리가 신을 희구하는 한, 우리는 우리 부모가 아무리 부유하더라도 적선으로 살아가야만 한다는 걸 알지 않아? 아, 친구, 어머니가 데게 사발을 가져다주고, 깨끗한 짚자리에 누워서 두툼한 이불을 덮는 시절은 끝났어. 즐거움, 기쁨, 희열과도 작별이야! 우리의 고행이 시작된 거라고. 하지만 그냥 고행은 아니지! 그 명분이 어떤 건데!"

그동안 함달레는 어떤 방문객의 왕림으로 흥분 상태였는데, 물론 그 방문객이 모하메드 트라오레는 아니었다. 바로 토로 왕국을 이끄는 투쿨로르족, 엘 하지 오마르 사이두 탈이었다. 5년 전만 해도 완전히 무명의 사내였지만, 성스러움과 코란에 대한 지식으로 얻은 엄청난 유명세로 치장하고 나타났다. 메카로 여러 차례 순례를 떠났고, 소코토에 체류했으며, 몇 년간은 카이로에서도 살았고, 팔레스타인에 가서 예언자 아브라함과 예수의 무덤을 방문했더랬다. 그는 무엇을 하러 함달레로 오는가? 아마도 셰쿠 하마두의 명성에 이끌린 게 아닐까? 아마도 마시나의 행정, 조세 및 군사 조직을 칭찬하는 말을 듣고서, 알라 안에서의 형제에게 존경을 표하려는 게 아닐까? 어쨌든 셰쿠 하마두의 측근들은 안심할 수가 없었다. 수많은 예언자들이 엘 하지 오마르가 니오로, 메디나, 세구, 함달레 및 현재 자유롭고 자부심이 가득한 다른 도시들을 병합하여 제국을 실현하게 되리라는 그런 예언을 했다는 말들이 돌았다. 푸타의 알마미*가 그에 대해 이런 말을 하지 않았던가.

"그 홀로, 여러분 머리로 상상할 수 있는 것보다 훨씬 더 많은 성원을 건립하지 않겠는가……?"

셰쿠 하마두 본인은 평온했다. 성인 아브드 엘 카림이 작년에 함달레 방문 중에 세상을 떴기 때문에, 그는 엘 하지 오마르가 성인의 무덤에서 묵상을 하려고 온다고 생각했다. 더구나 그와 같

---

* 페울족의 종교 지도자.

은 신의 사람은 정신이 흔들리는 법이 없었다.

엘 하지 오마르의 도착 직후, 모하메드와 알파는 부레마 칼릴루의 영지를 둘러친 기장 줄기 울타리 앞에서 구걸을 하고 있었는데, 부레마 칼릴루는 마시나의 통치를 담당하며 모든 분야에서 최고 권위를 발휘하는 대각료회의 일원이었다. 하녀들이 아이들의 박 그릇에 먹다 남은 타티리 마시나*를 듬뿍 부어줬는데, 가장 신심이 깊은 집들에서 보통 기장 겨를 받기 마련이었으니, 엄청난 변화였다! 모하메드가 예상하지 못했던 그 음식에 탐욕스럽게 덤벼들려고 하는데, 알파가 저지했다.

"건들지 마! 식당으로 가져가서 다른 아이들과 함께 전부 다 나눠 먹어야 한다는 거 몰라?"

몇 주 전 함달레에 도착한 뒤로, 모하메드는 배만 존재했다. 굶주렸다. 언제나 텅 비었다. 배고픔이 생각마저 막았다. 배고픔이 기도마저 막았다. 배고픔이 잠들지 못하게 했다. 그가 눈을 감을 때면, 세구의 영지에서 여자들이 장만해주는 맛있고 따끈한 음식 꿈을 꾸기 위해서였다. 아, 당시에는 자신이 누리는 게 행복인지 몰랐다! 입안에 씁쓸한 침이 가득 고였다가 턱으로 흐르며 눈물과 한데 섞였다. 백 번이고 달아나고 싶은 유혹을 느꼈더랬다. 세구로 돌아가기. 마리엠의 품이라는 따뜻한 안식처와 동생들과의

* 쌀, 생선, 신선한 버터로 만든 음식.

216

놀이를 되찾기! 왜 이런 고통을 받는 거지? 정오에 모하메드는 태양과 배고픔에 시달려 쓰러졌고, 그 자리에서 개처럼, 가족과 멀리 떨어져서 차라리 죽기를 소원했더랬다. "당신 아들이 죽었어요"라고 죽음을 알려오면, 티에코로는 뭐라고 말을 할까? 자신의 냉혹함과 부당함을 깨달을까?

모하메드에게 불행인 건 바로 알파 기다도를 친구로 가졌다는 거였다. 하루 종일 먹을 걸 구할 방도만 생각하는 보리 함살라, 알카이다 산포 혹은 삼바 부바카리와도 마찬가지로 친해질 수 있었을 테고, 그랬더라면 모든 게 달라졌으리라. 하지만 알파는 아름다운 만큼 순수하기도 했다. 향이 사라지지 않는 사향 연고나 마찬가지였다. 신의 선물. 교사들이 열광과 신비주의로 쏠리는 그의 성향을 고쳐줘야 했지만, 셰쿠 하마두는 알파를 좋아했고, 그와 더불어 신앙 관련 주제에 대해 이야기를 나누며 종종 그의 앞에서 그렇다는 티를 냈다. 모하메드는 알파가 바라보기만 해도, 자신이 육신에 갇혀 허우적대며 위와 배와 내장을 소유하고 있음이 창피해졌고, 자신이 도시 출입이 금지당하고 가축을 돌보는 임무를 맡고 있는 개들, 그런 개들과 비슷함에 수치스러웠다. 가끔 알파는 모하메드에게 반쯤 찬 자신의 박 그릇을 내밀면서 말했다.

"받아, 난 필요 없어……."

하지만 그의 입에서 나오는 그런 말에는 그 어떤 오만함도 묻어나지 않았다. 그는 그저 사실을 말했다.

셰쿠 하마두의 영지 뒤편에 가건물이 하나 서 있었는데, 구내식당으로 사용되었다. 일단 동냥 일이 끝이 나면, 제자들은 성원 앞을 지나 그곳으로 갔다.

함달레의 성원에는 첨탑도, 건축 장식도 없었다. 담은 7쿠데* 높이였고, 담에 둘러싸인 공간은 세정 의식이 치러지는 상당한 규모의 뜰을 거쳐 지붕 덮인 장소로 이어졌다. 열두 줄의 기둥들이 늘어서 있었고, 기둥과 기둥 사이 공간은 코란 낭독자들과 희귀본을 들여다보며 작업하는 필경사들과 죽음이 삶 한가운데 새겨져 있음을 자신의 작업을 통해 상기시키는 임무를 맡은 수의 제작자들에게 할애되었다.

세구에는 그런 건축물이 없었다. 물론 성원이 점점 더 많아지고 있었다. 하지만 세구의 성원들은 마치 알라가 정복하기 위해 자세를 낮춰주겠다고 수락이라도 한 것처럼 눈에 띄지 않았다. 그래서 모하메드는 그 위풍당당한 건축물 앞을 지나갈 때마다, 심장이 두려움과 존경으로 차오르며 빠르게 뛰었다.

제자들이 구내식당으로 모여들었고, 일단 음식 나눔이 끝나자, 모하메드는 자신에게 남아 있는 음식을 서글프게 들여다봤다. 이번에도 또 물로 배를 채우겠구나. 슬프게 마지막으로 남은 쌀밥

---

* 옛 길이 단위. 팔꿈치에서 손끝까지의 길이로 대략 50센티미터이다.

한 입을 입으로 가져가는데, 그의 멘토 압둘레가 나타나 지시했다. "서둘러. 엘 하지 오마르가 널 보고 싶어 하셔……." 모두 아연실색하여 입을 다물었다. 어떻게 그런 방문객이 세구의 애송이 모하메드 트라오레 같은 버러지에게 관심을 기울이지? 압둘레에게 응당 존경을 표해야 하는 게 아니었다면, 압둘레가 미쳤다고 여겼으리라!

모하메드가 후다닥 일어나서 가서 손을 씻은 뒤, 압둘레를 따라나섰다. 감히 그에게 물을 엄두가 나지 않았고, 피가 어찌나 세차게 때리는지 귀가 다 멍멍했다. 두 사람은 영지 안으로 들어서서, 셰쿠 하마두의 그 유명한 수사본 장서가 정리되어 있는 방을 가로지른 뒤, 대각료회의실로 들어갔다. 북쪽에 세 곳, 남쪽에 세 곳, 동쪽에 한 곳이 뚫려 있어서, 일곱 문의 방이라고도 불리는 장소였다. 대각료회의실은 매우 아름다웠다. 곳곳에 작게 구멍을 뚫어놓아서, 빛은 조금 들어오고 환기는 완벽하게 되었다. 둥근 천장은 하우사족에게서 빌려 온 기법에 따라서 방의 3분의 1 지점에서 시작되었고, 목재 아치들을 활용하여 만들어졌다.

셰쿠 하마두가 여러 남자들 한가운데에 앉아 있었다. 하지만 엘 하지 오마르라는 사람이 누군인지에 대해 틀릴 수가 없었으니, 그 사람은 즉각 관심을 끌어당길 정도로 두드러졌다. 사십 줄에 들어선 아주 잘생긴 남자였고, 그 사치스러운 차림새는 주인의 극도로 소박한 차림새와 대조를 이루면서, 모하메드에게는 자기 아버지의 의복 취향을 떠올리게 했다. 수놓은 하얀색 블라우스에 은실을 섞어 짠 하늘색 나사(羅紗)로 만든 아랍식 뷔르누를 걸쳤고, 근엄한 용모에서 풍기는 위엄을 돋보이게 하는 두툼한 검은색 터번을 둘렀다. 모하메드는 그가 허리춤에 찬 사브르에서 눈을 떼지 못했는데, 검은 돋을무늬 세공이 된 널따란 가죽 검집에 들어 있었다. 그가 보기에, 그것이 신심이 깊으나 신의 이름으로 전쟁을 벌이고 있는 정복자인 그 남자의 상징 자체였다. 셰쿠 우마르가 미소를 지었다.

"우리 아들 모하메드 트라오레가 왔군요……."

이번에는 엘 하지 오마르가 미소를 띠었다. 예의 바름과, 나아가 상냥함, 가벼운 조롱, 그리고 육식동물의 만족스러운 예상 같은 것이 동시에 보이는 미소였다. 그가 음색 좋은 목소리로 말했다.

"이리 가까이 와라, 겁먹지 말고!"

모하메드는 엘 하지 오마르가 신고 있는, 천처럼 부드러운 가죽 장화의 윗단을 뚫어져라 바라보며, 그 위대한 마라부와 자신을 갈라놓은 끝날 것 같지 않은 공간을 통과했다. 그러고는 고개를 들었고, 자신에게 내리꽂히는 탐색하는 시선에 정신을 잃을 뻔했다. 그 남자가 자기 속을 읽어내고, 자신도 모르는 생각과 본능의 은밀한 지형도를 간파할 것만 같았다. 엘 하지 오마르가 물었다.

"왜 나를 무서워하지?"

모하메드가 가까스로 소리를 냈다.

"두려워하지 않습니다, 스승님……."

그 말을 입에 올리자마자 후회가 되었다. 그 무슨 건방짐인가! 그 무슨 뻔뻔함인가! 그래, 지상의 먼지 한 톨에 불과한 그는 그다지도 존경할 만한 인물을 두려워해야 하는 거고 그 광채에 눈이 부셔야 하는 거다! 그가 그러한 실수를 만회해보려고 절망적으로 애를 썼지만, 이미 엘 하지 오마르가 입을 연 뒤였다.

"종교의 충만한 빛을 소유하고 있고 그 빛을 주변에 퍼뜨리는 네 아버지 모디보 우마르 트라오레에 대해 최고의 존경을 품고 있다는 말을 해주고 싶구나. 나의 우정의 표시로, 함달레를 떠나서 세구로 들어가면 바로 네 아버지 집에서 묵으려고 한다. 그 어떤 처소도 그 집만큼 내게 잘 어울리지 않을 테니……."

모하메드는 순진했다. 하지만 아버지 주위에서 그 문제를 놓고 논의가 불붙게 되리라는 걸 모르지는 않았고, 그런 손님이 그의 집에 묵는다면 세구에서 그 일이 어떤 효과를 자아낼지를 깨달았다. 만사의 궁궐에서까지 그 이야기를 할 건 확실하다! 하지만 가문에게는 얼마나 영광인가! 가장 유명한 군주들이 맞아들였던 사람인데! 성인이고! 예언자고! 혼란에 빠진 모하메드는 아무런 할 말을 찾지 못했고, 면담 내내 버르장머리도 없고 멍청하게 굴었다는 느낌을 안고 물러났다.

모하메드가 마시나에 사는 가족과 알게 된 건 순전히 우연이었다. 티에코로가 할머니 시라에 대해 분명하게 말해줬더랬다. 하지만 모하메드는 함달레에 도착한 뒤, 그리오의 노래마저 금지된 그 차가운 도시에 적응하느라, 자기 어머니가 말하던 소코토의 페울어와는 확연히 다른 마시나의 페울어의 억양에 익숙해지느라, 아랍어에 관한 깊이 있는 지식을 쌓느라, 자신의 육체와 싸우느라 너무나 정신이 없어서 할머니 이야기는 머릿속에서 완전히 빠져나가버렸더랬다.

그는 다말 파칼라 문에서 멀지 않은 곳에 위치한 어떤 영지 앞에서 알파와 함께 동냥을 하고 있었다. 며칠 전부터 함달레의 거리마다 음험한 바람이 불었다. 도시가 예전의 침수 지역에 위치해 있는 관계로 벌써 바람이 습했다. 그래서 기도문 사이사이 발작적인 기침이 가슴을 찢어발겼다. 갑자기 울타리 뒤에서 나타난 어떤 여자가 모하메드의 팔을 붙잡더니 분개한 어조로 말했다.

"정말이지 신은 여자들이 낳은 아이들이 자신을 위해 죽기를 요구하지 않는단다!"

모하메드의 항의에도 불구하고 여자는 모하메드를 집 안으로 데리고 들어갔다. 모하메드는 너무 배가 고프고 너무 추워서, 아주 따끈한 기장죽 한 바가지와 그다음에 내온 향내 나는 응유를 거부할 수 없었다. 어쨌든 조금 창피해하면서 여자에게 감사를 표했더니 여자가 물었다.

"페울족이 아니지, 넌?"

그가 머리를 저었다.

"네. 세구의 밤바라인이에요."

여자의 얼굴이 일그러지더니, 속삭였다.

"세구라고? 그러면 넌 두지카의 아들 말로발리 트라오레에 대해 들었을 수도 있겠구나?"

"제 아버지*인데요……."

여자가 눈물을 쏟았다. 몇 분 뒤, 모하메드와 알파는 빠짐없이 모인 가족과 마주하고 있었다.

시라는 평탄한 삶을 살지 못했다. 우선 어쨌든 자기 의지로 떠나왔으나 세구를 잊을 수가 없었다. 그다음, 남편 아마두 타시루를 충실하게 섬겼고 자식도 넷이나 낳아줬지만, 남편을 사랑한 적이 없었다. 묵주알을 굴리느라 늘 여념이 없고 신의 이름을 줄곧 입에 올리면서도 밤만 되면 탐욕스럽게 자신의 몸을 덮치고, 마치 혈관을 따라 흐르는 피에 첩을 통해 생기를 부여하려는 듯 계속해서 더 젊은 첩을 필요로 하는 그 남자 안의 무언가가 혐오감을 주었다. 그가 죽자, 시라는 남편의 동생에게 가기를 거부하고, 물의를 빚지 않으려고 아이들을 데리고서 함달레로 떠났는데, 남편의 가족은 아직도 그때 끌고 온 암소 몇 마리를 내놓으라

---

* 아버지뻘 되는 관계면 아버지라고 부른다.

고 요구했다. 소젖 덕분에 아이들을 키울 수 있었으니, 시장에 다른 모든 여자들보다 먼저 나와 앉아 최상의 코데를 팔았더랬다. 흘러간 세월이 그녀에게서 아름다움은 앗아 갔지만, 용기와 결연함은 빼앗지 못했다. 신들이 그녀와 화해했나 싶은 때에 티에코로가 그녀를 찾아와서는 먼 나라에서 말로발리가 죽음을 맞았음을 알려줬다.

먼 곳에서 죽었다고! 아, 고약한 죽음을 맞았구나! 말로발리는 세상의 길에 올라 무엇을 찾아다닌 걸까? 자신의 어머니를.

바오바브 열매보다 더 메마른 가슴을 지닌 어머니를! 말로발리의 목에 돌 세 개를 매달아 우물에 던졌다면 그리됐을 만큼이나 확실하게 아들을 죽였다.

시라는 며칠 동안 밤낮으로 헛소리를 하며 앓았다. 그러다가 나았다. 억지로 죽음을 부를 수는 없는 법. 그녀는 나았지만, 말이 없고 정신이 나가 있고, 불을 피우거나 소젖을 짜려면 한참을 더 듣고, 바오바브 이파리에 도끼질을 하다가 손을 베는 노파에 불과했다. 그녀의 장녀 음페네가 어머니를 돌봤는데, 예상치 못했던 것, 그건 그 어떤 할머니도 갓난아이를 달래거나 씻기며 그보다 더 다정하지는 못했다는 거였다. 시라가 모하메드를 고통으로 빛이 바랜 두 눈으로 응시하며 다정하게 물었다.

"올루분미니? 너니, 올루분미가?"

음페네와 그 광경을 보고 있던 사람들은 모두 시라의 늙은 머릿속에서 모든 게 뒤섞였음을 깨달았다.

친척을 되찾게 되어 모하메드의 마음에 얼마나 위로가 되었는지! 시라가 살짝 무서웠지만, 그는 음페네를 보면서 아버지의 이목구비를 찾아냈다. 얼마나 아름다운가, 혈통이란! 그건 마치 강과 같아서, 멀리 떨어진 대지에까지 물을 대주지만 결코 자신의 근원을 잊지 않는다!

모하메드는 음페네를 마구 나무랐다.

"왜 우리를 보러 세구로 오지 않았어요?"

"우리 어머니가 허락하지 않았을 거야……."

"좋아, 이제는 내가 모시고 가서 온 가족에게 소개해드릴게요……."

시라의 아들들인 티자니와 카림은 그런 광경을 재미있게 바라봤다. 어머니의 그런 삶의 일부는 그들과는 상관이 없었다. 그들로 말하자면 페울족, 마시나의 페울족이었다. 어쨌든 그들은 그어린 소년에게 호감을 느꼈다. 정말이지, 밤바라인들이 말하듯이 그 애를 '비미'로 보아 넘길 뻔하지 않았나. 티자니의 장녀인 어린 에이샤로 말하자면 심장이 옥죄어들었으니, 모하메드의 발목에서 엉터리 이파리 찜질팩으로 대충 덮어놓은 곪은 상처를 보고났기 때문이었다.

3

"파, 파! 그 투쿨로르족 마라부를 우리 집으로 맞아들이라고 허락해선 안 돼요. 페울족과 투쿨로르족이 가까운 관계이고, 그자가 함달레에서 오는 길임을 모르시지 않잖아요. 그자가 셰쿠 하마두와 함께 세구를 공략할 음모를 꾸미지나 않았는지 그 누가 알겠어요? 설사 그자가 그런 짓을 전혀 하지 않았다 한들, 세구 사람들 모두 그자가 그리했다고 믿을 텐데요!"

하지만 디에모고는 이제 기운 없는 노인일 뿐이었다. 그가 머리를 가로저었다.

"내가 어쩔 수 있는 일이 아니야. 니아가 그 일이 우리 가문에게는 최상의 영예라고 모두를 설득했어!"

티에폴로가 일어섰다. 저 노인이 앉아 있는 짚자리 주위를 서성이며 낭비할 시간이 더는 없다! 행동해야 한다. 다시 만사를 만

226

나라 갈까? 티에폴로는 몇 달 전에 그를 접견하면서 보여준 그 미적지근한 태도와 군주의 신중한 언사가 마음에 들지 않았더랬다. "아이가 떠나게 두어라. 나머지는 우리가 맡을 테고…….."

그런데 그들이 뭐라도 했는가? 이제 티에코로가 그 마라부를 영접하라며 가족을 압박하고 있지 않은가! 그 마라부에 대해 말하는 것을 들었던 사람들 모두 그자가 셰쿠 하마두보다도 더 광신적이라고 확언했다. 그자는 이교도를 죽이고 우상을 숭배하는 군주를 권좌에서 내쫓는 것이 의무라고 간주하는 또 다른 종파에 속했기 때문이었다. 우리 가문에는 눈먼 자들만 있는가? 그러니까 그 누구도 위험을 보지 못하는가?

사냥에서 돌아와서 테네그베로부터 무슨 일이 진행 중인지를 알게 된 티에폴로는 사냥한 짐승을 해체하고 의례에 따라 분배해야 한다는 생각조차 하지 못했다.

가문의 남자들 전부를 만나 니아와 그의 아들을 소수 세력으로 만들 가족회의를 촉구해야 했다. 만약 그 일이 실패로 끝나면? 그렇다면 만사를 다시 보러 가야겠지.

티에폴로는 가죽 공장에 나가 있는 시가부터 시작했다. 그날 아침, 공장은 다시 분주하게 돌아가는 모양이었다. 노예들이 상반신을 탈의하고 누더기를 허리에 두른 채 이 구덩이에서 저 구덩이로 뛰어다니는가 하면, 가랑케들이 시가의 말에 귀를 기울이고 있고, 시가는 말을 하는 동시에 손가락으로 모래 위에 견본품들을 그려댔다. 티에폴로가 깜짝 놀랐다.

"이런, 새로 일이 들어왔구나. 누가 주문을 냈나 봐?"

시가가 눈을 내리뜨고서 당황스러운 말투로 답했다.

"내가 거절할 수 있겠어? 여러 달 전부터 일이 없었는데."

잠시 동안 티에폴로는 이해를 못 했다. 그러다가 믿기지 않는다는 듯이 중얼거렸다.

"투쿨로르족 마라부구나!"

시가가 고개를 끄덕였다.

"자신과 수행원들을 위해 바부슈 마흔 켤레와 장화 마흔 켤레. 자기 아들들과 수행원을 위해 또 그만큼. 대금도 미리 지불했어. 반은 황금으로, 반은 자패화로. 내가 싫다고 거절할 수 있겠어?"

티에폴로가 돌아섰다. 그는 폭력적인 사람이 아니었지만, 당장 속에서 무시무시한 분노가 싹트는 걸 느꼈고, 만약 그 분노를 조절하지 못한다면 그가 숲에서 맞상대하는 짐승 중 하나라도 되는 것처럼 형에게 달려들 판이었다. 재물의 유혹에 저항할 줄 모른다면 인간이란 대체 뭔가? 황금 한 줌과 자패화 몇 닢을 더 주니, 시가는 자신을 팔아넘겼다. 그는 마라부 앞에 엎드리고 티에코로의 자발적 행동에 박수를 쳐대는 사람들 편에 가담할 태세였다. 분노가 지나가자 혐오감과 구역질이 티에폴로를 채웠다. 그러다가 눈물이 차올랐다. 시가가 중얼거렸다.

"현실을 봐야지, 티에폴로. 모든 군주가 그 사람 앞에 엎드릴 정도로 중요한 인물이야……."

"그래서 만사를 왕좌에서 몰아내는 게 그자의 임무라고?"

시가가 어깨를 으쓱했다.

"왕좌에서 몰아낸다고? 누가 그런 말을 해? 만사가 개종을 하면 되지……."

정말이지 너무 나갔다! 티에폴로는 그만 나가버리는 쪽을 택했다.

티에폴로는 성큼성큼 세구의 거리를 가로질러 가다가 수마워로를 만났는데, 그는 사냥을 떠날 때마다, 그리고 그의 삶의 주요 순간마다 그 철물장인 주물사가 주관하는 의식을 특별히 좋아했다. 수마워로가 그를 담 쪽으로 잡아끌더니 속삭였다.

"안 그래도 만나러 가려던 참이었는데. 오늘 아침에 사네네*에게 당신이 아무 일 없이 무사하게 사냥을 마치고 돌아오게 해준 데 대해 감사를 드리는 중이었는데, 사네네께서 뭔가를 보여주셨소……."

수마워로가 더욱더 목소리를 낮췄다.

"죽음이 당신 가족 위에서 어른거리오……."

티에폴로가 어깨를 으쓱하려다가 참았다. 디에모고는 기력이 바닥이었고, 그런 사실은 세구 전체가 알고 있었다. 수마워로가

---

* 사냥꾼들의 수호 정령.

조용히 말했다.

"당신이 생각하는 그런 게 아니오. 노인의 죽음이야 놀랄 일이
아니니까. 사네네는 명료했소. 당신 형 티에코로라고……."

티에폴로는 소름이 돋았다. 자신이 키워오던 나쁜 생각이 형을
해치는 독으로 바뀐 게 아닐까?

"수마워로, 대체 무슨 얘기를 하는 거요?"

티에폴로는 각막과 동자가 거의 구별이 되지 않는 상대방의 불
그스름한 눈이 뿜어내는 불길에 사로잡혔다.

"그 죽음의 정황은 모르오. 사네네는 내게 그걸 밝히지는 않았
으니까. 원한다면 내가 여신께 물어보고, 다른 곳으로 방향을 틀
어보리다."

티에폴로는 한참을 침묵을 지켰다. 그는 가옥들의 벽을 응시하
는 것처럼 보였다. 실제로 그의 눈에는 아무것도 보이지 않았고,
몸 안의 피가 부글부글 끓었다. 티에폴로는 일족의 운명뿐만 아
니라, 그의 대답에 세구의 생존이 달린 만큼 세구의 미래도 두 손
에 쥐고 있는 느낌이었다. 그런 책임감에 공포심이 일었고, 말 그
대로 꼼짝도 할 수 없었다. 티에코로가 사라지면 이슬람은 영지
내에서, 그리고 왕국 내에서조차 포교자를 더는 갖지 못하리라.
불화는 가라앉겠지. 다시 일치단결하겠지. 조상 숭배에 마땅히
표해야 할 존경도 복원되겠지. 그가 구불거리며 흘러가는 흰색
뱀을, 강을 바라봤고 아주 나지막하게 말했다.

"신들의 의지가 이루어지도록 내버려둬요."

그러더니 수마워로의 눈을 똑바로 바라보는 게 창피하다는 듯이 등을 돌리고 급하게 멀어져갔다. 갑자기, 마치 이제 풀려나 자유롭게 거닐 자유를 되찾기라도 한 듯 커다란 안도감이 밀려들었다. 그는 가축장으로 들어섰고, 풀을 뜯으며 앞발로 땅을 차대는 마시나의 말들을 감탄하며 바라봤다. 그는 말들을, 숲에서 사냥하며 몰아대는 짐승과는 달리 인간과 명백한 복종과 전적인 의존과 상호 존중이라는 기이한 관계를 맺고 있는 그 짐승들을 좋아했다. 그가 상인에게, 젊은 사라콜레에게 물었다.

"얼마나 하지?"

젊은이가 고개를 저었다.

"너무 늦으셨네요. 투쿨로르족 마라부의 심부름꾼이 상품 전부를 잡아뒀습니다. 세구를 떠날 때, 여분의 말들이 더 필요하다면서 미리 손을 써뒀어요……."

티에폴로는 다시 속에서 치받는 분노를 삭였다.

"여분의 말들?"

"마라부와 함께 떠나 그의 제자가 되겠다고 한 사람들만 해도 벌써 800명이 넘는 것 같던데……."

티에폴로가 폭발했다.

"이봐, 세구는 마시나가 아니야. 우리가 너의 그 마라부라는 자에게 어떤 대접을 해줄지 두고 보라고!"

그가 가축장에서 빠져나오는데, 부리는 노예 한 명이 그의 앞으로 뛰어와 넙죽 엎드렸다.

"주인님, 주인님을 찾아다니는 노예들이 대여섯 명은 됩니다. 만사께서 급하게 궁궐로 들어오라고 부르십니다. 서두르세요. 만사께서 대단히 분노하신 것 같아요……."

실제로 격노한 만사는 숲에서 돌아다니는 사자와 흡사했다. 만사가 위엄이고 나발이고 다 내던진 채 티에폴로를 닦아세우는 동안, 노예와 고문과 그리오들조차 멀찌감치 거리를 두고 서 있었다.

"널 감옥에 처넣으라고 해야 하는 건가? 아, 트라오레들, 너희 모두는 위선과 배신의 종족이군. 네 형은 영지에 투쿨로르 마라부를 맞아들이려고 하는데, 넌 서둘러 내게 와 그 사실을 알리지 않았다고?"

티에폴로가 만사 앞에 엎드린 자세로 겨우 몇 마디 말을 끼워 넣었다.

"세상의 주인이시여, 전 어제서야 사냥에서 돌아왔습니다. 보시다시피 잡아 온 짐승을 해체할 시간조차 없었습니다……."

"네가 쫓는 사냥감이 널 성불구로 만들든가, 생식력을 빼앗든가, 헤르니아를 안겨주든가 하기를! 나의 왕좌가 걸려 있는 판국에, 와서 고작 사냥 얘기나 하는가?"

군주가 막 입 밖에 낸 저주가 너무 끔찍해서 이미 무겁던 침묵이 더욱 무거워졌다. 마캉 디아바테가 대담하게 자신의 주인을 힐난의 눈길로 바라봤다. 그러고 나서 만사 티에폴로가 차분해졌다. 노예 한 명이 얼른 왕에게 담뱃대를 내밀었고, 다른 노예 한 명이 부채질을 했고, 세 번째 노예는 왕의 이마에 흐르는 땀을 닦아줬다. 마캉 디아바테가 티에폴로에게 이제 설명을 해도 된다는 신호를 보냈고, 티에폴로가 가볍게 몸을 일으켰다.

"세상의 주인이시여, 몇 개월 전 제가 전하를 뵈러 왔을 때 전하께서 이런 답을 주셨죠. '아이가 떠나게 두어라. 나머지는 우리가 맡을 테고!' 전하께서 제 형과 그의 친우들의 계획을 저지하기 위한 그 어떠한 일도 하지 않으리라는 걸 제가 어찌 예견할 수 있었겠습니까?"

그런 말에는 우회적인 비난이 담겨 있어서, 각료들은 이제 자신이 무슨 말을 하는지도 알지 못하는 이 미치광이를 불안하게 바라봤다. 하지만 티에폴로의 위엄이 대단한지라, 만사는 아무 소리도 하지 않았다. 오히려 만사는 부적으로 뒤덮인 끝이 뾰족한 모자와 자패화가 박힌 고급스러운 허리띠로 졸라맨 헐렁한 상의, 그리고 숲의 가시덤불에 긁힌 자국이 역력한 근사한 장딴지를 보여주는 짧은 바지라는 여전한 사냥꾼의 복장으로 자기 앞에 무릎을 꿇고 있는 남자의 진가를 알아보는 것 같았다. 그랬다. 티에폴로가 그를 나무랄 만했다. 만사는 지난번 접견에서 그를 제대로 맞아주지 않음으로써, 그런 처신의 동기를 의심하고 있다는 암시를 했더랬다. 이제 만사는 엘 하지 오마르와 셰쿠 하마두가 자신을 파멸시키자고 서로 합의를 봤고, 암묵적인 동조에 기대고 있다는 확신이 섰다. 엘 하지 오마르가 함달레에서 한 발언에 대한 보고가 들어왔는데, 그를 치려는 작전이 진행 중이라고 판단할 만했다. 그가 말했다.

"나의 아버지이신 위대한 몽종께서는 늘 계략의 길이 무력의 길보다 더 확실하다고 말씀하셨다. 투쿨로르족 마라부는 세구로 들어와 자네 형 집에 머물게 될 거다. 난 반대하지 않을 테니. 그리고 그를 궁궐로 맞아들일 거다. 하지만 일단 들어오고 나면 그가 언제 어떻게 다시 빠져나가게 될지는 신들만이 아신다. 집으로 돌아가라, 티에폴로. 네가 매일 저녁 그 투쿨로르인과 네 형이 나누게 될 대화의 아주 세세한 부분까지도 내게 보고하기를 원한다."

티에폴로가 물러났다.

그는 뜰을 지나가다가 스스로가 혐오스러워졌다. 동생이 형을 배신해야 하는가? 그가 하는 말을 염탐해야 하는가? 그 말을 옮겨야 하는가? 그가, 귀족인 그가 이제 자신의 신분보다 더 높이 올라가보려고 가장 비열한 무기를 사용할 수밖에 없는 노예처럼 행동을 하다니! 그러다가 수마워로가 해준 말이 기억이 났고, 얼마 전까지만 해도 자신을 위로해줬던 그 말이 이제는 그를 고뇌로 채웠다. 조상들께서 그 죽음과 자신이 아무런 연관이 없게 해 주시기를! 그는 그리오들이 급하게 몰려들자 거칠게 물리쳤는데, 평소의 그라면 보여주지 않는 태도였으니, 그는 열 살 적에 숲에서 보여준 수훈과 그가 죽인 사자 이야기를 떠올려주는 걸 좋아했으니까. 그리오들은 복종했지만, 등 뒤에서 놀려대는 노래가 들려왔다.

사냥꾼이여, 사냥꾼이여
당신이 허풍쟁이라면 당신을 찬양하지 않겠소
코끼리의 목숨을 끊어놓고
물소를 쫓고
털색이 태양의 황금빛인 기린을 사라지게 만든 게
당신이 아니던가?
사냥꾼이여, 사냥꾼이여, 내가 당신에 관한 노래를 하지 않으면
당신은 어찌 될까?
인간을 만드는 건 말이 아니겠소?

티에폴로는 소모노들의 성원 어름에서 티에코로와 맞닥뜨렸고, 당황하는 바람에 돌아서서 길을 되짚어갈 뻔했다. 그는 수마워로가 말해준 그런 그림자를 찾아보려고 형의 얼굴을 세세히 살폈지만, 자신의 삶의 흐름에 대해 만족하고 자랑스러워하는 마음

이 너무나 명백한 남자의 표정 말고는 아무것도 보이지 않았다. 티에코로로 말하자면, 그는 늘 티에폴로를 자신에게 아무런 짓도 하지 않은 짐승들을 추격하려고 부적으로 온몸을 뒤덮는 촌뜨기로 보아왔더랬다. 그에게는 용맹하다는 평판도 어리석다는 평판과 거의 같은 의미였다. 하지만 아버지의 동생의 장남이었다. 그를 있는 그대로 달게 받아들여야 해서, 예의 바르게 미소를 보냈다.

"바라 무소께서 내가 어제 널 찾더라고 말씀하셨지?"

티에폴로가 눈길을 떨구고는 길바닥의 흙먼지만 응시했다.

"내게 무슨 할 말이 있는지 알고 있어⋯⋯."

그 어조의 차가움이 느껴질 정도였다. 티에코로가 둔한 아이에게 말을 걸듯 온화하게 말했다.

"티에, 네가 무슨 생각 하는지 안다. 하지만 받아들여야 해. 알라신 이외에 신은 없단다. 알라신은 눈부신 태양처럼 이 지역 전체에서 위세를 떨치실 거다. 우리 가문은 신의 도래를 도왔다고 축복을 받게 될 거야⋯⋯."

티에폴로가 근처의 성원을 가리키면서 거칠게 말했다.

"설교가 하고 싶으면 저 안으로 들어가든가!"

티에코로는 동생이 멀어져가는 모습을 꼼짝 않고 잠시 바라보다가 한숨을 내쉬며 성원의 뜰로 들어갔다.

세구의 밤바라인들이야 전력을 다해 이슬람을 거부한다지만, 통북투의 마라부를 배출하는 명문가들, 특히 쿤타 가문과 밀접한 관계를 맺고 있는 소모노들도 그런 건 아니었다. 따라서 티에 코로는 그들과 협력하여 엘 하지 오마르의 영접을 준비하고 싶었다. 그런데 그가 예상한 열의 대신에, 조수 알리 아크바르와 함께 녹차를 마시고 있던 성원의 이맘 알파 칸은 시무룩한 얼굴을 보여주더니 이렇게 물었다.

"엘 하지 오마르가 티자니야의 추종자라는 건 아시오?"

티에코로가 어깨를 으쓱했다.

"카디리야, 티자니야, 수흐라와르디야, 샤딜리야, 그런 종파가 뭐가 중요한가요……. 우리 모두 이슬람 신도가 아닙니까?"

"그렇게 말씀하신다면야……."

그러고는 침묵이었다. 하루 중 두 번째 기도 시간이 다가오고 있어서, 한 명씩 한 명씩 혹은 작게 무리 지어 도착하기 시작한 신자들이 바부슈를 벗어서 벽 한쪽에 정성껏 정리했다. 그러자 무에진의 목소리가 대기를 찢었다. 티에코로는 그 부름을 들을 때마다 전 존재가 흥분되지 않은 적이 없었다. 세구의 장벽 너머로 울려 퍼지던 소리를 처음 듣고서 신이 자신에게, 두 눈이 얇은 막으로 덮인 가여운 버러지에게 말을 걸어온다고 느꼈던 그 순간을 떠올렸다. 그는 전율을 느끼며 생각했다.

'오, 신이시여, 어서 당신께 가고 싶습니다!'

하지만 알파 칸이 그를 다시 현실로 끌어내렸다.

"난 투쿨로르의 도착에 전혀 엮이고 싶지 않아요. 말씀드리건대 그 사람 때문에 형제끼리 맞서게 될 테고, 이슬람 신도끼리 피를 흘리게 될 겁니다. 세쿠 우마르가 두려웠다고요? 틀리셨어요. 두려워해야 할 사람은 그자예요." 그러더니 알파 칸은 티 한 점 없는 순백의 주름 잡힌 부부를 여미며 사원으로 들어갔다.

어떻게 할까? 이맘을 따라가서 설명을 해보라고 압박할까? 티에코로는 마음속 저 깊은 곳에서는 그 위대한 마라부를 혼자 맞이하고 돌봐야 한다는 사실이 불만스럽지 않았다. 그로써 트라오레의 남자가 어떤 능력을 갖고 있는지를 보여주게 되리라. 그에게는 황금도, 자패화도, 탈 짐승도 부족하지 않았다. 양, 닭이 울안에 그득했다. 기장은 곳간에 넘쳐났다. 고구마 구근은 어디에 저장해야 할지 모를 판이었다. 그래, 엘 하지 오마르의 도착이 신자로서의 그의 삶의 정점이 되리라!

처음에는 모든 게 티에코로의 첫째 아내 마리엠과 시가의 아내 파티마 사이를 갈라놓았다. 한 명은 왕국을 건국한 군주의 친척으로 궁궐 안에서 태어나 그녀의 욕망에 늘 신경을 쓰는 노예들에 둘러싸여서 살았더랬다. 다른 한 명은 돈은 많이 벌지만 실제적인 영예는 누리지 못하는 페스의 중매사의 딸이었다. 한 명은 활기차고, 명령을 내리고 복종을 받는 데 익숙했다. 다른 한 명은 게으르고, 살짝 불평쟁이였다. 한 명은 남편의 명성이 세구의 국경을 벗어나기 시작했고, 다른 한 명은 어떤 식구들은 그 이름을 부르기조차 거부하는 불효자인 아들을 남편으로 뒀다.

그렇지만 두 여자는 친구가 되어서, 하루라도 서로 보지 않고 지나가는 날이 없었다. 하루 종일 두 여자 사이에서는 간식을 나르는 노예나 쪽지와 선물을 든 아이들이 오갔다.

두 여자 사이를 밀접하게 만든 것, 그것은 세구에 대한 증오, 밤바라인과 그들의 종교, 그들의 풍습에 대한 경멸, 그리고 그런 이야기를 항상 주고받을 상대방의 필요성이었다. 마리엠이 사랑의 격렬함과 흡사한 정도의 증오를 품고 남편의 행실을 시시콜콜하게 묘사하는 이야기를 들으면서, 파티마는 티에코로에게 품고 있던 무분별한 애정에서부터 치유되었다. 파티마는 시가를 증오하지는 않았다. 그저 자신이 속았음을, 완전히 속았음을 느꼈다. 사금이라고 여겼던 것이 진흙일 뿐임을 발견한 사금 채취자처럼. 그녀는 우열을 가릴 수 없게 잘생기고 다정하고 다감한 자식 열 명을 생각하면서 위안을 삼았다. 남편이 가난해서 많은 노예를 둘 수 없었기에 아이들을 직접 돌봤다. 그래서 그녀의 삶은 젖 빨기, 이유식, 치통, 갑작스러운 열, 설사, 옹알이로 점철되었다. 시가가 그 어떤 문제로도 그녀를 타박하지 않기 때문에, 그녀는 아이들이 학교에 갈 나이가 되자마자 강 저편에 있는 무어인 아이들을 위한 종교학교로 보내면서 아이들을 알라에 대한 신앙 속에서 키워냈다.

엘 하지 오마르의 방문 소식이 전해지자 두 여자는 세구와 화해했다. 두 여자는 부부를 만들어달라고 재봉사들을 달달 볶기 시작했다. 파티마의 남동생이 페스에서 금실이 섞인 비단 여러 필을 보내줬었는데, 그때까지 사용하지 않고 뒀더랬다. 마리엠은 평소에는 집 안의 박 그릇에서 잠자고 있는, 화려하게 세공된 보석들을 갖고 있었다. 꼭 한 가지가 그녀를 슬프게 했다. 티에코로가 투쿨로르인의 수행원으로 모하메드를 데려오게 시킬까? 그리하여 아들을 옆에 두게 될까? 파티마가 이치를 따지려 들었다.

"복무 기간 동안 집으로 돌아오는 건 좋지 않아······."

"복무라니? 걔가 병사인 것처럼 얘기를 하네······."

파티마가 조용히 말했다.

"신의 병사 아닌가?"

마리엠은 그런 식으로 꾸지람을 듣는 게 창피했다. 하지만 신앙은 신앙이고, 모정은 모정이다. 모하메드는 외동아들이었다. 사람들이 말해준 대로라면, 여자는 베일을 쓰고 다니고, 과부는 노인의 육욕을 일깨울까 봐 집 안에 갇혀 있어야 한다는 그 도시에서 아이가 동냥을 한다는 생각만으로도 너무 괴로웠다. 그녀는 파티마가 권하는, 속을 채운 대추를 손짓으로 거절했다. 소코토에서 먹던 유일한 단것은 응유에 섞어 먹는 꿀뿐이었기 때문에, 당과를 전혀 좋아하지 않았다. 파티마는 대추를 채운 갈색과 녹색의 속을 깨물더니 말했다.

"셰쿠 하마두와 투쿨로르인 마라부 사이의 관계가 틀어진 것 같아. 마라부는 건기가 끝날 때까지 함달레에 있을 생각이었나 봐. 그러니까 실제로는 함달레 체류 기간을 줄여야 했던 거지……."

마리엠이 두 눈을 크게 떴다.

"누가 그런 말을 해?"

"아들들이 다니는 종교학교의 무어인들이. 무어인들은 통북투의 쿤타에게서 마라부가 세구에 도착해도 맞이하러 나가지 말라는 명령을 받았어."

"대체 왜?"

파티마가 어깨를 으쓱했다.

"난들 알겠어! 종파 간 다툼, 권력과 영예 다툼, 한마디로 남자들의 다툼이지 뭐!"

마리엠은 그 문제에 대해 티에코로에게 물어봐야겠다고 다짐했다. 하지만 마라부의 영접을 준비하랴, 마라부와 수행원이 묵게 될 가옥들에 다시 벽토를 바르게 시키랴, 모로코산 양탄자로 바닥을 덮으랴, 공기를 향기롭게 할 향유를 태우게 시키랴, 엘 하지 오마르가 군주들에게서 받았던 선물에 비해 가소로워 보이지 않을 선물들을 수집하랴, 기장과 쌀 비축량을 확인하랴, 가금의 수를 세어보랴 어찌나 바쁜지, 만약 그녀가 잠시라도 남편과 둘만의 시간을 가질 수 있다면 그건 정말 운이 좋은 것이리라. 그 때문에도 마리엠은―티에코로의 다른 아내들과 마찬가지로―괴로워했다! 티에코로는 마라부 영접에 관한 충고는 오직 자기 어머니에게서만 들었다! 모자는 니아의 처소에서 몇 시간씩 대화를 나눴고, 그러고 나면 니아가 지시하고 관리하고 트집 잡고 혼을 냈다! 사실 마리엠은 세계의 절반을 맞아들이는 군주의 거처인 궁에서 자랐으니, 마리엠이 더 훌륭한 충고를 해줄 수 있었을 텐데도! 졸리바강을 건너가본 적도 없는 그 늙은 밤바라 여인이 종파의 우두머리를 다루는 법을 알겠는가?

바람이 두 여자 쪽으로 시가의 가죽 공장에서 풍기는 악취를 실어 왔다. 파티마가 눈을 들어 말동무를 바라봤다.

"이 모든 일이 시가에게 일거리를 주는 데 도움이라도 되기나 했으면!"

그녀의 말에서 경멸이 묻어나자 마리엠이 고개를 저었다.

"시가가 물신숭배자이긴 하지만 난 아주 존경하는데? 사람들이 아직 그 사람 진가를 모르는 것뿐이야. 너무 정직해서 속임수도 쓰지 않고 잇속도 못 차리고, 나중에 돌려받을 생각으로 편의를 봐주는 일도 못 하니까."

마리엠이 티에코로와 비교해서 하는 생각이란 게 명백했다. 파티마가 반박했다.

"그런 부당한 말을. 내 생각에 티에코로는 진심으로 신을 사랑하고, 신의 가장 커다란 영광을 위해 애를 쓰고 있어. 그분이 어떻게 홀로 자기 자신의 직관에 따라서 개종을 하게 됐는지 이야기해췄지? 어떻게 자신의 소명을 가족에게 강권했는지도?"

마리엠이 넌덜머리가 난다는 표정을 지었다.

"몇 년 전부터 그 얘기만 들었다고."

그녀가 노예가 가져온 차를 받아 들었다.

투쿨로르 마라부와 셰쿠 하마두 사이의 관계가 틀어졌단다. 티에코로에게 알려야 하는 걸까? 신중하게 처신하라고 당부해야 하는 걸까? 그 둘의 아들이 함달레에 있었다. 아들이 여기 세구에까지는 알려진 게 거의 없는 갈등의 희생자가 되어서는 안 되었다. 하지만 티에코로가 말을 들을까? 그는 신과 투쿨로르 마라부의 가장 커다란 영광을 위해서 전력을 다하기로 단단히 마음먹었다. 그리고 부수적으로는 자기 자신의 영광을 위해서도!

4

물신숭배자이든 아니든 간에, 세구의 단순한 백성들은 엘 하지 오마르의 행렬을 구경하려고 길가로 몰려나왔다. 그들에게는 그가 놀라운 기적을 일으킨 마술사처럼 보였다. 말라버린 우물에 다시 물을 끌어 들였다지? 물이 부족하여 함락될 뻔한 포위된 도시에 비를 내렸다데? 마찬가지로, 병자를 낫게 했고, 죽어가는 사람을 그저 손을 얹고 몇 마디 중얼거리는 걸로 살려냈다지? 사람들은 그러한 기적을 철물장인 주물사의 기적에 비교했고, 가장 고집스러운 인간들도 저쪽의 기적이 이쪽의 기적보다 윗길임을 인정해야 했다. 석녀들은 그의 시선이 아이를 갖게 해주리라고 믿고서 불구자와 부스럼 환자와 불치병 환자들을 물리치고 앞자리를 차지하려고 팔꿈치로 밀어댔다. 맹인들은 사람들의 발치에서 기어 다니며 너그러운 마음을 자아낼 목적으로 구슬픈 노래를 읊어댔고, 그런가 하면 약삭빠른 사람들은 태양이 강렬했기에 자패화 한 개를 받고 바가지에 담아 파는 물을 권했다. 통디옹들은 주요 도로를 소구역으로 나눠 경비에 돌입했지만, 만사로부터 여기저기 수없이 풀어놓은 첩보원들이 활약하도록, 개입하지 말고 내버려두라는 당부를 받았더랬다.

티에코로는 그 유명한 손님의 방문에 대해 이미 만사에게 보고하였기에 산산딩까지 그를 맞이하러 출발했고, 소모노들의 조심성은 꺾지 못했기에 같은 신앙을 가진 소냉케인과 노예들로 이루어진 작은 수행 행렬이 그를 따랐다. 소모노들은 심지어 통북투의 셰이크 엘베케로부터 이런 편지까지 받았다.

"이슬람을 쇄신한다는 핑계로, 그자는 수많은 무구한 사람들의 죽음의 원인이 될 것이다."

갑자기 졸리바강이 통목선들로, 바람에 갈기를 날리는 말들로, 암소와 양과 가금이 담긴 바구니와 남녀를 잔뜩 실은 뗏목들로 새까맣게 뒤덮였다. 도시의 장벽 바깥에 운집해 있던 군중이 커다란 함성을 질렀다.

"저기 온다!"

대번에 성벽 안쪽에 남아 있던 사람 모두가 도착하는 사람들을 보려고 쏟아져 나오는 바람에, 통디옹들은 통제에 몹시 애를 먹었다.

엘 하지 오마르의 행렬은 학생, 지지자, 하인, 여자, 아이 등 천여 명의 인원을 헤아렸다. 셰쿠 하마두가 엘 하지 오마르를 호위하라고 빌려준 마시나의 창기병 분대가 앞장섰는데, 창기병들은 쇠사슬 갑옷을 입고 목이 긴 부드러운 가죽 장화를 신고 머리에는 거대한 검은색 비단 터번을 두른 모습이었다. 하지만 통디옹들이 적들이 세구-시코로로 들어오는 것을 막아섰기에, 그들은 말에서 내려서 강가에 진을 쳤다. 엘 하지 오마르 본인을 알아보기란 실제로 불가능했다. 우선 그를 둘러싼 사람들이 너무 많았고, 그들이 의도적으로 보호막을 치고 있어서였다. 그 불경한 도시에서, 그 우상숭배자들의 소굴에서 위험이 어느 방향에서 올지 누가 알겠는가? 화살이 지붕 꼭대기에서 언제라도 날아들 수 있었다. 공이 두 개짜리 소총이 발사되고, 나중에 그 소총이 먼지 구덩이에 버려진 걸 발견할 수도 있었다. 그래서 세구 주민들은 이리저리 목을 비틀어댈 수밖에 없었고, 거대한 터번 아래 고귀한 얼굴이 조금이라도 보였다 하면, 장식 끈이 달린 아랍풍 외투가 조금이라도 보였다 하면, "저 사람인가? 저 사람이래?"라고 묻지 않을 수 없었다. 여자들의 우아함과 아름다움은 숨이 막힐 정도였는데, 그중 몇몇은 시리아와 이집트와 아라비아의 공주라는 말이 돌았다. 베일 아래로 비단 폭처럼 쏟아져 내리는 기다란 검은 머리 다발, 무어 여자들보다 덜 창백하고 더 생기 있는 피부에 감탄했다. 투쿨로르 여인은 페울족 여인과 마찬가지로 섬세한 아름다움을 지녔고, 장신구로만 구별이 되었는데, 굵은 명주실에 길

쭉한 구슬을 꿴 목걸이, 머릿수건 아래로 관자놀이께에서 흔들리는 보석, 순금과 구리의 합금에 투조세공과 선조세공을 한 팔찌 등이 눈에 띄었다. 부인할 수 없었다! 그 행렬이 만사 티에폴로가 궁궐 밖 행차를 할 때의 행렬보다 더 그럴듯해 보였다. 노인네들은 기회를 놓치지 않고서 마코로의 아들 몽종이 승하한 이래로 세구에는 이제 잘생긴 남자들이 없노라고 떠들어댔다. 아직 다 완전히 정복하지 못한 그 '비미'들처럼 어째 다 볼품이 없어.

티에코로는 그 위대한 마라부와 나란히 말을 달렸다. 온갖 감정에 사로잡혀, 마치 심장이 터지려는 것 같았다. 행복, 자랑스러움, 자신에게 이런 날을 살 수 있게 해준 신에게 보내는 감사. 엘하지 오마르가 마시나를 떠날 때, 팔십 줄에 들어섰고 왕국 전역에서 존경을 받는 제네 지역의 지휘관 아미루 망갈이 자신에게 특혜 하나를, 그러니까 자신을 위해 망자를 위한 기도를 베풀어달라고 청했더랬다. 당시 마라부가 그 지고의 행위를 완수할 수 있게, 그 지휘관은 수의를 입고 시신인 양 짚자리로 자신을 둘둘 말게 했더랬다. 아, 티에코로는 그를 흉내 낼 수 있기를 얼마나 바랐을까! 행복감에 있어서 그 어떤 날도 비교가 되지 않는 이날이 지나고 나면 태양이 떠오르는 광경을 다시 보지 않기를. 그에게는 단 한 가지가 부족했다. 바로 나디에의 존재였다! 그녀 역시 얼마나 행복했겠는가! 악취 풍기던 뜰에서 짐승처럼 그녀를 올라탔던 그때 이래로 그 어떤 길을 거쳐왔는가! 제네의 그 초라한 누옥 시절 이래로! 그는 엘 하지 오마르가 자신의 명성을 확고히 해줄 타이틀로 자신을 치장해줄 때까지는 그가 자기의 지붕 아래 한없이 체류하기를 바랐다. 그는 이미 엘 하지였다. 그렇다면 알림? 할리파? 그가 티자니야 종파를 지지하지 않는다는 건 사실이다. 통북투에서 유학을 했던 사람들 전부 다 그렇듯이, 그 역시 카디리야 쿤다 종파에 속했다. 티자니야로 입문해야 할까? 그래, 하지만 만약 그런다면 셰쿠 하마두의 기분을 상하게 하지 않을까? 그는 한숨을 쉬고는 앞지름을 당한 말의 옆구리에 박차를 가했다.

갑자기 건기 아침나절의 하늘답게 짙푸른 하늘을 섬광이 가로질렀고, 그 뒤를 이어 천둥소리가 울려 퍼졌는데, 수많은 영지의 담들이 붕괴되고 만사가 머무르는 궁의 북면에는 균열이 생겨날 정도의 굉음이었다. 대경실색한 군중에게서 비명 소리가 솟아올랐다. 수천의 얼굴들이 대체 어디서부터 부상자의 피처럼 붉은 비가, 뜨겁고 세찬 적우(赤雨)가 떨어져 내리는지를 살피느라 무덤덤한 천궁(天宮)을 올려다보았다. 그 현상은 몇 분간 지속되었고, 세구 주민들은 자신들의 몸과 옷에 분명히 보이는 흔적이 남아 있지 않았더라면 꿈을 꾸었다고 믿을 뻔했다. 그런 신호가 무슨 의미인지를 해석하기 위해서 신비에 친숙한 철물장인 주물사여야 할 필요는 조금도 없었다. 투쿨로르인 마라부는 세구에 피가 흐르게 하리라. 언제? 어떻게? 승리의 북소리처럼 말발굽 소리를 울리며 말들이 다가오자, 군중은 허둥지둥 빠져나가버렸다.

감탄이 있던 자리에 공포가 찾아왔고, 이제 사람들은 엘 하지 오마르를 도시로 들어오게 허락해준 만사를 거의 비난하기 직전이었다. 티에코로는 고뇌에 잠겨 붉은 얼룩이 생긴 자신의 뷔르누를 내려다보았다. 그가 백성의 미신과 멀어졌어도 소용없었으니, 그것이 바로 조상들의 의사표시임이 확연히 느껴졌다. 갑자기 겁이 나서 텅 빈 거리를 둘러봤다. 그 순간, 엘 하지 오마르가 몸을 돌려 그에게 미소를 지었고, 티에코로는 처음으로 온통 예각과 사선으로 이루어진 그 잘생긴 얼굴에 깃든 잔인함을 알아차렸다. 그 남자가 이슬람 안에서 위대한 역할을 수행하도록 신께서 예비해둔 빛과 같은 존재임은 확실했다. 하지만 어떤 대가를 치르고? 얼마나 많은 시신을? 얼마나 많은 곡소리를?

트라오레 가문의 영지 앞에 도착했다. 노예들이 급하게 뛰어나와서 말을 붙잡고, 도착한 사람들의 짐을 내리고, 여자들이 등에 업고 있거나 옆구리에 끼고 있던 아이들을 받아주었다. 그러는 동안 다른 노예들은 이슬람에서는 발효된 음식이라면 전부 금지하기 때문에 준비해둔 과일 음료 및 당과와 함께 내갈, 대량의 쿠스쿠스 요리를 마지막으로 손봤다. 단지에 든 물은 박핫잎이나 생강 껍질로 향을 내었다. 흰색 혹은 붉은색의 콜라 열매가 작은 바구니에 담겨 제공되었다. 그러한 접대는 뭐 하나 부족함 없이 완벽했지만, 티에코로는 마치 갑자기 자신의 남편에 대해 공포를 느낀 동화 속 아내처럼 불안과 불만을 느꼈다. 그는 마리엠이 자신과 나누려고 시도했던 대화를 떠올렸다. 그녀는 조심하라고 경고하려고 했다. 하지만 그는 그 여자의 말에 귀를 기울인 적이 없었으니, 만약 그런 행동을 허용했더라면, 너무나 아름답고 너무나 혈통이 좋은 그 여자는 그 자신까지 포함하여 모든 것을 지배하려고 했을 테니까. 미루지 말고 그녀에게 물어야겠다. 하지만 마라부와 동행을 해야 하는데 그럴 시간이 날까?

"모디보 우마르 트라오레, 이교도에는 두 종류가 있다. 진정한 신 대신에 온갖 우상과 이교도의 신들을 숭배하는 자들, 그리고 또한 이슬람의 계율 준수와 이교도의 계율 준수를 뒤섞는 자들. 첫 번째 부류가 아니라는 건 자신하겠지만 두 번째에 대해서도 그러한가?"

티에코로는 숨이 턱 막혔는데, 투쿨로르 마라부는 발언의 심각성과는 대조적으로 호의를 보이며 말을 이어갔다.

"자네가 직접 그런다는 말은 물론 아니다! 하지만 이 집 지붕 아래 사는 사람들이 그런 행동을 하게 내버려두지는 않나? 자네도 이 말을 알고 있겠지. '이슬람이 다신교와 뒤섞인다면, 이슬람은 고려될 가치가 없다.' 자네는 자네 형제들, 그들의 아내들과 아들들과 딸들이 우상을 숭배하지 않는다고 맹세할 수 있는가? 자네가 자우이아에서 가르치고 있는 젊은이들도 마찬가지라고?"

티에코로는 고개를 떨구었다. 뭐라고 답할까? 집안에서, 그리고 제자들에게조차도 이슬람이 표면적임을 잘 알고 있었다. 하지만 이슬람이 은밀하게 뿌리를 내리고 사람들을 근본적으로 바꾸어놓음으로써 깊이를 갖게 되리라는 생각이었다. 마라부가 한 음절 한 음절 힘을 주어 말했다.

"이교도와 무왈라트*를 실천하는 자는 그 누구든 이번에는 그 자신이 이교도가 되는 것이다!"

티에코로가 무릎을 꿇었다.

"스승님, 제가 어떻게 하면 됩니까?"

엘 하지 오마르는 그 질문에 직접적인 대답은 하지 않았다.

"셰쿠 하마두는 자네가 생각하는 그런 사람이 아니라는 걸 알고 있는가? 마시나에서 그자는 불의를 저지르고 공격을 하며 티자니야 종파의 재산을 빼앗았다. 그 왕국은 파벌과 온갖 음모로 인한 갈등으로 가득하지……. 이슬람의 타락이야."

침묵이 깔렸다. 지붕을 잎사귀로 덮은 커다란 처소는 바닥에 모로코산 양탄자가 깔려 있고, 벽에는 폭 50센티미터짜리 천 여러 개로 만든 자수 걸개가 걸려 있었는데, 녹색 회랑과 붉은색 회랑이 교차하고 글자를 흘려 쓴 글귀로 가득한 걸개였다. 단색의 자수 천으로 장식한 등받이 없는 나무 의자 위에 카리테 버터 등잔이 놓여 있어서, 그 불빛과 스테아르산 초에서 흘러나온 불빛

---

* 연대와 우정의 관계.

이 뒤섞였다. 노예들이 이번 행사를 위해 흰색 비단 부부를 차려입고, 세공된 구리 쟁반에 박핫잎 차를 내왔는데, 향과 방향제 향기가 박하 향을 압도했다. 엘 하지 오마르가 말을 이었다.

"우마르 트라오레,《자와히라 엘마니》는 읽었는가?"

티에코로는 읽지 못했음을 인정하지 않을 수 없었다.

"그걸 주의 깊게 읽어보아라. 그 가르침을 깊이 새겨라. 그러고 나서 나를 찾아오너라."

"어디로요, 스승님?"

"때가 되면 알려주겠다."

티에코로는 완전히 무너졌다. 그가 그렇게나 열광적으로 기다렸던 그 순간이 그의 참패로 돌아갔다. 투쿨로르인 마라부는 그가 이교도 백성 사이에서 고군분투하며 이루어낸 것에 대해 찬사를 보내지 않았다. 오히려 그의 포용주의와 관용을 타박했다. 그는 무엇을 원하는가? 지하드의 이름으로 형제와 자매와 아버지와 어머니를 살해하기를? 아, 다 끝났다. 마라부는 그 어떤 칭호도 부여하지 않을 뿐만 아니라 학생 취급을 하리라! 티에코로는 그가 이룬 모든 일을 나열하며 자신을 변호할 수도 있었겠지만, 한 번 더 지치고 씁쓸하고 실망스럽다고 느꼈다. 왜 삶은 환멸에서 환멸로 이어지는 가교에 불과할까? 티에코로는 속으로 중얼거렸다.

'저를 당신에게로 데려가소서, 신이시여! 일곱 가지 옷과 수의를 입고 짚자리로 둘둘 말려, 오른편으로 누운 채 땅에 묻히기를. 왜 당신은 제게 그걸 베풀기를 거부하시나요?'

밤 기도 시간이 되어서, 모두가 메카를 향해 엎드리려고 밖으로 나왔다. 뜰에서 티에코로는 아들들과 동생들에게 둘러싸인 채 팔짱을 끼고 서 있는 티에폴로의 윤곽을 알아보았다. 그는 그것이 우연이 아님을, 그들의 지붕 아래 투쿨로르인 마라부가 머무는 데 대한 반대를 공공연하게 표명하려고 왔음을 깨달았다. 엘 하지 오마르가 티에코로를 돌아보더니, 흉내조차 낼 수 없는 예의 그 미소를 띤 채 속삭였다.

"내가 뭐랬나, 우마르, 이교도와 무왈라트를 실천하는 자는 그 자신도 이교도가 된다……."

티에코로가 무릎 한쪽을 땅에 대려는데, 노예 한 명이 팔을 건드렸다. 분노와 불안과 고통이 뒤섞인지라, 그가 그 운 나쁜 노예에게 호통을 치며 영락없이 한 대 치려고 할 때 노예가 외쳤다.

"용서하세요, 주인님. 하지만 만사가 보낸 사자들이 왔습니다!"

만사라고?

진짜배기 사절단이 첫 번째 뜰에서 기다리고 있었다. 붉은색 비단 혹은 짙푸른 인디고로 안감을 댄 녹색 벨벳 튜닉을 입은 왕실의 그리오들. 흰색 옷을 입고 손에 호화로운 단장을 든 각료회의 구성원들. 티에코로에게 충격을 준 것, 그건 그들이 어느 진영에 속하는지를 표방하려고 한다는 듯이 모호함이라고는 조금도 있을 수 없도록 팔과 다리와 목과 허리에 걸고 찬 액막이와 호신부들이었다. 발언에 나선 건 각료 망데 디아라였다.

"만사께서 손님에게 보내는 선물을 갖고 왔소. 만사께서는 내일 궁에서 그를 접견하기를 원하오. 물론 당신도 함께 와야겠지."

티에코로는 한층 더 혼란스러웠다. 투쿨로르 마라부의 기질 역시 자신의 기질과 흡사하게 비타협적이니, 우상을 숭배하는 군주를 만나려고 할까? 특히 사람들이 군주에게 당연히 보여야 한다고 생각하는 그런 존경을 표하려고 할까? 그가 말을 더듬었다.

"엘 하지 오마르는 기도 중이십니다. 중단시킬 수가 없어요. 내일 아침 그분의 답변을 보내드리겠습니다."

디아라가 마치 자신과 함께 온 사람들을 증인으로 삼기 위함인 듯 주위 사람들을 바라봤다.

"트라오레, 정신이 나갔소? 군주께서 부르는데 복종하기를 꺼린다고?"

아침부터 너무나 많은 사건들이 연달아 일어났더랬다. 티에코로는 통제력을 잃어버려서 외교적 언사가 불가능했다. 그가 퉁명스럽게 답했다.

"내겐 알라 이외에 군주란 없소!"

무시무시한 침묵이 깔렸다. 티에코로가 신성모독을 저질렀다 해도, 금기나 맹세를 깼다 해도 자신의 만사에게 복종하지 않노라고 공공연하게 말하는 것만큼이나 심각하지는 않았을 거다. 디

아라는 늘 이슬람을 신봉하는 것이 광기의 표출이라고 생각해왔
던지라 그를 불쌍히 여기며 속삭였다.

"방금 발언에 대해 사죄를 해요, 티에코로 트라오레! 당신 가문
을 존경하니, 그런 발언을 듣지 않은 걸로 해주겠소……."

하지만 티에폴로, 그의 아들들, 그의 형제들과 형제의 아들들
이 이미 가까운 거리에 와 있었다. 그것은 명예가 걸린 사안이 되
었다. 한마디 말도 없이 티에코로는 좌중을 오만한 시선으로 훑
어보고는 자신과 같은 종교를 믿는 사람들이 기도하는 대열에 합
류했다.

그는 정성스럽게 비질이 된 고운 모래에 이마를 대고, 한 번 더
죽기를 소원했다. 그의 삶은 대체 그 어떤 삶이런가! 어쩌면 표면
적으로는 성공한 삶일지도 모르겠지만, 실제로는 후회와 실망으
로 점철되었다! 마음이 마호가니 껍질처럼 씁쓸한데, 아내들, 아
들들과 딸들, 그득한 곳간들, 가축들이 다 무슨 의미가 있겠는가?
그가 육신의 껍데기를 끌고 다니는 한 달라질 리가 있겠는가? 티
에코로가 되뇌었다.

"저를 자유롭게 하소서, 신이시여! 당신에게로 가서 천국의 행
복을 알게 하소서!"

아버지들이 믿던 종교의 제례가 그에게 혐오감을 주었고, 그래
서 이슬람이 그 모든 제례로부터 자신을 해방할 피난처일 거라
고 여겼더랬다. 그런데 이번에는, 마치 악의를 품은 아이들이 건

드리는 것마다 다 파괴하듯이, 인간들이 그 피난처마저 망치려고 들지 않는가! 카디리야, 수흐라와르디야, 샤딜리야, 티자니야, 메울레위…… "인간들이 그들의 헛된 유희를 하게 내버려두라"고 알라께서 말씀하시지 않았던가.

그러는 동안 마라부의 일행들은 티자니야 종파에서만 읊는 기도문들의 낭송을 전부 다 마쳤다. 티에코로가 여전히 땅바닥에 엎드려 있었기에, 엘 하지 오마르는 그가 방금 자신과 나눴던 대화에 대해 묵상한다고 생각하여 그를 방해하지 않고 자신의 거처로 돌아갔다. 머리를 든 티에코로는 영지의 나무 그림자 안에서 어떤 형체를 알아봤다. 죽음일까? 드디어! 하지만 그림자는 움직였다. 알고 보니 시가였다. 티에코로는 다시 기분이 나빠져서 쌀쌀맞게 말했다.

"넌 이제 도착한 거냐, 뒤늦게? 그러니까 변절자인 거네?"

시가가 다급한 어조로 말했다.

"티에코로, 조심해. 형을 잡으려는 음모를 꾸미고 있어. 내일 마라부와 함께 궁궐로 들어가면, 만사가 두 사람을 체포하라고 지시할 거야. 두 사람에게는 아직 달아날 시간이 있어. 즉시 세구를 떠난다면, 새벽녘엔 마시나에 도착해서 안전할 수 있다고."

시가는 그런 말을 하면서 자신이 시간 낭비를 하고 있음을 알았다. 티에코로는 너무나 자존심이 세서 위험을 피하려고 하지 않았다. 오히려 그것이 열정을 더 부추겼다. 티에코로는 동생의 팔짱을 꼈고, 그 소박한 우애의 표시에 시가가 놀랐다.

"나랑 좀 걸을래?"

밤이 세구에 빗장을 질렀지만, 온갖 소리는 튀어 나가게 내버려두었다. 집집이 벽 뒤에서 수많은 목소리가 오늘 있었던 기이한 사건에 관한 이야기를 속삭여댔다. 사람들은 최악을 기다리고 있었다. 마라부가 기이한 기적을 일으켜서 도시를 잿더미로 만든다든가, 졸리바강 물이 불어나게 하여 가옥과 주민과 가축이 물줄기에 휩쓸려 가게 한다든가. 시가는 형의 고뇌를 느꼈지만 무슨 말을 해야 할지 몰라서, 그저 이런 제안을 했다.

"나랑 양카디네로 한잔하러 가자! 이슬람 신도이든 아니든 간에 남자라면 가끔 한잔할 필요가 있지……."

티에코로는 동생의 팔에 더욱 무게를 실으면서 중얼거렸다.

"만약 내게 무슨 일이 벌어진다면, 마리엠과 혼인해. 마리엠은 파티마와 아주 의가 좋으니까. 그리고 특히 모하메드를 보살펴줘. 걔도 나와 같은 것 같아. 절대 행복하지 못할 거야."

시가는 헛되이 위로의 말을 찾았다. 그도 알고 있었다. 형이 최악의 위험을 무릅쓰고 있음을. 두 사람은 졸리바강이, 거무스름한 띠가 소모노 어부들의 미동도 않는 배 사이사이로 흘러가는 광경을 마주했다. 강 저편에서는 마시나 창기병의 주둔지 불빛이 숲을 비현실적인 배경으로 바꾸어놓고 있었다. 시가가 한숨을 쉬었다.

"형이 믿는 알라가 그럴 만한 가치가 있다고 생각해?"

티에코로가 화를 내지 않고 대답했다.

"신성모독은 안 돼!"

"신성모독이 아니야. 의심한 적이 한 번도 없어?"

어둠 속에서 티에코로가 고개를 저었다. 시가는 이번에도 형의 자존심이 발동했다고 생각했다. 그런데 티에코로는 거짓말을 하는 게 아니었다. 뭔가가 그의 내면에 존재한다면, 그건 신앙이었다. 물론 그 신앙이 그가 보잘것없는 죄인이 되지 않게 해주지는 못했지만, 신앙은 피가 혈관을 가득 채우듯 그를 채웠다. 심장을 고동치게 하고, 팔과 다리를 움직이게 하는 게 신앙이었다. 골목을 돌아 나가다가 무어인들의 무에진이 부르는 소리를 듣고서 호기심에 이끌려 사원에 들어갔고, 거기에서 판자에 코란 구절을 적고 있는 노인과 맞닥뜨리게 됐던 그날 이래로, 알라가 유일한 진정한 신임을 알았더랬다. 티에코로는 배에 올라가 앉더니, 침착하고 초연하게 말을 이어갔다.

"그래, 마리엠과 결혼해. 아당과 양카디에 대해서는 가족이 결정하게 내버려둬. 하지만 마리엠은 네가 데리고 살겠다고 요구해. 그녀가 너와 함께 있는 걸 알면 평화롭게 떠날 거야……."

시가는, 늦기는 했지만 이러한 존중의 표시에 감동해서, 눈물을 글썽거렸다. 그가 형을 보았다. 형이 어쩌면 삶의 끄트머리에 가까워졌을 순간이 되어서야, 예전에 쿠마레가 한 말이 진실이었음을 깨달았다. 티에코로의 운명은 그의 운명과 떼려야 뗄 수 없었다. 낮과 밤이 그러하듯. 태양과 달이 그러하듯. 두 천체 모두이 땅덩어리를 빛으로 감싸주고 살아가게 도와주니까. 티에코로는 영예로 가득했지만 엄청난 슬픔의 제물이기도 했다. 그런가하면 시가는 자잘한 환멸과 자잘한 기쁨을 모아들이는 일상의 성실한 일꾼이었다. 하지만 이제 둘 다 빈손이 되어 서로를 마주했다. 패자들.

패자라고? 티에코로가 패자인가? 시가는 졸리바강 저편에 진을 친 마시나의 창기병들이 피운 불을 바라봤고, 그 광경이 상징처럼 보였다. 페울족과 투쿨로르족이 퍼뜨린 이슬람의 불이 결국에는 세구를 타오르게 하리라. 그러한 확신이 티에코로에게 자신감과 자부심을 주었다. 다른 사람들보다 먼저 정확하게 보았던거다.

두 형제는 세구로 돌아왔다. 돌로를 마신 술꾼들이 술집에서나오며, 취기에 싸여 낮의 사건들을 과장해 떠벌려댔다. 마라부행렬의 인원수는 네 배, 마라부를 따라온 이슬람 학교의 학생과추종자 수는 열 배, 마라부의 아내들의 수는 백 배로 부풀었다. 그들의 말을 믿는다면, 붕괴된 건 궁궐의 한 면 전체였고, 하늘에서떨어진 건 핏덩이였다. 그들은 그 특별한 하루에서 상상력을 만족시켜줄, 꿈꾸고 놀라고 겁에 질리고 싶은 욕구를 만족시켜줄가장 적절한 양식을 발견했다.

5

수도 세구와 왕국 전체에 만사 티에폴로의 명을 받들어 엘 하지 오마르와 그의 수행원 중 몇몇 이슬람 신도들과 티에코로 트라오레를 체포했다는 소식이 전해졌다. 백성의 사랑을 받아본 적 없던 만사의 인기가 대번에 치솟았다. 그 사건이, 거푸 승리를 거둔 통디옹들이 전리품을 잔뜩 챙겨서 돌아오고, 말을 타고 지나가는 통디옹들 뒤로 줄줄이 끌려오는 노예들이 비틀거리며 걸어오던 그 시절을, 선왕들이 통치하던 그 시절의 위대한 날들을 떠올리게 했다. 흥분한 군중이 다 같이 궁궐 앞 광장으로 몰려갔다. 하지만 궁궐의 담 바깥으로 아무 낌새도 새어 나오지 않았다. 모든 것이 평상시와 같았다. 벌써부터 석공들이 전날의 굉음으로 균열이 간 곳을 수리하고 있었다. 노예들은 물이나 먹거리를 져 날랐고, 상인과 장인들이 아치형 문 아래로 오갔다.

그 누구도 정확히 무슨 일이 벌어졌는지 알지 못했다. 어떤 사람들은 만사가 투쿨로르인 마라부와 그를 영접한 주인을 궁으로 초대했다고 말했다. 그런데 그 둘이 초대를 거부했기 때문에 만사가 그 둘을 강제로 끌고 와 감옥에 집어넣게 했단다. 또 다른 사람들은 두 사람이 자발적으로 궁으로 왔지만, 그들이 일단 궁에 들어오자 만사가 그들을 감옥에 가두라는 지시를 내렸다고 단언했다. 그들이 무슨 죄를 저질렀지? 당연히 왕권의 전복을 꾀했다. 적기라고 판단이 되면, 마시나의 창기병 중대가 강 너머에 숨어 있던 다른 병사들의 지원을 요청할 터였다. 그러고 나면 세구의 주민들 모두 한 명씩 한 명씩 그 끔찍한 신앙고백을 해야 하리라. "알라신 이외에 신은 없다!" 그러지 않으면, 댕강, 놈들이 목을 자른다!

그 소식이 알려지자, 니아는 여자들이 울부짖고 흙먼지 속에서 데굴데굴 구르게 내버려두고서 자신의 처소로 들어갔다. 니아는 극도로 신경 써서 빳빳하고 진한 색깔의 인디고 파뉴를 차려입고, 목에는 호박과 진주 목걸이를 두르고, 잿빛으로 변해가는 머리에는 왕관 모양의 머리 장식을 썼다. 그녀가 다시 뜰로 나오자, 모두 그녀가 자기 세대에서 가장 아름답고 또한 가장 위엄 있는 여성이었다는 사실을 떠올렸다. 늙음이 그녀를 공격하고 에워싸도 소용없었으니, 고작 여기저기 가소로운 주름을 파놓거나 살이 늘어지게 하거나 영양의 목처럼 매끈하던 목의 피부를 처지게 할 뿐이었다. 그녀의 아들들 중 나이 어린 축은 어머니를 붙잡으려고 하였다. 하지만 그녀는 조용히 그들을 떼어놓았다.

니아가 왕궁을 향해 걸음을 옮겼다. 그녀가 나아감에 따라서 여기저기 영지에서 사람들이 나와봤고, 역설적이게도 티에코로를 미워하던 사람들마저 그의 어머니가 지나가는 모습을 보고서 눈물을 글썽거렸다. 곧 팔레 쿨리발리의 딸이자 고 두지카 트라오레의 아내인 니아 쿨리발리가 만사에게 해명을 요구하러 간다는 소문이 퍼져나갔다. 곧 두 가문의 계보를 꿰고 있는 그리오들이 두 가문의 선조들의 업적을 노래하면서 뒤를 따랐고, 호기심과 슬픔 사이에서 갈팡질팡하는 남녀노소의 무리가 합류하는 바람에 행렬이 불어났다.

티에코로 트라오레의 어머니가 궁을 향해 오고 있다는 소식이 만사에게 보고되었다. 어떻게 할까? 접견을 거부할까? 그럴 수는 없었다. 만사의 어머니뻘이었으니까! 들어오게 내버려둘까? 울고불고할 텐데, 그 눈물을 보면서 어떻게 버티지?

모의에 모의를 거듭한 끝에, 그리오 마캉 디아바테가 꾀를 냈다.

"주인님, 편찮으시다고 전하게 하고, 왕비님들에게 대신 맞아달라고 부탁하지요."

사실 니아는 울려고도 간청하려고도 온 게 아니었다. 아들을 만나게 해달라는 요청을 하러 왔다. 전날 밤 두지카가 티에코로가 곧 자신과 만나게 될 거라고 꿈에서 알려줬더랬다. 그래서 마지막으로 안아주고 싶었다. 아들들을 땅에 묻는 불행한 어머니! 바로 티에코로가 장례용 짚자리로 그녀를 말아야 하는 거였지만, 조상들은 그와는 다르게 결정을 내렸다. 시끄러운 음악과 낭송과 동정의 외침과 위로의 말들에 휩싸여 길을 걸어갔지만, 그녀의 귀에는 아무 소리도 들리지 않았다. 그녀는 머릿속으로 티에코로의 생애 전체를 되짚었다. 태어났을 때부터. 첫 번째 아이의 첫 번째 울음소리는 얼마나 달콤한가! 여전히 고통의 기억에 시달리면서, 그녀의 자랑거리가 될 터이나 아직은 피투성이에 볼품없는 그 작은 존재를 씻기는 걸 지켜보았다. 그러고는 산파가 아이를 그녀에게 건넸고, 모자는 첫 눈길을 교환했더랬는데, 그것은 조약에 날인하는 것이기도 했다.

"넌 수많은 여자를 안게 될 거다. 넌 수많은 남자와 악수를 나누게 될 거다. 넌 이런 사람 저런 사람과 함께 전진할 거야. 하지만 그 어떤 것도 중요하지 않을 거야. 나만. 네 어머니만……."

갓난아이에서 벗어나자, 조숙한 어린 소년이 질문을 퍼부어 댔다.

"바, 하늘에서 달이 떨어지지 않게 누가 잡고 있어요?"

"바, 왜 저 사람들은 노예이고 우리는 귀족이죠?"

"바, 왜 신들은 닭의 피를 좋아하죠?"

그런 질문에 당황하고 겁이 난 니아는 침착한 표정 아래 자신의 무지를 숨겼다.

"티에코로, 조상들이 말씀하시기를……."

니아는 자신의 권위보다 더 높은 권위 뒤로 피신하려고 무슨 문장이든 그렇게 시작했다. 아이는 수도 없이 질문하고 의심하고 독창적인 설명을 시도해대더니, 그예 위험한 길로 접어들었다. 하지만 니아는 티에코로를 탓할 생각은 하지 않았다. 그녀는 아이를 평가하기 위해서가 아니라 사랑하기 위해서 거기 있는 거였다.

니아가 첫 번째 관문에 들어서자, 바라 무소가 또 다른 아내들 서넛과 그리오들을 달고서 다가와 허리를 숙였다.

"아들의 어머니시여, 피곤하시겠어요. 이리로 와서 쉬세요……."

니아가 그들을 따라서 아내들의 구역으로 갔다. 그녀들을 보호할 임무를 띤 병사들과 그녀들을 찬양하는 노래를 부르는 그리오들을 제외하면, 남자들은 궁의 그 공간에 들어가지 못했다. 그 구역은 단단한 나무 말뚝이 뾰족뾰족 솟은 벽으로 보호되었고, 거대한 판자로 막아놓는 마호가니 나무 문 하나만 나 있었다. 첫 번째 뜰에는 짚으로 지붕을 덮은 개인채가 여러 채 서 있었다. 그 옆에 솟아 있는 여러 그루의 나무가 맨바닥에 놓인 짚자리, 양탄자, 쿠션, 그리고 두툼한 무명 이불이 덮인 대나무 침대들에 그늘을 드리웠다. 바라 무소가 자리 하나를 니아에게 권했고, 니아가 자리에 앉자마자, 노예들이 바가지에 시원한 물을 담아 내고 발과 발목을 주물러주고 얼굴에 부채질을 하느라 주위에서 분주

264

하게 움직였다. 니아는 예의 바르게 가만히 있었다. 잠시 뒤 그녀가 물었다.

"말씀해주시죠. 왜 남편분께서는 절 맞아주지 않는 거죠?"

바라 무소가 눈을 내리떴다.

"어머니, 몸이 편치 않답니다! 식사를 하고 나서 구역질을 하고 토했어요."

니아는 그녀가 거짓말을 하고 있음을 알았지만, 상대방의 기분을 상하게 할 생각이 없었기에 중얼거렸다.

"조상들의 보살핌으로 빠르게 쾌유할 수 있기를! 바오바브 나무 열매 가루로 죽을 끓여드렸겠죠?"

바라 무소가 의사 여섯이 돌보고 있다고 자신했다. 니아가 그녀를 향해 고개를 돌렸다.

"나의 딸이여, 아드님들을 두셨죠?"

그런데 바라 무소가 이런 종류의 대화에 끌려 들어가는 게 두려워서 대화의 방향을 틀려는 순간, 니아가 말을 이었다.

"우리의 역할이란 게 얼마나 끔찍한지! 딸들은 우리에게 재물과 기쁨과 손주들만 안겨준다면, 아들들은 고뇌와 고통과 비탄일 뿐이지요. 그들은 전쟁에서 죽음을 찾아 나서요. 그렇게 죽음과 만나지 못하면, 온 세상을 휘젓고 다니면서 죽음을 쫓아다니죠. 그러다가 어느 날 아침, 낯선 이가 찾아와서 그들이 이 세상 사람이 아님을 알려주죠. 그게 아니면 그들은 우리의 아버지들이 이루었던 걸 부술 생각을 해서 조상들을 화나게 만들어요. 가끔 난 그들이 우리 생각을 하기는 하는 건가 싶어요. 어떻게 생각하시나요?"

바라 무소가 눈물을 참았다.

"어머니, 제가 약속해요. 제 권한 안의 일이라면, 그 누구도 아드님을 건드리지 못하게 하겠어요."

니아가 조롱이 묻어나기는 하지만 관대한 웃음을 지었다.

"권한 안의 일이라면? 우리에겐 어떤 권한도 없어요, 나의 딸이여!"

그러는 동안 만사와 각료들, 그리고 그리오들은 모처에서 비밀 회의에 들어갔다. 왕실의 주물사들은 확고했는데, 투쿨로르인 마라부를 치지 말자는 입장이었다. 대신 가능한 한 빨리 그를 풀어주라는 거였다. 그들은 마라부를 제대로 호위하여 왕국의 국경까지 데려다주라고 권했다. 거기에서 다시는 세구에 발을 들여놓지 말라는 의사를 분명히 전달해라. 만사는 오히려 그 엉터리 예언자를 처형하라는 명령을 내림으로써 이슬람 신도들에게 화끈한 교훈을 줄 수 있었더라면 더 좋았으리라. 그렇게 행동한다고 해서 두려울 게 뭐가 있겠는가?

첩보원들이 불화의 원인은 모르겠지만 엘 하지 오마르와 셰쿠 하마두 사이의 관계가 이제는 완전히 틀어졌다고 알려왔다. 그러니 마시나는 투쿨로르인을 살해한다고 해서 별다른 움직임을 보이지는 않으리라. 그런데 왜 왕이 행동을 취하지 못하게 붙잡는가? 엘 하지 오마르가 힘을 쌓은 뒤 다시 세구를 치러 돌아올 시간을 벌어주고 싶은 건가? 그런 건가?

각료 디아라가 용기를 발휘했다.

"주인이시여, 내부의 적을, 그러니까 세구에서 이슬람의 도래와 왕권 전복을 위해 애쓰는 자들을 전부 파멸시키는 걸로 충분합니다. 예를 들면 티에코로라는 인물, 그런 자는 가차 없이 처리해야죠. 외부의 적들로 말하자면, 세구는 스스로를 방어하는 법을 늘 알지 않았던가요? 만약 그 투쿨로르인이 돌아온다면, 뭐, 그자 역시 피투가의 시골뜨기의 운명을 알게 되겠죠……."

그리하여 새벽녘에, 세구의 주민들이 아직 잠들어 있는 시간에 통디옹 중대가 칸칸 쪽 왕국의 국경까지 투쿨로르인 마라부와 수행원을 호위했다. 마시나의 창기병들은 사령관으로부터 밤바라족과의 충돌을 피하라는 특별 명령을 받았던지라, 말에 올라탄 뒤 주둔지로 물러갔다. 몇 시간 뒤, 통디옹들이 덤으로, 이슬람으로 개종한 밤바라인들의 집으로 쳐들어가 그들을 궁의 수감 시설로 끌고 갔다. 통디옹들은 소냉케인이나 소모노인은 건드리지 않았는데, 우선 그들은 엘 하지 오마르의 영접과 엮이지 않았고, 특히 상업 활동을 통해 만사에게 막대한 세금을 바치기 때문이었다.

하지만 가장 화려한 작전은 티에코로가 운영하던 자우이아의 파괴였다. 병사들이 벽을 산산조각 냈고, 기숙사와 식당으로 쓰이던 가옥들, 그리고 수업과 명상의 장소를 제공했던 차양 시설을 몽땅 뒤집어엎었다. 그러고는 마른 나뭇가지들을 쌓아 올린 뒤 불을 놓았다. 또한 타오르는 불길 속으로 티에코로가 수집해 온 수사본들을 던져 넣었는데, 그 와중에 액막이로 사용하려고 잊지 않고 책장을 찢어 옷 안에 챙겨 넣었다.

티에코로는 친분이 생겨난 간수들이 전해주는 이야기 덕분에 그 모든 사건들의 추이를 따라갔다. 일반적으로 감옥은 인간 안에 들어 있는 짐승을 풀어놓기 마련이다. 인간은 빙글빙글 돌고, 고래고래 소리를 지르고, 울부짖고, 욕설을 퍼붓고, 혹은 가장 간단한 방식으로 목숨을 끊으려고 든다. 티에코로는 전혀 그렇지 않았다. 그는 묵주알을 굴리며, 얼굴에는 병사들에게 영과 교감 중이라는 확신이 들게 하는 표정으로 기도에 시간을 썼다. 병사들은 이런 상황을 활용하여 어떤 이는 승진을, 또 어떤 이는 최근에 두들겨 맞고 나서 친정으로 피신한 아내의 귀가를, 또 어떤 이는 아들의 탄생을 티에코로에게 부탁했다. 티에코로가 웃어댔다.

"형제들, 난 그대들을 위해 기도를 할 수 있을 뿐이오. 난 요술을 부리지 않아요!"

그는 니아가 방문하고 난 뒤로는 완전히 마음이 차분해졌다. 그는 니아의 무릎에 얼굴을 묻었더랬다. 니아는 티에코로가 아이일 때 그랬듯이 그의 삭발한 머리를 쓰다듬어주었다. 어머니의 냄새에 푹 잠기고, 어머니 배 속에 있던 때의 행복을 되찾게 되자, 그가 중얼거렸다.

"마리엠을 시가에게 주게 신경 써주세요. 나머지는 최선을 다 해주시고요."

니아가 한숨을 내쉬었다.

"마리엠이 그걸 받아들일 거라고 생각해? 아! 티에코로, 가족 사이에 엄청난 혼란이 생겨날 거다!"

그것이 그녀가 그에게 건넨 유일한 무언의 비난이었고, 그에게 심한 상처를 주었다.

이제 티에코로는 얼굴 한번 본 적 없지만 아름답다는 명성은 자자한 약혼녀를 기다리듯 죽음을 기다렸다. 그는 엘 하지 오마르의 질책은 잊고, 무스타파 알람마시가 자신의 저서 《하지야》에 서 했던 말을 머릿속에 간직하려고 애썼다.

"신께서는─찬양과 찬미 받을지어다!─신앙에는 늘 불변의 결과가 함께하기를 원하셨는데, 그러한 결과, 그것은 바로 영원한 지복이다."

곧 그는 신과 대면하게 되리라. 그가 수감된 감옥으로 사람들이 접근하지 못하게 지키고 있는 간수들은 세바와 보라는 이름이었다. 아내가 돌아오게 해달라고 부탁했던 건 첫 번째 인물이고, 두 번째는 아들의 탄생을 부탁했었다. 그런데 세바가 집으로 돌아가보니, 달아났던 아내가 명백히 순종적이고 뉘우치는 표정을 하고 뜰에 앉아 있는 걸 발견하게 되었다. 보로 말하자면, 딸 열이 태어나고 난 뒤 드디어 사내아이가 태어났다는 소식을 받게 되었다. 그것만으로도 이 두 남자가 기적이라고 외쳐대고, 티에코로가 영들과 특별 교류를 한 결과라고 생각하기에 충분했다. 곧 세구 전체가 티에코로 트라오레가 능력 면에 있어서 가장 위대한 주물사들을 넘어서는 마법사라는 걸 알게 되었다. 세바와 보는 그 기이한 면담을 지치지도 않고 묘사해댔다.

"그분은 머리로만 작업을 해. 물약을 주는 것도 아니고, 연고를 주는 것도 아니야. 머리로만……."

두 남자는—자패화 몇 닢이나 기장 몇 되를 받고서—티에코로에게 사람들의 부탁을 전달하기에 이르렀고, 결국 그게 만사의 첩보원들 귀에 들어갔다.

니아가 방문하고 나서 바라 무소가 압력을 넣은 결과, 만사는 티에코로에게 사형을 선고하기를 망설였다. 가끔 그는, 티에코로를 독방에서 몇 년 썩게 만든 뒤 분수를 알게 되면 가족에게 인계할까, 라는 생각을 했다. 가끔 그는, 공개적으로 이슬람교를 부인하라고 요구할까, 라는 생각을 했다. 하지만 그 자존심이 센 자가 받아들일까? 가끔 그는, 저 멀리 바고에 지역에 거주지를 정해줄까 하는 생각을 했다. 만사는 티에코로가 감옥에 갇혀서도 계속이슬람을—백성의 상상력을 자극하기에 적합한 가장 눈부신 방식으로—전파하고 있음을 알게 되자, 각료들의 의견을 수용하고 말았다.

티에코로의 처형일이 결정되었다.

어떤 힘이 니아가 꼿꼿이 서 있게 해줬다. 단 하나의 힘이. 티에코로에 대한 사랑이. 티에코로가 곧 죽게 되리라는 걸 알게 되자, 그건 그녀의 삶이 쓸모없어지는 것과 같았다. 아들이 다시는 보지 못할 태양을 보며 찬탄한들, 이제는 아들의 몸을 덥혀주지 못할 불 앞에 앉은들, 이제는 아들이 맛보지 못할 음식을 입으로 가져간들 무엇 하랴? 만약 두지카가 살아 있었다면, 어쩌면 늙은 반려와 함께 살아가는 일에 매달렸을 수도 있으리라. 그녀의 곁에는 거의 망령기가 있으며 언제 죽음이 데려가려고 할지가 궁금해지는 디에모고뿐이었다.

그래서 니아가 완전히 쓰러져버렸다. 안에서부터 흰개미와 나무좀이 파먹어 들어간 나무처럼. 급하게 청해 온 주물사들은 할 수 있는 게 없음을 알았지만, 빠져 달아나는 중인 정신력을 그 육신으로 다시 데려올 수 있다는 착각을 가족에게 주기 위해 분주히 오갔다. 니아는 미동도 없이 짚자리에 길게 누워 있었고, 숨을 헐떡였으며, 아프다는 소식이 전해지자마자 그곳에 모여 그녀에게 살아갈 용기를 주기 위한 말을 되뇌는 인척들의 말을 들으려는 듯 머리가 살짝 문 쪽을 향해 돌아갔다.

"니아, 팔레의 따님, 당신의 조상들은 세계를 반달처럼 휘게 했어요. 그들은 그 세계를 곧은길처럼 다시 바로 폈지요. 니아, 다시 일어나세요."

어느 순간 니아가 혼수상태에서 빠져나와 속삭였다.

"코사를 보고 싶어……."

코사는 디에모고와의 재혼에서 태어난 막내아들이었다. 너무 나이 많은 부모에게서 태어난 아이들이 그렇듯이 분주하고 튼튼 하며 잘생긴 아이였다. 겁에 질린 코사가 아주 가까이 다가온 죽 음의 냄새를 가리지 못하는 훈증 소독내에 막연하게 반감을 느끼 며 다가왔다. 그에게 뭘 원하는 걸까? 그가 마지못해 어머니의 짚 자리에 앉았다.

"이제 다시는 나를 볼 수 없게 되어도, 난 어느 곳이든 너와 함 께 있을 거다. 네게 내 모습이 보일 때보다도 더 가까이에……."

모두가 울었기 때문에 코사도 울음을 터뜨렸다.

그러고서 니아는 티에폴로를 불러달라고 했다.

니아는 티에폴로가 티에코로를 해치려는 음모에 가담했다는 증거를 잡지는 못했다. 하지만 저녁에 연달아 여러 차례 왕궁에 가서 만사와 대화를 나눴음은 알고 있었다.

티에폴로가 어린 코사처럼 머뭇거리며 들어왔지만, 이유는 달 랐다. 그를 두려움에 떨게 하는 건 죽음과 관련된 장례용품이 아 니라 책임감이었다. 가족의 행복을 위해 행동한다고 사람들이 위 험한 힘을, 혼란의 원인을 치워버리듯이 티에코로를 치워버린다고 생각했더랬다. 그런데 이제 자신의 손에 피를 묻히게 되었다.

그가 중얼거렸다.

"어머니, 저를 보자고 하셨어요?"

"네 아버지 디에모고는 어떠시냐?"

"밤을 못 넘기실 것 같아요……."

니아가 한숨을 쉬었다.

"그래, 우리의 영은 함께 출발할 거다……."

"어머니, 그런 말씀은 마세요……."

니아는 그러한 끼어듦에 신경 쓰는 것 같지 않았다. 슬픔으로 살짝 흐려졌나 싶은 두 눈에 명철함이 완전히 되돌아왔다.

"잘 들어라. 가문의 관리에 대해 생각해야 한다. 가족회의가 열리거든 시가가 파로 선출되도록 신경 쓰거라……."

티에폴로가 외쳤다.

"시가요! 시가라니요! 노예의 아들 아닙니까……."

니아가 그의 손을 잡았다.

"커다란 피해를 입었던 사람이지! 시가의 친모가 어떻게 죽었는지 알지 않니? 그리고 시가는 살면서 그다지 행복하지 않았다. 그에게 그 정도의 행복은 주어라……."

티에폴로가 늙은 얼굴을 들여다보았다. 또 무슨 계략을 준비하는 걸까? 그저 자신이 가장 사랑하는 아들의 복수를 하는 중인 게 아닐까? 티에폴로는 야망이 없었다. 그는 오만하지도 않았다. 하지만 규범이 준수되는 것에는 집착했다. 그가 두지카의 생존하는 동생의 장남이니, 파의 직위와 책임은 그에게 돌아가는 거였다. 동시에 니아에 대한 죄책감이 급격히 밀려들어서, 니아를 기쁘게 해주기 위해서라면 무슨 일이든 할 준비가 되어 있었다. 그가 허리를 숙였다.

"평안하게 떠나세요, 어머니. 가족회의에서 시가를 파로 추천하겠어요. 사실 저보다야 더 자격이 있으니까요……."

그 마지막 말을 할 때 목소리에 약간의 씁쓸함이 드러나는 건 그도 어쩔 수 없었다.

그러고 그는 밖으로 나갔다.

곰곰이 생각해보면 니아의 제안은 그에게 적합했다. 그럼으로써 그가 개인적인 목적을 충족하려고 티에코로를 치워버렸다는 말들은 하지 못하리라. 그는 뜰의 신수에 이마를 지그시 갖다 댔고, 거칠거칠한 나무 몸통에 상처를 입어 가벼운 통증을 느꼈지만, 차라리 거기에서 쾌감을 맛봤다. 조상들과 신들은 잘 알 텐데, 그는 형의 죽음을 바랐던 적이 없었다. 그는 그저 만사가 어디 지방으로 그를 추방하거나, 마시나나 다른 곳의 이슬람 신도와의 접촉을 모두 끊지 않을 수 없게 만들기를 바랐다. 티에코로가 저세상에 도착하게 되면, 그의 무구함을 알게 될 테고, 복수를 하겠다며 그를 쫓아다니지는 못하리라. 그는 아무 짓도 하지 않았다. 아무 짓도. 그는 가족이 이슬람 때문에 갈라서는 것을, 아들들이 왕국의 적들에게로 가서 자라나는 것을, 충성심이 끊어지는 것을, 조상 대대로 내려오는 가치들이 짓밟히는 것을 보았더랬다. 그의 귀에 자신의 울음소리가 들렸고, 격렬한 오열에 스스로 놀랐다. 여러 날 전부터 두 눈이 메말랐었는데, 이제는 울음보가 터져버려서 졸리바강 물을 불릴 수도 있을 지경이었다. 나바가 사라진 이래로 그렇게 울어본 적이 없었다. 사냥에 데려갔으나 끝내 돌아오지 못했기에, 그가 나름의 방식으로 죽음의 원인을 제공했던 나바. 두 손이 더러워졌다. 더럽다. 더럽다.

무릎이 푹 꺾였고, 그 무게에 거대한 나무뿌리 사이의 무른 땅이 움푹 들어갔다. 그의 머리 위로, 박쥐들이 그의 고통과 후회를 비웃듯이 날카롭게 울어대는 소리가 들렸다. 원치 않는데도 늪지로 끌려 들어갔다가 두 손이 끈적거리고 더러워진 채 빠져나오지 않는가. 대체 삶은 왜 그런 늪지인 걸까? 사냥꾼과 짐승은 서로에 대한 존경과 존중으로 이루어지는 공정한 전투를 통해 맞붙는다. 그가 자기 뜻대로 했다면, 그는 그런 사냥꾼, 카라모코이기만 했으리라. 아, 인간은 포식성 동물의 순수성과는 정말로 거리가 멀다!

티에폴로는 오래 울었다.

그러고는 영지 밖으로 나가, 시가의 집으로 향했다. 형의 집이 가까워져오자, 이 뒤늦은 영예가 시가를 옭아매는 마지막 덫이 아닐까, 라는 생각이 들었다. 승리의 모습을 한 참패. 왜냐하면,

집을 버리고 파티마와 아이들을 데리고 다시 영지 안으로 들어와 살아야 하고, 가족의 분노를 심하게 자아냈으며 파와는 전혀 어울리지 않아 보이는 가죽장인이라는 그 직업을 포기해야 할 테니까. 즉 그의 실패로 마무리된다.

티에코로는 곧 세상을 뜰 테니, 살아 있는 시가가 늘 자신의 빛을 가렸던 형에게 복수하는 것처럼 보였다. 하지만 재의 맛이 도는 그 얼마나 서글픈 복수런가!

6

구내식당을 향해 돌아가는 길에 모하메드는 어머니가 셰쿠 하마두의 집에서 기다린다는 소식을 전달받았다. 며칠 전 아버지의 공개 처형 소식을 알게 되었다. 하지만 눈물 한 방울 쏟지 않았다. 오히려 그의 심장은 자부심으로 부풀었다. 아버지는 신도로서, 진정한 신앙의 순교자로서 죽음을 맞았다. 셰쿠 하마두가 그의 위업을 널리 알리겠다고 약속한 만큼, 곧 그의 무덤은 이슬람 신도들이 순례하는 장소가 될 것이다. 그를 둘러싼 어른들의 목소리에 자신의 가벼운 목소리를 섞어가며 읊었더랬다.

"신께서 그를 축복하시고, 심판의 그날까지 완전하고 영속적인 구원을 그에게, 그리고 그가 속한 공동체를 통틀어 그를 따르는 이들에게 허하소서!"

모하메드는 마리엠이 와 있다는 소식을 듣자, 다시 참을성이 없고 즉흥적인 아이가 되어 뛰기 시작했다. 알파가 그를 따라잡더니 팔을 붙들며 중얼거렸다.

"그분은 육신의 어머니일 뿐이라는 걸 기억해."

그리하여 그는 뜰을 가로지를 때 다시 적절한 속도를 되찾았다.

마리엠은 사랑하는 아들을 보자 울었다. 아이는 부쩍 자라서 거의 어른의 키에 육박했다. 형언할 수 없을 정도로 말라서 뼈에 가죽뿐이었고, 두 팔과 두 다리는 목면 나무의 바싹 마른 장작개비와 흡사했다. 동시에 아이가 얼마나 잘생겼는지! 새로운 영성이 용모에 세련미를 더했고, 아주 짙고 촘촘하고 숱이 많은 양 속 눈썹 사이에 자리한 연한 밤색 눈을 거의 마주 바라기 힘든 광채로 채웠다. 셰쿠 하마두의 몇몇 제자들은 예언자를 따른다고 주장하며 머리를 밀었지만, 그는 머리를 밀지 않았기에 숱 많은 머리카락이 곱슬거렸고, 동작은 우아하여 페울족 목동이 떠올랐다. 모하메드는 어머니 품으로 뛰어 들어가 어머니의 두 뺨에 철철 흐르는 눈물을 닦아줄 수 있었으면 싶었지만, 엄두를 내지 못했다. 그러한 행동은 남자답지 못한 행동임을 알고 있었다.

대각료회의실의 중앙에 깔린 짚자리에 앉아 있던 셰쿠 하마두가 온화하게 말했다.

"어머니께서 아버지의 마지막 순간을 이야기해주고 계신다. 너도 우리와 함께 이곳에서 아버지를 본받아 어떻게 죽어야 하는지를 배우는 게 좋지 않겠니."

마리엠이 가까스로 눈물을 억제했다.

"그런데 그를, 귀족인 그를, 팔을 뒤로 돌려 팔꿈치를 묶어놓고서 채찍질을 했어요. 등에서 피가 흘렀죠. 저는 '그만! 그만해!'라고 소리쳤어요. 하지만 그 누구도 제 말을 듣지 않았습니다. 그러고는 궁궐 앞 광장에 세운 연단 위로 끌고 갔어요. 그이는 한없이 침착하게 입술에 미소를 띠고서 사방을 둘러봤습니다. 얼굴이 짐승 같고 애꾸눈이 흉측한 형리는 밤바라족에서나 나올 수 있는 그런 야만인 중 한 명이었는데, 그자가 뒤에서 튀어나오더니 칼을 단 한 번 휘둘러 그이의 목을 날렸어요. 그이의 몸이 앞으로 넘어졌어요. 두 줄기 긴 핏줄기가 목에서 솟구쳤답니다……."

침묵이 내려앉았다.

"그러고는 어머니 니아가 간청하여 시신을 돌려받았어요. 하지만 그게 더 최악이 아닐까요? 가족들은 그의 장례를 물신숭배의 방식으로 치르고 싶어 했으니까요. 그들은…… 그들은……."

그녀가 오열로 목이 메자 셰쿠 하마두가 개입했다.

"딸아, 그의 영혼이 빠져나가고 껍질만 남은 육신일 뿐이란다! 그러니, 그런들 상관없다!"

그러고는 몸을 일으켜서 즉흥적으로 애가를 읊었는데, 그는 애가에 몹시 능했다. 모하메드는 언제 어머니를 포옹하러 가도 된다고 허락을 해줄지가 궁금했다. 어쩌랴! 그 누구도 거기에는 생각이 미치지 못하는 것 같았다. 엎어졌던 마리엠이 잠시 뒤 다시 몸을 일으키더니, 셰쿠 하마두를 향해 몸을 돌렸다.

"아버지, 제가 이렇게 아버지 앞에 나선 이유는 그저 남편의 죽음에 대해서 말하기 위해서만은 아니랍니다. 가족회의를 열더니, 저를 세상을 뜬 제 반려의 동생인 시가에게 주기로 결정을 내리더군요. 저도 그런 관습에 반대하지는 않습니다. 그러한 관습이 선하고 훌륭하다는 건 알아요. 하지만 시가는 물신숭배자고, 더 나쁜 건 배교자라는 겁니다. 페스에서 일을 배우는 동안 이슬람을 알게 되었으니까요. 저를 억지로 물신숭배자이자 배교자인 사람과 살게 할 수 있는 건가요?"

그런 의견을 피력하면서 그녀의 자부심 가득한 얼굴은 분노의 불길로 활활 타올랐다. 흰색 베일이 뒤로 넘어가면서 목덜미로 흘러내렸고, 묵직한 은목걸이를 겹겹이 두른 목이 드러났다. 모하메드는 감탄했고, 좌중이 전부 그런 느낌을 공유한다고 생각했으니, 입 밖으로 감탄을 내놓을 수 있으면 싶었으리라. 하지만 셰쿠 하마두의 시선과 부딪히면서 스승이 당황스러워하고 있음을 깨달았다. 셰쿠는 그곳에 참석한 각료들을 응시했는데, 그들이 제안을 내놓기를 기대하는 듯했다. 마침내 부레마 칼릴루가 발언을 시작했다.

"어려운 문제를 던져준 건 확실하군, 마리엠! 그대도 말했다시피 여자가 남편의 동생에게 귀속되는 건 선하고 정당하다. 하지만 배교자라니! 본인은 어떤 제안을 하고 싶은지?"

"제게 수행원을 붙여주시면 아버지에게로 돌아가고 싶습니다!"

대각료회의 각료들은 눈으로 서로의 의견을 물었다. 결국 그건 할 법한 일이었다. 소코토의 군주는 자신의 딸이 배교자의 품에 안겨야 한다는 걸 알면 견디지 못할 테니, 그에게 호의를 베풀 수 있는 탁월한 방법이기까지 했다. 마리엠이 더 나아간 게 화근이었다.

"딸들은 데리고 왔어요. 이젠 아들만 있으면 됩니다!"

이슬람이 언행에 강요하는 조심성에도 불구하고 분노의 소리가 터져 나왔다. 언제부터 아들이 어머니의 소유였나? 그 말이 맞지만, 이 경우에는 아버지가 사망한 데다가 친가가 물신을 숭배하지 않는가! 그런 경우 아들을 누구에게 맡기지? 어쩌면 최초로, 가족의 권리와 이슬람의 권리가 상호 충돌했다. 알부하리의《사히흐》에서부터 알우그하리의《알피야트 알시야르》까지 저명한 학자들의 저술을 하나씩 검토해봐도 소용없었으니, 이 특정 사안에 관해서 그 어떤 지침도 나와 있지 않았다. 셰쿠 하마두가 일어나서 손뼉을 쳤다.

"마리엠! 우리끼리 논의를 하고, 생각을 해보고 우리의 결정을 알려주마."

마리엠이 감히 반박할 엄두도 못 내고 이미 일어나 있다가 물러가려는데, 셰쿠 하마두가 모하메드의 존재를 다시 떠올린 모양이었다. 그래서 친절하게 손짓으로 어머니를 따라가라고 일렀다!

근 1년 동안 어머니와 떨어져 있던 아이라면, 그 어떤 아이가 어머니를 다시 만나게 되어 행복감으로 흥분하지 않겠는가? 모하메드는 하우사 향기를 풍기는 어머니의 곱고 부드러운 피부를 입맞춤으로 뒤덮었다. 그는 어머니가 두르고 걸친 베일과 파뉴를 구겨대면서 어머니의 무릎 위에서 굴렀다. 마리엠은 최근에 거쳐 온 그 끔찍한 시간을 거의 잊은 듯 웃었다.

"자, 자, 똑바로 앉아봐! 넌 이제 아기가 아니야……."

그러더니 모하메드가 누이들에게로 급하게 다가갔다. 그가 세구를 떠날 때 갓난아기였던 어린 아이다가 얼마나 귀여운지! 아이다는 걷고 말도 조금 했는데, 낯선 오빠를 처음 보고 겁에 질려서 언니들의 파뉴에 매달렸다.

입맞춤을 거푸 해대며 모하메드는 가족의 소식을 물었다.

"아당 어머니는요?"

"파티마 어머니는요?"

"시가 아버지는요?"

"티에폴로 아버지는요?"

거기에서 마리엠의 얼굴이 무시무시해졌다.

"그 이름은 다시는 입에 올리지 마라. 그자는 네 아버지의 적들과 내통했다!"

티에코로의 죽음은 마리엠에게서 진정한 돌변을 초래했다. 늘 남편의 신앙의 깊이를 의심하고 그가 어떤 행위를 할 때마다 매번 자아도취의 냄새가 강하게 풍긴다고 생각했던 그녀가 자신이 성인을 알아보지 못했던 것임을 깨닫고, 뒤늦게 비범한 정신의 소유자를 숭배하기 시작했다.

점심을 먹고 나서 온 가족이 시라 할머니에게 인사를 드리기 위해 음페네의 집으로 출발했다. 시라 할머니는 이제는 그 어떤 일에도 거의 관심이 없었다. 하지만 마리엠과 음페네는 서로의 품에 몸을 던졌다. 두 여자는 얼마 되지도 않아 벌써 서로의 삶에 대해 이야기를 했다. 음페네는 자신이 자라났던 테넨쿠가 그리웠다. 함달레는 너무나 엄격해서 통북투의 셰이크 엘베케가 셰쿠 하마두에게 훈계를 하러 올 정도다. 하지만 마리엠은 고개를 저었다. 그 모든 일도 세구보다는 훨씬 낫다.

"물신숭배자들이라고요! 서로서로에게 해를 끼치거나, 아니면 자신을 해쳤던 자를 찾아내느라 늘 여념들이 없어요……."

그러다가 두 여자는 엘 하지 오마르와 셰쿠 하마두 사이의 이해할 수 없는 불화에 대한 이야기까지 가게 되었다. 둘 다 이슬람 신도인데, 그들 사이의 불화라니! 그게 가능한가? 정확히 무슨 일이 일어난 걸까? 음페네는 아는 게 거의 없었다. 종파 간 분쟁이라고들 하던데. 티자니야파와 카디리야파가 맞선단다. 그런데 단지 그것뿐일까? 엘 하지 오마르가 이 지역에 대해 상업적·정치적 목적을 품고 있다고들 속삭여댔다.

음페네가 카리테 버터로 구워낸 쌀 전병과 꿀을 섞은 작은 강낭콩 빵을 권했다.

마리엠과 아이들이 다시 귀갓길에 올랐을 때는 어두워지기 시작했다. 마리엠은 골목마다 허약한 아이들로 가득한 종교학교가 있는 이 차가운 도시에서 오한을 느꼈다. 네거리마다 계시를 받았다는 자들이 알라의 이름을 외쳐댔다. 어떤 광장에서는 죄인에게 채찍질을 해댔다. 그런 광경을 목격하니 거의 세구가 그리워질 지경이었다. 그녀는 셰쿠 하마두의 영지 안으로 자취를 감췄다.

대각료회가 결정을 내리는 데 애를 먹었다는 건 분명했다. 오전 내내 회의를 하고서도, 오후에 다시 잠깐 모였더렸으니까. 드디어 판결을 내렸다. 마리엠이 자신의 신분에 맞게 소코토로 돌아갈 수 있도록 수행원과 선물이 제공될 것이다. 모하메드에 관해서는, 그는 함달레에 남아야 하리라. 셰쿠 하마두에게 그를 맡긴 건 그의 아버지였으니, 그것을 망자의 마지막 뜻으로 간주해야 하지 않을까?

그 판결을 듣고서 모하메드는 실신할 뻔했다. 차가운 파동과 뜨거운 파동이 번차례로 그의 몸을 내달렸다. 너울이 눈앞을 가린 듯 너울 너머 어머니와 누이들이 환상의 섬처럼 보였고, 이제 그는 그곳으로부터 영원히 떨어져 나왔다. 왜, 대체 왜? 어떤 신의 이름으로? 울부짖고 신성모독의 말들을 내뱉고 싶었다. 하지만 그의 외면적 행동은 그런 격동에 대해 아무것도 드러내지 않왔기에, 다 같이 한마음으로 그 아버지에 어울리는 의젓한 아들이라고 인정했다.

우기가 끝나갈 때 모하메드는 병이 났다. 아마도 아버지의 죽음, 어머니와의 헤어짐 등 너무나 많은 고통스러운 사건들을 안으로 억눌렀던 모양이었다. 그리하여 어느 날 아침, 제자들이 부부를 걸치고 급히 밖으로 나가 세정 의식을 마친 뒤 사원으로 달려갈 무렵에, 그의 몸은 평소처럼 움직이기를 철저히 거부했다. 모하메드는 알파에게 물 한 바가지를 가져다 달라고 부탁했지만, 물을 마시고 난 뒤 전부 다 토해냈다. 그러고는 어떤 손이 그를 우물 속에 빠뜨리는 느낌이었고, 그 손이 그가 눈부신 창백한 빛과 마주하도록 우물 안으로 자꾸 끌어당기는 것만 같았다. 며칠 동안 계속 그러한 상태가 지속되자, 알파가 음페네에게 소식을 전했고, 음페네는 남편 카림과 그의 형제들 중 맏이인 티자니를 셰쿠 하마두에게 보내어 아이를 자신에게 맡겨달라는 청을 넣게 했다. 셰쿠 하마두가 수락했다. 그런 일은 예외적이었다. 보통 학생이 병이 나면, 그 누구도 삶과 죽음 사이의 싸움에 끼어들지 않았다. 둘 중 더 센 쪽이 이기게 됐다. 카림과 티자니는 모하메드를 눕힌 해먹의 양 끝을 장대에 묶은 뒤 어깨에 장대를 졌다. 그들이 걸음을 떼어놓을 때마다 해먹이 흔들렸고, 모하메드에게서는 고통의 헐떡거림이 튀어나왔다.

여러 날 동안 모하메드는 의식이 없는 것 같았다. 실제로는 닫힌 눈꺼풀 뒤에서 아버지의 처형을 다시 겪었으니, 그는 어머니를 다시 만난 즐거움으로 아버지의 이야기가 자신에게 심한 충격을 주지 않았다고 생각하고 있었다.

"궁궐 앞 광장에 세운 연단 위로 끌고 갔어요. 그이는 한없이 침착하게 입술에 미소를 띠고서 사방을 둘러봤습니다. 얼굴이 짐승같고 애꾸눈이 흉측한 형리는 밤바라족에서나 나올 수 있는 그런 야만인 중 한 명이었는데, 그자가 뒤에서 튀어나오더니 칼을 단한 번 휘둘러 그이의 목을 날렸어요. 그이의 몸이 앞으로 넘어졌어요. 두 줄기 긴 핏줄기가 목에서 솟구쳤답니다⋯⋯."

아, 그 피! 그 피! 복수해야 한다. 어떻게? 물신을 숭배하는 그땅에 이슬람이 승리를 구가하게 만들어서. 동시에 모하메드는 어머니의 훈육을 통해 경멸하게 되었던 세구를 역설적으로 강력하게 요구하기에 이르렀다. 세구는 그의 것이었다. 그는 밤바라인이었다. 세구에 있는 이슬람 성원들의 첨탑에 바로 자신의 손으로 반달을 걸리라. 그는 마음이 심하게 출렁여서, 자리에 누운 채끊임없이 뒤척였다.

불안해진 음페네는 몇몇 다른 치유사들과 더불어 함달레 안에서 숨어서 활동하는 치유사 한 명을 불러들였다. 숫염소 뿔을 지닌 남자는 뿌리를 달인 탕약을 복용하고 이파리를 달여 목욕을 하라는 처방을 내렸고, 이 젊은 환자의 육신은 회복될 거라고 장담했다.

티자니의 장녀 에이샤는 그 누구보다도 더 헌신적으로 음페네가 모하메드를 돌보는 일을 도왔다. 그 소녀보다 더 우아한 소녀를 꿈속에서라도 그려볼 수는 없었으리라! 그녀가 도시 바깥에서 암소를 지키고 있는 남자 형제들에게 식사를 가져다주느라 뛰어갈 때면, 사람들은 그녀가 지나가는 모습을 보며 고개를 주억거리고 미소를 지었다.

"진짜 페울족 여자야!"

무어 여자만큼이나 피부색이 연하고, 색실을 섞어 땋은 머리카락은 길고 매끄럽고, 양가죽 샌들을 신은 매혹적인 두 발이 바삐 움직일 때면 섬세하게 세공된 은발찌들이 딸랑거렸다. 모하메드는 두 눈을 떴을 때 아직도 정신이 흐린 상태여서, 그녀가 머리맡에 있는 걸 보고 중얼거렸다.

"누구?"

"저런, 이젠 나도 못 알아봐? 누이 에이샤잖아……."

기억이 되돌아온 모하메드가 고개를 격렬하게 저었다.

"넌 내 누이가 아냐. 넌 티자니의 딸이잖아."

눈물을 쏟으며 에이샤가 밖으로 뛰쳐나갔다. 모하메드는 상처를 줄 생각이 전혀 없었더랬다. 본능적으로, 이유도 알지 못한 채, 두 사람의 관계에 방향을 설정해주게 될 인척 관계에 대해 저항하고 있었다. 티자니는 물론 시라 할머니의 아들이긴 했지만, 자신의 할아버지 두지카가 아니라 아마두 타시루와의 사이에서 낳은 아들이었다. 그와 에이샤, 두 사람 사이에는 피 한 방울 섞이지 않았다! 아주 오랜만에 처음으로 몸을 일으킨 그가 에이샤를 쫓아 뜰로 나갔다. 그녀는 우물 돌담에 기대어서 가슴 아프게 오열하고 있었다. 하얀색 의상을 입고 있어서 울타리의 초록색을 배경으로 두드러져 보였고, 한 줄기 바람이 살랑거리자 머리에 쓴 너울이 흔들렸다. 처음으로 모하메드는 여인의 아름다움을 발견했다. 지금까지는 그의 눈에 유일하게 아름다운 여인은 자신의 어머니였다. 갑자기 그녀에게 경쟁자가 생겼다.

그가 경탄의 눈길로 여인의 몸이 지닌 놀라운 완벽함을 알아보았다. 어깨의 둥근 선, 등의 곡선, 엉덩이의 굴곡. 봉긋한 가슴. 은은하게 볼록한 복부.

에이샤에게로 걸어가 품에 안고는 입맞춤을 해댔다. 하지만 그녀가 그를 밀어내며 저항했다.

"내버려둬. 넌 내 마음을 너무 아프게 했어!"

그러다가 잠시 뒤 자신을 내맡겼다. 그래도 입맞춤을 멈추지 않자, 본능적으로 위험을 느끼고 몸을 빼냈다. 그러고는 두 사람은 서로를 바라보며 가만히 있었다. 모하메드가 완전히 순진한 것은 아니었다. 그도 밤에 남자와 그의 아내들 사이에서 무슨 일이 벌어지는지, 왜 아내들의 배가 그렇게 아름답게 부풀어 오르는지 알고 있었다. 하지만 자신이 그런 상황에 놓인 상상은 전혀 해보지 않았더랬다. 물론 언젠가는 그도 아내들을 갖게 되는 날이 오리라. 하지만 그런 날이 오려면 아직 멀었다. 먼일이다. 건너야겠다는 생각조차 않는 강의 저편. 그런데 갑작스레 초조함과 흥분이 그를 사로잡았고, 그러면서 그의 두 다리가 푹 꺾였다. 그는 뜰 한가운데 털썩 주저앉았고, 그 바람에 겁을 먹은 암탉들이 꼬꼬댁거리면서 사방으로 흩어졌다. 에이샤가 웃음을 터뜨렸다.

"정말 짓궂어 보여, 그러고 있으니!"

그가 일어나는 걸 그녀가 도왔고, 그는 부축을 받으며 다시 집 안으로 들어갔다. 그는 짚자리에 몸을 뉘었다. 그녀가 목면 파뉴를 덮어주자, 그가 손을 잡아 입에 갖다 댔다.

"누이라는 말은 다시는 하지 마. 다시는, 알겠지? 다시는."

그 뒤로 엄청난 속도로 회복이 이루어졌다. 그러는 동시에 그의 성격이 변했다. 온통 신을 기쁘게 하고 신에게 봉사하려고 여념이 없었으며 사내애들 가운데 가장 유순했던 그가 비밀스러워졌고, 감정 기복이 심해졌고, 설명할 길 없는 분노에 사로잡혔다. 오직 에이샤와 함께 있는 순간만이 그를 기쁘게 하는 듯했다. 그는 몇 시간이고 에이샤의 무릎을 베고 시간을 보냈고, 음페네가 이야기는 저녁 식사를 마치고 나서 들려줘야 한다고 되풀이해 말하며 질책을 했지만, 에이샤는 그동안 그에게 이야기들을 들려줬다. 그는 셰쿠 하마두의 영지로 다시 떠나가면서 손목에 차고 있던 가느다란 은팔찌를 그녀에게 주었다.

얼마 지나지 않아, 시가의 편지가 셰쿠 하마두에게 도착했고, 하마두는 그 편지를 모하메드에게 읽어주었다. 서체가 완벽했고 구문도 그러했다. 시가가 아랍어의 복잡성을 잘 아는 만큼 어떤 대필업자에게 도움을 청했으리라는 건 명백했다.

"매우 존경하며 경애하는 셰쿠 하마두 전 상서,

우리 민족에게서나 마찬가지로 그쪽 민족 사이에서도 시행되고 있는 관습법에 따르면 세상을 뜬 제 형의 아내는 우리 가문에 가장 이롭도록 제게 와야 하는데도 불구하고 달아났고, 선생께서 그런 형의 처를 거두어주셨으니, 제가 그 점에 대해 원한을 품을 수도 있을 겁니다. 또한 선생께서는 형의 처가 아버지의 집으로 돌아갈 수 있도록 호위대와 선물을 제공했고, 그 아버지는 제게 그녀가 다시는 세구로 돌아가지 않을 것임을 알리는 편지를 보내왔으니, 제가 선생을 비난할 수도 있을 겁니다.

선생께서는 그렇게 행동함으로써 선생의 진리를 따르는 것이 죠. 우리가 신의 적들이라고 생각하고 계시니까요. 각각의 민족은 저마다의 언어와 저마다의 조상들을 갖고 있듯이 저마다의 신들을 갖고 있다는 생각을 가끔은 해보셨는지요?

하지만 우리에게 우리 조상들의 종교가 아닌 이슬람을 거부할 권리가 있음에 대해 선생을 설득하려고 애쓰는 것이 제 편지의 목적은 아닙니다. 저는 선생께서 함달레에 붙잡아두고 있는 우리의 아들 모하메드에 대해 말하려는 겁니다. 우리 가족은 아들들이 전 세계로 흩어지는 일을 당하는 슬픔을 겪었습니다. 아들 중 한 명은 노예로 잡혀서 브라질로 끌려갔습니다. 또 다른 한 명은 다호메 왕국에서 죽음을 맞았습니다. 그들은 각자 그 낯선 땅에 아들들을 남겼습니다. 가문의 수장이 된 이상, 저는 계속해서, 우리의 조상들이 만족과 위안을 느끼실 수 있도록 흩어진 그 아이들 전부를 한 지붕 아래 모으려고 할 겁니다. 말씀드리건대, 우리 아이들이 현재 어디 있든지 간에, 그 아이들은 세구로 향하는 길에 오를 겁니다. 선생을 상대로 필요하다고 판단하게 될 조치들을 취하기 전에 우리에게 흔쾌히 우리의 아이를 돌려주시기를 부탁드리려는 겁니다. 그 아이는 우리에게 속합니다. 그의 디아무는 트라오레입니다. 그의 토템은 '왕관두루미'입니다.

선생께 제 평화와 존경의 인사를 보냅니다."

셰쿠 하마두가 모하메드를 바라봤고, 신중한 어조로 말했다.

"어떻게 생각하니?"

모하메드가 아버지 시가를, 늘 모두에게 좋은 말을 해주던 상냥한 남자를 떠올렸다. 그러니까 그렇게 가족은 그를 잊지 않았던 거였다. 가족이 그에게 애착을 가졌다. 가족이 다시 자신의 품 안으로 그를 끌어들이려고 했다. 행복의 물결이 퍼져나가는 동안 그는 속으로 되뇌었다. '우리 아이들이 현재 어디 있든지 간에, 그 아이들은 세구로 향하는 길에 오를 겁니다!' 얼마나 아름다운 말인가! 얼마나 의미심장한가! 그렇다. 그는 세구로, 불모의 땅일지 모르지만 아버지의 피가 비옥하게 만든 그 땅으로 가는 길에 다시 오를 테다! 그곳에 이슬람이, 우기에도 건기에도 시달리지 않고 물과 생명에 필요한 모든 양분을 찾아 토양 저 깊은 곳으로 뿌리를 뻗어가는 그 강인한 식물이 자라나게 하리라. 그가 셰쿠 하마두에게 미소를 지었다.

"아버지, 어떻게 답을 하시려고요?"

아이들의 의견을 묻는 법이 없는데, 셰쿠 하마두가 그의 의견을 물었으니, 수많은 사람들이 충격적이라고 여겼을 터였다.

"내가 뭐라고 답하면 좋겠니?"

"제가 그분을 사랑하고 존경한다고, 그리고 제가 돌아갈 거라고……."

아이와 노인은 전적인 신뢰와 전적인 이해의 눈길을 주고받았다. 그러고 나서 셰쿠 하마두는 아이를 내보냈고, 다시 묵주알을 굴리기 시작했다. 모하메드가 강의와 명상의 방으로 갔다. 알파 옆에 자리 잡자, 수라트 암송 시간에는 무슨 말이라도 해서는 안 되었기에, 알파가 속삭였다.

"스승님께서 뭐라셔?"

모하메드는 그 말이 들리지조차 않았다. 그의 귓전에는 시가가 한 말이 쟁쟁했다. '저는 계속해서, 흩어진 그 아이들 전부를 한 지붕 아래 모으려고 할 겁니다!'

7

"에우카리스투스 다 쿠냐라니! 어떻게 검둥이가 그런 이름을 가질 수 있죠?"

윌리엄스 목사는 어깨를 으쓱했다.

"브라질 출신 해방 노예의 후손이에요. 그 애 아버지가 주인의 이름을 땄더랬죠……."

"그건 불법입니다!"

윌리엄스가 하늘을 향해 두 눈을 치켜떴다.

"불법이라고요? 왜죠? 그 가여운 녀석들은 대서양을 건너면서 신분을 다 잃어버렸어요. 신분을 주어야 했죠."

젠킨스 목사는 저 멀리에 있는 젊은이를 계속해서 응시했다.

"몇 살이나 됐나요?"

윌리엄스가 웃었다. 그런 질문들은 아프리카와 관련한 분야에 있어서 상대방이 얼마나 전반적으로 무지한지를 드러냈다.

"아시잖아요. 호적과 검둥이들을! 쟤 어머니가 만든 여권 사본을 봤는데, 그 사본에 따르자면 1810년경에 태어났더군요. 젠킨스, 저 소년은 보배예요. 시에라리온에 있는 푸라 베이 칼리지에서 공부를 했고, 키슬링 목사님께서는 새뮤얼 아자이 크라우더와 더불어 저 애가 이 야만의 땅에서 우리가 가질 수 있는 가장 큰 희망 중 하나라고 장담합디다……."

젠킨스는 자신의 반감을 극복할 수도 없었고, 이치를 따져볼 수도 없었다. 그가 물었다.

"왜 강을 따라서 탐험을 떠나는데 크라우더가 저 애보다 더 낫다고 선택됐죠?"

"전들 알까요. '아프리카 문명화를 위한 협회'의 기밀을 공유하는 위치가 아니잖아요. 크라우더가 더 튼튼하고 요루바어를 완벽하게 하긴 합니다……."

젠킨스가 말을 잘랐다.

"그리고 특히 덜 오만하기도 하고요."

그러더니 마지막 질문을 던졌다.

"대체 결혼은 왜 안 했대요?"

재빨리 셈을 해보더니 이렇게 덧붙였다.

"혼기는 되고도 남았을 텐데. 근 서른이잖아요……."

윌리엄스 목사가 웃어버리는 쪽을 택했다.

"직접 물어보세요……."

윌리엄스 목사는 라고스에 발을 들인 최초의 성공회 선교사였는데, 건강에 해로운 기후 때문에 그곳에서 1년도 채 못 살 거라고들 했다. 그런데 그가 그곳에 머문 지 3년이 되었고, 아무런 도움도 받지 않고서 최초로 가옥을 건립하여 그곳에서 예배를 드렸다. 첫해에는 신도가 열 명이 채 안 되었다. 하지만 얼마 전부터 '브라질인'들과 시에라리온에서 온 이민자들인 '사로'*들이 너나없이 아이들을 학교에 보내고 싶어서 안달하며 가족 단위로 몰려왔다. 이곳의 유럽인들은 노예무역 금지법에도 불구하고 노예무역에 종사하거나 황금해안에서처럼 이문이 상당한 팜유 무역에 종사했는데, 지역의 유럽인들에 그들이 덧붙여졌다. 그래서 몇 주 전부터 런던의 선교회에서 그에게 젠킨스라는 이름의 동료를 파견했더랬다. 어쩌랴! 첼시라는 마을에서 멀리 벗어나본 적이 전혀 없었던 그 영국인은 오만 것에 대해 화를 냈다. 유럽인들의 단정치 못한 품행에 대해. 이교도인 흑인들이 벌거벗고 생활하는 것에 대해. 백인과 흑인 여자 사이의 부정한 만남에서 태어난 수많은 혼혈인들에 대해. 게다가 이제는 에우카리스투스에게 딱히

---

* 영국 해군이 아메리카 대륙에 도착하기 전에 바다에서 노예선을 붙잡아 해방한 흑인들로, 프리타운에 정착한 뒤 영국의 풍습을 받아들였다. 이에 반해 아구다 혹은 브라질인들은 브라질에서 노예 생활을 하다 해방되어 들어온 사람들로, 브라질의 풍습과 가톨릭을 받아들였다.

이유도 없이 반감을 품었더랬다!

그런데 에우카리스투스는 진정한 보배였다. 외삼촌과 함께 거주하던 아베오쿠타에서 그의 총명함이 성공회 선교사들에게 깊은 인상을 주는 바람에 선교사들이 본청에서 장학금을 얻어줘 가며 푸라 베이 칼리지에 보내주었고, 그는 그렇게 초창기 학생 중 한 명이 되었다.

사실 에우카리스투스가 늘 유순한 건 아니었다! 하지만 책을 읽듯 그의 속을 읽는 윌리엄스 목사는 그가 오만한 게 아니라 소심하고 고뇌에 시달린다는 걸 알았다. 그는 부모의 죽음에서부터 회복되지 못했고, 전적으로 비이성적인 욕망, 그러니까 수단 어딘가 세구에 있다는 친가의 발원지를 되찾으려는 욕망에 사로잡혀 있었다.

윌리엄스 목사에게는 한 가지 욕망밖에 없었다. 즉 에우카리스투스가 사제직에 들어서는 걸 보는 것. 그런데 목사는 에우카리스투스가 왜 그걸 거부하는지 알지 못했다. 아마도 완벽주의의 제물이 된 게 아닌가 싶었다. 하지만 인간은 온통 약함으로 빚어진 존재인지라 오로지 신의 자비만이 영원한 구원으로 이끌지 않는가.

에우카리스투스는 그가 있는 곳에서, 두 사제의 눈길이 자신을 내리누르는 걸 느꼈고, 그 둘이 자신에 대해 이야기를 나누고 있음을 알았다. 그로서는 젠킨스 목사의 적의는 전혀 거슬리지 않았다. 오히려 그 신참자가 자신이 모두에게 감추려고 애쓰는 것을 간파해낸 능력에 경탄했다. 여자 애호. 술. 심지어 도박. 선교회에서 그에게 지불하는 한 달 치 봉급 1파운드를 어느 날 저녁 싸구려 술집에서 몽땅 날리지 않았던가? 그리고 특히 그의 오만함! 그의 측정할 길 없는 오만함. 바로 그래서 다른 '브라질인'들과 함께 여전히 '포르투갈인 마을'이라고 불리는 포포 아구다 구역에 사는 대신, 유럽 출신과 혼혈인 상인들 틈바구니에서 마리나에 거주하기로 선택했더랬다. 자신이 더 우월하고 세련된 종류라고 여겨서였다. 정말로, 왜일까?

그가 찬송가책을 덮고 손뼉을 쳐서 아이들에게 수업이 끝났음을 알렸다. 아이들은 웃어대며 흩어졌다. 선교관에서 벗어나자마자 아이들은 영어라고는 단 한 마디도 하지 않으며 포르투갈어나 요루바어만을 사용했다. 에우카리스투스 자신도 포르투갈어와 어머니의 언어인 요루바, 푸라 베이 칼리지의 교육용 언어인 영어를 했고, 그 모든 걸 뒤섞으면 이 해안 지역의 링구아 프랑카인 피진이 만들어졌다. 그가 보기에 바벨탑이 생각날 정도의 이러한 언어의 혼용은 자신의 정체성의 이미지와 닮았다. 그 자신은 누구인가? 스스로를 정의할 수 없는 혼성의 동물.

그는 뚜껑 달린 작은 책상을 열쇠로 잠그고 사택으로 올라갔다. 목사 둘은 베란다에 앉아 커다란 판다누스 이파리로 부채질을 하고 있었다. 열기가 찌는 듯했다. 윌리엄스 목사는 더위를 제법 잘

견뎠다. 하지만 항상 땀을 줄줄 흘리는 그의 동료는 초췌한 얼굴에 두 눈가가 붉었다. 에우카리스투스는 저 사람들은 자기네 나라에서 이다지도 먼 곳에서 뭘 하고 있는지 한 번 더 궁금해졌다.

그가 인사를 하자 윌리엄스 목사가 편지 한 통을 내밀었다.

"받아라. 네게 온 거다……."

그 서신은 그의 유일한 친구, 그가 프리타운에 남겨놓고 온 새뮤얼 아자이 크라우더에게서 온 거였다.

에우카리스투스의 삶이 상상력을 자극할 만한 수많은 요소들을 담고 있다면, 새뮤얼 아자이 크라우더의 삶은 진짜배기 소설이었다. 요루바 왕국 출신의 그는 열세 살에 고향에서 노예상들에게 포획되어 라고스로 끌려갔고, 그곳에서 브라질로 향하는 선박에 태워졌더랬다. 해안을 감시하는 영국 함대가 해상에서 그에게 자유를 돌려주며 프리타운에 내려주어 그곳에서 세례를 받았다. 에우카리스투스는 푸라 베이에서 그를 알게 됐는데, 그는 영국의 이즐링턴에서 총명함으로 교사들을 홀리며 교육을 받고 돌아온 길이었다. 에우카리스투스가 고뇌에 시달리는 만큼 그는 차분한 정신의 소유자였고, 자신의 사명이 아프리카의 문명화라고 굳게 믿었다.

"나의 사랑하는 친구에게,

우선 아내 수전과 나, 우리는 아주 건강하며, 영국에서 온 경이로운 약 덕분에 열병에서 치유되었다는 사실부터 알려야겠지. 우리 아이들 새뮤얼, 애비게일, 수전 역시 잘 지내고 있고, 만약 하느님이 원하신다면 우리 집 지붕 아래에 네 번째 꼬맹이 기독교 신자가 생길 걸세.

그리고 내게 주어진 행운에 대한 소식도 전해야겠지. 지금부터 열두 달 혹은 열네 달 예정으로, 베누에강 어귀의 로코자*에 시범 농장을 세워보겠다는 희망을 품고서 영국 탐험대가 니제르강을 탐험하러 가기로 되어 있어. 내가 그 탐험대와 동행할 사람으로 뽑혔다네. 탐험대는 교역만이 아니라 우리 흑인 형제들의 복음화도 목적으로 해. 이 두 가지 목표는 하나로 통해. '쟁기와 성경', 바로 이게 선교회를 이끄는 새로운 정치노선이야. 아, 사랑하는 친구, 정말이지 우리의 임무에 열광하지 않을 수가 없어! 바로 우리의 노력 덕분에 우리의 소중한 조국이 진정한 신을 알게 되겠지. 그래, 그게 이방인의 과업이 될 수는 없을 거야……."

에우카리스투스는 서신을 접어서 옷 안에 쑤셔 넣었다. 친구가 그 사명을 위해 선택된 데 대해 질투를 하는가? 그랬다. 하지만 그게 제일 중요한 건 아니었다. 그는 안정과 그의 삶의 질서 정연함에 대해 질투했다. 그의 신앙에 대해. 그 평온한 신앙에 대해.

---

* 나이지리아 중남부에 위치한 코기주의 주도.

아프리카를 기독교화함으로써 아프리카를 문명화하기. 그게 무엇을 의미하는가? 모든 민족은 자신의 신들에 대한 믿음을 기반으로 자신만의 문명을 소유하지 않는가? 아프리카를 기독교화함으로써 낯선 문명을 강요하는 게 아니라면, 무엇을 하겠다는 건가?

에우카리스투스는 두 사제를 따라 집 안으로 들어가, 더불어 식사 기도를 드렸다. 그가 얌 퓌레에 숟가락을 꽂는데, 윌리엄스 목사가 놀리는 어조로 말했다.

"젠킨스 목사가 너에 대해 무슨 질문을 했는지 아니? 왜 결혼하지 않고 있냐고 물으시더라."

에우카리스투스가 소스라쳤다. 젠킨스 목사가 뭔가를 아는 건가? 하지만 목사의 얼굴을 찬찬히 보아도 소용이 없었으니, 그의 얼굴에서 간파할 수 있었던 건 사제든 아니든 간에 흑인을 증오하는, 어떤 유럽인들에게서 공통된 악의뿐이었다. 그가 접시로 눈길을 떨구면서 중얼거렸다.

"그저 아직 제게 맞는 기독교인 여성을 찾아내지 못했을 뿐입니다."

에우제니아 드 카르발루가 라고스에서 가장 예쁜 혼혈 여성임에 틀림없었다. 그녀의 아버지는 노예, 팜유, 향신료, 상아, 나무 등 온갖 걸 다 파는 포르투갈 출신의 부유한 상인이었다. 고국에서 사람을 죽였기 때문에 다시는 돌아갈 수 없다는 말이 있었지만, 어떤 유럽인이든 재산이 엄청나고, 죽고 나서 아프리카에 묻히기를 원할 정도로 아프리카를 사랑하면, 그를 둘러싸고 늘 그런 말들이 있어왔다. 에우제니아의 어머니는 요루바 여인으로, 베냉의 왕실 사람이었는데, 반려의 주정과 가학성에 진력이 나면 종종 오바의 궁으로 돌아가버리곤 했다.

그 집안사람들은 '브라질인' 석공들이 지은 소브라두에 살았다. 장방형의 거대한 2층짜리 건물로, 맨 위에 지붕 밑 방을 올렸다. 건물의 삼면에 첨두형 창문 다섯 개와 문 두 개를 냈는데, 문은 윗부분이 파란색, 붉은색, 녹색의 작은 유리들로 장식이 되어 있어서, 건물을 둘러 만들어진 회랑에는 살짝 누그러진 빛이 그늘진 구석까지는 건드리지 않으면서 퍼져나갔다. 건물 뒤편에는 파파야와 오렌지 나무, 그리고 구아버 나무를 심어놓은 커다란 뜰이 펼쳐져 있었고, 그곳의 산울타리가 가리고 있는 노예 숙소에서 노예들이 떠들어댔다. 저녁이 되면, 주민이나 방문객들이 악취 풍기는 오수 웅덩이와 뒤섞인 온갖 종류의 쓰레기들을 피해 갈 수 있게, 그 거대한 전면에 등잔들을 내걸었다.

에우카리스투스는 후계자인 자이므 드 카르발루 2세에게 영어를 가르치러 그 집안에 입성했는데, 그 애는 피부색이 칙칙한 열두어 살 난 소년으로, 벌써부터 집안의 여자 노예들을 자빠뜨리느라 정신이 없었다. 자이므 1세가 아무리 난봉꾼이긴 하지만 교육을 받은 남자였기에, 영국인들에 대한 광적인 찬양에 빠져 있었다.

"그들은 귀족이지. 포르투갈인, 에스파냐인, 프랑스인 등 이 라틴 민족의 사생아들과 비교해보라고. 그들이 곧 이쪽 해안 지역 전체와 그 배후지까지 다스리게 될 거다. 지금이야 영국인들이 머뭇거리면서, 교역을 하고 강을 따라 올라가보고 보병을 배치하는 걸로 그치고 있지만, 곧 그들의 깃발이 오바와 알라팽과 군주들의 왕궁마다 나부끼게 될 거다……. 영어를 할 줄 안다면 남자에게는 최고의 특권이지!"

에우카리스투스는 매일 있는 수업 때문에 드 카르발루네로 가면서 우이다와 세구를 비교하던 말로발리의 말을 떠올렸다.

"그런 도시는 본 적이 없을걸. 이곳의 도시는 백인이 만들어낸 거지. 이런 도시는 인육 장사에서 생겨났어. 그저 거대한 창고일 뿐이란다……."

아, 라고스와 그곳의 악과 진흙탕의 냄새를 얼마나 증오하는지! 그곳을 떠난다면 정말 행복할 텐데! 하지만 어디로 가려고? 그걸 몰랐기에 결정을 내리지 못했다. 사실 에우제니아 드 카르발루를 알게 된 뒤로는 떠나고 싶은 초조한 마음이 좀 덜했다. 그는 가까이에서 책 한 권 본 적 없으며 반쯤 벌거벗고 다니는 아프리카인에게야 강한 인상을 남기곤 했지만, 한편으로는 토착 왕실과 다른 한편으로는 백인과의 결합에서 태어난 피조물 앞에서라면 그저 만만하고 하찮았다. 어떤 이에게는 이제 백인이 새로운 군주가 아닌가? 백인은 가장 막강한 흑인 군주와도 대등한 입장에서 말했다. 백인은 흑인이 믿는 신앙의 오류를 기를 쓰고 입증하려고 들며 흑인을 질책했고, 차츰차츰 그들의 법이 받아들여졌다. 새삼스레 증오가, 몹시 비논리적인 증오가 에우카리스투스의 마음을 휩쓸었다. 왜냐하면 그 역시 윌리엄스 목사가 되뇌듯이 "이 야만의 땅에서 가장 확실한 그들의 희망" 중 하나가 아닌가? 에우카리스투스는 정신이 다른 데 팔리는 바람에 물웅덩이에 발을 디뎠고, 구두와 검은색 천으로 만든 바짓단이 온통 진흙투성이가 된 걸 화가 나서 내려다보았다. 따라서 집 안으로 들어갔을 때 평소보다 더 강렬한 불만에 사로잡힌 상태였다. 에우제니아가 간이 의자에 앉아서 머리카락을 빗질에 내맡기고 있었다. 사실 구불거린다기보다는 곱슬거리는 그녀의 머리채는 등 전체를 덮고서도 엉덩이 윗부분까지 내려갔는데, 몇몇 짐승의 털에서 풍기는 냄새처럼 톡 쏘는, 어쨌든 불쾌하지 않은 냄새를 풍겼다. 노예들이 빗질할 수 있게 상체를 앞으로 숙이고 있어서 꽃무늬 비단 실내복이 벌어졌고, 그 틈새로 가지색 젖꼭지로 장식된 자그마하고 둥글며 거의 희다고 할 수 있는 젖가슴이 보였다. 에우카리스투스가 가볍게 몸을 떨었다. 그녀가 그를 향해 고개를 들더니, 미소를 지어 보였다.

"아, 안녕하세요! 에우카리스투스 다 쿠냐 씨……."

그녀가 그의 이름을 발음할 때마다 그 억양에서 항상 깊은 조롱이 느껴지지 않은 적이 없었다. 마치 아프리카인이 그런 이름으로 불린다는 게 얼마나 어울리지 않는지를 강조하려는 듯했다. 그가 거만한 어조로 답했다.

"이미 말씀드렸을 텐데요. 원하신다면 바바툰데라고 부르셔도 된다고. 그게 제 요루바식 이름입니다."

그녀가 웃기 시작했다.

"바바툰데 다 쿠냐?"

노예들도 마치 이런 대화에서 뭔가를 이해한 것처럼 따라 웃기 시작했다. 사실 에우카리스투스는 자신의 부계 성도 알고 있었다. 말로발리가 알려줬더랬다. 하지만 매번 그 이름을 발음하려고 할 때마다 뭔가가 그에게 자신의 소외된 현실을 드러내면서 그러지 못하게 막아섰다.

"자이프 2세는 어디 있나요?"

"아마 방금 볼랑제와 섹스를 마쳤을걸요. 이젠 당신이 독차지해도 돼요."

깊은 충격을 받고 거의 겁에 질린 에우카리스투스가 마치 그 젊은 여인의 아버지가 모습을 보일 거라고 예상하기라도 한 듯 회랑의 끝 쪽을 향해 고개를 돌렸고, 항의했다.

"드 카르발루 양!"

그녀가 다시 그 거침없는 웃음을 터뜨렸다.

"그런데 다 쿠냐 씨, 섹스는 해요?"

에우카리스투스로서는 너무 나간 말이었다! 그는 후퇴하여, 자이므 1세가 당구를 광적으로 좋아했기에 거대한 당구대가 당당하게 자리하고 있는 거실로 들어갔고, 거의 달음박질을 치다시피하여 책상으로 가보니 평소와 달리 자이므 2세가 벌써 와서 그를 기다리고 있었다.

"그런데 다 쿠냐 씨, 섹스는 해요?"

그 악랄한 계집애가 상처에 손가락을 쑤셔 넣었다.

에우카리스투스는 선교회의 학생이었다. 선교사들과 접촉하면서 결혼이라는 성스러운 관계 밖의 사랑 행위는 죄악 중에 가장 중한 죄악이며, 순결이 중요한 덕목이라고 배웠더랬다. 아마도 말로발리라면, 그에게 완전히 다른 종류의 말을 해줬을 거다. 하지만 당시 그는 아이에 불과했었고, 이제 말로발리는 이 세상에 없다. 그러니 이제 몸뚱어리를 어떻게 받아들일까? 그를 뒤흔드는 그 격렬한 욕망을? 허벅지를 더럽히는 그 허연 물줄기를? 성기를 찾아다니는 그 손, 그의 손과 그때 내지르는 짐승의 울부짖음은? 그리고 특히 얼마 전부터 포르투갈인과 영국인이 번차례로 올라탔던 창녀와 싸구려 술집 중에서도 가장 끔찍한 술집에서 갖는 그 만남들은?

자이므 2세가 어름댔다.

"야훼께서 모세에게 말씀하셨다. '너는 이스라엘 장로들을 데리고 이 백성보다 앞서 오너라. 나일강을 치던 너의 지팡이를 손에 들고 오너라. 내가 네 앞에 나타나리라⋯⋯.'"

평소라면 꼬치꼬치 캐묻고 좀스럽게 굴면서 늘 꾸짖고 문장 전체를 되풀이하게 시키던 선생이 침묵을 지키고 있는지라, 자이므는 놀라서 몰래 훔쳐봤다. 훤한 이마에 반짝이는 두 눈, 그리고 살짝 솟은 두 뺨 등 에우카리스투스는 잘생겼다. 하지만 자신의 피부색만 높이 평가해 버릇하는 자이므 2세에게는 피부색이 새까맣고 머리카락이 후추알처럼 돌돌 말린 그는 흉측했다. 그는 에우제니아와 함께 에우카리스투스의 등 뒤에서 그의 거드름 피우고 부자연스러운 자세를 흉내 내면서 배를 쥐고 웃어댔다. 아, 백인을 흉내 내는 흑인은 얼마나 추한가! 에우카리스투스가 자기제자를 바라보더니 놀라울 정도의 상냥한 목소리로 말했다.

"잘했다, 자이므! 놀랄 만큼 발전했어⋯⋯."

그 목소리, 그 눈빛이 극도의 혼란을 드러냈다. 자이므는 크게 한 방 먹이기로 결심했다.

"에우제니아가 결혼한다는 걸 아세요? 아버지가 드디어 제로니무 메데이루스를 받아들이기로 하셨어요. 그 사람 4분의 1혼혈인 건 아시죠? 아버지는 포르투갈인이고 어머니는 흑백 혼혈이니까요⋯⋯."

에우카리스투스는 처음에는 돌처럼 굳어버렸다. 에우제니아가 절대로 자신의 것이 될 수 없으리라는 건 그도 잘 알고 있었다.

하지만 그녀가 다른 남자의 것이 될 거라는 소식을 이렇게 알게 된다는 건! 그러다가 자이므에게 달려들어서 어깨를 움켜쥐고 과일나무 흔들듯 흔들어댔다.

"그럴 리가 없어! 거짓말이야, 거짓말이라고!"

아이가 겨우 몸을 빼냈고, 방 안을 빙빙 돌다가 육중한 안락의자 뒤로 몸을 피했다. 아이는 그 어떤 공격으로부터도 안전해지자 소리를 지르기 시작했다.

"사실인데, 사실이야. 누나는 곧 결혼할 거라고! 네가 누나를 흘끔흘끔 곁눈질한다는 걸 우리가 못 볼 줄 알았어? 누나는 네게 어울리지 않아! 더러운 검둥이, 식인종 새끼. 네게서 썩은 내가 나. 넌 인육을 먹지. 더러운 검둥이! 꺼져……. 네가 살던 숲으로 돌아가라고……."

"자기들도 흑인 여자의 배에서 나온다고! 놈들은 그런 건 잊어버리나?"

에우카리스투스가 그런 말을 되뇌어봤자 소용이 없었으니, 그런 말로도 진정이 되지 않았다. 고통, 분노, 수모가 아이처럼 위로받고 싶다는 필사적인 욕망과 마음속에서 뒤죽박죽 뒤섞였다. 아, 로마나! 왜 어머니는 아이들을 버리고 죽어서까지 말로발리를 쫓아갔을까? 그와 마찬가지로 다정한 품을 어디서 찾아낼까? 에우카리스투스는 어머니를 생각할 때마다 원한의 감정과 효심이 뒤섞이지 않는 적이 없었다. 아들이 넷이나 있는데 죽어버리고, 그럼으로써 아들들에게서 삶이라는 투쟁에 필요한 무기를 빼앗아버려야 하는가? 아내이기보다는 어머니로 사는 여자들에게 은총이 있기를! 성모마리아가 그런 경우가 아닐까?

에우카리스투스는 여인의 품이 없기에 그와 가장 비슷한 것으로, 그러니까 한 잔의 술로 방향을 선회했다. 하지만 여러 잔을 비우고 나자 육욕이 더욱더 거세어졌을 뿐이어서, 어느덧 그는 술에 잔뜩 취해 비틀거리면서 에부트메타로 가는 길에 올랐다.

그 에부트메타라는 구역은 수치 그 자체가 아닌가! 가옥들이 빼곡하게 들어찼는데, 노예선에서 내린 선원들이 흑백 혼혈이 대부분인 여자들을 상대로 욕정을 풀려고 들르는 곳이었다. 작년에 억수같이 비가 쏟아붓는 계절에 천연두와 인플루엔자가 도는 바람에 전염병이 거세었고, 그로 인해 시신이 가득했더랬다. 어쨌든 창녀들은 이미 득실거렸으니, 마치 그 지역에 창궐하는 벌레나 쥐처럼 빠르게 재생산이라도 되는 것 같았다. 사람들은 진창길을 철벅이며 걸었고, 여자들이 무덤덤하게 그 진창 한가운데에서 아카라제*와 팜유에 튀긴 플랜틴 바나나 편을 팔고 있었다.

에우카리스투스가 플로르 두 포르투의 문을 밀었다. 이곳의 창녀들은 라고스의 창녀들보다 덜 비쌌고, 종종 손수건 한 장이나

---

* 콩을 갈아 갠 반죽을 팜유에 튀겨낸 뒤 소를 넣은 음식.

채색 유리를 세공해 만든 목걸이를 화대로 받기도 했다. 그러니까 이 여자들은 아름다움도 싱싱함도 일급이 아니라는 말이었다. 하지만 필리스베르타는 예뻤다. 유럽인의 피가 섞인 게 확실했는데, 피부색도 아주 연했고, 브라질풍으로 붉은 옥양목으로 지은 넓은 치마와 하얀색 무명 블라우스를 입고 있었으며, 머리에는 바둑판무늬 터번을 둘렀다. 노예선의 선원들은 그녀를 찾지 않았는데, 섹스를 한 뒤에 울어대는 서글픈 습관이 있어서였다. 그들이 그녀의 눈물로 뭘 하겠는가? 하지만 에우카리스투스, 그는 다른 어떤 여자보다도 그녀를 선호했다. 그가 플로르 두 포르투로 들어오는 남자들 모두와 마찬가지로 강술을 마신다 해도 취하는 일은 아주 드물었기에, 그녀가 어안이 벙벙해서 젊은이를 찬찬히 살펴보다가 캐물었다.

"무슨 일 있어?"

"방금 쓰레기 같은 혼혈한테 더러운 깜둥이 취급을 당했거든······."

필리스베르타가 어깨를 으쓱하여, 그런 일은 매일 벌어지는 것임을 일깨웠다. 혼혈은 백인보다도 더 오만했다. 그들은 자신들의 피가 반은 검다는 걸 잊게 만들고 싶어 했다. '사로'와 '브라질인'으로 말하자면, 사로는 영국인의 태도를 본떠 노예를 선조로 둔 브라질인을 경멸했다. 하지만 두 집단 모두 하나같이 토착민을 혐오하여, 혼혈과 백인을 상대하려고 했다. 그게 있는 그대로의 세상이다! 역겨운 시대!

에우카리스투스가 필리스베르타를 따라갔다. 진흙탕을 가로질러 판자들을 지그재그로 깔아놓아서, 판잣길을 따라가다 보면 너절한 건물이 나타났고, 각각의 독실에서 창녀들이 손님을 맞았다. 그리하여 칸막이를 사이에 두고 각자 상대방의 음란 행위가 빚는 야단법석 소리로 귀가 시끄러웠다.

남자가 자신의 삶을 혐오하게 되는 순간들이 있다. 삶이 거기 서서 얽은 얼굴에 보랏빛 잇몸과 썩은 이를 보이며 그의 눈을 똑바로 쳐다본다. 그러면 이런 생각이 든다. '됐어, 더는 안 되겠어. 뭔가 변해야 해!' 필리스베르타가 머리 위로 블라우스를 벗는 바로 그 순간, 시큼한 냄새가 풍기는 방 안에서 에우카리스투스가 한 생각이 바로 그런 거였다.

그는 선교회에서 세운 학교의 신분이 불안한 교사이며, 주눅들게 하는 사회에서 자신의 존재감을 드러낼 수 없으며, 창녀하고나 잠자리를 나누는 처지의 자신의 모습을 보았다. 여기서 벗어나야 했다. 출구가 무엇일까? 가능한 유일한 출구는? 런던으로 가서 신학을 공부하여 목사가 되는 것. 사제란 정복자의 기세로 나아가는 새로운 문명의 사자가 아닌가?

그래, 그러면 몸뚱어리는? 좋아, 극복해야지. 육신이라는 슬픈 껍데기를 창조주를 모실 만한 성전으로 만들리라. 그러한 임무는 그 얼마나 열광을 불러일으키는가! 극기라니! 예수님께서 "좁은 문으로 들어가도록 노력하라"고 말씀하시지 않았는가?

그러고 있는 동안 필리스베르타가 옷을 벗고 자리에 들어가 누운 채 안달을 했다.

"뭘 기다리는데?"

에우카리스투스가 반쯤 벗었던 옷들을 주섬주섬 그러모으더니 그녀의 눈을 똑바로 들여다보면서 또박또박 말했다.

"날 다시는 보지 못할 거야. 다시는 이곳에 오지 않을 테니까. 알아들었어?"

8

리셉션이 절정에 달했다.

신부는 문벌가의 처자로서는 적절하지 않다 싶을 정도로 격정적으로 춤을 췄다. 오렌지꽃으로 장식한 부드러운 흰색 비단 드레스에 흰색 견 벨벳 옷자락을 등 뒤로 길게 드리운 차림새의 신부는 장갑 낀 한 손을 살짝 육중한 젊은 남자의 어깨에 올리고 있었는데, 피부색이 아주 연한 그 장신의 남자는 포마드를 발라 번쩍이는 구불거리는 머리카락을 옆으로 넘겼고, 접힌 깃에 닿을 정도로 구레나룻이 길었으며, 검은색 바지에 연한 회색 천으로 만든 웃옷을 입고 있었다. 신혼부부 주위에서 춤을 추고 있는 다른 사람들은 마치 갓 태어난 그 행복을 존중한다는 듯이 거리를 유지하고 있었다. 레이스 장식, 브로치, 원형의 보석이 달린 팔찌, 이런 기후에서는 거의 본 적 없는 꽃들로 만든 화환들이 홍

청망청 넘쳐흘렀다. 아이들이 춤추는 여자들의 종처럼 부푼 치마 사이로 요리조리 빠져나가 이파리로 꾸며놓은 식탁을 향해 급하게 뛰어갔는데, 식탁에는 먹고 남은 연회 음식이 샹들리에와 다면 커팅 크리스털 식기 사이에서 굴러다녔다. 아이들은 에스파냐산 포도주, 럼주, 브랜디 등이 남아 있는 술잔에 손가락을 담갔고, 표면의 굳힌 육즙이 호박색을 띤 마지막 냉육 몇 조각을 물어뜯었다.

춤곡이 멈추면서 침묵이 뒤를 이었지만, 여자들의 날카로운 웃음소리와 남자들의 보다 낮은 웃음소리, 그리고 붉은색 옷을 입은 하인들이 나르는 은쟁반이 부딪히며 나는 금속성 소리로 곧 침묵이 깨졌고, 자이므 드 카르발루 1세가 손뼉을 치면서 발언을 하겠다는 의사를 표시했다.

에우카리스투스는 그 아름다운 사교계 앞에서 찬탄과 시샘으로 날뛰는 호기심 많은 군중 무리에 자신이 끼어 있다는 게 혐오스러웠다. 대체 저들이, 저자들 전부가 부유해지기 위해서 무슨 짓을 했는가? 저들은 자신의 동포를 팔았다! 인육 장사치일 뿐이다! 그런데도 뻐기지 않는가! 그런데도 귀족의 일원이라고 주장하지 않는가! 더 심각한 건, 모두가 그러한 주장을 받아들이면서 그들 앞에서 허리를 숙인다는 것! 그가 있는 곳에서는 자이므의 말이 들리지 않았다. 그의 눈에는 그저 올리브색이 도는 칙칙한 얼굴에 기름진 머리카락과 세상의 온갖 교활한 술책을 섭렵하면서 날카로워진 꿰뚫는 눈빛을 가진 꼭두각시만 보였다. 에우카리스투스는 고통스럽다는 걸 인정하지 않을 수 없었다. 자존심이 아팠다. 몸이 아팠다. 마음도 아팠다. 그는 에우제니아를 욕망하고 사랑했으니까. 저 제로니무 메데이루스라는 자가 자신보다 더 가진 게 무엇인가? 4분의 3짜리 백인이라는 것, 그게 전부다. 그의 등 뒤에서 구경꾼들이 자이므 드 카르발루가 딸의 결혼을 위해 은제품을 여섯 궤짝이나 주문했다고, 궤짝 각각이 700스털링 파운드나 나간다고, 은식기와 아바나산 고급 시가 수백 개비를 주문했다고 수군댔다. 에우카리스투스는 간간이 터져 나오는 감탄과 아첨으로 범벅된 그런 수군거림에 메스꺼워져 그 자리를 벗어날 기운을 낼 수 있었다.

비가 내리고 있었다. 라고스에는 늘 비가 왔다. 자투리땅만 있어도 온갖 종류의 나무와 소관목들이 쑥쑥 자라나게 하는 굵은 빗줄기. 그리하여 마치 똬리를 틀어 사람의 몸을 휘감으려는 뱀처럼 음험한 숲을 가로질러 나아가는 느낌이었다. 비가 오지 않을 때면 고약한 열병의 온상인 구역질 나는 바다 안개가 대기에 떠돌았다. 해안선을 따라가면서 선원들이 노래했다.

조심해 경계를 늦추지 마
베냉만에서는
단 한 명만 빠져나오니까

314

마흔 명이 들어갔다가.*

    에우카리스투스가 거주하는 라 마리나에는 그 어떤 공격도 좌절시킬 만큼 요새화된 상사들과 흙벽돌로 지은 집들이 뒤섞여 있었다. 낮이면 맑은 물에 고깃배가 떠 있는 석호의 풍경이 제법 보기 좋았다. 밤이 되면 음산한 형체들만 식별되었다. 그의 두 칸짜리 집에는 빙 둘러 회랑이 설치되어 있어서, 에우카리스투스는 재빨리 회랑으로 이어지는 계단을 올라갔고, 그러다가 깜짝 놀라서 멈춰 섰다. 집 안에서 불빛이 반짝였고, 윌리엄스 목사가 짚자리에 책상다리를 하고 앉아서 성경을 읽고 있었다. 에우카리스투스는 마음이 평온한 상태와는 거리가 멀었기에 소스라치게 놀랐는데, 목사는 친절한 시선으로 그를 올려다봤다.

    "그래, 결혼식은 근사했니?"

    "그런 것 같아요……. 라고스에 있는 백인, 2분의 1혼혈, 4분의 1혼혈들이 다 왔어요……."

    그의 목소리에는 씁쓸함이 배어 있었고, 윌리엄스 목사는 그런 감정을 놓치지 않았지만 모른 척 지나가는 쪽을 택했다.

    "그 혈통 장사꾼들 얘기를 하려고 온 게 아니다! 런던에서 답신이 왔어. 선교회에서는 네가 숀 목사님이 계신 프리타운에 가서,

---

*   당시 영국에서 부른 노래 '베냉만을 조심해'이다.

그분과 면접을 보기를 요구한다. 그러고 나서 영국으로 출발할 수 있을 거다……."

선교회는 아프리카인들이 직접 나서야 신의 말을 검은 대륙 전체로 더 잘 퍼뜨릴 수 있다고 확신했기에, 아프리카인 중에 사제가 될 재목을 찾아내어 소명 의식을 불러일으키려고까지 하는 중이었기에, 이러한 시기에 나온 답변치고는 너무 많은 조심성과 망설임이 들어 있었다. 에우카리스투스가 윌리엄스 목사를 놀라서 바라봤고, 목사가 살짝 당혹스러워하며 설명했다.

"요청서를 작성하면서 너에 대한 젠킨스 목사의 유보적인 의견도 보고해야 했다. 그분은 너의 소명 의식을 믿지 않아. 네가 오만하고 고집스럽고 마음이 따뜻하지 않다고 여기거든."

"그분은 그저 내가 흑인인 걸 비난하는 게 아닐까요?"

윌리엄스 목사는 몇몇 백인이 흑인과 맺는 관계의 성격에 대한 토론으로 끌려 들어가고 싶지 않았다. 백인 무역상들과 식민들이 흑인을 가축처럼 판매하고 플랜테이션 농장에서 강제로 노동하게 함으로써 흑인을 타락시켰다. 그리하여 흑인에게서는 그 종족 전체가 그 전에는 알지 못했던 행동들이 나타나게 되었다. 윌리엄스는 그렇게 확신했다. 해안의 흑인은 동포를 사고팔면서 타락하고, 술주정뱅이에, 유럽인의 물품을 손에 넣기 위해서라면 무슨 짓이라도 하는 반면, 내륙의 흑인은 순수하고 마음이 따뜻하여 진정한 신에게로 이끌기만 하면 되고 지혜로 가득하니, 그 두

부류의 흑인 사이에 공통점이라고는 전혀 없었다. 그리고 그러한 임무, 그건 에우카리스투스 같은 정신을 가진 사람들에게로 돌아갔다. 우월한 아프리카인에게로. 젠킨스처럼 일반화하는 백인은 "흑인은 이렇다, 흑인은 저렇다" 식의 말을 하여 그를 화나게 했다. 그가 문을 향해 걸어갔다.

"내일 당장 같이 항구로 가자. 시슬호가 곧 닻을 올릴 거다……."

에우카리스투스는 방으로 가서 옷을 벗어, 짚자리 옆의 간이 의자에 정성스럽게 개어놓았다. 오늘 하루 있었던 온갖 일들이 머릿속을 스쳐 갔다. 아, 결코 그의 것이 될 수 없는 에우제니아! 자신들의 피부색에 기뻐하며 8분의 1혼혈아들을 낳을 에우제니아! 물론 기독교인이 추구해야 할 겸손하고 덕성스러운 아냇감은 아니지만, 그녀의 입맞춤은 얼마나 감미로울까! 그녀의 육신은 얼마나 열락으로 그득할까!

그 순간 누군가 문을 두드렸고, 에우카리스투스는 뭔가 잊어버린 걸 바로잡으려고 돌아온 윌리엄스 목사일 거라고 생각하여 급하게 달려가 문을 열었다. 필리스베르타였다.

플로르 두 포르투에서 위기의식이 엄습했던 뒤로 그녀를 다시 만나지 않았더랬다. 사탄이 몸소 눈앞에 나타났다 하더라도 그보다 더 무섭지는 않았을 거다. 그녀가 재빨리 집 안으로 몸을 들였고, 그는 내쫓으려고 그녀에게 달려들 뻔했다.

"대체 여기 뭘 찾아온 거야?"

그녀가 웃었다.

"영국으로 떠나려고 한다면서⋯⋯?"

하느님, 라고스에서는 소식이 어찌나 빨리 도는지, 저마다 남의 집 열쇠 구멍에 귀를 갖다 대고 살기라도 하는가!

"목사가 되려고?"

그녀의 목소리에는 무시무시한 조롱기가 돌았다. 그녀가 마치초대라도 받은 듯 두 번째 방으로 들어갔고, 그 자신감에 에우카리스투스는 당황했다. 그녀가 옷을 벗기 시작했다. 우선 브라질풍의 붉은색 치마. 그러고는 요루바의 짧은 파뉴. 에우카리스투스가 호통을 쳤다.

"대체 뭐 하는 짓이야?"

그녀는 계속해서 옷을 벗더니, 짚자리에 길게 누워 깍지 긴 두 손으로 목덜미를 괴었다.

"난 라고스를 떠날 거야. 더는 못 해먹겠어. 내 아버지는 쓰레기같은 백인이야. 포르투갈인인지 영국인인지 네덜란드인인지 전혀 몰라. 아마 어머니도 그럴걸. 어머니를 강간한 그 개자식이 자기 신분을 밝히지 않았으니까. 그런데 어머니는 다다 출신이야. 그곳에는 우리 가족이 다 있지. 거기로 돌아갈 생각이야⋯⋯."

에우카리스투스는 그녀가 해준 이야기 중에서 단 한 마디도 믿지 않았다. 그가 사납게 말했다.

"그래, 거기로 돌아가. 그게 나랑 무슨 상관이라고?"

"꼭 2파운드가 필요해……."

그가 겁에 질려 그녀 곁에 앉았고, 공갈 협박의 밑그림을 느끼고는 말을 더듬었다.

"대체 내가 2파운드를 어디서 구하겠어? 내가 노예상인 줄 알아?"

그녀가 웃었다.

"그거야 네 문제지, 달링, 내 문제는 아니라고!"

동시에 그녀는 그가 익히 잘 알고 있는 능숙함을 발휘하며 그의 허벅지를 따라 손을 슬슬 움직여 성기에 바투 갖다 댔고, 그의 성기는 스스로도 놀랄 정도로 이미 돌이 든 자루처럼 묵직하고 딱딱해져 있었다.

"네가 섬기는 목사들이 내가 밴 아이가 네 자식인 걸 알면 좋아할 것 같아?"

그가 더듬거렸다.

"천만다행이지. 너 같은 창녀들은 애를 못 갖거든……."

그녀가 웃어댔고, 그러면서도 더 정교하게 애무를 했다.

"그건 너나 하는 말이고……. 2파운드. 안 그러면 내일 선교회에 가서 내 이야기를 해야지. 2파운드면, 하느님의 왕국에 들어가는 값치고는 비싸지 않잖아?"

그녀가 그를 잡아당겼고 그는 저항할 생각조차 못 했다. 그녀의 몸을 탐닉하면서, 그는 신에 대한 일종의 격노에 사로잡혔는데, 사제직을 지망하는 남자에게서는 흔치 않은 감정이었다. 대체 신은 왜 그 초라한 부부의 잠자리에서만 사용하게 성을 만들어냈을까? 왜 그에게 그런 오물 냄새와 죄악에 쏠리는 취향을 준 걸까? 육체 행위는 가장 자연스럽고 어쩌면 가장 아름다운 게 아닐까? 그 행위가 생명의 근원에 있으니까.

"우리의 불행한 대륙에 일어날 수 있는 아주 좋은 일, 그건 유럽 국가, 특히 영국과 프랑스가 통치를 맡아 해주면서 무지하고 물신숭배자인 우리의 왕들을 왕좌에서 몰아내준다는 거지!"

에우카리스투스는 더는 들어줄 수 없었다.

"새뮤얼, 그렇게 말하지 마! 프랑스인에 대해서는 내가 아는 게 없으니까 그렇다 치고, 자네는 영국인이 너그러운 이상주의자라고 여기잖아. 난 그들 머릿속에는 장사밖에 없다고 장담하네. 그들이 만든 술과 싸구려 물건을 우리한테 쏟아붓고, 그들 대신 카카오와 목화를 재배하게 강요하고, 그들이 돌리는 기계에 쓸 팜유를 생산하게 강요하고……."

하지만 에우카리스투스는 그런 이야기를 하면서도, 분노에 넘어가서 부질없다는 걸 알면서도 토론을 시작한 스스로를 책망했다. 새뮤얼 크라우더는 살아오면서 겪게 된 개인적인 사정 때문에 영국에 광적으로 헌신했다. 영국은 그의 아버지이자 어머니이며, 그를 노예 신분에서 끌어내준 위대한 국가였다. 새뮤얼이 다시 말을 이어갔다.

"영국이 노예무역을 가장 먼저 폐지하지 않았나? 그리고 최근에는 앤틸리스제도의 식민지에서도 노예제도를 폐지하지 않았어?"

에우카리스투스가 웃음을 터뜨렸다.

"이보게, 난 라고스에서 왔어. 얼마나 많은 노예선들이 항구로 밀려드는지 아나?"

"물론, 하지만 영국의 초계함만으로 흑인 노예제를 지지하는 유럽 국가들, 프랑스나 에스파냐 등을 전부 다 저지할 수는 없으니까……."

에우카리스투스가 한숨을 쉬며 친구의 손을 잡았다.

"우리 다른 얘기 할까……."

새뮤얼이 물병에 따른 포르투 포도주와 술잔 두 개를 찾아와서 탁자에 올려놓았다.

"자네의 소명에 대해 말해보지. 그 모든 게 너무 빠르지 않아? 난 숀 목사님이 사제가 되라고 압력을 넣는데, 아직 결심이 안 섰어……."

에우카리스투스가 당혹스러워하며 잔을 채우고, 벽에 걸린 새뮤얼의 아름다운 유화 초상화를 쳐다보며 빠르게 비워냈다.

"내 영혼 주위에 그 누구도 뛰어넘을 수 없는 방책을 두르지 않으면 내 영혼을 잃게 될까 봐 두려워……."

새뮤얼이 알쏭달쏭한 표정을 띠었다.

"자네에게 젊은 여성을 소개해주려고 하는데, 완벽 그 자체야……."

에우카리스투스가 그에게 충격을 주고 싶다는 엉뚱한 욕망을 느끼며 조롱조로 말을 끊었다.

"어떤 완벽 얘긴데? 가슴이야, 엉덩이야, 아니면 허벅지야? 잠자리에서 화끈한지는 알고 있고?"

새뮤얼은 전혀 화가 난 것 같지 않았다. 일어나서 의자에 놓아둔 모자를 집어 들면서 에우카리스투스에게 따라오라는 신호를 보냈다.

활발한 무역 활동 때문에 아프리카의 리버풀이라고도 불리는 프리타운의 지형은 웅장했다. 라고스의 숨 막히는 열기 속에서 2년 동안 살았던 에우카리스투스는 푸르른 숲으로 뒤덮인 언덕과 연달아 나타나는 내포와 그 모래밭에 우아하게 늘어선 야자수, 그리고 플루메리아, 목련, 협죽도 등 넘쳐흐르는 꽃과 관목들을 황홀하게 바라봤다. 프리타운의 영토는 1808년부터 영연방의 식민지였기에 웅장한 건조물이 없지는 않았다. 특히 세인트조지 대성당.

두 친구는 이야기를 나눠가면서 천천히 길을 걸었다. 아프리카의 도시 대부분에서 지켜지고 있는 구조대로 프리타운 역시 민족별로 모여 사는 구역으로 나뉘어 있었다. 아쿠족, 그러니까 요루바 출신의 해방 노예들이 사는 구역, 이슬람 신도가 걸친 커다란 부부로 식별할 수 있는 페울족의 구역, 이보족의 구역, 탈주 노예인 마롱의 구역. 마롱은 가장 훈련이 잘된 영국 군대의 무릎을 꿇리며 자메이카에서 오랜 저항을 이어갔던, 그 유명한 반란 노예의 후손들이었다. 영국 군대는 검둥이를 물어뜯게 훈련받은 쿠바견의 도움을 받고 나서야 마롱을 제압할 수 있었다.

"우리 어디 가는 건데?"

새뮤얼이 웃었다.

"질문은 안 받아……."

프리타운의 가장 큰 매력은, 모두의 의견에 의할 것 같으면, 주민들이 극도로 서구화되어 있다는 거였다. 영국 초계함이 해상에서 해방한 노예, 영국령 앤틸리스제도의 섬에서 온 해방 노예, 런던에서 귀환한 '푸어 블랙'들은 모국어와 종교 및 전통에 대한 기억마저도 종종 잃어버렸기에 열광적으로 백인의 풍습을 받아들였다. 유일한 예외인 마롱들은 영국인에 대한 증오와 불신에 둘러싸인 채 세월에 저항했다. 바로 그런 까닭에 두 사람이 마롱의 구역으로 가는 방향으로 접어들자, 에우카리스투스가 생생한 놀라움을 내비쳤다.

"이제는 마롱들하고도 알고 지내?"

"딸이 늘 아버지와 닮는 건 아니야. 다시 한번 말하는데, 에마는 완벽 그 자체라고. 자네도 그녀가 성당에서 노래하는 걸 듣는다면……."

그때 표정이 상당히 사나운 남녀들이 목조 가옥에 딸린 베란다로 나와, 지나가는 두 사람을 살펴보았다. 갑자기 새뮤얼이 외쳤다.

"아, 잊어버릴 뻔했네! 자네가 고막이 닳게 해줬던 그 이야기 기억하지? 자네 아버지가 태어난 날에 세구의 성문에 나타났던 백인 이야기. 그런데 그게 누군지 난 알아……."

에우카리스투스가 어안이 벙벙해졌다.

"누군지 안다고?"

새뮤얼이 설교할 때의 표정을 띠었다.

"그래. 그거야말로 미신이 머릿속에 잔뜩 든 우리 민족의 상상력이 얼마나 병적인지를 잘 보여주는 증거라고 생각해. 악령도, 알비노도, 또 뭐가 있나, 하여간에 그런 게 아니었어. 멍고 파크라는 이름의 스코틀랜드인이더라고……."

에우카리스투스가 그의 팔을 잡았다. 그러니까 말로발리가 수도 없이 들려줬던 그 이야기가, 그에게는 수루쿠나 바데니와 마찬가지로 지어낸 걸로 보였던 그 이야기가 사실이었던 거다.

"그걸 어떻게 알게 됐나?"

"그 사람이 책을 한 권 썼는데, 그저 우연히 그 책과 맞닥뜨리는 통에 알게 됐지……. 한번 읽어보게나!"

두 사람은 거대한 건물 앞에 도착했는데, 관리가 잘 안 된 집으로, 벽을 덮은 노란색 페인트와 덧창의 시금치색이 대조를 이루고 있었다. 베란다에는 농기구들로 발 디딜 틈이 없었는데, 고구마, 얌, 마니옥 등의 숨통을 조여대는 잡초가 채마밭을 잠식한 걸 보니 농기구 사용이 잦지 않음은 틀림없었다. 피부가 아주 검고 아주 사나워 보이는 남자가, 그러니까 진정한 마롱이 벌채용 큰 칼을 휘둘러 코코넛을 쪼개고 있었는데, 새뮤얼이 건네는 인사에 대한 답도 없이 집 안으로 들어가보라는 동작만 취했다. 에우카리스투스는 친구에게 세구에 등장한 백인에 관한 질문을 잔뜩 퍼부을 수 있었더라면 좋았을 터여서 이런 시의적절하지 못한 방문을 저주했다. 당시의 세구 방문에 대해 기술한 책이라니! 그러니까 그게 마법이 뒤섞인 그런 옛날이야기가 아니었다고?

실내로 들어서니 피아노가 창가 제일 좋은 자리를 차지하고 있었고, 땟국물이 흐르는 사내애 둘이 피아노 한 대를 함께 연주하면서 화음 한 번 칠 때마다 커다랗게 깔깔거렸다. 아이들은 남자 둘의 모습을 보자 일사불란하게 연주를 중단하더니 소리를 질렀다.

"엄마……."

땅딸막한 여자 한 명이 통통 뛰어 나타났고, 집 안 상태에 대해 수다스럽게 변명을 늘어놓았다. 자신의 아이들, 남편이 첫 번째 결혼에서 얻은 아이들, 최근에 세상을 뜬 남편 형제의 아이들 등 그 아이들 모두를 데리고 어떻게 집 안을 청결하고 깔끔하게 유지하겠는가? 크라우더 씨가 친구 한 명이 도착할 거라더니, 그 친구분이신가? 라고스에서 온? 자신의 가족은 아베오쿠타에 있다. 아니, 요루바족은 아니다. 100퍼센트 자메이카인이다. 에우카리스투스가 그 진력이 나게 만드는 수다를 어떻게 더 견뎌야 하나 스스로에게 묻고 있을 때, 몸집이 작고 눈에 띄게 균형이 잘 잡혔고 손발이 완벽한 여자가 들어오는 게 보였다. 몸에 꼭 맞는 레이스 블라우스와 청백 바둑판무늬의 넓은 치마를 입고 있었다. 들어서면서 그녀가 가볍게 고개를 숙였다가 다시 고개를 들면서 에우카리스투스의 얼굴 한복판에 눈길을 보냈고, 에우카리스투스는 그 눈빛이 특이하게도 검은 피부의 얼굴에서 보게 되리라고는 예상하지 못한 회색빛이어서 하마터면 소리를 지를 뻔했다. 회색빛 두 눈에 섬세한 코와 육감적이며 살짝 보랏빛을 띤 솔직하게 관능적인 아름다운 입술이 어우러졌다. 마롱의 딸에게서 아름다움과 기품이 그렇게나 역력하다니! 얼이 빠진 에우카리스투스가 친구를 돌아보다가 친구의 얼굴에서 승리의 빛을 읽었는데, 그 의미는 이랬다.

'내가 자네에게 찾아준 진주야! 기독교인이고 고결하지. 동시에 사람을 홀릴 정도로 예쁘기까지 하고! 자네 같은 존재에게 꼭 필요한 아냇감이라네. 자네가 다른 여자들을 홀낏거리는 걸 막아주는 동시에 자네가 신의 말씀을 준수하면서 키우게 될 잘생긴 아이들을 안겨줄 테니까⋯⋯.'

그러는 동안 어머니가 다시 수다를 떨기 시작했다. 에우카리스투스가 깜짝 놀란 걸 알아차렸기 때문에, 그 회색빛 두 눈이 트릴로니 집안에서는 흔하다고 설명했다. 내니 할머니에게서 온 건데, 내니는 자메이카의 블루마운틴에서 영국인들에게 맞서 게릴라전을 이끌었던 분이다. 아, 내니! 섬을 분할하고 탈주 노예들의 자유를 보장한다는 조약에 영국인들이 조인하게 만들었더랬다. 그 뒤로 물론 탈주 노예들의 요새까지 영국인들을 인도한 변절자들이 생겨났더랬다……. 그리고 그 모든 일은 추방으로 끝이 났다. 우선은 노바스코샤로. 그다음은 프리타운으로.

에우카리스투스는 거의 듣고 있지 않았다. 그는 이제 웨지우드 고급 찻잔에 차를 따라주는 젊은 에마를 보고 있었다. 손이 얼마나 섬세한지! 움직임이 얼마나 우아한지!

그녀가 누구의 딸인지를 잊고 싶어 할지도 모를 사람들에게 그 사실을 떠올려주려는 듯 아버지 트릴로니 씨가 코코넛에 칼질하기를 끝내고 집 안으로 들어와, 반듯하게 이어지는 커다란 발자국을 남기며 방 안을 가로질렀고, 의자로 가더니 그 위에 놓여 있던 밴조를 집어 들었다. 그러더니 여전히 한마디 말도 없이 왔던 길을 되짚었다. 트릴로니 부인이 남편이 남겨놓은 진흙 발자국을 순교자의 표정으로 바라보면서, 그들이 음악가 가족이라는 설명을 해줬다. 아이들 모두 피아노를 친다. 게다가 에멀라인은 하프를 연주한다. 새뮤얼은 플루트를. 제러미는 알토비올라를. 에마로 말하자면, 그 애는 노래를 한다! 그 목소리가 자메이카의 종달새인 노랑딱새의 목소리처럼 아주 곱다.

에마가 다시 잔에 차를 따라주려고 몸을 숙이면서 에우카리스투스의 눈을 응시했다. 빛나고 신비로우며 일렁이는 파도처럼 비밀로 묵직한 그 눈동자가 그의 얼굴 한복판을, 심장 정중앙을 강타했다. 그는 에마가 일종의 놀이를 하고 있음을, 보호막으로 스스로를 둘러싸고 있음을 직감했다. 하지만 왜? 그 매혹적인 육신은 그녀만이 알고 있는 이유로 감추겠다고 결심한 독보적 개성을 안으로 숨기고 있었다. 그녀는 그저 예쁘고 몸매가 균형 잡히고 고결하고 훌륭한 성악가여서 일요일에 성당에서 신자들을 홀릴 수 있는 여성인 것만은 아니었다. 그녀는 완전히 다른 그 무언가였다. 그런데 그게 뭘까? 에우카리스투스는 막연하게나마 일어나서 달아나야 한다고, 훌륭한 일을 했다고 생각하고 있는 그 가여운 새뮤얼에게 그가 상품의 본성에 대해 처음부터 끝까지 완전히 잘못 생각하고 있음을 알려줘야 한다고 생각했다. 어쩌랴, 그럴 수가 없다! 이미 매혹당했다…….

숀 목사와의 면담은 상당히 바람직스럽지 않게 진행되었다. 그가 에우카리스투스에 대해 이미 눈에 띄게 반감을 품고 있어서였다. 목사는 그가 내놓은 대답 몇 개에 대해서는 격분했다.

"다 쿠냐라고요? 그러니까 브라질 해방 노예의 후손이란 말이네. 그런데 어떻게 가톨릭 신자가 아닐 수 있습니까?"

"어머니의 형제가 저를 아베오쿠타로 데리고 왔을 때 유일한 학교가 영국성공회 선교회의 학교였습니다……. 그 학교에 가게 된 거죠!"

공공연하게 적대적으로 변한 사제가 계속해서 질문했다.

"근 서른이 다 됐던데, 아직 미혼이더군요. 남자가 혼자 있는 게 바람직하지 않다는 걸 모릅니까?"

그건 늘 자신의 방탕한 생활이 발각될까 봐 두려워하는 에우카리스투스의 급소였다. 얼굴색이 변해도 드러나지 않는 자신의 검은 피부에 고마움을 느끼며 그가 더듬거리며 답했다.

"어떤 젊은 기독교 여인이 있는데, 아내가 되어달라고 설득할 수 있기를 바라는 중입니다……. 그 여인을 소개해준 사람이 바로 새뮤얼 크라우더입니다."

에우카리스투스는 손이 새뮤얼은 존중한다는 걸 알고 있었기에 새뮤얼의 이름이 부적이라도 되는 듯이 사용했고, 기대 효과가 발생했다. 손의 태도가 누그러졌다.

"새뮤얼은 선생을 좋아하고, 선생에 대해 아주 좋게 말하더군요. 그저 선생의 지적 자질이 감정적 자질보다 우세한 게 아닌가를 걱정하는 겁니다."

에우카리스투스는 분노가 부글부글 끓었다. 무슨 권리로 그런 판단을 하는 거지? 자신의 마음과 지성에 대해 뭘 안다고? 어쨌든 그는 자제했고, 면담은 끝이 났다.

영국인들이 푸라 베이 칼리지를 창설했을 때, 그들은 목공, 석공 혹은 제련 작업에 관한 유럽의 기술을 제대로 배운 장인 양성 및 식민지 행정 업무를 도와줄 조수 양성 이외의 다른 생각은 거의 하지 않았더랬다. 하지만 아주 빠르게 학생들의 배움에 대한 목마름이 격랑처럼 그들을 휩쓸어서, 그들은 사제와 교사를 양성하기 시작했고 배출된 인재들을 황금해안에 자리 잡은 선교회로, 그리고 얼마 전부터는 베냉만의 라고스, 아베오쿠타, 바다그리, 칼라바르로 파견했다. 푸라 베이는 인재 양성소가, 신의 말씀과 함께 서구 문명을 전파하게 될 "긴바지를 입은 검둥이들"을 만들어내는 공장이 되었다. 그 칼리지는 갈퀴질이 잘되어 있는 커다란 잔디밭으로 둘러싸인 아름다운 건물에 관련 시설들이 들어 있었고, 쨍쨍 내리쬐는 태양 아래 온통 검은 옷을 입은 대학생들이 교재에 코를 박고 캠퍼스에 난 길을 성큼성큼 걸었다. 몇 년 전에는 에우카리스투스도 그 근면 성실한 집단에 속했었다. 하지만 그는 전혀 즐겁지 않은 곳이라고, 심지어 어떤 불편함을 자아내는 곳이라고 여겼다. 이곳에서 윤곽이 드러나고 있는 것이 바로 아프리카의 새로운 얼굴인가? 아, 정말이지 전혀 유쾌하지 않다! 조상들이 신봉하던 가치를 배반하고 경멸하다니!

그는 어느덧 주요 도로로 나왔다.

트릴로니가의 아버지는 윌버포스가 모퉁이에 목공예점을 소유하고 있었는데, 모두의 의견에 의하자면 그의 손끝에서 나오는 것들은 진짜 예술 작품들이었다. 사납고, 말이 없고, 두 명의 아내에게 말 한마디 건네지 않고서도 아이 열 명을 만들었던 그 남자는 나무와 사랑에 빠졌고, 그런 감정에 민감한 나무는 자기 안의 최고의 것을 내주면서 그의 의지에 몸을 굽혔다. 장롱, 탁자, 서랍장, 궤, 의자 등 모든 게 박물관이 소장한 진품으로 전시될 만했다. 트릴로니가의 아버지는 아들 중 두 명에게 내키지 않는 마음으로 자신의 비법을 가르쳤고, 그 둘이 일을 돕게 했다.

에마, 그녀도 작업실에서 일을 도왔는데, 예쁜 필기체로 글씨를 썼기 때문에 커다란 공책에 들어온 주문들을 정리했다. 그녀는 에우카리스투스를 몹시 당황하게 만드는 예의 그 우아한 차분함으로 그를 맞이했다. 하지만 잠시 뒤 어린 남동생 한 명에게 대신 자리를 봐달라고 부탁하고는 몸을 일으켰고, 인디언풍 치마가 빙글 돌자 런던 여자가 신었더라도 흉하지 않았을 반장화를 신은 발이 보였다. 두 사람은 뒤뜰로 나갔고, 그곳에서는 트릴로니 씨가 아들들과 함께 고개를 숙이고 작업 중이었다. 에마가 나무 그루터기에 걸터앉았다.

"결혼은 진지한 문제예요, 에우카리스투스. 두 사람이 모든 면에서 동일한 관점을 공유하는 게 중요해요……."

에우카리스투스가 웃지 않을 수가 없었다.

"그 집 경우는 아닌 것 같네요! 에마 씨 어머니와 아버지보다 더 다른 두 사람은 상상할 수 없으니까요!"

"맞아요. 그래서 유년기 내내 우리는 서로 상반되는 모델들 사이에서, 한쪽만큼이나 다른 쪽에 대해서도 품고 있는 애정 때문에 어느 한쪽을 선택할 수가 없어서 갈팡질팡했더랬죠……. 그래서도 당신이 누군지 꼭 알아야겠어요……."

이런 종류의 이야기에 늘 두려움을 느끼는 에우카리스투스가 더듬거렸다.

"그런데 하지만……."

에마가 말을 이어갔다.

"예를 들자면 당신은 자기 이름에 대해 엄청난 자부심을 느끼는 것 같아요. 그런데 그건 노예의 이름이잖아요!"

상처받은 에우카리스투스가 기운을 내 항의했다.

"그럼 당신 이름은요?"

"트릴로니요? 그건 노예 신분을 절대 받아들이지 않았던 남자와 여자의 이름이랍니다. 제 선조들은 자메이카에 내리자마자 자유를 찾아 산으로 달아났어요……. 그게 다가 아니죠……."

"뭐가 또 있는데요?"

치마 위에 포개놓은 예쁜 두 손을 내려다보면서 그녀가 한마디 한마디를 신중히 고르는 게 확연했다.

"당신은 영국과 영국인을 엄청나게 좋아하잖아요. 백인이 우리 친구이고 모든 면에서 그들을 모방해야 한다고 여기죠……."

에우카리스투스가 격렬하게 반발했다.

"그 점에 있어서는 완전히 잘못 본 거예요, 에마. 혹시 새뮤얼 같은 사람이 느끼는 감정과 나의 감정을 혼동한 게 아닌가요. 당신이 내 머릿속에서 계속 맴돌고 있는 그 모든 질문들을 안다면……. 백인의 문명이 우리 선조의 문명보다 더 가치가 있는가?"

그녀가 학생을 평가하는 선생처럼 비판적인 주의력을 기울여서 그의 말에 귀를 기울이다가 말을 끊고 나섰다.

"그렇다면 대체 왜 그렇게 영국으로 가려고 안달인 거죠?"

그 질문에 무슨 답을 줘야 하나? 그는 진지해지기로 결정했다.

"그건 내기 같은 거예요! 우리 의사와는 상관없이 백인의 모델이 압도하게 될 겁니다. 곧 세상은 그 모델을 사용할 줄 아는 사람들의 것이 될 테니까요……."

그의 말이 끝날 무렵, 그녀가 그때까지만 해도 고수하고 있던 신중함과 대조되는, 그의 뺨을 쓰다듬는 예상치 못한 동작을 취했다. 곧 그녀가 무척 달콤하게 말했다.

"결혼하겠어요, 에우카리스투스. 즉각 알아봤어요. 당신의 그 허세 가득한 표정 아래서 당신이 얼마나 외롭고 번뇌에 시달리는지……."

그가 그녀의 발치에 무릎을 꿇고 앉자, 뒤뜰에서 연을 날리고 있던 그녀의 남동생 둘이 배를 쥐고 웃어댔다.

"결국 내가 영국으로 떠나게 된다면, 그 전에 나와 결혼해줄래요?"

그녀가 그 점에 있어서도 그의 속을 꿰뚫고 있음을 보여주기 위한 것처럼 놀리는 동시에 다정한 표정으로 긍정의 고갯짓을 했다. 마치 그녀가 받아들인 유일한 사슬이 그녀의 의지와 결단이 버려낸 사슬들이 아니기라도 한 것처럼 그는 혼례를 통해 그녀를 묶어두는 거라고 여겼다.

9

아프리카에서는 에우카리스투스가 세계를 이해할 어떠한 수단도 없었다. 그저 세계는 여러 국가로 구성되어 있고, 각 국가는 정부와 정치 및 야심에 의해 작동하며, 야심이 전쟁으로 변질되거나 동맹 결정으로 나아간다고 막연히 짐작했다. 1840년 겨울이 저물어갈 무렵에 런던에 도착한 에우카리스투스는 복잡하게 돌아가는 세계를 발견했다. 세계, 그건 유럽이었다. 하지만 또한 아메리카합중국, 브라질, 멕시코, 그리고 더 멀리 나아가면 인도, 일본, 중국이기도 했다. 그는 세계가 두 진영으로 나뉜다는 걸 아주 빨리 알아차렸다. 한편에 모험과 약탈을 즐기는 국가들이 있어서, 이들은 출범 준비를 갖춘 함대에 무장 군인들을 태우고는 자기들의 것이 아닌 재물을 쟁취하려고 들었다. 다른 한편에 보다 수동적이고 자기 세계에 틀어박힌 민족들이 있었다. 세계는 마치 정글 같았다! 두 나라가 그에게는 매혹적이었다. 우선 영국! 영국은 수고를 아끼지 않는 장인처럼 전선마다 등장했다. 중국, 인도, 뉴질랜드, 캐나다. 영국은 그렇게 대양을 가로지르며 무엇을 추구하는 걸까? 그 활력이 얼마나 대단한가! 그 열정이 얼마나 대단한가! 그다음으로 에스파냐. 에우카리스투스는 콩키스타도르*의 업적을 기록한 글을 읽는 일에 푹 빠졌다. 우선 콜럼버스. 마젤란, 피사로, 발디비아, 알마그로. 그리고 특히 코르테스. 에르난 코르테스. 코르테스와 몬테수마. 콩키스타도르와 아즈텍의 마지막 황제. 유럽인과 인디언. 서로 격돌한 두 문명. 인디언 문명을 가차 없이 파괴한 유럽 문명. 아프리카를 기다리고 있는 게 이런 운명일까?

아프리카! 현재로서는 세계지도에서 별 볼 일 없었다. 사람들은 '암흑의 대륙'이라고 불렀다. 그들은 아프리카의 역사와 가치를 부인했다. 그 윤곽을 겨우 그릴 줄 아는 정도였다. 아프리카는 어둠에 잠겨 있는 듯했고, 그 어둠으로부터 프랑스와 영국은 동강 낸 땅덩어리들을 강탈해 갔다. 프랑스는 세네갈강의 하구 연안과 가봉에서. 지칠 줄 모르는 영국은 해안을 쭉 훑은 뒤 니제르강, 콩고강, 잠베지강의 흐름을 따라가면서 내륙의 군주들과 동맹을 맺으려고 들었다.

---

*　정복자라는 뜻으로, 16세기 초 멕시코·페루를 정복한 에스파냐인들을 가리킨다.

그런 일 말고는, 에우카리스투스는 이즐링턴 신학교를 벗어나자마자 호기심의 대상이 되었고, 그것 때문에 몹시 힘들었다. 거리에서든 카페에서든 모든 대화가 멈추면서 회색, 파란색, 녹색 등 견디기 힘든 광채가 도는 수백 쌍의 눈이 그에게 머물렀다. 사람들은 피부에 페인트를 칠한 게 아닌지 확인하려고 그의 피부를 만져댔다. 그의 머리카락도 만져보았다. 그가 입을 열면 소리를 질렀다.

   "저자가 말을 해! 영어를 하는데!"

   그런 게 문명인의 행실인가? 에우카리스투스는 그가 자라났던 곳인 다호메 왕국에서 백인을 맞아 보여줬던 정중함을 떠올렸다. 왜 저들은 그를 특별한 종류의 짐승처럼 간주하는가? 아무래도 흑인의 존재가 영국에서 새로운 건 아니었다. 지난 세기 말에는 흑인이 너무나 많아서 의회가 그들을 시에라리온으로 송환하기 위한 법을 통과시켜야만 했더랬다. 그런데 아마도 그들은 상류사회는 절대로 발을 들여놓지 않을 구역에서 근근이 살아가는 걸인에 불과했을 거다. 에우카리스투스는 그렇게 흑인에게 한정된 구역에서 대담하게 벗어났기 때문에 놀라움을 자아냈다. 런던에 도착하자마자 그는 더러운 침대에 누워 있는 창녀처럼 분변 냄새 속에서 뒹구는 이 도시에 대한 혐오에 사로잡혔더랬다. 교통은 두려움을 안겨주었다. 이륜마차, 짐수레, 소형 합승마차, 삯마차, 승용마, 사륜마차, 일두 이륜마차, 그리고 가끔 꽁무니 쪽에 울퉁불퉁한 길 때문에 흔들리며 두 명의 하인이 기립해 있고 마부가 눈부신 마부석 커버 위에 앉아 있는 사륜 포장마차들. 사거리에서는 누더기를 걸친 청소부들이 짐승들의 똥을 거두어들였는데, 그들 대부분은 인도인이었으며, 피부가 그의 피부만큼이나 검었지만 야릇하게도 냉담했다. 너무 더러워서 혐오감이 일었다. 고급 상점들이 늘어선 스트랜드에서 몇 걸음만 나아가면, 오물과 분변이 널려 있는 골목길과 통로에 부딪혔는데, 그런 길들을 따라가보면 벌레들이 우글거리는 누더기 뭉치나 짚단에서 잠을 자고 짝짓기를 하는 인간 낙오자들로 발 디딜 틈 없는 누추한 집들이 나왔다. 그걸 보면서 에우카리스투스는 매번 같은 질문을 스스로에게 던졌다. 왜 영국인들은 세상의 저편으로 달려가서 그들의 신앙과 삶의 방식을 전파하려고 하는가? 자기네 나라에서 할 일이 이렇게나 많은데? 그건 사실 그들의 목표가 완전히 다른 것임이 틀림없기 때문이었다. 교역. 부자가 더 부자가 되기 위한 교역. 에우카리스투스는 창녀들이 거주하는 지역을 통과할 때면 땅만 봤다. 사잇길과 골목길마다 성인 여자뿐만 아니라 심지어 어린 소녀들로 그득했다. 여자들의 희끄무레한 피부는 가스등 불빛에 비쳐 더욱 창백해 보였고, 지푸라기와 비슷한 머리카락은 햇볕을 한 번도 쪼인 적 없는 짚자리처럼 비위생적이었다.

물론 기념물들이 있긴 했다. 세인트폴 성당, 웨스트민스터 사원, 빅토리아 여왕이 거주하는 버킹엄 궁. 하지만 가장 아름다운 건축물인 인간의 육체가, 그 영혼의 저장고가 그렇게나 실추했는데, 어떻게 석조 건축물 따위에 눈이 가겠는가?

어느 날 그는 소음과 악취에 호기심이 동해 세인트폴 성당 북쪽의 지하 도살장 입구까지 가봤더랬다. 피와 기름이 덕지덕지 들러붙은 벽으로 둘러싸인 네모반듯한 공간에서 사람들이(그런데 그게 사람들이긴 한가?) 양의 멱을 따고 내장을 꺼내고 있었다. 그 혐오스러운 소굴에서 빠져나오는데 구역질이 났다. 한 줌이나 될까 싶은 카스터멍거*들이, 그러니까 모직 외투와 옆선 장식이 있고 통이 좁아 장딴지에 들러붙는 바지 차림의 영악한 젊은이들이 코번트가든에서 훔쳐낸 과일과 채소를 소리 질러가며 팔다가 그에게 조롱을 던졌지만, 그 소리마저도 귀에 들어오지 않을 정도로 충격이 가시질 않았다.

이즐링턴의 신학교에서 강의에 참석하지 않을 때면, 성직과는 거의 양립할 수 없지만 그에게서 떠나지 않는 의심과 증오의 감정 및 고독에 맞서 싸우기 위해서, 웨스트민스터의 찰스가 20번지에 위치한 서점에서 피신처를 구하는 버릇이 들었다. 그 서점은 윌리엄 산초의 소유였다. 윌리엄 산초는 이그네이셔스 산초의 아들 중 하나였는데, 이그네이셔스는《트리스트럼 샌디》의 저자

---

* 과일 야채 행상.

인 스턴의 친구이자 화가 게인즈버러가 제일 좋아하는 모델이었으며, 본인 세대에서는 가장 유명한 흑인이었다. 두 살에 영국에 도착한 이그네이셔스는 여러 귀족 가문을 전전하며 성장했는데, 그중 2대 몬터규 공작인 존이 그의 총명함에 반해 그가 글을 쓸 수 있게 온갖 편의를 제공하였더랬다. 이그네이셔스는 앤틸리스 제도 출신의 여성과 결혼하여 아이를 여섯 두었다. 바로 그 좁은 서점 공간에서 에우카리스투스는 수도 없이 찻잔을 비워내면서 자신이 좋아하는 여행과 탐험 이야기를 읽었다. 또한 로런스 스턴, 찰스 디킨스, 제인 오스틴, 윌리엄 새커리 등의 소설 역시 읽었다.

아, 그래! 언젠가는 아프리카의 어린이들도 모두 읽고 쓰기를 배워서, 이 세상의 다른 곳에 거주하는 뛰어난 정신의 소유자들과 시간과 공간을 넘어 교류해야 하리라. 에우카리스투스는 몹시 당혹스러웠다. 바로 1분 전만 해도 그가 증오했던 그 유럽인들, 그들을 이제 열렬히 찬미하기 시작하지 않았는가. 그들이 사유를 정리하고 보존하는 그 경이로운 마법의 물건들을, 바로 책을 만들어냈다는 이유로!

물론 성욕을 완전히 제어해본 적이 없는 에우카리스투스는 찰스가의 서점에서 윌리엄의 아내를 곁눈질할 수 있기 때문에도 그곳을 드나들었다. 그녀가 자메이카 여인이어서도 그랬겠지만, 그가 보기에 그녀는 에마, 그가 무척이나 원하지만 그 몸을 제대로 누려보지도 못했던 아내와 닮은 것 같았다. 그녀는 에마처럼 두뇌가 민첩했고 비순응적이어서, 남편과 멀어졌다 하면 그의 귀에 대고 이런 말을 속삭였다.

"아시겠지만, 이그네이셔스 산초라는 인물은 정말 얼간이예요! 그 인물이 쓴 서신을 한번 읽어봐요. 영국의 귀족 몇이 어깨를 좀 토닥여줬다고 자신이 영국인인 줄 안다니까……."

그는, 사실대로 말하자면, 사람들이 많이 찾지 않는 그 서점에 들어설 때마다 윌리엄에게 똑같은 질문을 던졌다.

"내가 부탁한 책은 입수했소?"

새뮤얼이 말해준 책으로, 외과의사인 멍고 파크가 저술한 《1795, 1796, 1797년 동안 아프리카 협회의 감독과 후원 아래 경험한 아프리카 내륙 여행》이라는 저서였다.

하지만 1799년에 출간된 그 저서는 이제는 찾을 수 없게 된 모양이었다.

에우카리스투스가 구내식당에서 식사를 끝낼 무렵, 피부색이 아주 연한 어떤 혼혈인이 자신을 향해 다가오는 게 보였다. 에우카리스투스는 에우제니아 드 카르발루와의 불상사를 겪은 뒤로 혼혈인을 좋아하지 않았다. 하지만 상대방은 미소가 따뜻했다. 손을 선뜻 내밀었다. 다갈색의 구불거리는 구레나룻이 잘 어울렸다!

"아내분이 자메이카 출신이라고 들었어요. 나도 그곳 출신이고. 게다가 트릴로니 가문의 요람인 내니 타운과 같은 지구에 있는 포트 안토니오에서 왔지요. 조지 데이비스라고 해요."

에마가 그를 붙잡고 트릴로니 가문의 역사에 대해 장황하게 이야기해줬다고는 하지만, 에우카리스투스는 모든 가문이 자신의 뿌리에 영예를 더할 이야기를 지어내는 만큼 그런 이야기에 합당한 정도의 중요성만 부여했더랬다. 특히 검과 마법만 사용해서 수많은 영국인들을 때려잡았다는 회색 눈의 내니 할머니는 사크파타 여신이나 상고 신처럼 거의 현실감이 없어 보였다. 그러니까 그 할머니가 진짜 존재했다는 말인가? 그는 선교사에게 자기 옆에 앉으라고 청했고, 조지는 재빨리 자리에 앉았다.

"감리교, 침례교, 웨슬리 선교회, 성공회 등 온갖 명칭의 자메이카 선교사들로 구성된 대표단과 함께 왔어요……. 우리는 식민성 차관인 하윅 경을 보러 온 거죠."

에우카리스투스는 아버지가 노예 신분으로 비극적인 상황에서 숨을 거두었지만, 그렇다고 신대륙의 플랜테이션 농장에서 벌어지고 있는 일에 측은한 마음을 느껴본 적이 없었다. 아마도 아구다들이 브라질에서 노예 생활을 했던 세월을 천국에서 지낸 세월처럼 간주하는 듯해서였을 수도 있다. 그가 애매한 어조로 말했다.

"그런데 왜 그런 거죠? 노예제도가 폐지된 지 근 10년이 되어

가지 않나요?"

조지 데이비스가 서글프게 고개를 저었다.

"검둥이들에게 생존 수단을 부여하지 않는데 노예제를 폐지해 봤자 무슨 소용이 있나요? 이제는 토지개혁을 해야 합니다. 백인 농장주에게서 토지를 빼앗아서 실제로 경작하는 사람에게 줘야 죠……."

에우카리스투스가 내친김에 질문을 던졌다.

"그런 모든 일이 언젠가는 아프리카에서도 발생할 위험이 있다고 생각하세요? 제 말은, 그러니까, 백인이 우리 선조의 땅을 빼앗을까요?"

"안됐지만 친구, 난 아프리카는 잘 몰라요. 하지만 그리될 위험이 많지 않을까……."

에우카리스투스는 조지를 붙잡고 좀 더 대화를 이어가고 싶었지만, 상대방이 다음 날 또 보러 오겠노라며 자리를 떴다. 아, 저 자메이카인은 정말로 진실을 말했다. 에우카리스투스는 늘 그 사실을 느껴왔더랬다. 백인 자체가 위험이라고. 그들은 함선 갑판에서 사고팔았다. 그러고는 떠났다. 가끔 그들 중 몇몇이 두셋씩 짝을 이뤄 초라한 가옥에 정착했고, 그들의 신에 대한 이야기를 했다. 하지만 그런 장사꾼과 선교사는 예고편에 불과했다. 군대가, 정복하고 명령하고 싶은 욕망에 불타는 남자들이 그 뒤를 이었다. 그들의 침입을 막으려면 어떻게 해야 하나? 그는 자신이,

투시력을 타고났으나 자신의 눈에는 너무나도 확연히 보이는 사건들을 변화시킬 수는 없는 주물사처럼 느껴졌다.

혼란에 잠겨 밖으로 나갔다. 밖에 나서자 추위가 돌벽 밖에 웅크리고 있던 짐승처럼 덮쳤다. 정신병원의 검은색 전면을 지나쳐 익숙한 길로 접어들어 템스강 앞으로 갔다. 최근에 증기선 운항을 시작했는데, 엄청난 광경이었다. 노도 돛도 없는 선박들이 검은색 연기를 뱉어내어 도시의 하늘을 더더욱 시꺼멓게 만들었고, 그들이 지나가면 소용돌이가 일며 강물이 갈라졌다. 하지만 그날 오후 에우카리스투스는 평소라면 매혹됐을 그러한 광경에도 심드렁했다. 런던에 대한 그의 혐오감에 현실적인 두려움이 더해졌다. 마치 사탄의 소굴에 있기라도 한 것처럼. 그 자체로는 감탄할 만한 영국민의 그 힘, 그 에너지가 그와 그의 민족을 겨누었다. 어떻게 방어할 것인가?

그가 석조 난간에 팔꿈치를 괸 채 서 있는데, 어떤 목소리가 들렸다.

"선생님!"

고개를 돌리자 바로 코앞에 번쩍거리는 구리 단추가 달린, 가지색 하인 복장을 한 명문가의 하인 한 명이 서 있었다. 그자가 봉인하지 않은 서신을 내밀었고, 거기서 나는 향내가 거리에서 풍겨오는 가축의 똥 냄새를 잠시 지웠다.

"당신에 대해 좀 더 폭넓게 알고 싶군요. 20시에 벨그레이브 스퀘어 2번지로 오실래요?"

에우카리스투스는 어리둥절하여 하인을 바라봤다. 하인은 그 계층 사람들 특유의 예의 바름으로, 다리 건너편에 정차해 있는 사륜 포장마차를 향해 가볍게 고갯짓을 했다. 에우카리스투스는 도로를 건너는 게 늘 두려웠는데, 목숨을 걸고 그 일을 감행했고, 사방에서 다가오는 말들의 발굽에 거의 밟힐 뻔했다. 어쩌랴, 그가 목표에 도달하려는데, 마부가 채찍을 휘둘렀고 마차가 사라졌다. 에우카리스투스는 자신에게 쏟아지는 조롱도 의식하지 못하고 멀거니 거기 서 있었다.

"이봐, 검둥이! 그러니까 네가 나온 그 지옥으로 돌아가고 싶은 거지?"

그는 그 야릇한 초대를 무시하겠다는 생각은 잠시도 하지 않았다. 향기와 글씨체가 입증하고 있듯이 여자에게서 온 거였으니까! 에우카리스투스는 처음에는 영국 여자에 대해 일종의 공포심을 느꼈더랬다. 그 허여멀건 젤리 같은 안색, 해초와 흡사한 머리카락, 밤이 되어 어두워지면 확장되는 포식동물의 눈을 떠올리게 하는 그 눈. 그러다가 차츰차츰 호기심이 영국 여자 주위를 맴돌았고, 호기심은 빠르게 욕정으로 바뀌었다. 그 여자들의 가슴에 달린 젖꼭지는 어떨까? 음부를 덮은 수풀은? 윌리엄 산초는 영국 여자와 어울려봤다고 확언하면서, 그 여자들은 사랑을 나누는 동안 소리를 질러댄다고 주장했다. 곧 그가 사랑하고 깊이 존중하는 에마에 대한 생각만이 헤이마켓에 있는 창녀를 따라나서는 일을 막아줬다. 20시가 될 때까지 무엇을 하면서 기다릴까? 윌리엄의 서점에 갈까? 아니, 곧 펼쳐질 모험 앞에서 그가 느끼는 초조함을 숨기지 못하고 속마음을 드러내게 될 거다. 그는 카페의 문을 밀었다.

런던에서는 카페의 유행이 어쩌나 널리 퍼졌던지, 사람들은 이제 만나고 싶은 사람이 있으면 주소를 묻는 대신 드나드는 카페의 이름을 물었다. 그곳에서는 목에 흰색 사각 비단 천을 삼각으로 접어 두르고 어두운 색깔의 모직 의복을 입은 신사들이 신문을 읽고 국제 뉴스를 논했고, 영국, 다행스럽게도 자신들이 속한 축복받은 그 나라에 대한 믿음을 드러냈다. 초기에는 에우카리스투스가 그 장소에 나타나기만 하면 일대 혼란이 빚어졌다. 세련된 예의를 지키며 온갖 질문을 퍼부어댔다. 처음부터 그런 피부색을 갖고 태어났는가? 아니면 어떤 비극적 질병의 결과인가? 그건 전염되는가? 어떻게 그렇게 완벽하게 영어로 말하는가? 에우카리스투스는 노예제 폐지론자들의 투쟁이 맹위를 떨치고 있는 나라에서 사람들이 그렇게나 무지하다는 것에 깜짝 놀랐다. 하지만 어쩌면 그건 지식인만의, 그리고 일반 대중이 거의 알지 못하는 정객들만의 관심사여서일지도 몰랐다. 결국 에우카리스투스는 윌스의 단골이 되었다. 적어도 그곳에서 그는 프랑스인의 왕인 루이필리프 1세가 겪는 어려움에 대해서만큼이나 영국인들의

346

아프리카 탐사와 앤틸리스제도에서 발생한 노예들의 반란에도 정통한 교양인들을 만났다. 실제로 평소라면 윌스에 있기를 좋아했다. 1페니로 따뜻한 불, 달콤한 음료 한 잔, 그리고 특히 인간 중 우월한 무리에 속한다는 감정을 즐겼다. 하지만 솔직히 그날 오후에는 그런 즐거움을 맛볼 정신이 없었으니, 〈런던 가제트〉에 눈길 한번 주지 않았다.

20시 정각에 그는 벨그레이브 스퀘어에 나타났다.

베리스퍼드 후작부인인 레이디 제인은 여자로서의 매력이 절정인 나이에 도달했다. 앞으로 몇 년만 더 지나면 계란형 얼굴선과 가슴의 팽팽함이 무너지면서 살결의 탄력을 잃게 되는 순간이 피할 수 없이 오리라. 그날이 되면 잇몸에 세팅된 보석처럼 박혀 있는 이의 광채가 검은 속눈썹 사이에 자리한 파란색 두 눈의 광채와 더불어 흐려지리라. 하지만 현재로서는 완벽했다! 그녀는 물결무늬 천으로 만든 통 좁은 퍼프소매가 달린 드레스를 입고서, 에스파냐 마호가니 목재로 만든 근사한 치펀데일 가구 몇 점을 제외하면 방 안에서 유일한 가구인 루이 15세풍 장의자에 반쯤 눕다시피 한 자세였다.

"카나리아제도의 포도주를 좋아하세요?"

에우카리스투스가 가까스로 그렇다고 중얼거렸다. 방 안이 더웠다. 벽난로에서는 불길이 경쾌하게 타올랐고, 그는 한 번 더 자신이 깨어 있는 게 확실한지를 자문했다. 영국 귀족의 저택에 들어가본 건 이번이 처음이어서, 전에 한 번도 겪어본 적 없는 그런 호화로움과 아름다움으로 가득한 세계에 급작스럽게 내던져진 모양새였다. 천진난만하게 경탄한 듯이 보일까 봐 두려워서 벽을 뒤덮은 그림과 장식 벽걸이 천을 제대로 바라보지도 못했고, 일본 병풍의 그림도 찬찬히 들여다보지 못했으며, 가구 위에 여기저기 널려 있는 골동품도 눈으로 어루만질 엄두도 내지 못했다. 레이디 제인이 우아하게 고개를 숙였다.

"당신 얘기 좀 해줘요. 런던에서 뭘 하세요? 늘 검둥이들은 앤틸리스제도의 사탕수수밭에나 있다고 생각했는데……."

에우카리스투스가 침을 삼키고 재치 있는 답을 내놓으려고 애썼다.

"가끔 그들은 나처럼 신학을 공부할 생각을 한답니다……."

레이디 제인이 폭소를 터뜨렸다.

"신학이라고요? 이리 와서 조금 더 자세히 설명해봐요……."

에우카리스투스가 주저하자, 그녀가 옆자리를 톡톡 두드리며 강권했다.

"자, 어서요……."

에우카리스투스가 당혹감에 짓눌린 채 복종했다. 그와 비슷한 상황을 겪은 적이 있었는데, 그가 처음 성관계를 맺었던 때였다. 상대 여자는 외삼촌의 노예였는데, 학교에서 돌아오는 그를 놀려댔더랬다.

"사제들이 그 종려나무 새순을 사용하지 못하게 금했다면서……."

그래서 그녀를 덮쳤고 복수를 했더랬다. 그로부터 세월이 흘렀고 신분은 차이 났지만, 에우카리스투스는 이 암컷이 찾는 것 역시 그것임을 수컷의 본능으로 느꼈다. 그런데 그게 가능한 일인가?

그가 용기로 무장하고 설명했다.

"물론 내 이야기는 내가 탄생하기 전에 시작됩니다. 내 아버지, 밤바라의 귀족인 그분의 탄생에서부터……."

레이디 제인이 다시 웃음을 터뜨리며 그의 말을 끊었다.

"그러니까 당신네 나라에 귀족이 있단 말이죠?"

에우카리스투스는 대화 상대자를 바라보다가, 자신이 무슨 말을 하든 전혀 관심이 없을 거라는 걸 깨달았다. 그가 카나리아제도의 포도주를 세 모금 연달아 삼키고 물었다.

"부인, 왜 날 이곳으로 오라고 했죠?"

그러고는 모든 일이 빠르게 일어났다. 극도로 기이한 혼돈에 빠져 사건과 행위가 가속화되는 꿈에서나 보는 그러한 빠르기로. 그 뒷일에 대해서는 에우카리스투스도 더는 정확히 알지 못했다. 자신이 그녀에게 달려들었는가. 그녀가 자신을 끌어당겼는가. 달아오른 두 육체가 그 중간에서 만났는가. 어쨌든 그는 어느덧 카네이션의 자극적인 냄새 속에서 실크, 모슬린, 레이스, 자개단추들과 실랑이를 벌였다. 그의 손이 벌거벗은 따뜻한 살에 닿는 순간 갑자기 에마 생각이 나서 흠칫 물러섰다. 정절을 맹세하지 않았던가? 하지만 몸을 빼려는데, 군데군데 가벼운 솜털로 그늘진 그 피부의 하얀색이 바로 눈앞에 보였고, 아가의 구절이 머릿속에 떠올랐다.

그대의 젖가슴은 새끼 사슴 한 쌍,
나리꽃밭에서 풀을 뜯는
쌍둥이 노루 같아라.

아, 만약 사랑이 영벌이라면, 그가 영벌을 받기를!

윌리엄 산초가 옳았다. 그 여자들, 그 고약한 여편네들은 소리를 질렀고, 할퀴었고, 꼬리를 잡힌 뱀처럼 꿈틀댔다! 기운이 빠진 에우카리스투스가 쿠션에 벌렁 나자빠지면, 레이디 제인이 불타는 손길로 그를 다시 안장에 앉혔고, 그러면 그는 암말에 올라타 불어난 강을 가로지르는 느낌이 들었다. 그러다가 암말 스스로 발을 헛디뎠다. 콸콸 흘러가는 강물이 그를 휩쓸고 지나갔다. "저 죽나 봐요, 어머니. 가엾게 여기소서, 저 빠져 죽어요!"

에우카리스투스가 정신을 차려보니, 샹들리에의 초들이 다 녹아버려서 어둠에 잠식된 호화로운 규방에 있었다. 그는 그토록 많은 쾌락에 대한 감사함과 흥분이 가시지 않은 몸으로, 파트너의 하얀 살을 입맞춤으로 덮으려고 했다. 그녀가 그를 밀어내며 속삭였다.

"이제 가줘요. 남편이……."

"언제 다시 볼 수 있나요?"

"내일 같은 시각에."

보도로 나서자 추위에 정신이 번쩍 들었다. 그가 저택의 우뚝 솟은 전면을 쳐다봤고, 상상이 빚어낸 건축물이 잠에서 깨면 버티지 못하는 것처럼, 그 저택이 사라지고 산산이 부서지는 광경을 봤다 하더라도 놀라지 않았을 거였다. 갑자기 특별한 즐거움이 밀려들었다. 그 순간 방금 그가 그토록 잔인하게 모욕한 에마 생각은 나지 않았다. 하지만 에우제니아 드 카르발루가 생각났다. 아, 그 여자는 자신을 조롱하고 경멸하고, 그 덜떨어진 남동생 자이므 2세를 중간에 세워 자신을 '더러운 검둥이' 취급을 했더랬지! 그런데 자신의 정부는 백인이고 귀족이다. 백인일 뿐만 아니라 귀족이라고!

말 그대로 펄쩍펄쩍 뛰어서 레스터 스퀘어에 도착했다. 가스등으로 환하게 불 밝힌 술집에는 술꾼들이 그로그를 비워대고, 그 옆에서는 프랑스의 악사들이 붉은 윗도리를 입고 춤곡을 연주했다. 카지노에서는 춤꾼들이 폴카와 카드리유에 맞춰 빙글빙글 돌며 춤을 추고 웃어대는 소리가 어둠과 추위에 실려 멀리까지 퍼져나갔고, 밤새 노는 사람들이 카지노에서 나와 바로 들어왔다. 밤의 생활은 에우카리스투스에게 늘 두려움을 안겨줬는데, 그것이 죄악으로 가득해서가 아니라 거기에 자신의 자리는 없다는 생각 때문이었다. 이제 그 생활이 그에게도 닿는 곳에 있는 것 같았다. 그도 그런 삶을 즐기리라. 그 여자와 성적 쾌락을 누렸듯이. 떠들썩하게. 그런 순간들은 얼마나 빠르게 흘러가는지! 사랑은 두 번째에서야 진정 그 감미로움을 맛볼 수 있는 법이니, 내일 제대로 설욕하리라.

밤이 꿈처럼 지나갔고, 에우카리스투스는 레이디 제인과 함께 했던 매 순간을 되새겼다. 아침에 누군가가 문을 두드렸다. 조지 데이비스였는데, 놀라 소리를 질렀다.

"하느님, 안색이 너무 안 좋네요! 따뜻하게 입고 다녀야 해요. 여기 날씨는 믿을 게 못 되는데. 나랑 같이 갈래요? 포웰 벅스턴 경과 약속을 잡았어요. 그분이 하윅 경에게 우리의 청원을 전달할 겁니다……"

에우카리스투스는 마쳐야 할 논술 과제가 있다는 핑계를 댔다. 노예제 폐지론자와 앤틸리스제도의 검둥이들은 악마에게나 가라지! 그는 20시 정각에 벨그레이브 스퀘어에 나타났다. 전날 그를 집 안에 들였던 위압적인 하인이 문을 열어주며 로비로 들였지만, 그가 한마디 끼어들 틈도 없이 불*식 상감이 된 서랍장 위에 놓아뒀던 봉인된 서신을 집어 들었다. 에우카리스투스가 말을 꺼내보았다.

　"후작부인께서는 안 계신단 말이죠?"

　한마디 말도 없이 그 위압적인 하인이 그를 다시 문간으로 배웅했고, 그러는 사이 똑같은 체급의 거인 둘이 화분에 심어놓은 식물들 사이에서 요술처럼 나타났다. 바깥에 나온 에우카리스투스는 희미한 가스등 불빛에 비춰가며 서신을 읽었다.

　"브라보! 캥거루보다 몇 점 더 높게 주죠. 안녕."

　"캥거루? 동물이잖소. 나라고 더 해줄 말이 뭐가 있을까?"

　"K자가 대문자이니, 동물이 아니죠……."

　"K자가 대문자이니, 동물이 아니라고?"

　윌리엄 산초가 머리를 긁었다. 그는 에우카리스투스를 아주 이상하다고 여겼고, 그를 제대로 이해한 적이 한 번도 없었다. 그날 아침에도 그 한 단어의 의미를 묻느라 그를 침대에서 끌어냈으니, 도를 넘었다. 산초 부인이 방금 막내에게 젖을 물렸던 터라 블라우스가 살짝 틀어진 모습으로 상점에 모습을 나타내자, 그가 그녀에게 물었다.

　"여보, 당신은 캥거루가 누군지 알아?"

　산초 부인이 하늘을 향해 눈을 치켜떴다. 오, 하느님, 남자들은

＊　　17세기 프랑스의 가구 제조인.

어째 저리 둔할까.

"당신도 잘 알 텐데. 헤이마켓에서 곡예를 하는 그 흑인이잖아
요……."

에우카리스투스가 느낀 감정을 묘사할 수 있을까?

처음에는 벨그레이브로 다시 찾아갈 생각을 했다. 그래봤자,
하인들이 그를 촌뜨기처럼 길바닥에 내동댕이치겠지. 캥거루가
공연을 하는 아가일 룸스로 가서 대체 어떤 인물과 비교당하고
있는지를 볼까? 그게 다 무슨 소용인가?

동시에 곰곰이 생각해볼수록 이해가 되지 않았다. 그렇게나
아무런 동기도 없이 그에게 상처를 입히고 모욕을 주려면 레이
디 제인이 그를 증오해야만 했다. 그런데 그 여자는 자신에 대한
어떤 의견을 갖기에는 그가 하는 말을 거의 듣지 않았고, 그는 그
녀에게 쾌락만 안겨주었다. 그러니까 그녀가 노리는 건 그가 속
한 인종인가? 대체 왜? 그러니까 피부가 하얀 존재는 피부가 검
은 존재를 증오하게 타고나는 건가? 백인은 흑인에게서 무엇을
비난하는 걸까? 흑인이 태어나서 그들에게 무슨 해악을 끼쳤다
고?

격분이 가라앉자 진정한 절망이 그를 사로잡았다. 하루짜리 연
인의 몹시도 달콤했던 살결이 생각났다. 아, 그가 다시는 가 닿을
수 없는 섬. 손에 넣자마자 곧 다시 뺏긴, 젖과 꿀이 흐르는 땅. 향
기로운 포도주로 그득한 잔. 백합으로 장식된 밀. 상아탑. 거의 흐

느끼다시피 하면서 신학교로 들어섰고, 문지기가 허깨비처럼 지나가는 그의 모습을 보고는 상관에게 알리겠노라고 다짐했다. 저 검둥이는 사제가 된다고 뽐낼 생각이면 행실에 주의하는 게 더 좋을 텐데!

에우카리스투스는 문간에 놓인 삼각형 모양 깔개 위에서 편지 한 통과 소포를 발견했다. 둘 다 에마에게서 온 거였다. 그가 편지를 뜯었다.

"가여운 바바툰데,

당신이 런던이라는 지옥에 있다고 생각하면 떨리고 눈에 눈물이 차오르네요. 그렇게나 예민하고 그렇게나 연약한 당신이 온갖 유혹에 손을 뻗칠 수 있는 환경에서……."

그를 어찌나 잘 알고 있는지! 그녀의 품속으로 피신할 수만 있다면 얼마나 좋을까! 아, 왜 사람들은 아무런 이유 없이 그에게 상처와 모욕을 줄까!

잠시 뒤 다시 편지를 읽어나갔다.

"당신의 친구 새뮤얼은 숀 목사와 145명의 영국인과 함께 니제르강을 거슬러 오르려고 출발했어요. 그들의 계획은 이미 알고 있죠. 시범 농장을 건설하여 그곳에서 목화와 다른 식물들을 재배해보고, 우리 민족을 수익이 남는 농사로 유도하려는 거죠……. 그런 생각이 선교사들 머리에서 나온 것 같지는 않아요. 그들에게는 그런 원정 사업의 재정을 감당할 능력이 없을 테니까요. 정치인들에게서 나온 생각이겠죠. 포웰 벅스턴을 만나볼 기회가 있었나요? 그 사람은 우리가 속한 인종의 선교사들을 진정으로 좋아한다던데…….

에우카리스투스는 그 대목에서 비웃었다. 그 어떤 영국인도 흑인을 좋아하지 않았다. 그런 함정에 빠져서는 절대 안 되었다. 가장 유혹적인 미소, 가장 달콤한 말은 치명적인 무기를 숨기고 있었다.

배신을 일삼는 암컷!

"내 말을 믿지 못하겠지만, 열심히 찾다가 당신이 꿈에서도 보는 그 책을 찾아내게 됐어요. 복잡할 것도 없이 푸라 베이 칼리지 도서관에 있더라고요."

그가 꿈꾸던 책이라고? 에우카리스투스가 포장지를 찢었다.

외과의사인 멍고 파크가 저술한《1795, 1796, 1797년 동안 아프리카 협회의 감독과 후원 아래 경험한 아프리카 내륙 여행》.

에마의 자상한 손길이 15장에 서표를 꽂아놓았다.

"당시 내가 도착한 곳은 밤바라의 수도인 세구였는데, 세구는 본래 확연히 구별되는 네 개의 도시로 이루어졌다. 그중 두 도시는 북쪽 강변에 위치하며, 세구 코로와 세구 부라고 불린다. 다른 두 도시는 남쪽 강변에 위치하며 세구 수 코로와 세구 세 코로라는 명칭을 갖는다. 그 도시들은 전부 다 거대한 흙의 장벽으로 둘러싸여 있다. 집들은 점토로 지었다. 형태는 네모나고 지붕은 평평하다. 어떤 것들은 이층집이고, 회칠을 한 것들도 여러 채이다……."

두 눈으로 그 글을 읽고 있자니, 귀에 말로발리의 목소리가, 그가 해준 말이 들리는 듯했다.

"언젠가는 세구로 가보거라. 그런 도시는 본 적이 없을걸. 이곳의 도시는 백인이 만들어낸 거지. 이런 도시는 인육 장사에서 생겨났어. 그저 거대한 창고일 뿐이란다. 하지만 세구! 그건 마치 네가 폭력을 휘둘러야만 차지할 수 있는 여자와 같단다……."

에우카리스투스는 수치와 후회와 고통으로 흐느끼며 잠자리에 엎어졌다.

그는 무엇에 대해 눈물을 흘리는가?

그 자신과 자신이 최근에 받은 모욕에 대해. 하지만 또한 그가 영원히 잃어버린 세구의 조상들이 가졌던 그런 순수함에 대해. 세구, 폐쇄적인 세계. 난공불락의 장소. 백인에게 접근을 거부하여, 성벽 발치에서 떠돌게 만든 도시. 결코 그가 졸리바강 물에 몸을 담그고 그곳에서 힘과 활력을 길어 올리는 일은 없으리라. 결코 그가 그 시절의 오만한 자신감을 되찾는 일은 없으리라.

차츰차츰 눈물이 말랐고, 일어나 침대에 앉았다. 몇 달 뒤면 사제로 임명받게 되리라. 그는 자신이 속한 선교회가 그를 라고스로 다시 데려가리라는 걸 이미 알고 있었다. 아프리카를 기독교화하고 문명화하기, 그게 그에게 돌아온 몫이었다.

아프리카를 기독교화하고 문명화하기. 그러니까 아프리카를 변질시키기?

5부

물신들이 떨었다

1

시가는 몇 년 전부터 상피병을 앓고 있었다. 그는 그 병이 창피스러웠다. 살면서 환멸과 좌절을 겪어왔지만, 그 병이야말로 최고의 배신으로 여겨졌는데, 자기 육신이 배신을 했기 때문이었다. 왼쪽 다리가 무릎에서부터 발목에 이르기까지 구아버 나무의 몸통 둘레만큼 부풀었다. 피부가 갈라지고 부풀어 오르고, 군데군데 농포성 습진으로 뒤덮였다. 그 무게를 끌고 다니려면 장남이 깎아준 지팡이에 의지해야 했다. 한번 앉으면 도움 없이는 일어나지 못했다. 누우면, 그건 더 고약했다! 마찬가지로 치아의 상당 부분을 잃어버려서 이제는 콜라 열매를 씹을 수 없었다. 젊은 노예 야사가 토기 사발에 콜라 열매를 담아 건네기 전에, 열매를 갈아야 했다. 시가는 무덤까지 가려면 아직도 상당한 거리가 남았는데, 자신이 몸에 무슨 짓을 했기에 이렇게 몸이 자신을 놓아

버리는지 궁금했다. 무절제하게 살지도 않았다. 어쨌든 다른 남
자들보다 더 그러지 않았고, 티에폴로보다도 더 그런 건 아닌데,
티에폴로는 여전히 부채야자수처럼 꼿꼿하며 사냥감을 쫓아서
수 킬로미터를 달리는 게 가능하다.

사실 노년이라서 욕정을 느끼는 거였다. 모든 삶의 마지막에는
두려움이 따라붙기 마련인데, 아마도 그 두려움에 맞서 싸우는
방식이리라. 새벽에 자신에게 몸을 붙이고 누워 있는 야사의 몸
을 쓰다듬었다. 야사는 처음에는 본능적으로 몸을 뺐는데, 무척
예민한 그가 그걸 눈치채지 못할 수는 없었다. 그러다가 야사가
눈을 뜨고 중얼거렸다.

"뭘 원하세요, 주인님?"

"아무것도, 아무것도……."

그가 그녀의 옆구리를 쓰다듬었다. 야사는 이미 잠에서 깨어나
경쾌하게 몸을 일으켰다. 시가는 누운 채로, 지붕을 지탱하고 있
는 얽어놓은 가지들을 올려다봤다. 오늘 펼쳐질 하루도 보나 마
나 다른 날들과 똑같으리라. 미지근한 물로 입안을 헹군 뒤, 첫 번
째 기장죽을 먹겠지. 이런 사람들 저런 사람들의 하소연을 듣겠
지. 그 일이 목욕 시간까지 이어지리라. 그러고 나면 신수 아래에
자리를 잡고서 이쑤시개를 씹어대며 이런 사람들 저런 사람들의
하소연을 들으리라.

야사가 돌아왔는데, 그녀를 따라 함께 온 또 다른 노예가 더운

물이 든 박 그릇과, 그보다는 훨씬 더 놀라운 물건인 봉인된 서신을 하나 들고 있었다. 야사가 무릎을 꿇었다.

"밤에 도착했대요, 주인님. 함달레에서 온 어떤 페울인이 갖고 왔답니다……."

시가가 서신을 이리 뒤집고 저리 뒤집었다. 그가 이전에 습득했던 아랍어 기초는 오래전에 머릿속에서 지워져버렸다. 그는 읽을 줄도, 쓸 줄도 몰랐다. 그가 명령했다.

"무스타파를 찾아와라……."

무스타파는 여섯째 아들로, 그의 부성애를 발동시킨 유일한 자식이었다. 다른 자식들은 파티마에게 찰싹 들러붙어 있어서, 그 성질 고약하고 늙어가는 아내의 편이었다. 시가는 무스타파를 기다리는 동안 야사의 도움을 받아 몸을 일으켜 뜰로 나갔다. 새벽이었다. 무에진들이 내지르는 끔찍스레 시끄러운 소리가 세구의 성원마다 흘러나왔다. 할 수 있는 게 아무것도 없었으니, 이슬람은 뒤늦게야 많이 진행되었음을 깨닫게 된 드러나지 않은 병처럼 퍼져나갔다. 티에코로의 비극적이고 이목을 끈 죽음이 가족 안에서조차 소명 의식을 촉발하기라도 한 것 같았다. 아마도 몇몇 사람들이 그가 그렇게 사라지는 모습을 보면서 경악과 시새움으로 가득하여 궁금해졌나 보다. "신앙을 위해서 목숨을 버리겠다고 나설 정도이니, 도대체 그 신앙이 무엇일까?" 그러고는 그의 흔적을 좇아 걸었다. 마치 보물을 발견하려고 그러는 것처럼.

하늘에는 기다란 검은 구름 띠들이 동쪽에서 서쪽으로 움직이고 있었고, 시가는 자신이 이번 우기의 끝을 보게 될지 나른하게 자문했다. 그 뒤로도 얼마나 많은 또 다른 우기의 시작과 끝을 볼 수 있을까? 그가 입을 헹구며 물을 좌우로 뱉고는 그의 뒤에 서서 기다리고 있던 야사에게 바가지를 다시 건네며 소리를 질렀다.

"그래, 무스타파는 어디 있는 거냐?"

야사가 뛰어나가더니 곧 소년과 함께 돌아왔다. 무스타파는 능숙하게 봉랍을 깼다. 두 눈이 빠르게 서신을 훑었고, 시가는 다시 소리를 질렀다. 아이가 느려서 짜증을 내는 게 아니라 변덕스러운 노인네 역할을 수행하느라 그랬다.

"대체 왜 꾸물거리느냐?"

"모하메드가 보낸 건데요, 파, 티에코로 아버지의 아들요."

"뭐라고 하는데? 나보고 네 속을 끄집어내라는 거냐?"

무스타파가 서두르는 척했다.

"아버지,

학업을 마쳤고 하피즈 카르 자격을 획득했습니다. 제가 원하면 법학이나 신학을 공부하러 대학에 갈 수도 있겠지만, 제가 그걸 원하는지 확신이 서지를 않습니다. 적어도 지금으로서는요. 게다가, 셰쿠 하마두, 제 스승님만이 저를 함달레에 묶어두는 유일한 끈이었습니다. 그분이 세상을 뜨신 뒤로 모든 게 변했습니다. 그분을 계승한 그분의 아들 아마두 셰쿠는 아버지와 기질이 완전히 다릅니다. 취임한 뒤 '그게 무엇이든 현 상황에 변화를 일으키려는 생각이 전혀 없다'고 선언했지만, 그 어떤 것도 이전과 같지 않습니다. 정치권력 획득과 재물 소유를 위한 음모가 신앙과 신에 대한 관심을 대체했습니다. 한마디로, 함달레는 더 이상 현재의 함달레 안에 있지 않고, 저로서는 더 이상 여기에서 아무런 할 일이 없습니다. 따라서 이런 모든 상황으로 인해, 지금 이 편지를 받게 되실 순간 저는 이미 세구로 가는 길에 올랐을 거라는 소식을 전해드립니다.

제 존경과 평화의 인사를 받아주십시오. 사랑하는 아들이."

무스타파가 입을 다물고, 아버지가 가봐도 된다고 알려주기를 기다리며 아버지를 바라봤다. 하지만 시가는 엄청난 기쁨과 깊은 고뇌 사이에 끼어 미처 그 생각은 하지 못했다. 티에코로의 아들이 집으로 돌아온다. 어머니와 누이들이 머무는 소코토 왕국을 선택할 수 있었음에도 말이다. 아, 조상들이 예비하는 길은 헤아릴 수가 없구나. 동시에 모하메드는 성스러운 혹은 그러기를 원하는 도시에서 자라난 투철한 이슬람 신도였다. 가족 내에 잠재해 있던 종교 갈등이 다시 타오르려나? 시가는 자신을 바라보며 거기 멀거니 서 있던 무스타파와 야사에게 당혹감을 풀었다.

"뭘 기다리는 거냐, 어서 아침 죽을 가져오지 않고? 그리고 넌 썩 물러가거라……."

그러고는 작은 나무 의자에 정말로 힘들게 자리 잡고 앉아 다

리를 앞으로 쭉 폈다. 가족회의를 소집하고 도착 소식을 알려야
했다. 하지만 그 전에 티에폴로와 논의를 해야 하는 게 아닐까?
모하메드는 티에폴로가 자기 아버지의 체포와 죽음에 관여하며
했던 역할을 알고 있을까? 그 아이의 마음이 복수에 대한 열망으
로 가득한 건 아닐까? 이제 그가 애써 가족 구성원 사이에 정착
시키려고 노력했던 그 깨지기 쉬운 평화가 또다시 위협받고 있지
않는가!

그가 티에폴로를 상대로 해야 할 작은 담화를 마음속으로 준비
하고 있는데, 야사가 다시 나타났다. 그녀는 혼자가 아니었고, 시
가는 이렇게 이른 아침부터 찾아온 방문객에게 짜증이 났다. 이
방인은 수가 놓인 푸른 비단 블라우스 위에 붉고 노란 비단 외투
를 걸치고 있었다. 만딩고족이 일상적으로 쓰는 형태의 녹색 전
통모 위에는 금실로 수놓은 동방의 비단 터번을 둘렀다. 의심의
여지 없이 중요한 인물이었다.

"앗살람 알라이쿰……."

시가가 못마땅하게 웅얼거렸다.

"와 알라이카 살람……."

그 고약한 이슬람 신도들의 인사법이 신자가 아닌 사람들에게
까지 강요되었다! 그러고는 그의 타고난 정중함이 우세해져서 낯
선 이에게 자리를 권하고, 야사가 잽싸게 가지러 갔던 콜라 열매
를 내밀었다. 잠시 뒤 방문객이 자신을 소개했다.

"저는 셰이크 하미두 마가사라고 합니다. 바켈 출신입니다. 티자니야 종파는 아니고요⋯⋯."

시가가 그런 종파 간 분쟁에 대해 아는 게 아무것도 없음을 손짓으로 알렸고, 상대방이 말을 이어갔다.

"선생님의 형님이신 우마르의 무덤이 우리의 것이고, 순례의 장소로서 경배되어야 한다는 말씀을 드리려고 찾아뵈었습니다. 그런데 이쪽의 전통에 따라서 그 무덤이 영지 내에 자리 잡고 있음을 압니다. 그래서 아주 겸손하게, 우리가 그곳에 접근할 수 있게 해주십사 부탁드리는 바입니다⋯⋯. 거절하실 권리는 없지 않을까요. 우리에게 모디보 우마르 트라오레는 진정한 신앙을 위해 목숨을 바친 순교자입니다."

제안이 하도 기상천외하여 시가는 처음에는 웃음을 터뜨릴 뻔했다. 그러고 나자 진정 짜증이 엄습했다. 그렇게 티에코로는 죽어서도 계속해서 사람들을 갈라놓고, 특히 관심을 독차지했다. 성인이자 순교자가 된 그라고! 동시에 그는 살짝 으쓱해졌다. 이 남자가 이런 청원을 하겠다고 여러 낮과 여러 밤을 바쳐 여행을 했다는 생각을 해보라! 트라오레 가문의 영지가 곧 성소의 명성을 누리리라는 생각을 해보라! 그렇게 되면 스러져가던 가문의 영예가 되살아나겠지. 시가는 생각이 그 지점에 이르자 자아비판이라는 그의 주된 일과에 빠져들었다. 그러한 영예가 사라졌다는 건 그의 잘못이다! 물론 트라오레 가문의 토지는 여전히 광활하고 비옥하며 수백 명의 노예들이 경작했다. 곳간은 곡물로 그득했다. 목축지는 양, 염소, 닭, 윤기가 좔좔 흐르는 털을 자랑하는 말과 낙타를 수용하기에 좁다고 여겨질 정도였다. 하지만 세구에서 그 누가 트라오레 가문의 파가 잠깐이나마 가랑케를 흉내 냈다는 사실을 잊을 수 있겠는가? 장화와 샌들을 제작했다는 사실을? 시가는 젊은 시절의 꿈이 다시 떠오르기 시작할 때면 스스로도 이해가 가지 않았다. 그가 손님의 얼굴로 시선을 옮겼다. 성숙과 경험이 뚜렷이 드러난 진중한 얼굴. 이 남자와 그 나라 사람들은 티에코로가 성인이라고 확신한다. 그러니까 성인이란 무엇일까? 어쩌면 장점과 단점의 총합인 다른 사람들과 흡사한 한낱 인간에 불과하지만, 어떤 주도적 이념을 품고 모든 것을 그 아래에 두는 그런 사람이 아닐까?

시가가 천천히 말했다.

"우리 집안에서는 모든 걸 다 같이 모여서 결정합니다. 가족 구성원들에게 당신의 청원에 대해 알리지요. 그런데 우리가 당신의 신앙을 공유하지 않는다는 건 아시죠?"

셰이크 하미두 마가사가 너그러운 미소를 지었다.

"모든 게 변해가고 있습니다, 트라오레. 그 사실을 모르시나요? 주변에서 무슨 일이 벌어지는지 듣고 있지 않나요? 곧 세구는 갖은 수단을 동원하여, 자신이 이슬람화되어가고 있음을 보여주는 증거들을 제시하려고 애쓸 겁니다……."

"세구는 갖은 수단을 동원하여, 자신이 이슬람화되어가고 있음을 보여주는 증거들을 제시하려고 애쓸 겁니다." 무슨 의미일까?

시가가 점점 썩어 들어가는 것을 막을 수 있을지도 모른다는 은밀한 희망을 품고서 오랜 시간 몸을 닦고 나서 목욕채에서 나오는데, 그 말이 머릿속을 맴돌았다. 중요한 두 가지 문제에 부딪히자 시가는 가족과 대면하기 전에 훌륭한 사람들의 충고를 들어봐야겠다고 느꼈다. 세상이 변한다는 건 사실이었다. 예전에는 남자가 아내, 자식, 동생과 노예를 간수하기 위해서 필요로 하는 건 완력뿐이었다. 삶은 한 여자의 배 속에서 나와 대지의 배 속을 향해 가는 똑바르게 그어진 길이었다. 군주의 뒤에 서서 싸우러 간다면 그건 그저 더 많은 아내들, 더 많은 노예들, 혹은 더 많은 황금을 갖기 위한 것이었다. 지금은 새로운 이념과 가치에서 비롯된 위험이 도처에서 횡행했다. 당혹스러워진 시가는 파티마가 아이들을 보냈던 종교학교 교장인 무어인 아울라드 음바라크를 찾아가기로 결심했다.

시가는 상피병 때문에 어정어정 걸어갈 수밖에 없었다. 하지만 그게 불편하지는 않았다. 다른 상황이라면 쳐다보지도 않고 지나쳤을 풍경들을 산보객처럼 억지로라도 감상하지 않을 수 없게 되었다. 세구는 끝없이 변화하는 중이었다. 테라스와 삼각형 총안이 뚫린 망루가 있는 새로운 유형의 가옥들. 드물게 보이는 초가지붕. 사방에 종교학교의 교실에 갇힌 아이들. 말도 안 되는 소리지만 시가는 그 아이들을 보면서 후회했다. 페스에 있을 때 왜 학업을 좀 더 깊이 있게 하지 않았을까? 하지만 당시에는 이슬람 신앙과 떼어놓을 수 없는 그런 지식에 반감을 품었더랬다.

아울라드 음바라크는 인디고색 면리플 천을 휘감고, 시가가 생산하기를 꿈꿔왔던 그런 연한 노란색 바부슈를 신고 있었다. 진정한 무어인답게 박하 차를 마셨고, 한 잔 비울 때마다 가느다란 은제 막대에 씹는담배를 잔뜩 묻혀서 잇새를 쑤셨다. 그는 시가의 아이 열 명이 자신의 뜰을 줄줄이 지나가는 모습을 보았고, 잔치 음식 쿠스쿠스를 파티마와 함께 먹었기에 스스로를 거의 친척이라고 여겼다. 그가 우선 안부를 물었다.

"다리는 어떤가?"

시가가 한숨을 쉬었다.

"그 얘기는 하지 말지, 응?"

"백인들에게 그런 병에 기가 막히게 잘 듣는 가루약과 연고가 있는 것 같아……."

"백인들이라고?"

아울라드 음바라크가 고개를 끄덕였다.

"그자들이 무기와 술만 만들지 않는다는 건 자네도 알지? 친척 한 명이 세네갈강 근처의 생루이에 정착했거든. 그 집에 다녀왔잖은가. 거기서 활약하고 있는 프랑스인들을 봤는데, 놀랄 만한 일들을 하더군……. 자네가 상상조차 해보지 못하는 그런 식물들이 땅에서 솟아나게 하더라고. 그리고 온갖 병에 약이 있어. 복통, 두통, 상처, 열병……."

시가는 입을 벌린 채 그 모든 이야기에 귀를 기울였다. 페스에 있을 때 에스파냐인들을 보았더랬지만, 프랑스인, 그들은 본 적이 없었다. 그가 물었다.

"어떻게 생겼는데? 그 프랑스인들은?"

아울라드 음바라크가 어깨를 으쓱했다.

"내게 백인은 다 똑같아."

시가가 방문 목적을 꺼내놓았다.

"아울라드, 내 아버지는 나보다 훨씬 더 오래 사셨어. 그런데 내가 아버지보다 더 늙었고 아무것도 이해하지 못한다는 느낌이야. 오늘 아침에 바켈에서부터 어떤 남자가 나를 보러 왔다네. 그자는 내 형 티에코로가 성인이라고 생각하더군……."

"그거야 사실이지!"

시가가 불쑥 끼어든 말은 무시했다.

"그 사람은 형의 무덤을 순례 장소로 만들고 싶어 해. 그런데 특히 이런 말을 했거든. '곧 세구는 갖은 수단을 동원하여, 자신이 이슬람화되어가고 있음을 보여주는 증거들을 제시하려고 애쓸 겁니다.' 이게 대체 무슨 의미일까?"

아울라드는 향로의 불을 일으켰고, 잠시 뒤 차를 두 잔 따라놓더니, 그중 한 잔을 홀짝였다. 시가는 감히 그를 다그치지 못했다.

"이보게, 오랫동안 이곳 세구에서는 마시나의 셰쿠 하마두가 가장 사나운 적이라고 생각했지. 그자에 맞서서 무기를 들었고. 지치지도 않고 그자를 공격했어. 그런데 이제 더 무시무시하고 정치권력에 목마른 적이 나타난 거라네. 바로 한때 자네 집에 묵었던 그 투쿨로르족 마라부일세……."

"엘 하지 오마르 말인가?"

아울라드가 고개를 끄덕였다.

"그 이야기를 다 하자면 너무 길 테고, 나도 속속들이는 몰라. 내가 알고 있는 건 엄청나게 막강해진 그 투쿨로르족 마라부가 세구를 탐내고 있다는 것, 그리고 세구는 스스로를 지키려면 마시나와 동맹을 맺어야 한다는 거지……."

시가가 어안이 벙벙해서 아울라드 음바라크를 뚫어져라 바라봤다.

"이슬람 신도가 이슬람 신도에 맞서서 비이슬람 신도와 동맹을 맺을 거라고?"

"바로 그걸세. 왜인지는 묻지 마, 바로 그 때문에 모든 게 너무 복잡해지니까……."

그 경천동지할 소식을 강조하려는 듯 비구름이 찢어졌고, 두 남자는 아울라드의 가옥 안으로 피신했다. 건기에 테라스에 올라갈 때는 사다리를 이용했는데, 굽은 긴 나무 막대 두 개 사이에 가로 배치한 막대들을 무두질하지 않은 가죽끈으로 묶어 만든 사다리였다. 제일 큰 방에는 기장 줄기로 만든 장의자들이 놓여 있어서 시가와 아울라드는 그 위에 몸을 뉘었다. 시가는 노인들에게 맞지 않는 우기가 싫었다. 수많은 통증이 그의 몸을 놓고 서로 다투고, 뼈마디와 관절이 졸리바강에서 홀대받는 통나무배의 이음새처럼 삐그덕거리기 때문만은 아니었다. 끊임없이 이어지는 빗소리가 수의를 만드느라 분주하게 움직이는 직조공의 베틀에서 나는 소리 같아서였다. 하지만 그는 그걸, 죽음을 갈망했다. 죽음을 두려워하는 동시에 죽음을 갈망했다. 죽음의 얼굴은 어떨까? 그의 짚자리 위로 몸을 숙일 때 죽음은 어떤 미소를 띨까?

그가 아울라드가 세 번째로 권하는 차를 받아 들고는 물었다.

"자네는 이슬람의 매력을 이해하나? 왜 이곳에서도 이제 수도 없이 많은 사람들이 흙바닥에 머리를 비벼대는지?"

아울라드가 웃었다.

"자네는 지금 신자에게 묻고 있는 걸세. 내가 뭐라고 대답하길 원하나? 내게 이슬람의 매력은 그저 진정한 신이 갖는 매력이지……."

그래, 질문이 멍청했다. 신앙은 논의의 대상이 아니다. 시가는 힘겹게 몸을 일으켰다. 자신의 질문에 대한 아울라드의 답변으로 명확해진 건 아무것도 없었다. 오히려 불가사의만 더 짙어졌다. 그러니까 그 투쿨로르인에 맞서서 맺는 동맹을 정당화하려고 마시나가 세구에게 "이슬람화의 증거를 내놓으라"고 요구하려나?

비가 쏟아졌지만 거리가 완전히 텅 비지는 않았다. 성기 가리개만 했거나 혹은 완전히 발가벗은 아이들이 대나무 빗물받이 홈통 아래 물웅덩이에서 놀고 있었다. 시가가 상피병에 걸린 다리를 끌며 지나가자 아이들이 놀이를 중단했다. 말없이 거의 두려워하며 아이들이 그를 눈으로 좇았다.

　시가는 영지로 들어가다가, 파티마가 비만이 허용하는 한 재빨리 여인들의 뜰에서 나오는 모습을 보았다. 세월이 시가에 대해 잔인하게 굴면서 이전의 아름다움의 흔적조차 남기지 않았다면, 파티마라고 해서 더 관대하게 봐주지는 않았다. 그 '사랑'이라는 말이 그녀에게 내린 형벌이 가족들에게서 멀리 떨어진 곳에서의 끝나지 않을 유배 생활임을 알지 못한 채, "눈이 멀었어요? 내가 당신을 사랑하는 게 안 보여요?"라고 대담하게 써 보냈던 소녀에게서 이제 무엇이 남았는가?

　뒤룩뒤룩 살찐 얼굴에 남은 아름다운 두 눈. 비단결 같지만, 아까워라, 늘 아무렇게나 묶은 머릿수건에 가려진 머리카락. 영유아기에 죽은 세 아이 말고도 살아남은 열 명의 아이를 낳은 배는 늘어졌고 젖가슴은 물렁거리는 가죽 자루로 변했다. 하지만 시가가 최악을 우려했던 것과는 달리, 파티마는 일단 가문의 우두머리의 바라 무소 자리에 오르자 세구와 평화조약을 맺고 밤바라인을 자신의 가족으로 받아들이기로 한 것 같았다. 명명식, 결혼, 장례에 빠지지 않고 참석했고, 대량으로 장만한 쿠스쿠스와 배 속을 향신료로 채워 꼬챙이에 꿴 뒤 통째로 구운 양 한 마리로 모인 사람들을 배불리 먹이는 일에 있어서 그녀보다 더 잘 아는 여자는 없었다. 게다가 아랍어를 조금 읽고 쓸 줄 알았기 때문에 영지 안의 여자들과 모든 것에 대해 그녀의 의견을 묻는 이웃 사이에서 엄청난 위신을 누렸다. 파티마가 화가 나서 시가를 소리쳐 불렀다.

"이봐요, 티에코로의 아들이 돌아올 것 같다면서. 내가 그 소식을 제일 늦게 듣는 게 당연한가?"

시가가 설명도 하기 전에 그녀가 말을 이어갔다.

"어디서 묵게 할 건데요? 그 생각은 해봤나 몰라."

시가가 개인채 입구로 들어가서 등받이 없는 나무 의자를 끌어당기며 물었다.

"당신은 어떻게 생각하는데?"

자신의 의견을 물어오는 걸 좋아하는 파티마가 진정이 되었고, 예의 거들먹거리는 표정을 띠었다.

"함달레에서 자랐으니 진짜 이슬람 신도라고요. 물신숭배자들 사이에서 지내는 걸 못 견딜걸."

시가가 웅얼거렸다.

"그놈의 물신숭배자, 물신숭배자 타령!"

하지만 시가는 체면치레로 항의했으니, 파티마가 그런 미묘한 상황을 해결하는 능력이 자신보다 훨씬 뛰어남을 알고 있었다. 노년은 부부 사이의 거리를 가깝게 하는 동시에 떨어뜨려놓지 않는가! 이제는 사라진 육체에 대한 욕망. 이제는 사라진 격렬한 애정. 또한 지배하고 모욕하고 상처 주려는 욕구도 더는 없다. 굳건한 동반자적 관계. 여러 해 전부터 시가는 육체적으로 파티마를 소유하지 않았더랬다. 그녀가 그의 처소로 와서 밤을 보낼 때면 두 사람은 수다를 떨었는데, 젊어서는 그랬던 적이 한 번도 없었다. 두 사람은 예전에 페스에서 보낸 날들에 대해 이야기했다. 파티마가 티에코로에게 품었던 잠깐의 사랑이 두 사람을 더욱 가깝게 해주는 비밀이라도 되는 것처럼 티에코로에 대해 이야기했다. 두 사람은 이슬람에 대해 말했고, 파티마는 자신의 남편이 알라신에 대해 갖고 있는 고집스러운 반감을 꺾어보려고 애를 썼다. 그 점에 있어서 두 사람의 토론은 파티마가 어깨를 으쓱하면서 끝이 나곤 했다.

"어쨌든 이슬람이 승리할 거야……."

그러면 시가는 그러한 신자들의 평온한 신앙이 부러웠다.

파티마가 침묵 뒤에 다시 말을 이어갔다.

"집에 벽토를 다시 바르게 해야 해요. 집 안에서 크고 작은 온갖 쥐들이 잔치를 벌인다니까. 그리고 시중을 전담할 노예 몇 명을 그 애에게 붙여줘요……."

시가는 하마터면 "그러면 따돌리는 느낌을 받지 않을까?"라고 질문할 뻔했다.

그러다가 참았다. 이슬람은 교리 안에 이미 스스로 배척을 품고 있지 않은가? 파티마가 물러가자 그가 처소 문간에 나와 신수를 응시하며 티에코로에게 말을 걸었다.

"도와줘. 무엇을 해야 하지? 오늘 밤, 꿈에 와서 형 뜻을 알려줘……."

시가는 티에코로가 세상을 뜬 뒤로 형을 떠나지 않았고, 고인의 영혼에 잠식당한 갓난아기 같아졌다. 그는 '형이라면 어떻게 했을까?'라는 질문을 속으로 해보지 않고서는 결정을 내리지 않았다.

그는 땅바닥에 음식 조금을 내려놓아 형에게 바치지 않고서는 자기 입에 음식을 가져가지 않았다. 그는 세상에 없는 자와 기쁨을 나누려고 하지 않고서는 기쁨을 느끼지 못했다.

그는 생각에 푹 빠져서 야사가 다가오는 소리를 듣지 못했고, 그녀가 동그랗게 뭉친 콜라 열매를 내미는 순간에서야 존재를 알아차렸다. 야사는 집안의 노예가 아니었다. 그녀는 벨레두구 왕국 출신이었는데, 그 나라와 세구 사이에 분쟁이 벌어진 적이 한두 번이 아니었다. 그러니까 야사는 눈물에 젖은 얼굴로 반쯤 발가벗은 상태로 포로들의 행렬에 끼어서 세구에 도착했고, 다섯째 아내에게 선물을 주고 싶었던 티에폴로가 다른 노예들과 함께 그녀를 구입했더랬다.

왜인지는 알 수 없지만 그로부터 며칠 뒤 영지에서 야사를 보고 시가의 늙은 몸뚱어리가 흥분했다. 더 이상 쓸모없던 시들어가던 음경이 헐렁거리는 바지 속에서 정액으로 부풀어 오르며 부드러운 천이 팽팽해졌다. 시가는 살짝 창피했지만 그 여자의 양도를 놓고 협상을 벌이려고 티에폴로에게 다가갔더랬다.

그가 혀 위에 쌉쌀하고 몸에 좋은, 작고 둥근 덩어리를 굴리고 있을 때 야사가 다가와 조용히 말했다.

"주인님, 아이가 생겼어요……."

기쁨과 자부심이 시가를 흠뻑 적셨다. 그렇게 완전히 노쇠해 젊음을 잃었지만, 아직도 생명을 만들 수 있다는 건가? 어쨌든 그는 감정을 응당 감추고 거침없이 말했다.

"그래, 선조들께서 남자아이가 태어나게 해주시기를!"

야사는 그의 앞에 엎드린 채여서 그의 눈에 꽃 모양 원형 장식으로 땋은 머리가 들어왔다. 그녀가 아주 낮은 목소리로 말을 이었다.

"주인님, 당신이 더는 이곳에 안 계시게 되면, 저와 제 아이에게 무슨 일이 벌어지나요?"

시가는 그 질문에 대경실색했다. 언제부터 노예가 주인에게 캐묻게 됐을까? 하지만 그가 분노를 표현하기도 전에 야사가 다시 입을 열었다.

"주인님께서는 우리의 어머니 파티마에게서 자식 열을 두셨어요. 첩실 두 명에게서도 그만큼의 아이들을 두셨죠. 제 아이에게는 뭐가 남을까요? 그 점을 생각해주세요, 주인님, 그 점을……."

그러더니 자신의 대담함에 겁에 질린 듯 물러갔다. 다행스럽게도. 왜냐하면 시가가 매질을 하려고 지팡이를 찾고 있었으니까. 뻔뻔하고 불손한 것! 자신을 누구로 생각하는 건가? 잠자리를 나눴다고 저러는 건가? 그게 무슨 권리라도 준다고?

동시에 시가는 어머니를 떠올렸다. '우물에 몸을 던진 여자.' 어머니는 왜 그런 짓을 저질렀을까? 어머니를 멋대로 다뤘기 때문이 아니었을까? 그리고 그는 그 일로 영원히 낙인이 찍히지 않았는가? 아, 여자들이란! 그들을 어찌해야 할까? 그들이 원하는 게 뭘까? 그들의 아름다움과 고분고분함 아래에는 남자를 옭아맬 그만큼의 함정이 숨어 있지 않은가?

모든 건 어느 이른 아침, 두지카의 심장을 산산조각 내놓고서 마시나로 다시 떠나버린 시라에게서부터 시작되었다. 그다음은 관습이 마련해준 남편을 거부하면서 아이들을 데리고 떠나버렸던 마리엠. 그 여자들이 나름의 방식으로 항거하기 위해 서로 말을 맞췄다고 해도 믿을 판이었다……. 항거하기 위해서라고? 그런데 무엇에 대해서지? 그 여자들에게는 그 어떤 남자도 자신을 품어 길렀던 여자 앞에서는 위대하지 못함을 아는 것만으로 충분하지 않은가? 서로 동의한 겉보기의 역할 놀이 너머에서는 그 어떤 남자도 자신이 사랑하고 갈망하는 여자 앞에서는 강하지 못함을 아는 것만으로는?

어둠이 짙어지자 시가는 불을 가져오라고 소리를 질렀다. 사람들이 그를 잊은 건가? 그가 이미 죽기라도 한 건가? 그가 더 이상 주인이 아니기라도 한 건가? 어린 노예가 카리테 버터 등에 불을 붙이려고 급하게 들어왔고, 시가가 분풀이를 하려고 노예의 팔을 붙들었다. 하지만 때리려는 순간, 노인네의 폭발하는 분노에 직면한 어린아이의 얼굴에 어린 체념과 거의 연민으로 보이는 표정이 눈에 들어왔다. 그러자 시가는 스스로가 부끄러워져서 아이를 놓아줬다.

오늘 하루 있었던 사건들이 빠짐없이 머릿속을 지나갔다. 모하메드의 귀가 소식. 셰이크 하미두 마가사의 뜻밖의 청원. 아울라드 음바라크의 말들. 그리고 마지막에 야사의 임신. 얼마나 많은 책임을 져야 하는가! 얼마나 많은 결정을 내려야 하는가!

하지만 가장 중요한 건 티에코로의 아들을 제대로 맞아들이는 거였다. 체포 전날 형의 목소리가 들려오는 듯했다.

"특히 모하메드를 보살펴줘. 걔도 나와 같은 것 같아. 절대 행복하지 못할 거야."

이 지상에서 그 누가 행복하겠는가?

그래, 최선을 다할 테고, 아직도 형을 기억하면 마음이 불편해지는 사람들에 맞서 모하메드를 보호하리라. 그 일이 늘 쉽지는 않겠지. 파티마의 제안이 옳을까? 아이를 가문의 영지 바깥에 묵게 해야 하나?

시가가 한숨을 쉬며 사발에 담긴, 갈아놓은 콜라 열매를 손가락으로 조금 집고는 티에폴로를 보러 가려고 힘겹게 몸을 일으켰다. 처소 바닥에 깔린 모래를 쓸면서 뻗었던 다리를 끌어당기고 둔중하게 지팡이에 몸을 기대려는데, 강렬한 고통이 옆구리를 꿰뚫었고, 그러는 동안 주위가 어두운 밤이 되었다. 그는 뒤로 넘어가기 전, 미소를 띠고 그를 굽어보는 티에코로의 얼굴을 볼 시간밖에 없었다. 사로잡힌 짐승처럼 겁에 질린 그의 영혼이 빙빙 돌기 시작했다. 이게 죽음일까?

아직, 아직은! 해결해야 할 일이 그렇게나 많이 남았는데!

2

모하메드가 탄 말이 귀를 쫑긋 세우고 조그만 소리라도 났다하면 소스라치면서, 자신들의 은거지에 있다가 방해를 받아 덤불숲으로 피신하는 물소 떼와 영양 떼의 냄새를 어둠 속에서 맡으며 구보로 갔다.

모하메드 본인도 자신을 태우고 가는 말의 움직임대로 가볍게 흔들리면서 쉬지 않고 묵주알을 굴렸다. 무섭거나 밤에 배회하는 악의적인 혼령들로부터 스스로를 보호하려고 그러는 건 전혀 아니었다. 그저 기도가 그라는 존재의 자연스러운 상태여서 그럴 뿐이었다.

몇 달 전만 하더라도, 함달레에서 티오 여울을 거쳐서 세구로 가는 길을 따라가는 건 너무 위험했으리라. 둘씩 등을 맞대고 단봉낙타에 올라탄 투아레그인들이 페울족의 통북투 점령에 대한 보복으로 페울족의 마을을 공격해댔다. 그런가 하면 졸리바강의 왼편에 거주하는 밤바라인들은 '붉은 원숭이들' 사이에 그런 걱정거리가 퍼진 틈을 타서 페울족의 소를 노략질하고 목동을 죽이려고 테넨쿠까지 말을 달렸다. 전선 두 곳에서 공격당하는 페울족으로서는 당하고만 있을 수는 없어서 뭐든지 간에 움직인다 싶으면 표창을 던져댔다.

그런데 얼마 전부터 평온과 동질감이 그 지역에 생겨났다. 투아레그족과 페울족과 밤바라족은 각자의 상처에 알아서 붕대를 감았고, 엘 하지 오마르가 아직 사람들에게 알려지지 않았지만 벌써부터 두려움을 불러일으키는 그런 목적을 품고서 개종자와 강제로 징집된 포로들로 구성된 부대를 일으켰기에, 그에 맞서 동맹을 맺으려고 했다.

백성들은 정치인과 종교인에 의해 결정된 그런 동맹 관계의 역전에 말문이 막혔다. 여러 세대를 거쳐오는 동안, 백성들에게 서로 미워하고 서로 경멸하라고 가르쳤더랬다. 갑자기 그들에게 함께 살아가는 법을 배우라고 요구했고 투쿨로르족을 새로운 적이라고 지목했다. 모하메드는 예전에는 마시나의 확고부동한 적이었던 통북투의 셰이크 엘베케가 세쿠 하마두의 후계자에게 보내온 편지 내용을 알게 됐는데, 그 내용이 이랬다.

"세구가 엘 하지 오마르의 손에 들어가지 않게 하시오. 그자가 세구를 점령하고 말과 사람과 황금과 자패화 등 그 모든 힘을 탈

취한다면, 그때 가서는 무엇을 할 것이오? 그대가 그자를 위협하지 않는 한 그자가 그대를 가만히 내버려두리라고 생각해서는 당연히 안 되오. 한 점 의심의 여지 없이 벌어지게 될 것, 그건 그대의 백성이 그자 쪽으로 넘어가리라는 것이오."

모하메드는 이러한 온갖 이면공작이 역겨웠다. 그러니까 이슬람에 대한 관심은 부차적이었고, 그는 그 사실을 알아차렸다. 무엇보다도 권력과 영토 통제를 위한 투쟁이 그 속사정이었다.

갑자기 말이 나무뿌리에 걸려 비틀거렸다. 말이 기진했다. 쉬게 해야 했다. 그러니 처음 나오는 마을에서 멈춰야지.

모하메드는 스무 살이었다. 귀족이었다. 하지만 그의 마음은 고통 그 자체였다. 전날, 티자니의 말이 죄수의 목을 베는 언월도의 날처럼 바람을 가르며 떨어졌더랬다.

"그 이야기는 더 이상 하지 마라. 말도 안 되는 소리다. 절대로 에이샤와 혼인할 수 없다."

그는 그런 답변을 예감했다. 하지만 그런 답을 듣자, 그를 컴컴한 땅속에 파묻고 그 위에 수북이 흙을 덮는 것처럼 여겨졌더랬다. 그가 더듬거리며 말해보았다.

"하지만 아버지, 우리 사이에 피 한 방울 섞이지 않았어요."

상대방이 엄청나게 화를 내며 몸을 일으켰다.

"그 이야기는 더 이상 하지 말자니까."

모하메드는 자신이 관습적 절차를 뒤흔들었음은 인정할 마음이 있었다. 그건 사실이니까. 그는 세구로 돌아갔어야 했다. 가서 가족에게 알리고, 선물을 잔뜩 싣고 간 그리오들을 중매쟁이로 내세워 티자니와 접촉해야 했었다. 하지만 위험한 여행길에 오르는 마당인데, 그의 초조함을 용서해줄 수 있지 않은가? 자신이 억지로라도 에이샤 본인의 허락을 얻으려고 했다는 건 인정하고 싶지 않았다. 억지로 그녀 입으로 직접 말하게 하려고 했다는 건. 마침내 그녀 자신의 감정을 억지로 털어놓게 하려고 했다는 건. 어이하랴! 그런 계산은 완전히 틀렸더랬다. 티자니와의 면담이 끝난 뒤, 처마 밑에서 응유에 꿀을 넣어 달게 만드는 작업을 하고 있던 그녀를 찾아갔다. 그녀는 그저 이렇게만 말했다.

"아버지가 말씀하셨잖아, 모하메드."

그녀가 자신을 사랑하지 않는다는 의미일까? 그렇다면 죽는 게 낫다. 뷔르누와 옷들을 벗어 던지는 게. 졸리바강의 시커먼 물 속으로 들어가는 게. 물의 흐름에 몸을 맡기고 떠내려가는 게. 어느 날, 소모노족 어부가 그의 시신을 발견하리라. 모하메드는 마을을 이룬 가옥들의 어둑한 형체를 발견하자, 서두르라고 말의 옆구리를 어루만졌다.

가느다란 말뚝 위에 집을 올렸고 그 옆에 기장을 저장하기 위한 곳간이 달려 있으며 흙으로 지은 아름다운 성원을 중심으로 가옥들이 모여 있는 걸로 보아, 사라콜레족의 마을임을 알아보았다. 모하메드가 첫 번째 뜰로 들어가서 손뼉을 쳤다. 잠시 뒤, 어떤 형체 하나가 버터 등잔으로 비춰가며, 단단히 다져진 소똥을 바닥에 깐 베란다로 나왔다. 모하메드가 외쳤다.

"**앗살람 알라이쿰**. 저도 그쪽과 마찬가지로 이슬람 신도입니다. 하룻밤 재워주시겠어요?"

"비미인가요?"

모하메드가 웃더니 앞으로 나섰고, 그러자 두피를 뒤덮은 덥수룩한 머리카락처럼 서로 뒤엉킨 굵은 눈썹에 불신이 가득한 젊은 남자의 얼굴 윤곽이 분간되었다.

"반이 비미예요. 반은 응코*이고…… 근사하게 섞여 있죠, 그렇지 않나요?"

젊은 남자가 손님 환대의 전통과 농부들을 상대로 자행된 가혹행위와 수탈의 기억 사이에서 망설이고 있는 게 뚜렷했다. 얼마나 수도 없이 코란을 구실 삼아, 페울족이든 사라콜레족이든 모든 종족의 전사들이 수확물을 탈취하고 아내를 빼앗고 무기로 위협했겠는가? 모하메드가 우스꽝스럽게 두 손을 머리 위로 쳐들었다.

"보세요, 손에 묵주밖에 없어요!"

남자가 마침내 다가오라는 손짓을 했다.

"닭장 근처에 말을 묶어둬요. 말이 닭들에게 겁주지 않으면 좋

---

* 페울족이 밤바라족에게 붙인 별칭.

겠군요……."

모하메드가 하라는 대로 하고 집주인을 따라갔다. 벌써 안주인
이 일어나 있었고, 명령을 기다리지 않고 기장 쿠스쿠스를 데우
려고 베란다로 나왔다. 느슨하게 두른 잠자리용 파뉴가 엉덩이를
가리고 있었지만, 그녀가 걸음을 옮길 때마다 둔부에 겹겹이 두
른 구슬 장식이 흔들렸고, 그 부드러운 음악 소리에 모하메드는
에이샤가 발목에 찼던 꼬인 은발찌에서 나던 소리가 생각났다.
그래, 에이샤가 그를 사랑하지 않는다면 즉시 죽는 게 낫다. 하지
만 어떻게 사랑하지 않을 수가 있지? 어떻게 그의 사랑이 그녀에
게 가닿지 않고 그녀를 꿰뚫지 않을 수 있겠는가? 그 사랑이 심장
을 흥건히 적시고 입술까지 솟구치고 마침내 머릿속 생각 전부를
흐리게 하는데? 하지만 그는 그녀의 눈길에서 형제에게 당연히
갖는 애정 이외의 다른 걸 읽어낼 수 있었던 적이 한 번도 없었다.

안주인이 그에게 물이 담긴 바가지를 내밀어서, 모하메드는 끝
없는 생각에서 빠져나와 미소로 감사를 표했다. 집 안에 놓인 가
구로 판단하건대 윤택한 농부였다. 두 개의 낮은 토담을 붙여놓
고 그 위에 종려나무 이파리의 잎맥으로 짠 두툼한 자리를 올려
놓은 침대에는 유럽에서 수입한 이불이 놓여 있었다. 마찬가지
로, 옷을 담아두는 바구니들을 놓아둔 바닥에는 작은 카펫들이
여기저기 깔려 있었고, 비록 불을 붙이지는 않았지만, 금속제 샹
들리에 안에 사치품 중의 사치품인 양초가 꽂혀 있었다. 세네갈

의 생루이와 경쟁 중인 프리타운을 위시해 해안 지역에서 노예무역을 통해 들어온 물품들과 전통적인 물품들이 섞여 있는 그러한 광경이 매혹적이긴 했지만, 머릿속에 박힌 생각에 푹 빠진 모하메드의 관심을 끌지 못했다.

일단 세구로 돌아가고 나면, 시가 아버지를 재촉하여 티자니에게 청혼을 넣게 할 테고, 그러면 티자니는 결국 설득되고 말겠지. 그렇지 않다면……. 그렇지 않다면? 모하메드는 그 경우에 대한 생각은 감히 끝까지 밀고 나가지 못했다.

"세구의 만사 뎀바는 이슬람으로 개종할 모양이에요."

모하메드가 주인을 향해 고개를 들고 미소를 지었다.

"혹은 어쩌면 그런 척을 하겠죠. 아마두 세쿠가 요구하는 건 그게 전부이니까요……."

잠시 모하메드가 음식을 씹는 가벼운 소리만 들렸다. 그러고는 남자가 다시 그 이야기를 꺼냈다.

"그런 일 전부가 역겹지 않아요? 자신들의 왕국을 지키려고 아무 짓이나 하잖아요. 종교를 바꾸질 않나. 한바탕 전쟁을 벌이고 나서는 서로 선물을 주고받질 않나. 서로 먹을 딸 궁리만 하다가 서로를 형제로 취급하질 않나……."

모하메드가 손을 씻었다.

"뭐, 어쩌겠어요? 그게 권력자들의 세계니까요. 그런 세계에 비하면 숲속 동물의 세계는 조화롭고 평화롭죠."

모하메드는 해가 뜨기 전에 길을 떠났다. 어서 세구에 도착하려고 안달이 나서였다. 밤 시간은 혼령에게 속한 시간이어서, 인간과 동물이 각자의 소굴에 틀어박히게 만들지만, 동틀 무렵이 되면 인간과 짐승이 설욕을 한다. 야생 뿔닭과 자고새가 말발굽 소리에 달아났다. 사자 갈기 같은 털을 자랑하는 망토개코원숭이들이 바위 위에 진을 치고 있다가, 무척이나 대담한 그 인간이 지나가자 화가 나서 짖어댔고, 한 무리의 벌들이 그의 머리 위에서 붕붕거렸다. 지금은 어느 관목 아래에서 졸고 있을 하이에나들이 남겨놓은 흔적들이 여기저기 보였다. 갑자기 관목 숲이 불타올랐고, 아직까지는 햇빛보다 더 센 그 불빛에 영양과 멧돼지와 물소 등등이 펄쩍펄쩍 뛰어다니는 모습이 보였다. 바람이 비구름만큼이나 시커멓고 두툼한 연기 구름을 흩어놓지 못했지만, 다행스럽게도 비구름이 쌓이고 있어서 곧 이 모든 일에 질서를 부여할 참이었다.

안주인이 바구니 하나에 흰 닭들과 달걀과 완두콩을 담은 작은 주머니를, 그러니까 먹거리라기보다는 평화와 우정의 선물을 담아주었더랬다. 전날 밤, 모하메드는 나그네 손님용 개인채에서 잠을 잤다. 침상에 몸을 누이자마자 젊은 노예가 들어왔다. 농부와 그 아내가 그를 예우하려는 거였다.

여자는 사춘기가 될동말동했는데, 땋은 머리는 유리구슬과 홍옥수 구슬로 장식하고, 코에는 반짝이는 자그마한 금속 고리가 달랑거렸다. 급하게 깨워서, 처음 보는 손님의 즐거움을 위해 자기 몸을 내맡기기 전에 씻고 향수를 뿌리게 했음이 느껴졌다. 모하메드가 물었다.

"이름이 무엇이냐?"

노예가 거의 들리지도 않는 목소리로 답했다.

"아사······."

그러자 그가 다가갔다.

"있던 곳으로 돌아가거라, 아사. 널 더럽힐 생각이 없다······."

얼이 빠진 노예는 주인 부부의 욕받이가 될지도 모른다는 두려움과 자기 몸을 내주지 않아도 된다는 행복감 사이에서 머뭇거리다가 그의 말을 따랐다. 아침에 농부가 질문을 퍼붓고 싶어 근질거리는 표정으로 그의 얼굴을 몰래 살폈다. 그런데 에이샤에 대한 사랑이 어떤 여자든지 다른 여자에게 눈길을 주는 걸 금했기 때문에 모하메드는 순결했다.

말이 속보로 달리기 시작했다. 태양이 떠올랐기 때문에 갑자기 살아 있는 행복을 느끼며. 커다랗고 붉은 원형의 덩어리가 비를 머금은 수증기와 할 수 있는 만큼 맞붙어 싸우며 하늘에서 뒹굴기 시작했다. 모하메드는 멈추지 않고 산산딩을 통과했다. 아주 중요한 도시로서, 그곳에서는 자유롭게 이슬람 신도와 비이슬람 신도가 가까이 지냈다. 이슬람 신도들은 그 지역에서 가장 아름다운 성원 축에 끼는 몇몇 성원들을 건립했는데, 카라반에 소속된 상인들이 교역을 통해 들어오는 상품들이 휩쓸어도 굳건히 버티며 기부금을 내놓은 덕분이었다. 비이슬람 신도의 물신숭배 소가 시장 근처나 사거리에 종종 세워져 있지만, 이슬람 신도가 그에 대해 기분 상해 하지 않는다는 건 분명했다. 모하메드는 알고 있었으니, 엘 하지 오마르는 그러한 관대함, 이교도에 대해 너그러운 그러한 이슬람을 혐오했다. 그가 옳은 걸까? 그러한 엄청난 논쟁이 사람들에게서 동요를 불러일으켰지만, 모하메드는 그에 대한 확고한 의견이 없었다. 그의 마음에 깃든 너그러움은 인간이 섬기는 신의 이름이 무엇이든 모든 인간은 형제라고 속삭였다. 그것은 이단적 생각일까? 그렇게 생각하면 아버지를 살해했던 자들을 용서하는 셈이 되는 걸까?

산산딩에서 빠져나온 모하메드는 커다란 조개가 여기저기 박혀 있는 강둑을 향해 말을 몰았고, 풀과 가시덤불 근처에서 물기 없는 구석을 찾아다녔다. 저 멀리 라피아 천으로 만든 돛이 바람에 잔뜩 부푼 상태인 배 한 척이 맴돌고 있었지만, 그럭저럭 밧줄이 붙잡아두고 있었다. 그는 의무 이상으로 여러 차례 라카*를 반복하며 길게 기도를 올렸다. 드디어 몸을 일으켰고, 머리에 빨랫

---

* 코란 1장을 외우면서 율동하듯이 정해진 동작을 취하는 것이다. 1장은 일곱 개의 절로 구성되어 있으며 1절부터 7절까지 외우면서 정해진 동작을 마치는 것을 1라 카라고 한다.

감이 든 함지박을 인 여자들이 나타난 걸 알아차렸다. 모하메드는 자신이 여자들에게 불러일으키는 효과를 두려워해야 한다는 걸 익히 알고 있었다. 함달레에서 동냥하는 청소년이었던 동안은 여자들이 그의 박 그릇을 닭 조각과 쌀밥과 당과로 채워주는 선에서 그쳤더랬다. 그가 성장함에 따라 여자들의 시선에는 음식을 잔뜩 주고 싶은 욕망 이외의 다른 욕망들이 넘실거렸다. 모하메드는 그걸 진짜 끔찍하게 여겼다. 그건 마치 멀리 떨어져 있지만 사랑하는 어머니 마리엠이나 금지된 공주인 에이샤가 그런 식으로 남자의 얼굴을 뜯어보는 모습을 목격하는 느낌이었다. 여자가 욕망을 느껴야 하는가? 아니다. 여자는 자신에 대한 사랑으로 정화된 남자의 욕망을 받아들이기만 하면 된다.

여자들이 이고 온 빨랫감을 내려놓고 빨래를 물에 담갔다가 센나 비누로 비누칠을 하기 시작했다. 동시에 아이섀도를 발라서 더 커 보이는 반짝거리는 눈으로는 먹잇감을 놓치지 않았다. 그 여인들은 이슬람 신도가 아니었다. 그 여인들의 종교는 남자 앞에서 조신함으로 가득한 행실을 강제하지 않았다. 오히려 여자들은 그를 조롱했고, 함달레에서 자란 모하메드에게는 익숙하지 않은 성적 암시로 가득한 말들을 주고받으며 그를 놀려먹었다.

어쩔까? 소지품을 챙겨 떠날까? 일찌감치 그런 궁리를 하고 있는데, 여자들이 조롱과 다정함이 뒤섞인 짤막한 노래를 불렀다.

바람 불고 비 내릴 듯 위협적인 날씨에

저 비미는 나무 아래 와서 앉았네

가여운 비미!

젖을 줄 엄마도 없고

곡물을 빻아줄 여자도 없구나

가여운 비미!

모하메드가 용기를 내어 다가갔다.

"우선, 난 비미가 아니오. 당신들처럼 옹코요. 그리고 가족에게
로 돌아가는 길이니, 당장 오늘 저녁부터 누군가가 내게 젖도 갖
다 주고 곡물도 빻아주겠지⋯⋯."

그중 한 여인이 젖가슴이 망고 열매 같고 구슬을 여러 겹 두른
배가 살짝 동그스름한 게 유난히 예뻤다. 그녀가 대담하게 물었다.

"결혼은 했나요?"

모하메드가 무릎을 꿇고 앉았다.

"안 했소. 내가 사랑하는 여자가 나의 것이 될 수 없답니다!"

여자들이 왁자지껄 웃어댔다. 그 여자들은 그런 식의 말을 들
어본 적이 없다는 게 명백했다. 남자란 힘, 수컷다움, 나아가 난폭
함이 아니던가? 탐나는 여자가 있으면 빼앗아야 하는 게 아닌가?
그런데 모하메드는 속에서 연하고 부드러운 감정만 느꼈다. 그의
머릿속에는 영광이나 정복에 관한 꿈은 전혀 없었다. 그저 사랑

을 받고만 싶었다.

또 다른 여자가 물었다.

"응코라면서 왜 비미처럼 말을 하죠?"

모하메드가 미소를 지었다.

"곧 비미도 응코도 더는 존재하지 않게 된다는 걸 모르나 보오?
투쿨로르족에 맞서 모두 하나가 될 텐데……."

그러고는 몸을 일으켜, 강둑에서 심드렁하게 잔가지를 뜯어 먹
는 말에게로 돌아갔다. 그는 밤이 되기 전에 세구로 들어갔다.

모하메드는 시끄러운 소리라고는 무에진의 부름 소리뿐이었
던 함달레의 금욕적 고요 속에서 8년을 살고 난 뒤라, 세구의 소
란스러움에 거의 겁이 날 지경이었다. 그가 아이였을 때의 세구
는 트라오레 가문의 영지와 아버지가 운영하는 자우이아와 만사
의 궁전으로 요약이 됐고, 당시 궁전에 가서 총을 든 호위병을 보
며 감탄을 했더랬다. 갑자기 왜 페울족에 이어서 투쿨로르족까지
세구를 점령할 꿈을 꾸는지 이해가 되었다. 바로 그 부유함과 번
영 때문이었으니, 시장과 장인들의 진열대 위에서도 흘러넘쳤고,
거대한 마호가니 나무의 아래쪽 가지에 닿을 정도로 높이 솟은
망루를 갖춘 육중한 저택의 전면에서도 역력히 드러났다. 폭 좁
은 두툼한 면직물로 만든 옷을 입고 그 위에 뷔르누나 비단 부부
를 걸친 수많은 남녀가 오갔고, 그러다가 악사의 연주를 듣거나
곡예사의 자세를 취한 어릿광대를 구경하려고 멈춰 섰다. 노란

색 의상을 입고 어깨에 총을 멘 통디옹들이 술집으로 향했고, 벌써부터 술집을 가득 메운 술꾼들이 수다를 떨고 웃어대며 돌로를 마셨다. 모하메드는 깜짝 놀랐다. 사방에 성원이 있지 않은가! 예전에는 성원이라고는 소모노와 무어인 지역에 있는 것들뿐이었다. 지금은 초승달로 장식된 미나레*가 목동의 지팡이처럼 무수히 솟아 있었다.

수많은 시선이 모하메드를 올려다봤다. 뉘 집 자식인가? 사람들은 멈춰 서서 그의 말이 어느 길로 들어설지를 지켜봤다. 어라, 가죽 시장을 지나쳐 가려나? 그곳에서는 페울족 젊은이들이 성벽 바깥에 있는 투아레그족의 단봉낙타 곁으로 가축을 데려가기 전에 훈련을 시키고 있었다. 강 쪽 돌출부에 있는 소모노의 마을을 향해 가나? 그것도 아니다. 말발굽이 무른 땅을 차면서 계속해서 거리를 따라 내려갔다.

모하메드는 마음에 충격을 받았다. 예전에 아버지의 자우이아 시설이 있던 곳에 빈 땅만, 지금은 진흙투성이 빈 땅만 있어서였다. 여자들이 그곳에 노지쿠를 심어놓았는데, 저지른 잘못에 대해 조상들에게 용서를 구하기 위함이었다. 모하메드에게 영지 자체는 전보다 더 웅장해 보였다. 그가 말에서 내려 건물 전면에 박아놓은 고리에 말을 묶어놓고, 손뼉을 치면서 첫 번째 뜰로 들어

* 예배 시간을 알릴 때 사용되는 탑.

갔다.

별나게 분주했다. 노예들이 사방으로 내달렸다. 주물사들은 풀을 태우거나 자패화를 던져가며 조상의 의중을 묻고 있었다. 아이들은 돌보는 사람 없이 자기들끼리였다. 그 누구도 그에게 신경을 쓰지 않았다. 두 번째 뜰로 들어가 자기보다 별로 더 나이 많은 것 같지 않은 젊은이를 찾아냈다.

"이 집안의 아들인데, 이름은 모하메드이고⋯⋯."

젊은이가 그를 덥썩 끌어안았다.

"아, 모하메드구나. 난 네 형제 올루분미야. 네가 너무 늦게 도착할까 봐 걱정들 하고 있었어. 시가 아버지가 위독하셔⋯⋯."

엄혹한 죽음의 여행을 시작하려는 존재와의 재회. 그의 정신은 이미 저 멀리 가 있는데. 흐려진 눈. 알아듣기 힘든 말.

처소에는 훈증 연기가 자욱했고, 모하메드는 거기 모여 있는 치유사들을 몽땅 내쫓을 수 있기를 바랐다. 마지막 순간에 적합한 것은 오로지 기도뿐이니까. 동시에 똑같은 말이 강박적으로 머릿속에서 맴돌았다. '시가 아버지가 절 쳐다보게 해주소서! 제가 여기 있다는 걸 알게 해주소서!'

그로서는 그렇게 자신을 인정해줘야 다시 가족 안에 순조롭게 끼어들 수 있을 것 같았다. 임종을 맞은 그 노인 말고는 자신을 지원해줄 이가 없을 듯했다.

올루분미가 그의 어깨를 건드렸다.

"티에폴로 아버지가 널 좀 보자셔……."

모하메드가 뷔르누 주머니에 묵주를 간수했다.

세월이 시가를 망가뜨렸다면, 그 세월은 티에폴로의 헌칠한 키 대와 너른 가슴팍, 다리의 탄탄한 윤곽은 존중했더랬다. 그가 아 직도 길게 땋아 간수하는 머리카락만이 고분고분 허옇게 세었다. 티에폴로는 부성적인 감정과 가족 내에서 티에코로가 했던 역할 에 대한 기억 사이에서 마음이 둘로 나뉘었다. 그래서 그의 행동 은 전적으로 일관되지 않았다.

모하메드가 나타났고, 티에폴로는 그렇게나 젊고 그렇게나 드 러내놓고 상처받기 쉬운 모습을 보자 마음이 움직였다. 그가 꼭 끌어안으면서 말했다.

"우리의 신들이 이렇게나 슬픈 귀가를 네게 마련해줬다니! 집 안사람 전부 울고 있으니……."

그렇지만 자신도 모르게, "우리의 신들"을 입에 올릴 때 그 신 들은 모하메드의 신들이 아님을 똑똑히 의미하려는 듯이, 공격적 인 어조를 자제할 수 없었다.

"아버지, 믿지 않는 자만이 망자를 위해 눈물을 흘립니다. 육신 의 등불인 영혼…… 마침내 신성과 하나가 된 영혼의 행복을 잊 어서 그런 거죠."

"믿지 않는 자"라는 말이 아마도 일을 그르친 모양이었지만, 모하메드는 어머니 마리엠의 말을 통해 "그가 티에코로의 죽음에서 뭔가 역할을 했다"라는 것을 알고 있던 만큼, 그런 아버지와의 대면과 귀가를 둘러싼 상황에 너무 동요되어 외교적 수완을 보여줄 수 없었다. 모하메드는 티에폴로에게 죽은 형의 오만한 말투와 격언조의 말을 떠올려줬고, 티에폴로는 성이 났다. 그래서 거칠게 말했다.

"네가 우리를 부르는 대로 하자면, '믿지 않는 자들' 사이에서 머무르는 걸 받아들이려고?"

모하메드는 실수를 만회하려고 가까스로 애를 썼다.

"피, 피가 그 모든 것보다도 더 강하지 않을까요?"

사실 과거야 어떻든 티에폴로와 모하메드가 서로를 좋아하게 되려면 아주 사소한 것으로도 충분했을 거다. 수많은 공통점, 그러니까 수줍음, 감수성, 자신감 부족, 무엇보다도 가족애 등이 두 사람을 가깝게 했다. 하지만 두 사람은 그 점을 의식하지 못했다. 티에폴로는 모하메드가 티에코로의 체포 과정에서 그가 했던 역할을 부풀리는 소문과 험담을 듣고 자신에 대해 반감을 가졌을 거라고 여겼다. 모하메드는 자신이 달갑지 않은 존재이리라고 생각했다.

갑자기 여자들의 울부짖음이 터져 나왔고, 곧 손뼉을 쳐서 박자를 맞추며 부르는 노래가 뒤를 이었다.

우각호로 갈래요, 어머니!

불길한 새가 제게 노래를 불러줬어요!

우각호로 갈래요, 어머니들!

불길한 새가 제게 노래를 불러줬어요!

여자들이 우네요

여자들이 한탄을 하네요

그들의 밭을 갈던 훌륭한 농부가 쓰러졌으니까요!

티에폴로가 후다닥 몸을 일으켰고, 모하메드도 따라 했다. 두 사람은 시가의 처소를 향해 가다가, 아주 젊은 여자가 벽에 기댄 채 어깨를 들썩이며 온통 눈물에 젖은 얼굴로 격렬하게 흐느끼는 모습을 보았다. 의식에 따라 상황에 맞춰 대강 우는 울음이 아니라 개인적이고 비통하며 혼자만의 절망에서 비롯된 것임이 분명했다. 티에폴로가 모하메드의 무언의 질문에 답했다.

"야사라고 시가 아버지의 마지막 첩실이란다⋯⋯."

모하메드는 한없이 무너지고 한없이 흔들리는 젊은 얼굴의 모습을 눈에 담고서 멀어져갔다.

3

갑자기 덮치는 죽음은 고약하다. 물론 죽음이란 것이 북소리를 울리며 다가오는 법은 없다. 하지만 어떤 이들에게는 아내들과 재산을 처분하고 후계자에게 지침을 내릴 여유를 남겨준다. 시가의 경우, 그런 건 전혀 가능하지 않았다. 그리하여 일단 장례가 끝나자, 가문의 관리를 맡게 된 티에폴로는 그때까지는 다 같이 망자에 대해 느끼는 연민의 정에 가려져 있다가 갑자기 시급해진 수많은 문제에 직면하게 되었다.

나그네용 손님채에서 끈기 있게 기다리고 있는 셰이크 하미두 마가사에게 답을 주기. 수적으로 더 우세한 이슬람 신도들과 비이슬람 신도들이 영지 안에서 함께 살아가게 만들기. 종교적 구실 뒤로 몸을 피한 과부들에게 가문에서 정해준 남편들을 받아들이게 강제하기. 특히 모하메드를 맞아들이기. 개종한 자들과 규율을 따르지 않는 자들을 집결시킬 이슬람의 횃불처럼, 특별한 사람처럼 인정받지 못하게 저지하기. 사실 개인으로서는 모하메드는 매력적이었다. 싹싹했다. 공손했다. 존재감이 느껴지지 않을 정도로까지 예의 발랐다. 하지만 티에폴로는 그러한 자질 자체에서 잠재된 위험의 냄새를 맡았다. 지나친 이상주의. 지나친 너그러움. 수컷다움으로 간주되는 것에 대한 일종의 전면적 거부. 그래서 티에폴로는 모하메드와 함께 있을 때마다 겁먹은 아이에게 그러듯이 격려해주고 싶은 욕망과 막 대하고 싶은 욕망 사이에서 주저했다. 그가 질문을 던졌다.

"왜 너희들이 가는 그런 대학에 공부하러 가지 않았니?"

모하메드는 고개를 수그린 채였고, 티에폴로는 이번에도 이목구비의 완벽함에 놀라 거의 반감이 생기다시피 했다. 그러한 여성적 아름다움, 그것 역시 위험했다. 모하메드는 용기를 내는 것 같더니, 더듬거리며 말을 꺼냈다.

"아버지, 마음속에 간직하고 있던 말씀을 드리겠습니다. 공손한 아들이라면 가문에서 정해준 아내를 맞아들여야 한다는 걸 저도 잘 압니다. 하지만 전…… 사랑하는…… 여자가 있어요. 그 여자를 갖지 못하면…… 죽을 것 같아요……."

티에폴로는 경악을 넘어 거의 공포를 느끼며 모하메드를 바라봤다. 여자 때문에 죽는다고? 이슬람은 그런 걸 가르치나? 술을 금지하고 남자들을 거세하여 나란히 풀을 뜯는 양으로 바꿔버리는 종교니 놀라울 것도 없다. 그렇다면 만족을 안겨줄 여자 노예들이 넘쳐나는데도, 모하메드가 밤마다 혼자 잠을 자는 것도 그 여자 때문인가?

티에폴로는 자제하면서 물었다.

"마시나의 페울 여인인가?"

다급하게 모하메드가 에이샤에 대해 말하기 시작했지만, 티에폴로는 눈썹을 찌푸리면서 말을 끊었다.

"그러니까 시라 할머니의 손녀라고? 네 누이라는 소리냐?"

모하메드가 티자니를 설득하는 데 실패했던 그 논리를 꺼내기 시작했다.

"아버지, 시라 할머니는 마시나의 페울족 남자와 재혼을 하셨어요. 그 후손과 우리 가문 사이에 어떤 혈연관계가 있나요?"

티에폴로가 곰곰이 생각에 잠겼는데, 미로처럼 얽힌 가계도 안에서 헤매고 있는 게 눈에 보였다.

"그건 있을 수 없는 일이야, 모하메드. 네 누이 아니냐……"

모하메드가 억지를 부리려는 차에, 티에폴로가 예의 그 단호한 표정으로 면담이 끝났음을 알렸다. 절망에 빠진 모하메드가 자리를 떴다. 혈통의 지리학이란 얼마나 아둔하고 부조리한 개념인가! 숙이고 들어가 에이샤를 단념해야 할까? 절대 안 한다! 절대! 그는 수천 번째, 그 누구도 설득하지 못하는 오류 말고는 오류가 없는, 자신의 논증을 되새김질했다. 그는 복종하지 않은 적이 한 번도 없지만 이번 한 번 반대를 무릅쓰고 에이샤를 납치하러 다시 말에 오르리라. 그런데 그녀가 그런 납치에 동참할까?

"아버지가 말씀하셨잖아, 모하메드!"

그게 사랑에 빠진 여인이 할 법한 말일까?

모하메드는 고인이 된 가족의 무덤이 자리한 곳에서 멀지 않은 자신의 처소로 돌아갔다. 티에코로의 무덤은 그의 특별한 운명을 상징하기라도 하려는 듯 살짝 외진 곳에 자리했다. 절망에 빠진 모하메드가 그 근처에 주저앉았다. 아, 아버지가 살아 계셨다면, 아버지는 자신을 이해하고 양쪽 집안의 웃기지도 않은 반감을 꺾어버리셨을 텐데. 하지만 봐라, 그는 혼자였다. 어머니는 멀리 계셨고, 그를 지지해줬을 사람들은 전부 다 땅속에 들어가 있다. 그러다가 그런 절망에 대해 부끄러움을 느꼈다. 하지만 마음을 어떻게 억누르겠는가? 에이샤를 갖지 못한다면 평생 그 어떤 것도 갈망하지 않으리라.

거기 그렇게 머물러 있는 그에게 올루분미가 다가왔다. 먼 곳에서 죽음을 맞이한 아들의 유일하게 살아 있는 아들, 올루분미는 가족들이 판코라고 부르면서 기적이 일어난 아이로 애지중지 키워냈다. 그런데도 아이의 성품을 버려놓지 않았으니, 그에게서 말로발리의 유전적 특성을 이제나저제나 찾아내보려고 드는 사람들도 입을 모아 그 아들은 아버지와 다르다고 말을 했다. 모하메드는 자신이 집으로 돌아온 그곳에서 상징적으로 자신을 맞아준 그 형제에 대해 열렬한 애정을 품게 되었다. 단지 그를 이슬람 신도로 만들지 못해서 실망했을 뿐이었다. 올루분미는 개종시키려는 그의 온갖 시도에 대해 상냥한 회의주의로 맞섰다.

"모든 신들 사이에 우열은 없어. 왜 다른 신들보다 어떤 특정 신을 강요하고 싶어 하는데?"

올루분미는 모하메드 가까이에 앉았지만, 그래도 무덤과는 거리를 두려고 애를 썼다.

"만사의 사절이 방금 티에폴로 아버지의 집으로 들어갔어. 너랑 관련된 것 같던데……."

"무슨 소리야?"

올루분미는 중요한 사람인 척 구는 즐거움을 뿌리치지 못했다.

"만사께서 마시나로 사절단을 보내려는 모양인데, 네가 통역 노릇을 해줬으면 하나 봐……."

"내가?"

확실히 괴상한 생각이 아닐 수 없었다. 왕실의 사절단에 그 어디에서도 두각을 나타낸 적이 전혀 없었던 갓 스무 살짜리 젊은 이를 끼워 넣겠다니! 올루분미가 약삭빠른 표정을 띠었지만, 사실 주워들었던 말을 옮기는 것뿐이었다.

"이슬람의 시간이 세구에 도래한 게 분명해. 우리 아버지의 피, 그걸 이용하려는 거라고. 티에코……."

한 번 더 모하메드는 역겨움을 느꼈다. 그랬다. 이슬람은 빛바랜 옷과 흡사해 보일 정도로 시들었다. 셰쿠 하마두가 죽고 나자, 빠르게 세속적 관심이 신앙을 타락시키고 말았다. 모두가 숭배하던 그 성인이 온갖 규범을 뒤엎으면서 자신의 아들 아마두 셰쿠의 계승을 준비하지 않았던가? 그리고 아마두 셰쿠는 벌써부터 형제들을 무시하고 자신의 아들 아마두 아마두의 즉위를 준비하고 있지 않은가? 인간의 마음의 동력은 무엇일까?

모하메드가 모르고 있는 것, 그건 올루분미의 머릿속은 표면적인 차분함 밑에 여행과 모험에 대한 동경이 가득하다는 사실이었다. 그가 말로발리의 아들답지 않다고 생각하는 사람들이 착각했다. 실제로는 그 똑같은 초조함이 속에서 부글부글 끓고 있었다. 행동하고 싶은 똑같은 욕망. 해안에서 살아봤고 백인을 보았고 그들의 언어를 말해봤고 그들의 무기를 다뤄봤던 사람들이 점점 더 늘어나는 추세였는데, 올루분미는 그런 경험담을 들으려고 시장 근처에 모여드는 사람들 축에 들었다. 그래서 늙은 삼바는 자신이 오랜 세월을 지냈던 프리타운과, 그곳의 항구와 선창에 통나무를 잔뜩 쟁이고 유럽으로 항해하는 선박들에 대해 올루분미에게 묘사해줬더랬다. 올루분미가 백인은 아랍인과는 다른 글자를 갖고 있고, 그들은 물신숭배자만큼이나 이슬람을 증오한다는 사실을 알게 된 것도 늙은 삼바를 통해서였다. 삼바는 글자 몇 개를 그리는 법도 알려줬었는데, 그 글자들은 처음부터 끝까지 다 합쳐야 그의 이름인 삼바가 되었다. 올루분미는 어떻게 쓸까? 그

건 늙은 삼바도 몰랐다.

두 사람이 티에폴로의 처소 앞을 지나다가 보니, 티에폴로가 처소 입구에서 만사의 사신과 셰이크 하미두 마가사와 더불어 한창 대화를 나누는 중이었다. 중요한 결정을 내리려는 게 확실했다······. 어떤 방향일까?

모하메드는 어떻게 생각해야 할지 잘 알지 못했다. 그렇게 어쩌면 함달레로 돌아가게 되는 건가? 물론 에이샤와의 혼인을 허락받기 위해서만 그곳으로 돌아가겠노라고 맹세했더랬다. 하지만 적어도 며칠 동안은 그녀를 보게 될 테고, 특히 자신에 대한 그녀의 진정한 감정을 알게 될 거다.

"아버지가 말씀하셨잖아, 모하메드!"

그게 사랑에 빠진 여자가 할 법한 말인가?

티에폴로가 만사의 압력에 밀려 내려야만 했던 결정에 대해 집안의 남자들에게 알린 건 저녁 식사가 끝나고 나서였다. 이슬람 신도들이 티에코로의 무덤을 순례하는 일을 허용하게 될 것이다. 모하메드는 곧 마시나로 떠날 화해의 사절단에 끼게 될 것이다.

세구의 백성은 만사 뎀바와 마시나의 군주가 친교를 맺으려고 한다는 소식을 접하자, 그저 심드렁하게 어깨를 으쓱할 뿐이었다. 그들은 성문 근처에 모여서, 근사한 말 위에 올라탄 고관대작들이 각자의 그리오를 앞세우고 선물의 무게로 허리가 휜 노예를 뒤에 거느리고, 함달레 방향으로 떠나는 모습을 구경했다. 투쿨로르족의 행위 때문에 그런 화해가 필요하다고 말해줬고, 그런 말에 지나치게 놀라지 않았다. 엘 하지 오마르의 이름은 악의와 동의어가 되어 있었다. 그가 세구를 거쳐 가면서 벌어졌던 사건들은 과장이 되었더랬다. 사람들은 하늘에서 쏟아진 피와 재의 비와, 만사의 궁전을 삼켜버린 지진과, 졸리바강 가를 짝짝 갈라진 돌투성이 땅으로 바꾸어버린 무시무시한 가뭄에 대해서 말했다. 정보가 빠른 사람들은 엘 하지 오마르가 현재 푸타 잘론의 딩기라이에 거주한다고 알고 있었는데, 그들이 발을 들여놓은 적이 없는 곳으로, 졸리바강에서 멀지 않지만 남쪽으로 많이 치우친 어딘가였다. 여행자들의 이야기를 들어보면, 그 도시는 난공불락의 요새가 되었고, 함달레보다도 더 열렬한 기도의 장소가 되었다. 거리마다 성원이 들어섰다. 중앙에는 성벽의 높이가 10미터에 달하는 요새가 지어졌고, 그 안에서 엘 하지 오마르가 처첩과 자식, 그리고 심복들과 거주했다. 여행자들은 또한 그의 추종자들이 그 유명한 구절, 그러니까 "알라신 이외에 신은 없다"를 말하라고 강요한다고 전해줬다. 따르지 않으면, 댕강, 목이 베였다.

여행자들은 몇 년 전의 세쿠 하마두가 통치하던 페울족과 그들을 비교하는 이들에게, 마시나의 사람들은 엘 하지 오마르의 무리에 비하면 상냥하고 관대하다고 주장했다.

말발굽에 풀썩이던 흙먼지가 가라앉자, 올루분미는 서글프게 영지로 돌아갔다. 모하메드는 이슬람과 함달레의 생활에 관한 지식이 있었기에, 그 점을 고려하여 그를 동등하게 취급하며 이야기를 나누는 어른들 틈에 끼어서 떠나갔다. 어떤 모험이 그를 기다리고 있을까? 어쩌면 영광스럽게 이름을 날릴 기회를 갖게 되지 않을까? 어쨌든 그는 세구의 판에 박힌 일상에서 벗어났다. 그것만으로도 부러울 만했다!

올루분미는 전통을 따라 비밀결사의 입문 교육을 받는 한편 몇 년간 이슬람 종교교육도 받았더랬다. 그 말인즉슨 그 자신도 수라트 몇 개를 암송할 수 있을 뿐만 아니라, 코란 구절이 적힌 장방형 양피지와 부적들을 뒤죽박죽 허리에 차고 있다는 소리였다. 그는 옷은 이슬람 신도처럼 입고, 반면에 머리는 길게 땋았다. 한마디로 올루분미 자체가 세구가 지금 겪고 있는 과도기를 구현했다. 게다가 그는 자기 안에 흐르는 이족(異族)의 피를 잊을 수가 없었다. 어머니가 베냉의 아구다인이라고? 세구의 그 누가 그런 독창성을 자랑할 수 있겠는가? 밤바라인 대부분은 졸리바강을 건너간 적도 없는데, 해안까지 내려갔던 아버지라니!

올루분미는 그런 아버지에 대해 매우 모순적인 감정을 느꼈다. 그는 아버지가 자신이 꿈꾸는 여행을 했기 때문에 아버지에게 감탄하고 아버지를 부러워했다. 다른 한편, 머나먼 타국에서 죽었고 가족 사이에 매장되지 못했기 때문에, 아마도 다른 이의 몸을 빌려 환생하지 못하고 보이지 않는 세계를 절망적으로 배회하는,

호의를 갖지 못한 그런 혼령 축에 끼었을 터였다. 그래서 가끔 저녁이면 바람 소리에서, 비가 떨어지는 소리에서 혹은 등잔의 버터가 탁탁 튀는 소리에서 아버지의 한탄을 들은 것만 같았다. 모하메드가 "그것들의 살도 피도 아무런 효과를 내지 못하리라. 오로지 너의 신앙심만이 가닿으리라"라는 선지자의 말을 되풀이했음에도, 올루분미는 잊지 않고 충실하게 아버지의 기억에 제물을 바쳤다.

올루분미가 늙은 삼바의 집에 들어가보니, 삼바가 대나무 침상 위에 앉아 있었다. 삼바가 얼굴을 찌푸렸다.

"그래, 네 형제는 갔니?"

올루분미가 근사한 말에 올라 달려가던 모하메드 생각에 살짝 울적해져서 어깨를 으쓱했다.

"예, 서판에 끼적이는 그 인간, 떠났어요……. 삼바, 여행했던 이야기 해주세요……."

삼바가 비싸게 굴었다.

"그 이야기는 열 번도 넘게 해줬잖니. 뭘 또 듣고 싶은데?"

그러더니 스코틀랜드산 브라이어 파이프여서, 백인의 나라에서 온 물건이어서, 올루분미의 눈에 엄청난 위신의 소유자로 만들어준 파이프에 담뱃잎을 채웠고, 그러고는 이야기를 시작했다.

"너희는 말이야, 바다가 어떤 건지 상상도 못 할 거다. 데보 호수만으로도 깜짝 놀라잖니. 하지만 호숫가가 어쨌든 보인단 말이야. 표면에 섬이 여기저기 떠 있고. 배들은 요리조리 갈대 사이로 빠져나가지. 그런데 바다는, 그건 늘 움직이고 있는 거대한 하늘과 같아. 바다는 바람과 사이가 좋지 않아서 바람이 일면 화를 내고, 성난 표범처럼 등이 불룩 솟거든. 해면에 떠 있는 선박에게는 큰일 난 거지. 난 3년 동안 보조 선원을 했거든. 있잖니, 내가 어렸을 때 무어인이 부모에게서 나를 빼앗아 카요르 왕국으로 데려갔어. 그곳에서 프랑스인을 만났는데⋯⋯."

"어때요? 프랑스인은?"

늙은 삼바는 말을 끊는 걸 좋아하지 않았다. 그는 그런 직접적인 질문은 못 들은 척했다.

"나를 고용했던 사람은 리샤르 씨야. 그 남자는 자기 나라에서 온갖 식물들을 들여와 실험을 했단다. 그러고는 거기에서부터 다른 식물들을 만들어냈지. 그의 손이 닿기만 하면 땅에서 어떤 식물이 자라나게 되는지 너도 안다면! 목화, 인디고, 감비아 양파, 바나나 나무, 파파야, 사막대추야자, 센나, 땅콩⋯⋯. 그이는 이곳의 우리네 고장이 정원이라고 말했지! 그러던 어느 날 고개를 숙여 땅만 보는 일에 진력이 나더라고. 그래서 곧장 걸어갔지. 그렇게 프리타운에 도착하게 된 거야. 거긴 말이야, 잘 들어, 다른 백인이라고. 영국인이⋯⋯."

"프리타운에 대해 말해줘요, 삼바!"

이번에도 삼바가 질문을 무시하고 말을 이어갔다.

"난 영국인과는 일해본 적이 없어. 프랑스인의 언어는 이미 알고 있었으니까. 그렇게 프랑스인의 배에 올랐단다. 케이프코스트까지 내려갔더랬지……."

"제 아버지도 거기 갔었대요!"

삼바가 시커먼 침을 뱉었다.

"그럴지도. 하지만 보조 선원은 아니었잖니, 그분은!"

울루분미가 시인하지 않을 수 없었고, 그러고는 졸라댔다.

"프리타운 얘기 좀 해줘요……."

"대체 무슨 이야기를 해달라는 거지? 넌 바다를 본 적이 없잖아. 쌍돛대범선도, 스쿠너선도, 범선도, 펠루카선도 뭔지 모르면서. 소모노가 모는 통목선만 알잖아……."

울루분미가 몹시 창피해서 고개를 들지 못했다. 늙은 삼바가 말을 이어갔다.

"이제 백인들은 증기로 배를 움직인다고들 하더라만……."

"증기로요!"

삼바는 상대방 젊은이가 자신이 잘 알지 못하는 주제에 대해 질문을 쏟아내는 걸 피하려고 대화 주제를 바꾸었다.

"백인과 함께할 수 있는 일로는 군인이 되는 것도 있어. 쌍발총을 메고, 장식 줄이 들어간 붉은색 바지를 입고, 그렇게……."

"군인이 되면 뭘 하는 거죠?"

"싸우는 거지, 당연히……."

"그런데 누구랑요?"

노인도 젊은이도 그 질문에 답을 할 수 없었다. 백인은 노예를 획득하기 위해 싸울 필요가 없지 않은가. 노예들을 잡아서 해안까지 가져다주니까. 그렇다면 그 총으로는 무엇을 겨누는 걸까? 올루분미는 노인이 틀렸다는 생각은 감히 하지 못했지만, 군인 이야기는 어째 있을 법하지 않아 보였다. 군인이라고? 그렇다면 어쩌면 그들은 백인의 적과 싸우기 위해 백인의 나라로 가는 걸까?

올루분미는 난감해하며 영지로 돌아가는 길에 올랐다. 자신은 여기서 지겨워 어쩔 줄 모르며 우기가 끝나갈 무렵의 물렁거리는 땅을 터덜터덜 걸어가고 있는데, 모하메드는 근사한 하늘색 부부를 입고 말을 타고 달리고 있다니! 영지 입구에 사람들이 잔뜩 모여 있었는데, 뜰에는 죽음의 침묵이 팽배해 있었다. 아이들까지도 놀이와 소란을 포기했다고 믿길 정도였다. 아이들은 어른들 틈에 끼어 그 자리에 박아놓은 듯 서 있었다. 올루분미가 목소리를 낮춰 물었다.

"무슨 일이야?"

"야사 때문에. 야사가 파 티에폴로의 독약을 삼켰어……."

올루분미는 그 짧막한 정보에 담긴 끔찍함이 너무 엄청나서 말문이 막혔다. 사냥용 독약을 삼키다니! 티에폴로가 나이와 짊어진 책무 때문에 비록 원정 사냥 횟수를 줄이기는 했지만, 어쨌든 모든 푸투테게*에 빠짐없이 참석하는 세구의 위대한 카라모코 중 한 명이었다. 그는 작은 가옥에 자신의 화살통들을 보관했고, 마찬가지로 스트로판투스와 사체 부패물을 섞어 만든 독극물 용액을 담아두었다. 작년에 줄을 끊어버린 양들이 호기심에 이끌려 그 용액을 맛봤다가 주둥이가 거품으로 뒤덮인 채 즉사해버렸더랬다. 올루분미가 더듬거리며 물었다.

"그래서 죽었어?"

"틸리바 탕약을 마시게 하고 있어⋯⋯."

올루분미는 야사에게 대단한 관심을 가졌던 적이 전혀 없었다. 그저 노예에 불과했고, 시가 아버지에게 소속된 걸로 알고 있었다. 갑자기 그 비이성적 행위가 그녀에게 개별성을 부여했다. 왜 그 여자는 그런 행동을 했을까? 올루분미는 어쩌면 야사가 임종을 맞이하고 있을지도 모르는 가옥을 마치 신비한 힘들이 움직이고 있는 신전을 보듯 바라봤다. 스스로에게 죽음을 안겨주다니! 얼마나 끔찍한 행위인가! 그 정도로 조상들에 맞설 수 있는 건가!

여자 한 명이 뜰로 나와, 두 팔을 늘어뜨리고 서 있는 호기심 많은 무리와 아이들을 내쫓았다. 뒤이어 또 다른 여자가 역한 냄새가 풍기는 천으로 덮인 바구니를 들고서 나타났다⋯⋯.

하지만 가옥 안에서 죽음은 야사를 원하지 않았더랬다. 죽음은

---

*   사냥장인의 죽음을 기리는 의식.

그녀의 냄새를 맡고 맹수가 먹잇감을 갖고 놀듯 그녀를 데리고 논 뒤에 그냥 가게 내버려뒀다. 하지만 그 끔찍스러운 대면의 결과, 야사의 몸이 열리면서 달수가 차기도 전에 품고 있던 열매를 밀어내버렸다. 아이가 태어났다. 점액과 점막 덩어리가.

사람들이 불러온 산파인 무소코로가 작은 몸뚱어리를 들어 올리고는 분명히 보기 위해 문간으로 향했다. 사산아일까? 그러니까 정신을 구성하는 요소들을 잃어버렸기 때문에, 땅에 묻기 전에 영혼이 달아나버린 그곳으로 가서 영혼을 끈기 있게 찾아내줘야 하는 그런 존재인가? 무소코로는 손가락에 가벼운 박동을 느꼈다. 아니네, 살아 있다! 그래서 산파는 여자 한 명에게 아이가 무시무시한 여행을 마쳤으니 아이를 정화해주게 물을 섞은 기장주를 가져오라고 명령했다. 그러고는 아랫도리에서 나무순처럼 연약한 새싹을 구별해냈다. 그녀의 가슴이 기쁨으로 벅차올랐다. 산파가 조수 한 명을 향해 말했다.

"파 티에폴로에게 가서 알려라! 집안에 빌라코로 한 명이 더 생겼다고."

벌써 산모와 아이가 무사하다는 소식이 퍼져서, 시가의 과부이기 때문에 야사의 큰언니답게 처신해야만 하는 파티마가 급하게 들어왔다. 파티마는 야사를 전혀 미워하지 않았으니, 살면서 쾌락을 거의 누리지 못했던 남자에게 마지막으로 주어진 쾌락이 야사라고 생각했다. 파티마는 아직도 축 늘어지고 두 눈이 감긴 야사 옆에 무릎을 꿇고서 그다지 엄격하지는 않은 어조로 중얼거렸다.

"알라께서 네 죄를 용서하실 거다!"

그러고는 이제 무소코로가 카리테 버터를 발라주기 전에 기장주에 목욕을 시키는 중인 갓난아기를 보러 갔다. 아기는 한 줌 거리 병아리보다 더 클까 말까 한 정도로 너무나 작아서 얼굴 윤곽이 아직은 구별되지 않았다. 하지만 파티마는 시가의 훤칠한 이마와 턱의 곡선이 아기에게서 보인다고 여겼다. 마음이 움직였다. 속으로 말했다.

'잘 왔다, 판코!'

아버지가 사망한 뒤 태어난 아기는 그렇게 불린다는 걸 알아서였다.

이번에는 티에폴로와 주물사 수마워로가 들어왔다. 아이가 탄생했으니, 기쁨도 함께 왔다. 수마워로가 쭈그려 앉아, 아기의 성기와 이마에 바를 피를 받으려고 붉은 수탉의 멱을 따 피를 냈다. 제의를 집행하면서 아이를 찬찬히 살폈다. 어느 고인의 환생인가? 다시 야사의 품에 아기를 갖다 놓았다. 너무 연약한. 너무 허약한. 아주 작은 조가비와 흡사한 눈꺼풀이 두 눈을 덮었고, 코는 기장 줄기보다 더 크지 않았고, 입은 둥글고 살짝 주름이 진 갓 맺힌 토마토 같았다. 야사가 그 경이로운 존재를 내려다봤다. 무엇이 이 경이로운 존재를 창조했나? 질병과 죽음의 냄새에 혐오를 느끼며 시가의 쾌락에 반발하던 그녀의 몸이? 그녀 안으로 뚫고 들어오면서 숨을 몰아쉬던 그 늙은이의 몸이? 아니, 신들이 그런 기적을 일으키려고 서로의 몸을 섞었던 거다. 감사를 드려야 할 곳은 신들이었다.

그녀가 갓 태어난 어린 존재를 꼭 끌어안았다. 아기는 염소젖으로 입술을 축여주자, 마지막 몇 방울까지 맛보려는 듯이 탐욕스럽게 입술을 핥았는데, 그렇게나 보잘것없는 몸에서 나오는 탐욕이어서 놀라웠다. 그 행위는 아기 안에 있는 생명의 힘, 하마터면 그녀가 영원히 앗아 갈 뻔했던 그 힘을 드러냈다. 그녀가 살아가게 될 나날 전부라면, 그녀가 저지르려고 했던 범죄에 대해 한없는 사랑과 배려와 다정함으로 속죄하기에 충분하지 않겠는가! 그녀가 아기의 귀에 대고 속삭였다.

"산 자들의 세계에 잘 왔다, 판코. 이제 네 자리는 여기란다. 나와 함께……."

4

알하지 기다도는 함달레의 통치를 책임진 일곱 명의 마라부 중 한 명이자 대각료회의 각료이며, 그가 빠진 상태로는 마시나에서 어떠한 결정도 내려지지 않았으므로 왕국에서 가장 영향력 있는 인물 중 하나였다.

대각료회는 모두 법학과 신학 박사인 마흔 명의 각료로 이루어 졌는데, 그 지역 이슬람 신도들의 순례 장소가 된 셰쿠 하마두의 묘지를 향하고 있는 칠문실(七門室)에는 그중 서른여덟 명이 자리 했다. 알하지 기다도는 이슬람이 다신교와 연합을 하면 그건 더 이상 이슬람이 아님을 지적하면서 세구와의 그 어떤 동맹에도 반 대하는 축이었다. 하지만 어쩌랴! 처음으로 그의 의견이 받아들 여지지 않았고, 그는 자신의 지지자들과 함께 소수파가 되었다. 그는 슬픔과 분노를 억제할 줄 알았기에 그저 이렇게 말했다.

"알라께서 오늘 우리가 내린 결정을 후회하지 않게 해주시길. 하지만 한 번 더 말씀드리는데, 이슬람 신도에 대항하는 이교도를 돕기 위해 군대를 일으킬 준비를 하고 이슬람 신도를 무찌르는 게 허용된다고 생각하는 건 신앙과 양립할 수 없습니다."

모두의 눈이 예전에 자기 아버지가 앉던 자리를 차지하고 있는 아마두 셰쿠를 향했다. 하지만 아마두 셰쿠가 의사의 치료도, 기도도 듣지 않는 병에 걸려 약해진 지 석 달이 될 참이었다. 그래서 그는 통북투 출신이고 세구의 만사와 동맹이 필요하다고 확신하는 셰이크 엘베케에 의해 완전히 조종당하고 있었다. 셰이크 엘베케는 마시나가 통북투를 종속국으로 만들고 자신의 질서를 강요했기에 마시나에 대한 적대감을 숨긴 적이 없었던 만큼 그 두 남자 사이의 관계가 더욱더 놀라웠다. 하지만 그것이 이 시대의 특징이었다! 어제의 친구가 오늘의 적이 되었다. 어제의 적은 오늘의 친구가 되었다.

아마두 셰쿠는 누렇게 뜬 낯빛과 보이지 않는 것과 대화라도 하는지 이미 아득하게 텅 빈 시선이 자리한 얼굴을 모두에게 내보인 채 한마디 말도 하지 않았다. 알하지 기다도는 문 가까이에 놔뒀던 바부슈를 신고서 다시 입을 열었다.

"먼저 물러가겠습니다. 아시겠지만, 오늘 제 셋째 아들 알파를 결혼시켜서요……."

좌중이 의례적인 축복의 말을 중얼거리는데, 아마두 셰쿠는 늘 그렇듯이 상대방 마라부의 반발심은 전혀 고려하지 않고서 상냥하게 물었다.

"그러니까 누구랑 결혼을 시키는데, 알하지?"

"에이샤요. 티자니 바리의 딸이죠. 티자니의 아버지 모디보 아마두 타시루는 테넨쿠에 살았더랬죠……."

아마두 셰쿠는 고개를 끄덕여 그 혈통이 만족스럽다는 표시를 했다. 그러고는 말했다.

"이따가 신랑 신부의 기도를 나누러 가겠네……."

그건 예의 삼아 한 말이었다. 그가 바깥출입을 하지 않는다는 걸 모두 알고 있었다. 그 말을 끝으로 알하지가 물러났다. 그는 칠문실에서 나와 스승의 무덤 근처를 지나갔다. 아, 저분이, 저 성인이 살아만 있었어도 그런 정치적 고려에 굴복하는 일은 절대 없었을 텐데. 평생 세구의 이교도들과 싸웠던 분인데! 다행스럽게도 아들이 아버지를 닮는 건 아니다. 그러니 아마두 셰쿠가 내린 결정이 이번에는 그의 아들 아마두 아마두에 의해 취소되지 않을지 그 누가 알겠는가? 미약한 희망이 일자 알하지는 아들의 결혼에 대해 생각하려고 애를 썼다. 사실대로 말하자면 이 결합이 만족스럽지 않았다. 그래, 에이샤는 예쁘고 완벽했지만, 그녀의 가문은 고작해야 수라트 몇 구절이나 외울까 싶고 평생 경전이라고는 읽어본 적 없는 사람들, 보잘것없는 이슬람 신도들로 이루어졌다. 심지어 알하지는 그들이 옷 밑에 부적을 지니고 있지는 않은지, 가끔 '물신들'에게 제물을 바치지는 않는지 의심스러웠다. 하지만 알파가 에이샤에게 미쳐 있다는 건 분명했고, 요즘 젊은 이들은 부모의 선택만을 고려한 사랑이 아님을 자랑스러워했다. 알하지가 마음이 움직였다면, 그건 알파가 어떤 면에서는 그에게 근심을 안겼기 때문이다. 알파는 분명 훌륭한 아들이었다. 알파는 막 첫 번째 종교교육을 마쳤으며, 그가 보여주는 사고의 깊이에 모든 교사가 찬사를 보냈다. 하지만 지금 바로잡아주지 않는다면, 그 아이는 수도사 생활에 끌리는 성향 때문에 망가질 위험이 있었다.

그래서 그는 계속해서 수라트 '가장 위에 계시는'을 외우며 걸어갔다. "그래도 너희가 현세의 삶을 좋아하나, 내세가 더 좋으며 영원하니라. 실로 이것은 옛 성서에도 계시되어 있으며, 아브라함과 모세의 성서에도 그러하니라." 제발 바라건대, 결혼이 어쩌면 그를 이 지상으로 다시 데려오겠지. 남자가 여인의 몸에 대한 갈망으로 불타오를 수 없는 고자가 되는 건 좋은 일이 아니니까.

알하지 기다도의 영지는 성원과 마주하고 있었다. 마시나의 수많은 페울인이 밤바라인들이나 제네의 주민들처럼 테라스에 지붕을 단 대규모 흙집을 지었지만, 알하지는 명예를 걸고 자기 민족의 풍습을 보존했다. 그의 영지 안의 가옥들은 짚을 엮어 내벽을 댄 원형의 가옥이었다. 뜰 한가운데에 나무 몸통으로 기둥을 세운 곳집이 서 있었다. 사람들이 신랑 신부를 둘러싸고 모여 있는 곳이 바로 그곳이었다. 사내애들이 털이 비단결 같은 페르마 그하산 양들이 움직이지 못하게 뿔을 붙들고 있었는데, 곧 제물로 바쳐질 양들이었다. 여자들은 대추야자와 박핫잎을 섞은 응유가 든 냄비를 돌렸고, 부엌에서는 타티레 마시나의 맛있는 냄새가 피어올랐다.

에이샤는 얼마나 아름다운가! 그녀는 통북투에서 온 비단으로 만든 드레스를 입고 있었다. 하지만 모두의 시선을 잡아끄는 건 바로 머리 모양이었다. 금실과 은실을 섞어서 두툼하게 머리를 땋아, 머리 한가운데 자리 잡은 완벽하게 높이 솟은 투구 모양의 장식 주위를 둘렀다. 이번 결혼식을 위해 그녀의 어머니와 가문의 여자들이 꼰인 모양의 금귀걸이를 달아줬는데, 직경이 6센티미터에 달했지만 어찌나 가벼운지 바람이 살랑 불면 달랑거렸다. 그것 말고도 팔찌며 반지며 손목과 발목에 건 장식 줄들이 셀 수 없을 정도였다. 알파는 평소와 다름없이 소박하게 고급 천으로 만든 부부를 입고 있었다. 그는 뿌듯함과 행복의 절정에 올라 있어야 마땅하겠지만, 에이샤를 바라보는 그에게서 도취감을 찾아보기는 힘들었다. 천성의 자연스러운 움직임을 쫓는다면 절대 결혼하지 않으리라! 하지만 에이샤가 그를 너무 사랑하여 그의 마음을 쟁취했더랬다! 마치 그가 불시에 뜨거운 불에 노출되어 그 광채에 홀린 것과 마찬가지였다. 알파는 모하메드가 함께하지 못하는 게 아쉬웠다. 친구가 그를 얼마나 놀려댔겠는가!

"이런, 그러니까 너도 여자의 매력에 넘어간 거야?"

사실대로 말하자면, 비록 모하메드가 이 자리에 참석하지 못했지만, 그 둘의 결합에 있어서 아주 중요하게 작용했다. 에이샤는 그의 누이가 아닌가? 그러니 결혼은 그에게 더 가까이 다가가는 또 하나의 방법이 아니겠는가? 하지만 그가 약혼녀와 이런 이야기를 하려고 들 때마다 그녀는 이상한 반감을 보이며 빠져나갔다.

알하지 기다도의 형제이기도 한 이맘을 기다리면서 대화의 꽃이 피었다. 대화는 전부 다 세구 문제에서 벗어나지 않았다. 보초들에 의해, 사절단이 산산딩을 통과했으며 벌써 디아파라베로 진입했다고 이미 알려진 뒤였다.

어떤 이들은 세구와의 화평을 순순히 받아들였다. 그들은 단지 아마두 셰쿠가 심복들을 세구에 보내어 그곳에서 종교적으로 무슨 일이 벌어지고 있는지 살펴보라고 요구했다. 만약 밤바라인들이 진심이라면, 물신숭배소를 부수고 성원을 더 많이 지어 올릴 테니……

다른 이들은 결사반대였다. 그래서 반대파는 마시나가 셰쿠 하마두가 사망하면서 논외가 되어버린 방계승통의 원칙으로 되돌아가기를 바랐다. 그렇게 되면 셰이크의 형제이자 군통수권자인 바 로보가 권좌에 오르게 된다. 그 사람보다 더 비타협적인 이슬람 신도는 없으니, 그의 진영이 어떠할지 잘 알게 되리라.

또 다른 이들은 자신들은 티자니야의 길에 끌린다고 감히 대놓고 말하지는 못했다. 그들은 엘 하지 오마르의 주저인《아르리마*》를 읽었더랬고, 거기서 주장하는 예전 함달레의 이슬람과 흡사하게 비타협적인 이슬람, 어떻게 보자면 이전 타리카**들의 덕목을 집약한 그 이슬람에 매혹되었다. 그 사람들은 열한 차례 혹은 열두 차례 '자와라툴카말'***을 낭송했다.

오, 알라여, 당신의 은총과 평화를

신의 자비의 샘에 넉넉히 베푸소서

그 샘은 금강석처럼 반짝이며, 진리 안에서 확고하며,

지성과 의미의 중심을 감싸 안나니……

이맘이 나타나자 대화가 뚝 그쳤다. 에이샤의 머리에 흰색 베일이 씌워졌다. 결혼식이 시작되었다.

동시에 세구의 사절단이 함달레로 들어섰다. 이 이슬람의 도시에서 추방되었던 화려한 의식이 되돌아온 듯했다. 그리오들이 앞장섰고, 두눔바의 커다란 북소리가 타마니의 북소리와 번갈아 들리다가 플루트와 바이올린 주자를 배려해 가끔씩 그치면, 그제야

---

* '창의 서'라는 뜻이다.

** 신비주의 공동체.

*** '완벽의 진주'라는 뜻으로, 축복의 기도이다.

두 악기의 연주 소리가 들려왔다. 노란색 제복을 입은 기병들이 하늘에 대고 총을 쏘는 바람에, 함달레에서는 잊고 산 지 오래인 화약 냄새가 맡아졌다. 주민들이 급하게 영지 바깥으로 나와 기장 줄기를 엮어 만든 울타리 앞에 서서 지켜보았고, 그렇게나 아름다운 광경이 불러일으킨 감탄과 물신숭배자들이 자아내는 경멸 사이에서 마음이 갈팡질팡했다.

모하메드는 만사 뎀바가 군주에게 보내는 선물을 진 노예들 바로 앞, 그러니까 행렬의 거의 끝에서 천천히 오고 있었다. 밤마다 악몽에 시달린 게 벌써 여러 날째였다. 늘 같은 꿈. 그가 에이샤의 영지로 들어간다. 그녀가 두 눈을 감고 머리는 남쪽, 발은 북쪽을 향한 자세로 누워 있다. 가족이 그녀를 둘러싸고 울고 있고, 더는 자신의 두 눈을 믿지 못하겠는 그가 얼빠진 듯 시신 곁으로 다가가면, 어떤 목소리가 그에게 속삭인다. "네 것이 될 운명이 아니었던 걸 잘 알겠지. 이제 저 여자는 영원히 사라졌다." 그 순간, 그는 땀에 흠뻑 젖어 말라리아에 걸린 듯이 덜덜 떨면서 잠에서 깨어나곤 했다.

세구의 사절단이 성원과 마주한 아마두 셰쿠의 영지에 도달했다. 호기심 많은 탈리베들이 밤바라인을 보려고 무질서하게 밖으로 나왔고, 그들은 함달레에서는 사용이 금지된 담배를 씹어서 이가 거무스레해지고 입 냄새는 고약한 악마로 묘사됐던 밤바라인들이 키가 크고 잘생기고 얼굴이 고귀한 걸 보고 깜짝 놀랐다.

수많은 사람이 알파와 에이샤의 결혼을 보려고 알하지 기다도의 영지 앞에 모여 있다가 역시 밤바라인들을 꼼꼼히 뜯어보려고 급하게 모여들었다. 어떤 이들이 그들 사이에서 수많은 세월을 보냈던 모하메드를 알아보았다. 웃음과 인사와 축복이 오갔다. 누군가 즐겁게 말을 던졌다.

"때맞춰 왔다고 할 만하네. 친구의 결혼을 보려고……."

"알파 기다도요?"

모하메드는 더 이상 아무 말도 하지 않았다. 무시무시한 직감이 엄습했고, 직감은 빠르게 확신으로 바뀌었다. 알파 기다도가 여인의 매력에 굴복―마침내―했다면, 그건 그가 사랑하는 여인일 수밖에 없었다. 알파는 또 다른 그 자신이 아니겠는가? 그가 말에서 내려 영지의 문턱을 넘어갔다. 그의 모습만으로도, 그가 앞으로 걸어감에 따라서 흥겨운 소란이 잦아들며 경악으로 묵직한 침묵이 그 자리를 대신할 정도였다. 한편 에이샤 역시 여러 날 동안 똑같은 꿈을 밤마다 꾸었다. 이맘이 막 축복의 말을 한 뒤였다. 그녀의 손이 알파의 손안에 놓여 있었고, 그러는 동안 시인 아마두 산지가 고개를 뒤로 젖히고 자신이 지은 가장 아름다운 시 한 편을 낭송하기 시작한 참이었다. 바로 그때 모하메드가 머리 위로 투아레그의 틸라크*를 흔들면서 모습을 드러냈다. 그리하여

---

*   단도. 늘 왼팔에 차고 있다.

모하메드가 갑작스럽게 공포에 질린 악사들 사이로 비틀거리면서 모습을 드러내자 에이샤는 자신의 꿈이 현실이 되었다고 여겼다. 그녀는 본능적으로 방어하려는 동작을 취했다.

그녀가 잊고 있었던 것, 그건 모하메드는 폭력적인 남자가 아니라는 사실이었다. 그가 그녀를 향해 똑바로 걸어왔다면, 그건 그녀를 위협하거나 상처 입히려는 게 아니었다. 그건 그저 그녀를 껴안고 울면서 그 발치에 쓰러지려는 거였다.

"그 여자랑 결혼하고 싶다는 말을 왜 한 번도 안 했어?"

모하메드가 고개를 돌렸다. 그걸 어떻게 설명을 하나? 그저 창피해서였으니까. 알파는 너무나 순수했다. 그 친구는 신에 관한 관심으로 머리가 가득했다. 그에게는 땅이 보이지 않았다. 인간이 보이지 않았다. 그에게 여자의 아름다움은 존재하지 않았다. 그러니 어떻게 그에게 심정의 동요와 육체의 갈망에 대해 말하겠는가? 어떻게 에이샤와 일체를 이루고 싶은 욕망에 대해 묘사하겠는가? 그는 이렇게 외칠 텐데.

"피조물은 창조주와 합쳐지기만을 열망해야 해!"

알파가 모하메드를 응시했다.

"알고 있었어, 그녀도? 네가 자기를 사랑한다는 걸?"

모하메드는 거짓말을 할 수 없었다. 알파가 격노해서 벌떡 일어섰다.

"불결하고 교활한 암컷!"

모하메드가 기운이 없었지만 항의했다.

"그녀를 욕하지 마! 사랑이 우리를 어디로 이끄는지 네가 어떻게 이해할 수 있겠어? 넌 알라신밖에 생각할 줄 모르잖아……."

알라신밖에라고? 신성모독이 너무 엄청나서 알파는 혹시 사탄이 친구의 정신을 앗아 간 게 아닌지 궁금해졌다.

그 소란을 벌이고 난 뒤 모하메드는 반쯤 의식이 없는 상태로 나그네용 손님채까지 실려 갔더랬다. 사람들은 세심히 배려하여, 그의 그런 행동이 태양 아래서 오래 걸어 누적된 피로 탓이라고 여기는 척했다. 하지만 그 누구도 속지 않았고, 에이샤는 영원히 온당치 못한 사랑으로 혼례를 더럽힌 여자로 남으리라. 알파가 문간으로 걸음을 옮겼다. 축하연이 계속되고 있었다. 그가 있는 곳에서 플루트의 감칠맛 나는 가락과 어우러진 시인 아마두 산지의 목소리가 들렸다.

모두 배불리 먹으니, 평화가 날 채운다.
오, 수많은 나의 아내들, 수많은 나의 아들들
내게는 수많은 야영지와
복속한 수많은 마을이 있도다!

알파가 친구 곁에서 더 오래 지체한다면 친인척과 하객에게 무례를 저지르는 셈이 되었다. 오히려 모습을 보여주고 자연스럽게 굴어야 했다. 다행스럽게도 관례에 따라서 사흘은 지나야 에이샤 와 단둘이 있게 되리라. 너무 서둘러서 초야를 치르는 건 점잖지 못하게 보일 테니까. 따라서 그에게는 그녀 앞에서 태도를 꾸며 낼 시간이 있으리라. 지금으로서는 차마 마주 볼 수가 없어서 그 녀 곁을 그냥 지나쳐, 방금 결혼식을 올려준 사원의 이맘과 함께 대화를 나누고 있는 아버지에게 합류했다.

두 노인은 이미 수도인 딩기라이를 떠나 카르타를 짓밟고 있다 는 엘 하지 오마르에 대해 얘기를 나누고 있었다. 알하지 기다도 는 자신의 입장을 되풀이해 말했다. 세구와의 동맹은 안 된다. 물 신숭배자들과의 동맹은 안 돼! 그의 말을 믿자면, 아마두 셰쿠가 그 투쿨로르인에게 파견했어야 하는 것은 그의 과업 완수에 도움 이 될 지원군이었다! 대예언자께서 말씀하시지 않았던가. "신자 와 이교도, 그 둘의 열심은 서로 만나지 못한다!"

알파는 정신을 다른 곳에 뺏긴 채 대화를 들었다. 고통스러웠 다. 에이샤의 배신 때문이 아니라—여자란 주위에 불화의 씨앗 을 뿌리기 위해 만들어진 존재가 아닌가?—친구의 행동 때문이 었다. 그러니까 모하메드가 자신에게 뭔가를 숨겼다. 그렇게 가 깝다고 여긴 그인데. 자신이 모든 것을 함께 나눈 그인데. 그는 두 사람의 영혼이 같은 물질로 만들어졌고, 두 사람의 가슴이 한 호 흡으로 뛴다고 생각했다. 서글퍼라, 상대방은 뱃속에 육체관계를 맺으려는 갈망밖에 없었구나!

한편 에이샤는 하얀 베일을 써 얼굴을 가리고 있었다. 그토록 기쁘게 기다리던 이날이 수치와 슬픔으로 끝나가고 있었다. 알파는 그녀가 친구에게 상처를 주었기 때문에 결코 용서하지 않으리라. 하지만 그녀가 죄를 범했나? 무슨 죄를? 예쁘다는 죄? 그녀가 함께 나누지 않은 감정을 불러일으킨 죄? 죄인. 죄인. 여자가 늘 죄인이다. 알파 기다도에 대한 그녀의 사랑은 언제 시작되었을까? 그는 늘 그녀의 가슴속에 들어 있었던 것 같았다. 아침마다 그가 동료들과 함께 영지를 돌며 음식을 구걸할 때면, 그의 열띤 목소리의 음색이 들려오길 이제나저제나 기다렸다. 저녁마다 그에게 주려고 남은 음식을 보관했다가 그의 박 그릇에 담아주려고 뛰어갔다. 그의 옆에서는 다른 학생들은 모하메드까지도 어떤 들판의 점토처럼 거친 점토로 만들어진 듯 저속해 보였다. 사랑은 다른 감정과 혼동될 수 없다. 모하메드는 오빠라서 살갑게 애정을 쏟았다. 알파는 그녀 스스로 선택한 주인이었다.

아마두 산지가 전통적인 신부의 노래를 불렀다.

그분이, 왕께서 우리를 치심이 옳도다.

왕실의 북을 쳐 우리에게 그 소리가 들리게 하시네,

우리를 위해 연한색 피부의 여인들을 천으로 휘감아

신혼의 침실로 들여보내시네.

콜라 열매를 사서 우리가 깨물게 하시네.

군마를 사서 우리가 올라타게 하시네……

여자들이 후렴을 다 같이 불렀다.

그분이, 왕께서 우리를 치심이 옳도다.

갑자기 탈리베 한 명이 달려 들어오더니, 급하게 알하지 기다도에게로 달려가 귀에 몇 마디 말을 속삭였다. 곧 마라부가 고운 손으로 손뼉을 쳤다. 전해온 소식이 중했다. 아마두 셰쿠가 방금 쓰러졌고, 모두를 곁으로 불러들이라고 요구한다는 소식이었다.

모두 불편을 느끼던 차라, 잔치를 망쳤을 그 소식에 오히려 분위기가 전환되었다. 마라부들이 커다란 소리로 기도를 드리려고 자리를 떴다. 이맘은 신자들의 코란 낭송을 지도하려고, 호기심 많은 치들은 군주의 영지 주위에서 어슬렁거려보려고 마찬가지로 자리를 떴다. 이제 함달레가 음모와 뒷거래로 뒤엉킨 날들을 살게 된 참임이 느껴졌다. 누가 아마두 셰쿠의 뒤를 이을까? 누가 그의 전통모와 터번과 사브르와 묵주, 그러니까 권좌의 상징들을 받게 되려나? 그의 아들 아마두 아마두? 그의 바로 아래 남동생? 아니면 아버지의 남동생 중 한 명? 소문에는 이미 몇 달 전에 아마두 아마두가 아버지에 의해 후계자로 지정되었다고 했다.

한마디로 잔치는 예정보다 일찍 끝났고, 여자들은 타티레 마시나가 반이나 남은 냄비들, 신선한 대추야자 사발, 그리고 기장 가루를 섞은 응유 사발과 함께 남았다.

모하메드를 손님채에 남겨두고 왔던 알파가 다시 그곳으로 돌아갔다. 텅 비었다. 불안해하며 노예들과 여자들에게 물어봤지만 허사였다. 누구도 그가 어떻게 됐는지 알지 못했다.

모하메드는 암바 못 앞에 도착했다. 그 시기에는 물이 가득했고, 안달하며 오가는 물의 움직임에 한가운데가 움푹 패고 물결이 일렁댔다. 우기의 새인 디 코노들이 표면에 닿을 듯 날면서 물고기라도 혹은 통통한 수초 줄기라도 건져보려고 부리를 담갔다. 모하메드가 말에서 내려, 말이 자신을 바라보며 서 있지 말고 멀리 가라고 손뼉을 쳤다. 하지만 말은 히힝거리더니 콧방귀를 뀌었다.

모하메드는 함달레에서부터 한달음에 달려왔다. 머릿속에는 단 하나의 생각밖에 없었다. 끝장을 내기. 그래, 살아서는 안 된다! 고통이 잦아들다가, 이제는 사랑하지 않지만 수많은 인연의 끈으로 묶여버린 아내처럼 막연히 성가신 감정으로 변하는 걸 받아들이면 안 된다. 일상성을 끊어낼 용기가 없어서 진정한 욕망도 진정한 기쁨도 없이 살아가는 그 모든 남자들과 비슷해지고 싶지 않았다. 스무 살에 생을 마감하기. 즉 에이샤 이외의 다른 여자와 함께하는 삶을 거부하기. 모하메드는 옷을 차례대로 벗었다. 우선 하우사풍으로 목둘레에 수를 놓은 흰색 비단 카프탄. 그다음에는 중간 길이의 튜닉. 그다음에는 소매 없는 면직 블라우스. 끝으로 머리에 꼭 맞는 작은 빵모자까지 벗고, 쌀쌀한 공기에 헐렁한 바지 바람으로 오스스 떨면서 멀거니 서 있었다. 발밑 땅은 물을 잔뜩 머금어서 물렁거렸다. 앞으로 나아갈 결심을 했다.

수련에 잠식당한 강에 거의 닿았을 때, 왼편에 어떤 페울족 목동이 불쑥 나타났다. 검은색 모직 파뉴를 두르고 원통형 모자를 쓴 목동이 왜가리처럼 한쪽 다리를 구부려서 무릎에 갖다 댄 외다리 자세로 꼼짝 않고 서 있었다. 모하메드는 그런 갑작스러운 출현에 놀랐다. 강가에 도착했을 때 못 주위에 인적이 없었던 것 같았으니까. 그리고 어두워지기 시작하는 무렵인데, 가축도 없이 혼자인 저 페울인 목동은 무엇을 하는가? 뒤로 물러설 뻔했지만 신자답지 않게 겁을 먹고 그러려던 게 창피해졌다. 어쨌든 그는 주머니에서 묵주를 꺼내어 묵주알을 넘기기 시작했다. 이제 무엇을 하나? 목격자가 보고 있는 가운데 물에 몸을 던질까? 반쯤 벌거벗은 모하메드가 오들오들 떨면서 서 있는데 갑자기 바람이 불어왔다. 못물이 사납게 철썩였고, 몸속이 들여다보이는 한 떼의 투명한 게들이 은신처에서 앞 다퉈 튀어나왔다. 흰색과 검은색이 섞인 커다란 뱀 한 마리가 수련밭 위로 모습을 드러냈고, 호박색 눈알이 박힌 납작한 대가리를 좌우로 흔들어대기 시작했다. 그런 일은 자연스럽지 않았다. 모하메드가 뒤로 물러서는데, 그의 이름을 부르는 소리가 들렸다. 티에코로의 목소리였다. 여러 해 전부터 들리지 않았던 아버지의 목소리. 그 억양만으로도 그는 다시, 떨면서 서판에 엉성한 손놀림으로 글자를 쓰던 어린 소년이 되었다. 그가 털썩 무릎을 꿇었다.

"아버지, 어디 계세요?"

목동이 모자를 벗어버리자 고통이 밴 얼굴이 드러났다. 눈물이 뺨을 따라서 철철 흐르고 있었다. 모하메드가 어름거렸다.

"아버지, 왜 우세요?"

하지만 그가 대답을 모르겠는가? 그가 고의로 육신의 성전을 파괴하여 스스로에게 영겁의 불길이라는 형을 선고하려고 드니, 아버지가 우는 것이다. 그런데 무엇 때문에? 여인에 대한 사랑 때문에. 자신의 결심이 얼마나 끔찍한지가 드러났다. 오히려 살아야 한다. 살아가기. 욕망과 경박한 감정을 씻어내고 살아가기. 아, 에이샤가 자신과 감정을 공유하지 않아서 얼마나 다행인가. 하마터면 육신에 얽매여 살아갈 뻔했다. 그런데 이제 그는 홀로이다. 오로지 신과 함께할 뿐. 그가 어름거렸다.

"아버지, 저를 용서하세요……."

그가 꼼짝 않고 서 있는 그 형체를 끌어안고 후회하고 있음을 보여주려고 급히 달려가는데, 그 페울족 목동이 사라져버렸다. 너무나 급작스러운지라 모하메드는 자신이 환영의 피해자였나 싶은 생각이 들었다. 그럴 수는 없다! 지금도 자신의 이름을 부르는 소리가 귀에 쟁쟁했다. 얼굴에 와서 꽂히던 시선의 뜨거움이 여전히 생생했다. 모하메드는 티에코로가 아들에 대한 사랑으로, 스스로의 심장을 열정으로부터 보호할 줄 알았던 사람들이 사후에 머무는, 꿈처럼 아름다운 안식처인 자나를 잠시 떠나왔던 것임을 비로소 깨달았다. 새로운 힘이 밀려들었다. 그래, 살아야겠다. 싸우리라. 이제부터 그는 알라의 병사가 되리라. 급하게 옷을 꿰고, 갑작스러운 출현에 넋이 나간 듯 꼼짝 못 하고 서 있는 말의 고삐를 쥐고 말을 얼렀다.

"자, 귀염둥이! 이제 돌아가자!"

그가 도시 남쪽의 다말 파칼라 성문에 닿았을 때 창기병들이 그를 멈춰 세웠다. 아마두 세쿠가 이승을 떴다.

함달레 전역에서 통곡이 솟아올랐다.

그분이, 아마두께서 돌아가셨도다. 빈자들의 아버지이자 그들의 버팀목이.

그분이, 아마두께서 돌아가셨도다. 늘 알라신께 복종하던 그분이.

매섭게 다스릴 수도 있었건만,

수도 없이 관대함을 베푸셨던 그분이.

그분이, 아마두께서 돌아가셨도다. 페울족의 이름을 드높이셨던 그분이⋯⋯.

어두워졌음에도 군중이 사거리에 집결했고, 여자들은 베일로 얼굴을 가리고 형제나 남편의 그늘에 몸을 숨기고 서 있었다. 사람들은 불안했다. 사람들은 셰이크 엘베케의 예언을 되새겼다. "아마두 셰쿠의 죽음으로 거센 폭풍이 몰려오리라. 두 손에 달린 손가락 수에 맞먹는 햇수를 미처 다 세기도 전에 서쪽에서부터 대재앙이 밀려와 함달레를 덮칠 테고, 그때 우리는 이를 갈리라."

페울족이 그 지역을 지배한 지 여러 해 되었다. 밤바라족마저 그들을 두려워하게 되어서 공개적 충돌을 피해왔다. 그러한 평화, 그러한 치안이 다시 위협받게 될까? 가축을 노략질당하고 이방인들이 아내와 자식을 나눠 갖고 남자들을 처형하던 시대가 다시 돌아오려나? 모하메드는 사절단이 유숙하고 있는 2층짜리 커다란 가옥으로 가서 밤바라인과 합류했다. 마침 그가 사라졌다고 걱정하기 시작한 참이었다. 사람들이 그가 결혼식에 있을 거라고 생각하고 있는데, 알파 기다도가 그의 행방을 알아보러 찾아왔었다. 사절단 단장인 디아라가 군주의 죽음으로 벌써부터 혐오스럽기만 한 이 도시에 더 붙잡혀 있어야 될까 봐 걱정했다. 다른 사람들은 마시나의 미래의 군주가 아마두 셰쿠와 같은 태도를 보여줄지, 세구와의 동맹을 추구하는 대신 세구와 전쟁을 벌이려고 투쿨로르족 우두머리와 동맹을 맺을 결심을 하는 건 아닐지 궁금해했다.

모하메드가 모로코에서 유래한 꽃문양으로 장식된 고급 모직 양탄자에 둥글게 둘러앉은 좌중에 끼어 앉았다. 그때까지 모하메드는 글을 읽거나 번역해달라는 부탁을 받을 때가 아니면 자신의 나이를 고려하여, 가장이자 종종 전쟁이나 사냥에서 수훈을 잔뜩 세운 어른들 앞에서 그저 입을 다물고 있을 권리만 행사했다. 그가 그러한 습관을 깨고 발언에 나섰다.

"닥치기도 전에 왜 한탄을 하십니까……. 영혼이 아직도 육신에 생명력을 불어넣고 있는데, 미리 곡을 시작하는 곡하는 여인 같잖아요……."

사람들이 놀라서 서로 바라봤다. 티에코로 트라오레의 아들에게 대체 무슨 일이 생긴 건가?

5

망데 디아라가 옳았다. 아마두 셰쿠의 갑작스러운 죽음으로 세구의 사절단은 근 석 달을 함달레에 머물러야 했다.

우선 국상이 있었고, 그 기간 동안에는 각료회의가 전혀 열리지 않았다. 그러고는 바지, 전통모, 양 끝을 얼굴을 향해 늘어뜨린 터번, 두건이 달린 싸개들, 그렇게 일곱 가지로 감싼 아마두 셰쿠의 시신이 그와 아버지가 살았던 영지 안에 아버지 시신 옆에 매장되었다.

친지와 왕실의 유력 인사들만 참석했던 매장이 끝나자 새로운 군주 아마두 아마두의 즉위식에 초대하는 서신들을 마시나 전역으로, 우호적인 국가들로 보냈다.

아마두 아마두는 아직 젊었다. 어머니와 할머니가 애지중지 버릇없이 키웠고, 그로 인해 결정을 내릴 능력이 없었다. 그래서 셰이크 엘베케는 아들이 아버지와 동일한 정책을 채택하게 만드는데 아무런 힘도 들지 않았으니, 그는 셰이크의 두 손에 들어온 완벽한 먹잇감이었다. 셰이크가 군주에게 열 가지 조항으로 이루어진 문서에 서명하게 했음이 곧 알려졌는데, 그 첫 번째 조항에는 엘 하지 오마르에 맞서 세구와 동맹을 맺어야 할 필요성이 다시 한번 명시되어 있었다.

밤바라인들은 애간장이 타들어갔다. 그들이 보기에, 함달레는 집 안에 들어앉은 새침데기 여자처럼 성벽 뒤에 몸을 숨긴 끔찍한 도시였다. 거기에서는 단조로운 나날들이 흘러갔고, 끝없이 들려오는 무에진의 부름 소리로 하루가 나뉘었으며, 그 소리가 들리고 나면 매애거리는 양 떼처럼 남자들이 동쪽을 향해 몰려갔다. 저녁 시간은 더더욱 견디기 어려웠으니, 불 주위에 둘러앉아 들려주는 이야기도, 다 함께 추는 춤도 없었다. 가끔 페울족 노예의 가냘픈 목소리가 솟아올랐고, 노래에 곁들인 우스꽝스러운 악기 연주 역시 그 목소리만큼이나 그다지 아름다운 소리가 아니었다. 그들은 아마두 셰쿠의 장례식을 보고 엄청난 충격을 받았다. 이게 왕가의 장례식이라고? 봉헌물은 어디 있지? 제물은 어디 있지? 노래와 음악은? 고인이 속한 가문의 가계와 위업의 낭송은? 졸속으로 이뤄지고 장엄함이라고는 찾아볼 수 없는 그러한 예식과, 세구에서 만사의 승하에 뒤따르는 의식을 비교하지 않을 수 없었다.

어느 아침, 아마두 아마두가 그들을 소환했다. 저자는 진정한 비미로고! 아주 연한 피부색에 머리카락은 무어인처럼 구불거렸고, 극도로 소박하게 자수 장식 없는 흰색 카프탄을 걸쳤을 뿐이지만 교묘하게 오만했다. 그는 전원 참석한 각료들에 둘러싸여 있었다. 파칼라의 배후지나 데보 호숫가에 거주하는 자들까지도 왕국의 다양한 지역에서 올라온 장수들과 함께 참석했다. 기도를 드리는 걸로 시작이 되었다. 밤바라인들의 화를 돋우는 그 기도들.

"오, 알라여, 닫힌 것을 열고, 앞선 것을 닫으며, 진리를 진리로 뒷받침하는 우리의 군주 모하메드를 축복하소서……."

드디어 자리에 앉을 수 있었다.

아마두 아마두가 발언을 시작하며 간결하게 알렸다.

"카르타는 엘 하지 오마르의 손에 들어갔소. 만사 마마디 칸디안이 이슬람으로 개종하는 걸 받아들인다는군. 투쿨로르의 지도자가 내게 보내온 이 편지가 그 사실을 확인해주고 있소."

카르타가! 밤바라의 카르타 왕국이! 형제가 세구에 정착할 때, 니앙골로 쿨리발리가 건국했던 그 왕국이! 물론 밤바라의 두 왕국 사이에 분쟁이 없지는 않았다. 하지만 그런 소식이 전해지자 과거의 분쟁은 잊혔다. 슬픔과 설욕을 위한 자리만 남았다. 아마두 아마두가 밤바라의 사절단 중 읽을 수 있는 유일한 사람인 모하메드에게 국새가 둥글게 찍혀 있어 원본임이 확실한 양피지를 내밀었다. 엘 하지 오마르의 필체로 적혀 있었다. 모하메드가 눈으로 훑고 난 뒤 밤바라인들에게 내용을 알렸다.

"카르타의 이교도들이 무릎을 꿇었다. 이 나라는 지도에서 지워졌다. 그것이 신의 뜻이었다. 나는 내가 할 수 있는 한의 개혁만을 원한다. 나의 원조(援助)는 알라신 안에서만 존재한다. 알라신의 적들, 우리의 적들과 우리 아버지의 적들, 바로 다신교 신자에 맞서서 단 하나의 집단을 이루자. 우리 사이에서 적합한 유일한 감정들, 그것은 사랑, 우정, 존중, 배려……."

회의실에 침묵이 자리 잡았다. 밤바라족은 경악을 금치 못했다. 카르타가 패하고 마마디 칸디안이 개종을 했다면 무슨 일이든 일어날 수 있다.

아마두 아마두가 다시 발언을 했다.

"대각료회가 만장일치로 나를 지지하지 않는다는 걸 숨기지는 않겠소. 심지어 나보다 더 현명하고 노련한 분들의 의사를 억지로 꺾어야만 했다고 말해야겠지. 어쨌든 내가 내린 결론은 이렇소. 그대들의 물신숭배소를 부수고 그대들의 만사가 공식적으로 개종했음을 확인하기 위해 알하지 기다도와 함바르케 사마타타의 지휘를 받는 부대가 세구까지 동행한다……."

모하메드 본인도 깜짝 놀랐다. 그는 이제 조상들이 믿던 종교를 공유하지 않았다. 그래도 물신숭배소 파괴라니, 너무 나갔다! 세구의 백성은 절대로 동의하지 않으리라! 각 영지마다 반란이 일어나리라. 왕국이 위태롭게 흔들리리라! 아마두 아마두가 말을 이었다.

"만약 그대들이 수락한다면 엘 하지 오마르에게 서신을 보내어 세구가 내게 충성하기로 했다고 알릴 것이오. 그리하면 그도 더는 그대들을 공격하지 않을 테고, 평화가 지켜지겠지……."

"세구가 내게 충성하기로 했다!" 받아들일 수 없는 발언이 아닌가! 격분한 망데 디아라가 저 페울 놈의 따귀를 냅다 갈길 생각으로 벌떡 일어섰다. 그를 말려야만 했다. 밤바라의 사절단은 무질서하게 물러갔다.

모하메드는 회의가 열렸던 칠문실에서 나오다가 알파 기다오와 마주쳤다. 알파는 신혼 직후인지라 외부 활동을 중단하고 신혼의 신부가 신랑에게 쏟기 마련인 배려를 즐길 수도 있었건만, 매일 밤 집에서 나와 친구를 방문했고 밤이 깊도록 친구 곁에 있었다. 두 남자는 에이샤 이야기는 절대 하지 않았다. 처음에 모하메드는 알파가 아내를 어떻게 대하는지, 아내를 용서했는지, 첫날밤은 보냈는지를 물어보고 싶은 유혹에 시달렸다. 그러고는 참아냈다. 가장 중한 죄를 저지르게 자신을 밀어댔던 여자를 생각 속에서 지워내려는 노력을 하는 중인데, 왜 그에 대해 염려를 할까? 그래서 알파와 모하메드는 끝도 없이 하디스, 마시나와 세구의 미래, 특히 티에코로의 초자연적 출현에 대해 논의했다. 티에코로의 출현이 알파에게는 전혀 놀랍지 않았다.

"있잖아, 인간이 마음속에 종교의 빛을 가득 담고 있으면 모든 게 가능하대. 네 아버지는 성인이셨잖아. 네게로 오실 수 있었던 거지……. 그분이 네 인생의 주요 순간마다 나타나신다 해도 놀랍지 않을 듯해……."

알파가 모하메드의 팔짱을 끼었다.

"고레*, 네가 세구로 떠날 때 나도 함께 갈 거야. 아버지에게서 나도 마시나의 사절단에 끼워준다는 허락을 받아냈어……."

모하메드가 스스로도 깜짝 놀랄 정도로 격렬하게 몸을 빼내며 소리를 질렀다.

"그렇게 자신하지 마! 너희의 제안을 받아들일지 아직 결정을 내린 게 아니야."

알파가 슬프게 그를 응시하다가 연민의 어조로 말했다.

"너희에게는 선택의 여지가 없어……."

처음으로 두 소년의 의견이 맞섰다. 왜냐하면 처음으로 모하메드가 이슬람 신도가 아니라 밤바라인으로서 생각을 했기 때문이었다. 모하메드는 아버지가 자신에게 함달레로 가야 한다는 사실을 알리면서 주었던 교훈을 잊은 적이 없었다. "신도들은 핏줄이나 거리로는 서로 먼 관계에 있다 하더라도, 종교에 의해서 같은 기원, 즉 신앙으로 거슬러 올라가기 때문에 '형제들'이란다."

게다가 그는 알파 기다도 곁에서 같은 스승님들의 말씀에 귀

* 페울어로 '친구, 형제'를 뜻한다.

기울이면서 지성과 감성을 벼리며 성장해왔더랬다. 그런데 그랬던 친구에게서 이렇게 갑자기 떨어져 나와, 완전히 알지도 못하고 어떤 면에서는 경멸하도록 배워왔던 유산을 떠맡을 준비가 되어버렸다. 세구가 그의 마음속에 있었다. 세구가 그러기를 요구했다.

그곳에 세워진 물신숭배소들과 함께. 유혈이 낭자한 희생제의와 함께. 어두움과 비밀로 가득한 종교의례와 함께.

일반적으로 정적이 감돌던 함달레가 들썩이고 있었다. 아마두 셰쿠의 죽음, 새로운 군주의 즉위, 카르타 함락 소식, 즉 개종시킬 책무가 마시나에게만 있다고 여긴 지역에 엘 하지 오마르가 들어온 상황 등 이런 사건들 전부가 이슬람과 동시에 페울족의 교육이 강제했던 조심성을 마침내 부숴버리고 말았다. 사거리에서 여자들이 출처를 알 수 없는 소문에 귀를 기울이고 있는 모습까지도 눈에 띄었다. 코란 종교학교 교사들이 자리를 비워버리는 바람에 아이들은 즐거움, 웃음, 법석을 되찾았다. 감시에서 벗어난 커다란 수소들은 집집을 둘러친 울타리의 기장 줄기를 뜯어 먹었다. 알파와 모하메드는 밤바라인이 유숙하는 처소 앞에서 헤어졌다. 처음으로 두 사람은 함께 있고 싶다는 욕구를 느끼지 못했다.

하지만 알파가 옳았다. 세구는 아마두 아마두의 제안을 거절할 수 없었다. 동맹을 수락해야만 했다. 엘 하지 오마르가 너무 막강했다. 그가 이끄는 군대는 무시무시한 활기로 펄떡거렸다.

게무방카에서는 남자들을 전부 다 살해했다.

바룸바에서는 주민 전체를 칼을 휘둘러 베어버렸다.

시리마나에서는 600명의 남자들을 처형한 뒤, 포로 수천 명을 끌고 갔다.

카르타의 니오로에서 보여준 행동은 유난히 피비린내를 물씬 풍겼다. 처음에는 이슬람으로 개종하겠다고 확실히 말한 만사의 목숨은 봐주었더랬다. 그러다가 결정을 번복하여, 아내들과 아이들이 지켜보는 앞에서 만사의 목을 뺐고, 그러고 난 뒤 처자식들도 한 명씩 처형했다. 그러고는 자신의 추종자들에게 처음에는 검으로, 그다음에는 총으로 주민을 살육해도 된다고 허락했더랬다. 죽은 사람들의 수를 더는 헤아릴 수 없었다.

엘 하지 오마르가 여인에게서 태어난 인간이 맞는지 궁금해하기에 이르렀다. 그자는 신들과 조상들의 끔찍스러운 분노를 보여주는 도구가 아닐까? 하지만 어떤 범죄가 그들을 이렇게까지 분노하게 만들 수 있단 말인가? 그리하여 망데 디아라는 곰곰이 생각한 뒤 현명한 결정을 내렸다. 마시나의 사절단과 함께 세구로 돌아간다. 그들의 제안을 만사의 판단에 맡긴다.

자신의 분신처럼 사랑하는 존재에게서 적의 모습을 발견하는 것은 얼마나 큰 고통인가! 모하메드가 알파와 나란히 길을 가면서 그런 경험을 하는 중이었다.

겉보기로는 둘 사이에서 변한 건 아무것도 없었다. 하지만 그 어떤 것도 전과 같지 않았다. 알파는 마시나의 페울인이고, 세구는 이제 마시나의 지배를 받게 될 참이었다.

그리하여 두 사람은 아무런 이야기도 나누지 않고, 우기로 인해 그들의 기분만큼이나 음울해 보이는 고장들을 통과했다. 수위가 올라간 졸리바강을 피해, 제네에서 걸어서 며칠 거리에 있는 바니강을 건너 타야왈 방향으로 접어들었다. 사람은 한 명도 보이지 않았다. 농부들은 방어 시설을 급하게 강화한 마을 안으로 꼭꼭 숨었다. 물소 떼가 나와서 말들이 지나가는 광경을 지켜봤고, 밤바라의 그리오들이 주인을 수행하며 부르는 노랫소리에 카리테 나무 아래 갈색 점으로 보이는 영양들이 달아났다.

페울족 노예들은 오래된 유목민의 전통에 따라서 어디에서든 자연으로부터 자신을 보호하는 데 익숙했기에, 모두가 페울족 노예들이 급조해낸 야영지에서 밤을 보냈다. 노예들은 카리테 나무의 어린 가지들을 잘라내어 그것들을 땅에 박은 뒤, 둠야자 줄기 짚자리를 두르고 기장 줄기로 묶었다. 일행은 정오 전에 세구에 도착했다.

모하메드는 자신이 세구를 사랑하는지 스스로에게 물은 적이 한 번도 없었다. 학업을 마치고 다시 세구로 돌아왔을 때는 세구와 다시 만나 커다란 기쁨을 느꼈더랬다. 그곳은 어머니와 누이들의 사랑을 받으며 응석받이로 컸던 장소였다. 개인적이고 내밀한 추억의 장소. 갑자기 그는 다른 눈으로 그 도시를 보게 됐다.

흙의 장벽이 졸리바강의 잿빛 강물 너머에 솟아 있었다. 하지만 평상시라면 여자들과 아이들과 어부들로 떠들썩했을 장소에 온통 짚으로 급조한 가옥과 가죽 텐트와 날림으로 만든 보기 딱한 피난처들이 널려 있었다.

니오로의 약탈에서 살아남은 밤바라인들로, 이곳에서는 보호받을 수 있을지도 모른다는 희망을 품고서 세구 왕국을 찾아왔더랬다. 핼쑥한 얼굴. 피폐한 육신. 남자들은 아내와 딸이 강간당하는 걸 보았다. 아내들은 남편의 배가 갈라지는 걸 보았다. 아이들은 어머니와 아버지를 잃었으나 여자들의 강력한 연대감 덕분에 목숨이 붙어 있었으니, 어머니들이 각자 두 명의 아이에게 젖을 물렸고 두 명의 아이를 등에 업었다. 어떤 그리오가 흙무더기 위에 올라서서 노래했다. 엘 하지 오마르의 추종자들이 그의 아들 셋을 살육하고 불행하게도 아름다웠던 그의 아내들을 나눠 가졌더랬다. 그래서 그는 이제 노래 말고는 할 수 있는 게 없었다.

전쟁은 선한 것. 우리의 왕들을 부유하게 해주니까.

여자들, 포로들, 가축들, 그 모든 걸 가져다주네.

전쟁은 성스러운 것. 우리를 이슬람 신도로 만드니까.

전쟁은 성스럽고 선한 것.

그러니 전쟁으로 우리의 하늘이 붉게 물들기를.

딩기라이부터 통북투까지,

게무부터 제네까지…….

모하메드는 그 노래를 듣고서 눈물을 참을 수 없었다. 물론 엘하지 오마르는 알라신, 진정한 유일신의 이름으로 전쟁을 벌였다! 지하드였다! 하지만 이 백성은 그의 민족이었다. 그들의 상처는 그의 상처였기에 그는 이렇게 불과 총으로 자신을 드러내는 신을 자신이 증오하고 있음을 문득 깨달았다. 모하메드가 그리오 앞에서 말을 멈췄다. 진정한 인간 허수아비로, 자패화로 장식된 가죽모는 너덜거렸고, 양가죽으로 그럭저럭 가리고 있는 몸뚱어리는 거의 벌거벗다시피 했으며, 벌어진 상처에서는 고름이 흐르고 있었다.

"이름이?"

남자가 세상의 온갖 고통으로 시커메진 두 눈으로 그를 응시했다.

"파라만 쿠야테입니다, 주인님!"

"따라오게!"

다친 발에 바오바브 잎사귀를 동여맨 남자가 절뚝거리며 따라갔다. 줄곧 노래를 부르면서.

아, 그래, 전쟁은 성스럽고 선한 것.

그러니 전쟁으로 우리의 하늘이 붉게 물들기를…….

마시나의 사절단이 밤바라 고관들의 수행을 받으며, 유숙하게
될 만사의 궁으로 들어섰다. 모하메드는 가족의 영지로 가는 길
에 올랐고, 파라만과의 거리가 너무 떨어지지 않게 말의 보조를
늦추었다. 알파와 헤어져서 마음이 편했다. 다른 때 같았으면 기
필코 그를 자기 집에 묵게 하고 자신과 한 가옥을 쓰게 하고 식구
들에게, 특히 올루분미에게 소개했을 거다. 지금은 그리 행동한
다면 자신이 배신자처럼 느껴지리라. 그는 그저 훌륭하지 못한
이슬람 신도가 아닌가? 이미 그의 마음속에서 여인에 대한 사랑
이 알라에 대한 사랑을 압도했더랬다. 이제는 자기 민족에 대한
애착이 이슬람의 동포애를 압도했다. 아버지 생각이 났다. 엘 하
지 오마르를 맞아들였던 아버지. 자우이아를 세운 아버지. 왕에
게 맞섰던 아버지. 자신이 자격 미달이라는 감정이 밀려들었다.
결코 그 본보기에 필적하지는 못하리라.

올루분미는 사절단이 도착했다는 소식을 듣고서 무스타파, 막
내 코사, 그리고 다른 형제들과 함께 영지 입구에 나와 있었다. 두
젊은이가 서로의 품에 몸을 던졌고 포옹했다.

장난삼아 올루분미가 놀려댔다.

"그래, 비미가 돌아왔군……."

비미? 그에게 어머니 쪽으로 페울의 피가 흐른다는 건 사실이

448

다. 모하메드는 자신이 그 사실을 잊고 있었음을 깨달았다. 올루분미의 팔짱을 끼고 영지로 들어가, 흐트러짐 없이 늘어선 가옥들과 중앙의 신수, 가족의 화합을 안겨준다는 마칼라니카마 태우는 냄새를 되찾으니 행복했다.

올루분미가 제일 좋아하는 동무를 다시 만나서 몹시 행복해하며 쉬지 않고 수다를 떨었다.

"야사가 아들을 낳았다는 거, 알아? 판코라고 이름을 붙여줬어…… 그러니까 나랑 이름이 같지. 그래서 내가 지극정성으로 돌봐준다고. 그래서 모두 나를 놀려대. 나도 혹시 내가 여자가 되었나 궁금해."

그때 모하메드는 파라만이 그가 관심을 베풀기를 묵묵히 기다리면서 계속 뒤를 따르고 있음을 깨달았다. 그는 자신의 가벼움이 살짝 부끄러워졌다. 그리오의 손을 잡고 티에폴로의 바라 무소가 식사와 숙박을 제공해주도록 그녀가 거주하는 뜰로 데려갔다.

만사 뎀바가 마시나의 사절단이 전달한 아마두 아마두의 제안들을 수락했다.

페울족의 감독 아래, 작은 무리를 이룬 통디옹들이 세구의 가정마다 들어가서 줄줄이 늘어선 뜰들을 지나 펨벨레와 볼리를 모셔둔 제단채로 다가갔다. 그들은 펨벨레와 볼리를 환한 바깥으로 끌고 나와 궁궐 광장으로 들고 갔는데, 그곳이 왕실의 마라부들을 옆에 세워둔 채 알하지 기다도와 함바르케 사마타타가 주재하는 화형식이 벌어지는 장소였다. 탁탁 타오르는 불길이 그 물신들을 이루고 있는 털, 나무껍질, 나무뿌리, 통나무, 동물의 꼬리를 먹어치웠다. 통디옹들이 도시의 구석구석에서 신물들을 모아서 가져왔는데, 조상들을 상징하며 불에 타지 않는 피 먹은 붉은 돌들은 부숴버렸다. 그러고는 무구 수수 성문에서 멀지 않은 곳에 성벽을 등지고 형성된 철물장인 주물사들의 거주지로 쳐들어갔다. 철물장인들은 옛 선조들이 그워나의 지하 마을에 거주하던 시기를 상기시키려고 조상들이 사용하던 도구들을 땅속 구덩이에 안 보이게 보관했는데, 통디옹들이 그것들을 성소로부터 끌고 나왔다. 대장간에서 발견된 팽이, 곡괭이, 도끼의 쇠를 불에 태울 수는 없으니까 대신 나무로 된 자루를 뽑아냈고, 철물장인, 그 존엄한 인물들을 광장으로 질질 끌고 가서 목에 두르고 있던 동물의 뿔과 이빨과 깃털과 나뭇잎으로 만든 목걸이를, 그리고 마력을 지닌 물건들로 만든 허리띠를 걷어냈다. 그러고는 강제로 무릎을 꿇리고는, 이발사에게 그 존경받는 이들의 머리를 밀어버리게 했다. 머리 타래가 하나씩 떨어질 때마다 궁궐 앞 광장에 모인 군중이 고통과 분노의 신음을 흘렸다. 열성이 지나친 어떤 통디옹이 코모의 대사제가 걸치고 있던 식물성 섬유로 만든 의복을 찢어버렸고, 세월로 피폐한 앙상한 몸뚱어리를 만인의 시선에 노출하게 된 노인은 아연실색했다.

만사의 계산은 무엇인가? 사람들은 이해하지 못했다. 세구의 신들에게 등을 돌리고 그를 보호했던 조상들을 모욕하면서 대체 어떻게 자신의 권력을 지키기를 바라는가? 분별없고 어리석어라! 그런 범죄를 저지르고 나면, 세구라는 이름은 지상에서 사라지리라. 그게 아니라면 세구라는 이름은 세상에 전혀 알려지지 않은 채 강가에서 근근이 살아가는 볼품없는 촌락의 이름이 되리라. 사람들은 말하겠지. "세구? 그게 어디 있는데?"

남자들은 망설였다. 뛰어나가서 물신들을 방어해야 하는가? 조심해, 통디옹들이 총을 갖고 있으니, 저 개자식들은 주저 없이 쏠 거야. 그러면 팔짱 낀 채 멀거니 있으라고? 그건 공범자가 되어, 중죄와 뒤이어 닥칠 처벌의 일부를 어깨에 나눠 지는 게 아닐까?

그 화형식에 발맞춰 또 다른 통디옹들과 또 다른 페울인들이 도시를 누비며 성원의 위치를 기록했다. 그들은 소모노와 무어인들의 성원은 셈에 넣지 않았으니, 전통적으로 이슬람을 믿는 공동체여서였다. 그들은 이맘, 무에진, 신도들이 밤바라인일 경우에만 만족스러워했다. 그리하여 최고의 사기극이 아닐 수 없는데, 만사는 미리 긴 옷을 입고 머리를 민 사람들을 파견했고, 그들은 다 같이 이렇게 읊조렸다.

"알 함두 릴라히!*"

---

*   '신은 찬양받을지어다!'라는 뜻이다.

"라 일라하 일랄라!*"

그리고 또 다른 혐오스러운 말들도. 마찬가지로, 그들은 코란 종교학교의 현황도 조사하면서 교사에게 학생 수와 학업 진도에 대해 질문했다. 가끔 그들은 교사에게 어려운 질문을 던졌다.

"이흐산**은 무엇으로 이루어집니까?"

"샤하다 속에 숨은 가르침은 무엇입니까?"

제대로 닦달질을 당했던 사이비 교사들은 완벽한 답을 내놨다.

누가 이런 사기극을 연출했을까, 그게 모하메드가 스스로에게 던진 질문이었다. 마시나의 페울족은 그들이 상대하는 사람들이 진정한 이슬람 신도가 전혀 아니며, 왕실의 위대한 물신들은 제단이 있는 궁궐의 물신숭배소에 털끝 하나 다치지 않게 모셔두고 있고, 그곳에는 필요한 경우 파로 신에게 제물로 바칠 수 있게 알비노 몇 명도 함께 가둬두고 있음을 잘 알고 있었다. 그들은 그렇게 떠들썩한 과시용 개종이 아무런 의미가 없으며, 주민 대다수에게 아무런 영향도 미치지 못한다는 것 또한 모르지 않았다. 세구 인들에게 신들을 다독이려고 제물을 배로 바쳐가며 주물사들에게 볼리나 펨벨레를 다시 만들어달라고 주문하는 일보다 더 급한 일은 아무것도 없을 테니까. 그 얼마나 수치스러운 동맹이 획

---

* '알라신 이외에 신은 없다'라는 뜻으로, '샤하다' 즉 신앙고백이다.
** '가장 참된 신앙'이라는 뜻이다.

책되고 있는가. 그런데 그 중심에 무엇이 있을까? 목적이 무엇일까? 모하메드의 마음속에서는 경멸과 분노가 서로 다퉜다.

모하메드가 그를 떠나는 적이 거의 없는 파라만 쿠야테를 거느리고 궁궐 광장에 서 있는데, 어떤 남자가 다가왔다.

"트라오레 가문 맞죠? 티에코로 트라오레의 아들이고 두지카의 손자인?"

모하메드가 그렇다고 했다. 남자의 동작이 다급했다.

"그럼 서둘러요. 불행이 막 당신 집으로 들어갔으니."

모하메드가 냅다 뛰기 시작했다.

6

알하지 기다도는 궁궐 앞 광장을 떠나 트라오레 가문을 향해 걸음을 옮겼다. 그는 중차대한 임무를 띠고 있었다. 누구나 알고 있는 사실인데, 엘 하지 오마르가 가장 증오하는 것, 그건 이슬람이 물신숭배에 대해 관용을 베풀고 물신숭배의 제의와 뒤섞이는 것이었다. 그런데 마시나는 그러한 제의를 더는 참아주지 않으며 그런 상황을 가볍게 다루지 않는다는 것을 입증할 좋은 방법이 있었다. 티에코로 트라오레는 성인이자 진정한 신앙을 위해 목숨 바친 순교자였다. 현재 그의 묘소는 피로 적신 제단이 놓인 물신숭배소에서 두어 걸음 떨어져, 마력을 가진 풀들의 유독한 연기 속에 잠긴 채 불신자들의 영지 한가운데에 자리 잡고 있었다. 어떤 이슬람 신도가 그곳을 신자들을 위한 순례의 장소로 만들어달라는 청을 넣으러 바켈에서부터 찾아왔다가 무려 6개월이 넘게 기다렸지만 뜨뜻미지근한 대답만 받았다. 그래, 곧 그 모든 상황이 바뀌리라! 대규모 병력을 투입하여 제단을 차려둔 숭배소를 파괴하고, 티에코로 트라오레의 무덤을 특출하게 만들어, 그 묘소가 진즉에 받아 마땅했을 예우를 하리라. 그 무덤이 쐐기풀 더미 속의 한 떨기 백합처럼 두드러지도록 주변의 가옥들을 때려 부숴야 한다면, 통디옹들이 그 일을 맡아 하리라.

동시에 알하지 기다도는 그런 임무가 싫었다. 위선도 그런 위선이 없구나! 아마두 아마두의 마시나는 만사 뎀바가 소유한 재물에 접근하려고 그의 왕국과 무왈라트를 맺는 거였다. 그래서 가장 위에 계신 알라께서 특별히 그런 짓을 단죄했다. "오, 믿는 너희들아, 알라께서 분노하는 대상인 민족과는 절대로 제휴하지 마라……."

오, 아마두 아마두, 불신자의 적이자 알라의 친우이고 알라를 두려워하는 아버지 아마두 셰쿠의 아들 될 자격이 없는 자!

트라오레의 영지 앞에 도착한 알하지 기다도는 자기도 모르게 강렬한 인상을 받았고, 돋을새김된 그물 문양과 적색과 고령토의 백색이 교차된 벽 장식이 근사한 전면에 감탄했다. 아, 건축을 제대로 아는 자들이로구나!

알하지 기다도가 아들과 페울의 고관 몇 명, 그리고 수많은 통디옹들을 거느리고 첫 번째 뜰로 들어서다가 잘생긴 노인과 정면으로 맞닥뜨렸는데, 노인이 결연하게 자신을 소개했다.

"이 주거지의 파 티에폴로 트라오레요!"

티에폴로는 붉은색으로 물들인 짧은 상의를 입고 있었는데, 폭이 좁은 목면 두 폭으로 만든 옷으로 옆구리 부분이 세 군데 가는 끈으로 묶여 있었고, 성기를 자패화로 장식된 가죽으로 가렸으며, 머리에 쓴 골조로 높이 세운 머리 장식은 자패화와 온갖 종류의 부적으로 완전히 뒤덮였다. 가장 경악스러운 것, 그건 바로 동물 꼬리로 만든 목걸이와 띠로 가슴과 팔을 장식했다는 거였고, 그런가 하면 활과 화살이 가득한 거대한 화살통을 왼쪽 어깨에 걸고 있었다. 알하지 기다도는 그 모든 광경을 혐오스럽게 바라봤다. 그는 티에폴로가 우연히 이렇게 차려입은 게 아니고, 아무런 동기 없이 그렇게 부적을 과시하는 게 아니라고 짐작했다. 그가 무뚝뚝하게 말했다.

"나는 알라께서 보낸 사자요. 내 책무를 다하게 가만 계시오……."

"알라가 누군가?"

물론 알하지는 자신이 떠맡은 책무를 싫어했다. 동시에 준엄하고 확고한 신앙을 가진 이슬람 신도이기도 했다. 그가 신의 이름을 조롱하게 내버려둘 리가 없었고, 하물며 여자들과 아이들과 남자들이 안쪽 뜰에서부터 무리 지어 나와서 그 자신과 파의 맞대결을 지켜보고 있었다. 알하지는 알라의 이름을 모르는 체하는 파의 차분한 무례함에 격분했다. 그래서 거칠게 나서며 호통을 쳤다.

"불경한 자, 진정한 유일신 앞에 허리를 숙여라!"

그 뒤에 벌어진 일은 명확하지 않다. 트라오레 가문 측에서는 그 말이 떨어지자마자 알파 기다도가 파를 거세게 밀었다고 주장했다. 모욕을 당했다고 느낀 티에폴로가 화살통으로 손을 가져갔다. 그러자 통디옹들이 그를 덮쳐 쓰러뜨렸다. 페울족은 오히려 티에폴로가 알하지의 얼굴에 침을 뱉었고, 그러한 모욕을 참을 수 없었던 알하지가 통디옹들에게 붙잡으라고 명했으며, 파가 몸을 빼내려고 애쓰다가 땅바닥에 쓰러졌다고 주장했다. 어쨌든 잠시 동안 티에폴로를 땅바닥에 대고 누르고 있어서, 몸을 일으키려는 티에폴로가 분노로 인해 더더욱 어설퍼진 동작들을 애써 시도했다는 건 사실이었다. 그는 일어나 무릎을 꿇은 자세로, 알하지의 흰색 비단 카프탄 자락을 마침내 움켜쥐었다. 동시에 그의 입술이 마치 무슨 말을 하려는 듯이 벌어졌다. 하지만 어떤 소리도 입 밖에 내지 못하고 다시 쓰러지고 말았다. 의식을 잃고서.

잠시 완벽한 침묵이 지배했다. 트라오레 가문 사람들도, 마시나의 페울인들도, 왕실의 마라부들도, 그들을 수행한 통디옹들도 감히 움직이지 못했다. 그러고 있는데, 티에폴로의 바라 무소가 남편에게 다가갔다. 얼굴을 영지의 진흙에 처박고 모로 쓰러진 상태였다. 그녀가 그의 몸을 돌려놓자, 얼굴이 딱딱하게 굳고 응갈라마로 물들이기라도 한 것처럼 새빨간 입술에 거품이 이는 침이 약간 묻은 모습이 드러났다. 바라 무소가 울부짖었다.

"알라가 내 남편을 죽였다!"

그 외침에 집안의 남자들이 전부 흥분했다. 남몰래 이슬람으로 개종했거나, 자신들이 서판에 글을 쓰는 모습을 보고 여자들이 감탄하게 만들고 싶다는 욕망에 개종을 고려하던 남자들조차 몽둥이, 돌, 활 등 임시변통한 무기를 들었다. 그런다고 총으로 무장한 통디옹들을 제어할 수 있을까? 삽시간에 통디옹들이 가옥의 벽에 등을 대고 일렬로 늘어섰고, 총의 시커멓고 둥근 아가리가 그들을 겨눴다. 티에폴로의 시신에는 시선 한번 주지 않고, 알하지 기다도와 페울의 고관 몇이 맨 끝의 뜰을 향해 걸어갔으니, 그들도 이제는 거기에 제단이 놓인 물신숭배소가 있다는 걸 알고 있었다. 그들은 볼리를 찢어발기고, 펨벨레를 뒤엎고, 붉은 돌들을 흩어놓고, 가문의 망자를 환생하게 해주는 아이의 탄생을 기다리며 그 영혼을 담아둔 도기들을 깨부쉈다. 그러고는 파로 신에게 바칠 제물감으로 울안에 따로 가둬뒀던 흰색의 가금들을 풀어놓았다.

알파 기다도는 티에폴로의 시신 곁에 무너진 채였다. 조금 전만 해도 그는 자신의 신앙을 조금도 의심하지 않았다. 그는 알라를 위해 알라에 의해서만 살아왔더랬다. 먹지도 마시지도 않고 48시간을 버틸 수도 있었다. 에이샤에게 소박을 놓지 않는 이상 유부남이라는 조건 때문에 피할 수 없는 육체 행위를 오점으로 여겨, 눈을 뜨자마자 기도를 하곤 했다. 하지만 "알라가 내 남편을 죽였다!"라는 그 외침이 머릿속에서 계속 울려 퍼졌다. 퍼뜩 보편적인 신이란 존재하지 않으며, 인간은 저마다 자신의 마음에 드는 신을 숭배할 권리가 있으며, 인간에게서 삶의 주춧돌인 그의 신앙을 빼앗는 행위는 그를 죽음에 처하는 것임을 깨달았다. 왜 알라가 파로나 펨바보다 더 가치가 나가겠는가? 누가 그렇게 결정했는가?

눈물이 얼굴을 타고 줄줄 흘러내렸다. 그는 마치 자신이 아버지를 빼앗기기라도 한 것처럼, 이제 자신들의 불행을 깨닫기 시작한 영지의 고아들처럼 티에폴로의 가슴팍에 이마를 댄 채였다. 웬일로 모하메드를 따라서 궁궐 앞 광장으로 가지 않았던 올루분미가 다가와 그의 옆에 무릎을 꿇었다. 그러고는 둘이 같이 울면서 티에폴로의 시신을 들어 올려 처소로 옮겼다.

티에폴로는 여전히 수액이 흐르며 이파리에는 광채가 살아 있고 가지들이 도도하게 펼쳐진 상태에서 갑자기 쓰러진 나무와 같았다. 차츰차츰 죽음의 평화가 얼굴에 자리 잡았다. 입술에도 허옇게 말라붙은 침만이 남았고, 그마저도 여자들이 염을 하면서 바질 향을 낸 따듯한 물로 씻어낼 터였다. 티에폴로는 그 세대의 가장 위대한 사냥장인 축에 들었던 만큼, 노예들은 사냥장인 조합에 빠짐없이 사망 소식을 알리기 위해 세구 전역으로 달렸다. 사망 소식, 특히 그 경위에 대해 알게 된 카라모코와 도제들이 총에 장전을 하고, 그 모든 잘못을 저지른 페울족을 향해 총구를 돌릴 순간을 기다리면서 급하게 달려왔다. 티에폴로의 아내들을 제외한 가문의 여자들과 이웃 여자들이 이미 울부짖고 있었다. 벌써 장례의 소란이 체계적으로 진행됐다.

모하메드가 미친 사람처럼 영지로 들어오는데, 올루분미와 알파가 티에폴로의 처소에서 나오는 길이었다. 한마디 말도 없이 세 청년이 서로 얼싸안았다. 모하메드와 알파는 다시 만났다. 두 사람은 하마터면 영원히 헤어질 뻔한 한 쌍의 연인처럼 서로 꼭 끌어안았다. 세 사람은 얼마 안 되는 시간 동안 종교적 맹신과 종종 그 뒤에 몸을 숨기는 권력을 쥐기 위한 뒷거래가 얼마나 끔찍한지를 너무나 잘 알게 되었다. 알파는 트라오레 가문의 제단을 모독하는 자기 아버지의 모습이 영원히 뇌리에서 지워지지 않을 것 같았다. 신은 사랑이다. 신은 서로에 대한 존중이다. 아, 그렇다, 알하지 기다도는 신을 섬긴 게 아니었다. 그는 아마두 아마두의 세속적 야심의 도구였을 뿐인데, 본인은 그 사실을 알지 못했다.

그러는 동안 가족회의가 소집되었다. 물론 파의 권한이 티에폴로의 동생에게 돌아가리라는 걸 알고는 있었지만, 티에폴로의 계승자를 지목하기에는 너무 일렀다. 하지만 그의 죽음에 대한 복수와 만사에게 요구 사항을 제시하는 일은 중요했다. 정복한 나라라도 되는 것처럼 영지로 들어온 페울인들이 저지른 일에 대한 배상을 요구해야 했다. 어떤 이들은 주저했다. 티에폴로를 매장

할 때까지 기다려야 하는 게 아닌가? 장례 의식에 돌아가야 할 시간을 유용하는 건 망자에 대한 결례가 아닐까? 다른 이들은 오히려 당장 움직여야 한다고 단언했다. 그들이 우위를 차지했다. 그리하여 망자의 형제들, 망자의 아들들 가운데 장자들, 그의 친구들 가운데 사냥장인들로 구성된 행렬이 영지를 떠나갔다. 모하메드, 올루분미, 알파가 행렬의 끝에 붙었다. 참가 허락을 쉽게 받은 건 아니었다. 어른들은 그들이 너무 젊다고 여겼다.

하지만 다 같이 여전히 마지막 볼리들이 연기를 뿜어대고 있는 궁궐 앞 광장에 도달했을 때 왕실의 거대한 타발라가 울리는 소리가 들렸다. 만사 뎀바가 사망했다.

일반적으로 만사가 승하하면 왕국은 고아가 된다. 만가, 통곡, 눈물뿐이다. 장엄한 공식 행사 말고도, 각자 집에서 새끼 염소의 멱을 딴 뒤, 궁궐의 첫 번째 입구에 전시된 시신 앞을 지나가는 문상객의 대열에 합류한다. 비탄 그 자체다.

뎀바의 죽음은 그러한 관례의 예외가 되었고, 백성에게 거의 기쁨을 주다시피 했다. 세구인 모두에게 만사의 사망은 모독을 당한 신들이 빠르고 강하게 내리쳤다는, 알라가 패했다는 신호였다. 건강하기 짝이 없던 뎀바가 마시나의 페울족과 대담을 나누고 있던 중에 갑자기 그에게 이유를 알 수 없는 고통이 발생했다는 이야기가 돌았다. 핏줄기가 입에서 솟구쳐 대화가 지속될 수 없었다. 그러고는 그의 몸뚱어리, 특히 얼굴이 농포로 뒤덮여버렸다. 수분 뒤 사망했고, 시신에서는 금방 고약한 악취가 풍기기 시작했다.

즐거움, 행복! 통디옹에 대한 두려움 때문인 듯 사람들은 그러한 감정을 공공연하게 드러내지는 못했지만, 영지의 담 뒤에서 춤을 췄고, 가끔은 터져 나오는 웃음소리가 들렸다. 노래가 퍼져 나갔다.

펨바, 당신은 만물의 창조자,
파로, 우주 만물이
당신의 권능 안에 있네
소가죽 위에 앉은 자는
그 사실을 망각했다네!

그 노래는 재빨리 금지되었다. 하지만 어떻게 이 입에서 저 입으로 옮겨 다니는 노래를 막겠는가? 예기치 못한 곳에서 꽃피는 것을? 노래, 그것은 공기처럼 잡을 수 없기 마련. 그래서 여자들은 절굿공이를 내리치면서 다 같이 흥얼거렸다.

소가죽 위에 앉은 자는
그 사실을 망각했다네!

462

그 누구보다도 트라오레 가문 사람들은 최근에 상을 입었음에도 불구하고 행복에 잠겨 허우적댔다. 복수가 이다지도 명명백백한데, 개인적 배상을 꾀하는 게 무슨 소용인가? 신의 복수일까? 트라오레 가문은 티에폴로의 아내들을 나눠 주었고, 새로운 파로 망자의 동생인 벤을 지목했다. 벤은 노예들 곁에서 곡괭이질 하는 것도 마다하지 않으며, 이슬람에 대해서는 자신도 아들 셋을 무어인들의 코란 종교학교에 보냈기 때문에 형보다는 더 타협적인 태도를 갖고 있는, 성정이 유순한 농부였다.

국상으로 인해 마시나의 페울족이 새로운 만사의 승계를 기다리면서 궁에 묶여 있는 동안, 알파 기다도는 아버지 곁을 떠났고 고관들을 수행하는 일도 그만뒀다. 그는 모하메드와 올루분미의 처소를 같이 쓰면서 근심도 당장의 책임도 없는 젊음의 행복을 만끽했다. 자신의 결혼에 어떤 답을 줘야 할지 알 수 없었던 그로서는 신이 가장 좋은 방식으로 그 일을 처리해준 느낌이었다. 벌써 몇 주째 에이샤로부터 멀리 떨어져 세구에 머물면서 친구를 되찾았고, 또 다른 동무를 찾아냈다. 모하메드가 그에게 매혹당했듯이, 그는 올루분미의 정신에 매혹당했다. 그 자신은 갖고 있지 못한 호기심. 졸리바강과 바고에강과 통북투의 입구에 있는 사막 너머 세상이 무엇으로 되어 있는지를 확인하고 싶어 하는 욕망. 올루분미는 두 사람을 늙은 삼바에게로 데려갔고, 삼바는 그들에게 평소처럼 선박과 백인들 이야기를 들려줬더랬다. "백인

조차 엘 하지 오마르를 무서워한다는 건 모르지? 백인들은 세네갈강 가에 요새를 지었단다. 엘 하지 오마르는 그들을 거기에서 몰아내려고 하고……."

그로부터 끝나지 않는 토론이 시작됐다. 왜 백인들은 강가에 요새를 지었을까? 그들을 쫓아내려는 엘 하지 오마르가 옳은 게 아닐까? 젊은이들은 백인과 그들의 총과 약품에 대한 늙은 삼바의 경탄을 공유하지 않았다. 알비노의 피부를 한 그 침입자들이 그 지역에서 무슨 할 일이 있다고. 그자들이야말로 술을 마시고 불결한 고기를 먹으며 그 누구도 이해하지 못할 뭉그러진 요상한 말을 하는 진정한 이교도였다.

모하메드와 알파가 올루분미와 의견이 일치하지 않는 지점이 꼭 두 군데 있었다. 술과 여자 문제. 올루분미는 술집에 들어가서 돌로로 배를 채우는 일에 거부감이 전혀 없었다. 마찬가지로 영지의 어떤 노예든지 간에 노예와 잠자리를 갖지 않고 잠드는 밤이 거의 하루도 없었다. 그는 두 친구를, 특히 여자 경험이 전무한 모하메드를 놀려댔다.

"조심들 해야 해. 안 그러면 음경이 허벅지 사이에서 썩어나갈 거라고……."

그리하여 모하메드와 알파는 마침내 에이샤에 대해 이야기를 나누게 되었다. 어둠이 내려앉을 무렵 처소에는 둘뿐이었다. 두 사람은 그 시각의 평화, 그 시기의 평화가 얼마나 부서지기 쉬운지, 그리고 엘 하지 오마르의 위협이 먼 곳에서 얼마나 계속 을러대고 있는지를 잘 알면서도 순간의 평화를 만끽했다. 야사가 아들을 가슴팍에 매단 채 근처를 지나갔고, 그 어린 아기가 어머니에게 얼마나 기쁨을 안겨줬는지 보고 있자니 경이로웠다. 그 순간, 여인의 육체에 대한 욕망과 훗날의 일이긴 하지만 그에 못지않게 혼란스러운 감정인 부성애가 둘의 마음속에서 꿈틀댔고, 그에 더해져 올루분미의 서정적 묘사가 기억이 났다. 먼저 시작한 사람은 모하메드였다.

"그러니까 넌 사랑한 적도 없으면서 에이샤를 소유한 거네. 사랑 없이 여인을 취하는 건 죄가 아닌가?"

처음에 알파는 잠자코 있었다. 모하메드가 보기에 친구는 점점 더 아름다워지는 듯했다. 아마도 자발적인 종교적 고행을 줄였고, 그 역시 토 요리와 바오바브 이파리로 만든 맛있는 소스를 언제라도 내줄 준비가 된 영지 안의 어머니들의 사랑을 담뿍 받았기 때문인 것 같았다. 그러다가 알파가 동무를 돌아봤다.

"그래서 에이샤를 안고 싶지 않았어. 그리고 그녀가 네게 상처를 줬기 때문에도. 그래서 그녀가 눈물을 흘렸지……."

"너에…… 대한 사랑 때문에 울었다고?"

자기도 모르게, 스스로 깨쳤던 교훈에도 불구하고, 모하메드는 질투로 어쩔 줄 모를 지경이었다. 왜 여자들은 저 남자가 아니고 이 남자를 사랑하는 걸까? 자신은 에이샤 때문에 죽으려고까지

했지만, 그녀에게서 얻어낸 거라고는 미소와 유순한 애정이 담긴 눈길뿐이었다. 알파가 말을 이어갔고, 그런 종류의 대화가 참기 힘든 고통이지만 어쨌든 끝까지 견뎌보려고 한다는 게 느껴졌다.

"눈물을 흘렸어. 내게 몸을 바싹 붙이고서. 그런데 반쯤 벗은 상태였어. 나도 모르겠어. 내가 뭐에 사로잡혔는지……."

모하메드가 가까이 다가가서 열띠게 물었다.

"기분이 좋았어? 그런 식이었는데도……."

다시금 알파가 잠자코 있다가 혼란스러운 목소리로 대답했다.

"좋았냐고? 자나라도 여인의 몸보다 더 많은 열락을 품고 있지는 않을걸."

모하메드가 깜짝 놀랐다.

"사랑하지 않는데도……?"

"내 생각에 함달레에 계속 남아 있었더라면, 아마도…… 아마도 사랑하게 되고 말았을 거야. 그래서 아버지를 따라가겠다고 요청한 거야. 그녀로부터 멀어지려고……."

두 젊은이는 아무 말도 하지 않고 가만히 있었다. 그런 고백 뒤에 무슨 말을 하겠는가? 모하메드는 질투와 호기심, 둘 다에 시달렸다. 에이샤와 자기 친구가 서로 끌어안고 있는 모습과 두 사람이 아낌없이 서로에게 베푸는 애무, 두 사람이 내쉬는 한숨, 두 사람이 나누는 쾌락을 상상하면서는 질투를. 자신은 언제 마침내 그런 느낌을 알게 될지 궁금해하면서는 호기심을. 집에서는 모하메드를 곧 결혼시킬 생각을 하고 있었다. 일을 약간 복잡하게 만드는 것, 그건 그가 티에코로의 아들이고 함달레에서 교육을 받았기 때문에 이슬람 신도인 여자만이 혼처가 될 수 있다는 점이다. 혹은 개종할 마음이 있는 젊은 여자만이. 어쩌랴? 그 신붓감이 에이샤만큼 아름다울까? 자신은 알파처럼 그녀를 탐한 뒤 사랑하게 될까?

옆 뜰에서 노래를 했다. 사람들이 웃었고, 잠자리에 들어야 할 시간을 늘 늦추기 마련인 아이들의 즐거운 재재거림이 들려왔다. 이 영지 안은 얼마나 온기가 넘치는가! 알파와 모하메드는 함달레에서 받았던 엄격한 교육을 떠올렸다. 굶주리고, 추위에 떨고, 스승에게 매질을 당하던. 알라의 이름으로 그 모든 일이 자행됐다! 두 사람은 몸을 일으켜 식구들과 합류했다.

신수 아래에서 파라만 쿠야테가 자신의 노래로 청중을 홀리고 있었다. 희한하게도 그 노래는 마치 권력자의 결정을 마주한 백성의 조롱과 체념이 뒤섞인 태도를 상징하듯 세구 전역에 퍼져나갔다.

전쟁은 선한 것. 우리의 왕들을 부유하게 해주니까.

여자들, 포로들, 가축들, 그 모든 걸 가져다주네.

전쟁은 성스러운 것. 우리를 이슬람 신도로 만드니까.

전쟁은 성스럽고 선한 것.

그러니 전쟁으로 우리의 하늘이 붉게 물들기를.

딩기라이부터 통북투까지,

게무부터 제네까지…….

그리오는 영지에서 살게 된 뒤로 완전히 바뀌었다. 여자들이
상처에 붕대를 감아줬고, 먹여줬다. 그래서 그는 트라오레 가문
을 위해서라면 죽음도 불사할 판이었고, 모하메드를 신과 똑같이
경배했다.

7

세구는 같은 날 두 가지 끔찍한 소식을 접했다. 즉위하자마자 새로운 만사 오이탈라 알리가 형인 만사 뎀바가 마시나와 맺었던 동맹을 다시 추진했고, 페울족의 전투부대가 벨레두구에서 엘 하지 오마르를 저지하려고 갈 때 그들을 지원할 병사를 파견하여 동맹을 구체화하고자 했다.

모두가 경악을 금치 못했다. 군주들은 깨치는 바가 없는가? 뎀바가 죽었다, 그것도 어떤 식으로! 그런데 오이탈라 알리는 고집스레 똑같은 실수를 저지르려고 했다. 똑같은 최후를 맛보고 싶은 건가?

하지만 만사를 지지하는 목소리들도 들려왔다. 그가 무엇을 하기를 바라는가? 팔짱을 끼고서 세구의 문간에 엘 하지 오마르가 도착하기를 기다릴까? 혼자서 맞설까? 그런 건 불가능하다는 걸 보지 못하는가?

성급하게 조상신들의 승리를 말하는 이들은 찬찬히 생각해보는 게 좋으리라. 승리? 승리라고? 알라라는 그 재앙이 지나가면서 파괴하지 않는 게 없는데? 뎀바가 죽었다. 그런데 왜 죽었을까? 세구 백성의 물신들을 건드렸다고? 아니면 계략 덕분에 자신의 물신들은 무사하리라고 여기면서 그것들을 파괴하기를 은밀히 거부했기 때문에? 인간은 신을 속이지 못한다. 세구의 이슬람 신도들이 지지하는 이러한 논리가 다른 논리를 덮어버리기 시작했고, 사람들은 혼란스러워했다. 만사가 사망한 이래로 명성을 되찾았던 철물장인 주물사들은 다시 심각하게 명성을 잃어버리기 시작했다. 반면에 두건 달린 기다란 카프탄을 입은 이슬람의 마라부들은 거리를 누비며 외쳐댔다.

"개종하시오! 개종하시오! 세구는 천연두에 걸린 여자와 같소. 농포가 아직 얼굴까지 뒤덮진 않았을 뿐. 하지만 몸속에서는 죽음이 진행되고 있소."

어떤 광신도는 궁궐 앞 광장의 이발사 옆에 진을 치고서 행인들에게 권고했다.

"노인티는 벗어버리시오……. 그 땋은 머리를 자르시오……. 신에게 합류하시오!"

사람들은 주저했다. 그런 식의 공공연한 개종이 마음에 들지 않았다. 한 번 더 세구 주민들은 이슬람의 그러한 과시가 이해가 되지 않았다. 자고로 종교라면 신비로움이 동반되어야 하는 게 아닌가? 하지만 끝내 혼란을 야기한 건, 만사가 마치 통디옹만으로는 충분하지 않다는 듯이 징병을 시작했다는 것이다. 심지어 노예들까지도 징병이 되었다! 건기를 스물두 번 넘게 지내지 않은 남자들을 요구했다. 그들에게는 도끼, 창 혹은 화살과 활, 드물게는 총을 주고서 어깨에 반월도를 멘 우두머리의 통솔하에 티오강의 여울목 너머로 파견하여, 그곳에서 기다리고 있는 페울족 창기병들에게 합류시킨다는 거였다.

마치 엘 하지 오마르로 대표되는 위험이 특별히 열렬한 반응을 불러일으키기라도 한 듯이 지원자가 밀려들었다. 세구의 가정마다 대여섯 명 정도의 젊은 아들들이 지원했고, 그들은 출발 날짜를 기다리면서 궁궐 뜰에 진을 쳤다. 어머니들은 울어야 할지 자랑스러워해야 할지 헷갈렸다. 아버지들은 남몰래 자격 조건에 명시된 나이를 넘긴 걸 아쉬워했다. 그 투쿨로르인을 홀라당 벗겨 먹는다면 기분이 나쁘지 않을 테니!

물론 세구가 출정하는 게 처음은 아니었다. 건국 이래로 세구는 전쟁으로, 그러니까 약탈과 전리품 및 노예 획득과 정복한 민족에게서 거둬들이는 세금으로 살았으니까! 하지만 그만한 규모의 출정은 유례가 없었다. 마치 왕국의 생존이 위협받기라도 한 듯, 마치 출발하는 병사 각자의 생사가 걸린 문제임을 알고 있다는 듯.

올루분미가 영지로 돌아왔다. 아침 내내 화약 냄새와 나팔 소리와 북소리에 흥분해서 세구를 싸돌아다녔다. 두 남자가 만사가 죽은 뒤 막 새로운 소가죽으로 갈아 씌운 타발라를 수평으로 들고 있는 가운데, 반쯤 벗은 세 번째 인물이 견갑골 사이로 땀을 비오듯 흘리면서 리듬을 살려 쉼 없이 두드려대는 북소리가 끝없이 울려 퍼졌다. 그 북소리는 신병들이 디아라 왕실의 좌우명을 복창할 때의 젊음이 생동하는 목소리에 눌렸다.

사자여, 장대한 기골을 분지르는 자……. 그대가 세상을 낫처럼 휘었다가 길처럼 펼쳐놓았도다. 그대, 시신을 되살리지는 못해도 수많은 싱싱한 생명을 제압할 수 있도다.

올루분미의 머릿속은 영광과 모험의 격렬한 이미지들로 가득차서 달아올랐다. 아, 연장자들의 그늘에서 벗어난다면! 자기보다 앞서 아버지 말로발리가 그랬듯이 떠날 수 있다면. 올루분미에게 출정은 또 다른 비상의 서막일 뿐이었다. 종교분쟁에는 아무런 관심이 없었다.

신수의 그늘 아래 깔아놓은 짚자리에서 모하메드와 알파가 하디스에 대해 토론하면서 노예가 준비해준 녹차를 마시고 있었다. 어쩌면 처음일 텐데, 올루분미는 무척 좋아하는 동무들임에도 그들에 대해 짜증이 났다. 저들은 평생을 알라 이야기나 나누고, 짚자리 위에서 엎드리지 않을 때에는 흙먼지 속을 구를 작정인가? 저들의 나날은 성(性)뿐만 아니라 정신마저도 그 어떤 세속적 만족도 열망하지 않은 채로 흘러갈 것인가? 그가 그들 곁에 쭈그려 앉으며 말했다.

"방금 자원했어……."

"자원했다고?"

"응, 전장으로 떠날 거야, 나도……."

사실 올루분미는 알파와 모하메드를 그 무기력으로부터 끌어내려고 그렇게 허세를 부렸고, 자기 말을 믿을 거라는 생각은 거의 하지 못했다. 그런데 알파가 광채가 번득이는 두 눈으로 그를 응시하며 중얼거렸다.

"내가 무슨 꿈을 꿨는지 모르지들? 다시 할례를 받게 된 거야. 그래서 항의를 했지. 한 번 더 칼에 베이고 싶지 않아서 성기를 감추고 난 이미 어른이라고 주장했지. 갑자기, 그 얼굴은 못 봤는데, 어떤 사람이 폭소를 터뜨리더니 이런 말을 하는 거야. 네가! 자기 어머니의 영지를 보호할 줄도 모르는 네가?"

"그래, 네 생각엔 그 꿈의 의미가 뭔데?"

알파가 더욱 심각한 표정이 되었다.

"나의 어머니라고! 물론 내게 생명을 주신 분이라고 생각할 수도 있지. 하지만 내가 태어난 땅, 내 나라라고 생각할 수도 있지 않을까?"

그가 잠시 말을 멈추고 아직도 그가 어떤 결론으로 가고 싶어 하는지 깨닫지 못하고서 그를 응시하는 동무들을 바라봤다.

"내 나라, 그 투쿨로르의 수장이 곧 파괴하고 말 마시나! 그가 아마두에게 흔치 않게 과격한 편지를 보냈다더군!"

올루분미는 온갖 반응을 다 예상했어도 알파가 그런 반응을 보일 줄은 상상도 못 했으니, 그는 알파가 모하메드보다도 더 온순하다고 판단했더랬다. 허를 찔린 그가 더듬거렸다.

"무슨 말이야?"

알파가 눈꺼풀을 내렸다.

"내 어머니의 영지를 수호할 준비가 됐어!"

모하메드는 할 말을 잃고서 동무들이 갑자기 미치기라도 한 듯 그들의 얼굴을 뚫어져라 들여다봤다. 그는 전쟁에 참가할 생각이 전혀 없었다! 사실 왜 그러겠는가? 엘 하지 오마르는 이슬람 신도였고, 사방으로 죽음을 뿌리는 것도 알라의 이름으로 행하는 거였으니! 그에 맞서 칼을 뽑는 건 죄를 짓는 것이리라! 동시에 만약 두 동무가 떠나버리고 싱싱한 젊음이 빠져나가버린 세구에 혼자 남게 된다면, 아버지들과 아녀자들과 함께 영지에 혼자 남게 된다면 자신이 어찌 될지 궁금했다.

올루분미는 모하메드의 머릿속에서 무슨 일이 벌어지는지 알아차렸고, 빈정거리는 미소를 지으며 말했다.

"네 뒤에 뭐를 남겨놓게 될까 봐 두려워하는데? 네가 사랑하는 여자는 심지어 네 것도 아니잖아!"

만 명에 달하는 병사들로 이루어진 긴 종대가 우오세부구 마을을 지나갔다. 비가 내렸다. 남자들은 진창에 무릎까지 빠졌고, 그로 인해 마침내 신병들의 사기가 저하되고 말아서 켈레티기*들이 걱정에 잠겼다.

우기는 전쟁하기에 좋은 계절이 아니다. 너무 무거운 공물을 요구하니까. 우기는 짐승과 사람의 진을 빼놓고 행군을 늦추며 강의 범람을 일으켜 길을 끊어놓는다.

마시나의 창기병들만이 두툼하게 누빈 웃옷으로 몸을 감싸고 악천후에 흔들리지 않았다. 그들을 제외하면, 정규 복장이 없는 관계로, 각자 알아서 옷을 갖춰 입었다. 어떤 이들은 이슬람의 두툼한 뷔르누를 걸쳤다. 어떤 이들은 모포를 둘렀다. 또 어떤 이들은 사냥꾼의 튜닉과 목면 블라우스를 입었다. 주물사들은 부적을 주렁주렁 걸었다. 이슬람 신도들은 코란 구절을 내보였다. 하지만 모두 옷 주름 사이에 어머니가 출발하기 전에 건네준 부적을 숨겨 갖고 있었다. 부대에 지원자들만 있는 것은 아니었다. 창기병 말고도 총 두 개의 소파** 분견대가 있었는데, 그들은 그 지

---

*   '장수'를 뜻한다.
**   '기병'을 뜻한다.

역의 전쟁터마다 공포를 몰고 다녔던 만사의 개인 경호대 소속으로, 헐렁한 붉은색 바지를 입고 있었다.

하지만 젊은 신병들이 어느 정도 마음을 놓게 한 건 그들의 동족인 소파들의 존재가 아니었다. 누쿠마 전투에서 유명해진, 흰색 목면 천으로 만든 깃발을 휘두르는 페울족 창기병들이었다. 사람들 말로는 그들은 마을을 둘러싼 성벽을 부수도록 특별히 훈련받은 공성용 말과 함께하며 천하무적이었다. 그들은 하트 모양의 납작한 쇠촉이 달린 기다란 창 말고도 장검, 단검, 낫 모양으로 휜 기다란 몽둥이와 끝에 쇠공이 달린 사슬로 만든 족쇄도 갖고 있었다. 이상한 건 페울족의 아미라브들과 밤바라의 켈레티기들이 완벽하게 의견이 맞아떨어졌다는 건데, 마치 둘 사이의 종교적·민족적 분쟁을 지금으로서는 전부 다 잠재우기라도 한 것 같았다. 그들은 가시덤불을 제거하고 길을 넓히고 구덩이를 메우는 임무를 맡은 척후병의 수에 대해서도 의견이 같았다. 척후병 뒤로 부대의 '배꼽', 그러니까 특히 창기병들의 보호를 받는 주력부대가 왔고, 행렬 마지막에 보초들이 왔다. 재빠른 작은 말에 올라탄 첩자들은 주기적으로 돌아와서 수집한 첩보를 보고했다. 그 주위로 그리오들이 뛰어다니며 노래하고 악기를 연주하여 병사들의 사기를 북돋웠다.

행진을 시작한 지 이틀째이지만, 엘 하지 오마르라는 존재에 대해 얻어걸리는 정보가 여전히 없었다. 그는 마치 굴 안에 처박혀 있기라도 한 듯했다. 혹은 백성의 상상력과 공포 속에서만 존재하는 듯했다. 사람들 대부분이 투쿨로르족을 본 적이 없었기 때문에, 투쿨로르족이 상당히 야만적이고 작달막하며 다부진 사람들일 거라고 상상했다. 지리에 대한 지식이 있는 사람들이 그 민족은 페울족과 가깝고, 따라서 키가 크고 피부색이 연하다며 그렇지 않다고 했음에도. 모하메드는 두 친구 사이에서 걸었고, 파라만 쿠야테는 모하메드가 속한 전투부대에 맞춰서 길을 갔다. 쿠야테는 모하메드에게 용기를 주고 싶어서 노래를 불렀다.

전쟁은 선한 것. 우리의 왕들을 부유하게 해주니까.
여자들, 포로들, 가축들, 그 모든 걸 가져다주네……

그는 알고 있었으니, 모하메드는 그럴 수만 있었다면 세구로 돌아갔으리라는 걸. 모하메드는 안락한 어린 시절을 갖지 못했더랬다. 하지만 그가 겪었던 고통에 아무런 의미가 없는 건 아니었다. 그를 가능한 한 완벽하게, 신성한 본보기에 가깝게 만들기 위한 고통이었으니까. 하지만 왜 고통을 견디는가? 이슬람을 위해? 어느 이슬람? 마시나의 페울족이 믿는 이슬람? 엘하지 오마르의 이슬람? 아니다, 왕실의 자존심과 이익을 위해 싸우는 거였다. 그는 몸을 곧추세우고 고함을 지르고 싶었다.

하지만 그의 목소리는 전쟁터의 북소리에 눌리리라……. 바로 그런 이유로, 반발하는 인간의 고함을 덮기 위한 북이 전쟁터에 있는 것이다!

비가 그치지 않고 오는 데다가 곧 어두워질 때라서, 매끄러운 손바닥처럼 초목 하나 없는 평지에서 정지했고, 그곳에는 비를 맞아 유난히 윤이 흐르는 청석들만 눈에 띄었다. 대오가 무너졌다. 소파들은 오랜 시간을 들여서 불을 피워 달콤한 옥수수 이삭과 양고기 조각을 구웠다. 그게 주력부대의 통상적인 식사는 아니어서, 주력부대원들은 빻은 기장 가루를 물에 타서 먹었다. 반면 창기병들은 말에서 내리지도 않고 응유가 든 가죽 주머니를 비웠다.

한 번 더 모하메드는 자신이 왜 이런 무모한 일에 끼어들었는지, 왜 알파를 말리고 알파와 함께 올루분미에게 압력을 행사하지 않았는지 스스로도 의아했다. 가여운 올루분미! 그는 뭘 바라고 있는가? 이 무슨 고약한 맛의 모험이런가! 그의 정신을 흥분시켰던 그 모든 꿈들은 군사작전 한 번에도 버텨내지 못할 텐데.

페울족의 능숙한 솜씨 덕분에 임시 막사를 세울 수 있었고, 각자 진창을 피하려고 옷을 몸에 돌돌 말고 몸을 폈다. 모하메드는 지체 없이 막사로 들어가 눈을 감았다. 출전한 뒤로 에이샤가 다시 그를 완전히 사로잡았다. 그녀를 뇌리에서 몰아내겠다는 생각은 얼마나 착각이었는가! 그녀는 밤낮으로 거기 있었다. 어쩌면 그 아름다운 이미지를 머릿속에 간직함으로써 주변의 추악함에 맞서 싸울 필요가 있었을지도 모른다. 어쨌든 그의 감은 눈꺼풀 아래로, 긴 머리를 빗으면서, 하우사 향이나 카리테 버터를 피부에 문지르면서, 섬세한 두 귀에 금귀고리를 걸면서 그녀가 오갔다는 건 사실이다. 그녀는 남편 없이 무엇을 하며 매일을 보낼까? 남편이 돌아오기를 애타게 기다릴까? 어쩌면 그녀를 떠나오기 전에 그가 배 속에 아들을 심어주어서 배가 호리병박처럼 둥글게 부푸는 모습을 지켜보고 있을까? 아, 아냐, 알라께서 그런 일을 허락하지 않으실 거야! 그가 아닌 다른 남자의 아이를 밴 에이샤라니! 그러고 있는데, 알파가 막사 안으로 들어와서 기도를 시작했다. 모하메드는 자신은 기도할 생각조차 하지 못했다는 걸 깨달았다. 스스로가 부끄러웠다.

서너 시간도 채 자지 못했는데 사람들이 와서 깨웠다. 보초병들은 근방에 엘 하지 오마르가 있을 거라고 의심했다. 파괴된 몇몇 마을에서 아직도 연기가 피어올랐고 잔혹하게 훼손된 시신 무더기가 발견됐다. 병사들이 종대를 지어 다시 움직이기 시작했다. 새벽녘에 완전히 인적이 끊긴 마을 앞에 도착했다. 주민들은 어디 있는가? 근처 총림 안에 숨어 있을까?

비가 그쳤고, 물기를 머금은 짓누르는 열기는 견디기 힘들었다. 아미라브와 켈레티기는 만장일치로 멈추라는 명령을 내렸다. 모두 다 한숨 돌렸다. 지대가 푹 꺼진 원형의 땅처럼 생겼기에, 작은 우각호에서 멀지 않은 곳의 경사지 끝 쪽에 짚으로 막사를 세웠다. 우각호 둘레는 코끼리들과 하마들이 지나다녀서 움푹 패었고, 그 거대한 발자국마다 흙탕물이 들어찼다. 파라만이 모하메드의 아픈 발을 문질러주기 시작했다. 신고 있던 소가죽 샌들이 너덜너덜하니 해져버려서였다. 늘 참을성이 없고 부산한 올루분미는 신병 몇 명을 데리고 야생 과일이라도 찾아보려고 막사에서 멀어져가는데, 그들의 웃음소리가 들려왔다. 웃는다고? 전쟁터에서 어떻게 웃을까? 모하메드는 그러한 부정적 생각을 하는 자신을 꾸짖으며 모로 누웠다. 곁에 있는 알파는 더러움과 여럿이 뒤섞여 자는 것에 개의치 않음이 역력했고, 배고픔에도 끄떡없이 코란을 읽고 있었다. 그 스스로 털어놓은 대로라면, 그 육체는 사랑했다는 젊은 아내 생각을 가끔은 할까? 그녀를 갈망은 할까? 모하메드는 엮어놓은 짚 사이 틈새로 하늘을 보았다. 대장간 쇠처럼 어두웠다. 덮개처럼 낮게 내려앉았다. 다시 눈을 감았다.

모하메드는 잠이 들었고, 꿈을 꿨다. 전쟁이 끝난 뒤였다. 집으로 돌아가는 길이었고, 졸리바강 너머로 세구의 장벽이 보였다. 파라만이 그의 뒤를 바싹 따르며 노래를 부르고 있었다. 둘 다 배를 탔다. 그런데 배가 강가에 닿으려는 때, 탱티볼라다 성문과 뎀바카 성문 사이에 위치한 장벽이 무너지면서 핏빛 흰개미들이 줄

지어 빠져나오더니, 맹렬하게 소모노의 선박으로 몰려들었다. 그 꿈이 어찌나 생생한지 모하메드는 잠에서 깼다. 옆의 동무들은 곯아떨어진 상태였다. 알파는 벌써 수척해진 얼굴에 뺨은 수염이 길어 지저분해진 채, 터번을 둘둘 말아 베개처럼 베고 깊은 잠에 빠져 있었다. 모하메드는 애정으로 심장이 부푸는 느낌이었다. 살짝 후회도 되었다. 세구를 떠난 뒤로, 세상 전체에 자신이 병사가 된 상황에 대한 책임을 지우려고 드는 듯, 함께 있어 즐거운 동행은 그다지 못 되었기 때문이었다. 그래, 전쟁에 나왔으니, 전쟁을 해야 한다! 어쩌면 마침내 거기에 취미를 붙일지도 모르지 않는가.

바로 그 순간 사나운 외침이, 고함이 들렸다. 눈 깜짝할 새에 부대 전체가 벌떡 일어섰고, 신병들은 막사 문간으로 급하게 달려갔다. 원형의 경사지가 밀집대형으로 밀고 내려오는 남자들로 새까맸다. 그들은 누런색 전통모 위에, 꼭대기에 지푸라기 타래가 흔들리는 넓은 원추형 모자를 쓰고 있었다. 그들의 부부는 적갈색이었고, 거대한 붉은색 깃발을 머리 위로 흔들어댔다. 푸른색 터번을 머리에 두른 기병들이 말 옆구리에 힘차게 박차를 가했다.

누군가 외쳤다.

"투쿨로르족이다, 투쿨로르족이야, 그들이다!"

동시에 나팔과 탐탐이 한꺼번에 미친 듯이 울려댔고, 마치 전투가 임박하여 특별한 힘이 솟구치기라도 한 것처럼 그리오들의 목소리가 바로 그 소리를 덮었다. 켈레티기가 벌써 겁에 질린 신병들의 대열을 정비하는 동안 마시나의 창기병들이 공격에 나섰다.

"라 일라하 일랄라……."

누가 그 말을 외쳤는가? 아마도 신의 이름으로 싸운다고 믿는 모든 사람이었으리라. 모하메드는 땀과 화약과 말똥 냄새가 코를 찌르는 가운데 다른 몸뚱어리들에 휩쓸렸다. 곧 무기들이, 검과 검이, 창과 창이 맞부딪는 소리에 간간이 총소리가 섞여 들었다. 어떤 의미를 갖는지 전혀 이해가 되지 않는 이 전투에 등을 돌리고 달아나고 싶은 욕구가 스쳐 갔다. 알파와 올루분미가 그의 나약함을 눈치채기라도 한 듯 그를 에워쌌다.

그의 바로 뒤에서 파라만 쿠야테가 노래를 시작했다.

전쟁은 선한 것. 우리의 왕들을 부유하게 해주니까.
여자들, 포로들, 가축들, 그 모든 걸 가져다주네.
전쟁은 성스러운 것. 우리를 이슬람 신도로 만드니까.
전쟁은 성스럽고 선한 것.
그러니 전쟁으로 우리의 하늘이 붉게 물들기를.

모하메드는 보지 못한 지 너무 오래인 어머니 마리엠을 생각했

다. 에이샤를 생각했다. 그러고는 이를 악물며 더는 아무런 생각
도 하지 않았다. 살아남는 것 말고는.

옮긴이의 말*

마리즈 콩데는, 스웨덴 한림원이 성 추문에 휩싸이게 되면서 수상자 선정이 불발로 끝났던 2018년, 그 대안으로 제정된 뉴 아카데미 문학상의 수상자로 선정되어 한국의 언론과 대중에게 이름을 알린다. 평생 흑인, 여성, 피식민지 경험이라는 삼중고를 짊어지고 꼿꼿이 걸어갔던 이 노(老)작가는, 유독 제3세계 문학에 낯가림이 심한 한국에서야 실감하기 힘들지만, 사실 이미 거장의 반열에 오른 대가이다.

마리즈 콩데는 1937년, 프랑스의 식민지 과들루프에서 은행가

---

* 2019년에 번역·출간된 마리즈 콩데의 《나, 티투바, 세일럼의 검은 마녀》를 위해 작성했던 옮긴이의 말에서 일부 따왔다. 당시나 지금이나, 작가의 삶의 주요 변곡점들을 짚어내고 그 의미를 해석하는 번역가의 판단에 변화가 없어서이다.

인 아버지와 최초의 흑인 교사인 어머니 밑에서 태어나 노예제도라는 말조차 들어보지 못할 정도로 과보호를 받으며 유복한 환경에서 자라난다. 16세에 프랑스 파리에서 유학 생활을 시작하면서 본국인의 눈에 비치는 자신의 모습에 눈뜨게 되고, 이렇게 타자화의 대상이 되는 경험을 통해 이제껏 과들루프의 흑인 부르주아 계급의 일원으로서 자신이 얼마나 역사적, 사회적 현실과 유리된 삶을 살아왔는지를 깨닫는다. 백인의 언어와 문화를 내재화하여 백인보다 더 백인답게 '검은 피부, 하얀 가면'으로 살아왔음을 인지한 순간, 허위의식 위에 쌓아 올렸던 정체성은 터져나가고 새로운 정체성을 구축하려는 그녀의 끈질기고 집요한 추구가 시작된다.

그녀에게 '검둥이'라는 자의식을 확실히 심어준 사건은 불행히도 그녀의 첫사랑이었다. 콩데는 파리의 유학생 시절, 훗날 독재에 맞서 아이티의 민주화를 위해 싸우다 암살당하게 될 장 도미니크라는 아이티의 언론인을 만나 사랑을 하게 되나, 도미니크는 아이티의 민주화 운동이라는 대의명분을 내세워 마리즈 콩데를 홀로 파리에 내버려두고 아이티로 돌아가버린다. 콩데는 이 연애담의 비극적 결말이, 흑백 혼혈이어서 덜 '검둥이'인 도미니크가 더 '검둥이'인 그녀를 마치 백인이 경멸과 우월감을 갖고 흑인을 대하듯 대한 결과였다는 분석에 이르게 된다. 이는, 강제로 백인의 피와 섞이게 된 뒤로 더 이상 흑인이라는 추상적 범주는 존재하지 않으며, 흑인 안에서도 더 '검은' 흑인과 덜 '검은' 흑인으로 나뉘는 끝없는 차별화의 과정이 진행 중임을 깨달은 계기였다. 도미니크와 헤어진 그 이듬해인 1956년, 순탄하게 인생이 흘러갔다면 엘리트 양성의 산실인 파리 고등사범학교의 입학고사를 치르고 있었을 날에 아들을 출산하며 미혼모가 된다. 이제 가문의 수치가 되어버린 그녀에게 아버지는 경제적 지원을 끊어버렸고, 가난, 결핵, 미혼모라는 수치만이 가족에게서 버림받은 그녀의 벗으로 남는다.

콩데는 1958년, 기니 출신의 얼치기 연극배우이자 날라리 대학생이었던 마마두 콩데를 만나 결혼에 이른다. 애정 반, 편의 반의 이유로 감행한 결혼 덕분에 보수적 성 관념이 지배하던 사회에서 미혼모를 향해 쏟아지는 따가운 눈총으로부터 벗어나는 데는 성공하나 경제적 곤란은 여전하여, 결국 1960년에, 알코올중독에다가 모든 면에서 그녀와 현격한 수준 차이를 보이는 남편을 달고 프랑스어 교사 자격으로 아프리카 대륙으로 들어간다. 콩데의 삶과 작품을 거론할 때 건너뛸 수 없는 아프리카 시기가 이렇게 시작된다. 1960년부터 1973년까지 무려 13년 동안 콩데는 코트디부아르, 기니, 가나, 세네갈, 말리 등을 거치며, 검은 백인으로 자랐던 자신에게는 미지의 대지이자 모든 흑인의 어머니인 아프리카를 알아간다.

이 시기에 그녀는 에메 세제르의 《식민주의에 관한 담론》을 다시 진지하게 읽었고, 세제르, 셍고르 등이 주창하는 네그리튀드 운동에 대해 관심을 갖게 되었으며, 더 나아가 식민주의의 폭력성을 파헤친 프란츠 파농의 사상을 깊이 파고들기 시작했다고 고백한다. 콩데는 파농의 사상에는 깊은 공감을 표명하지만 네그리튀드 운동에 대해서는 비판적 거리를 유지한다. 오랜 기간 아프리카의 여러 나라들을 돌아다니면서 아프리카의 찬란함과 어두움을, 무지와 야만과 지혜의 뒤엉킴을 속속들이 들여다봤던 그녀에게 하나로 묶일 수 있는 아프리카란 신화였다. 아프리카는 이미, 백인이 소유한 자본의 침탈에 속수무책으로 스스로를 내준 이래로 찢기고 뒤틀리고 엉망으로 나뉘어버리고 말았고, 이는 돌이킬 수 없는 현실이었다. 콩데는 아프리카에 체류하면서, 신격화된 아프리카가 아니라 온갖 약점과 문제점을 노정한 아프리카를 그 자체로 사랑하게 되고 흑인이라는 자부심을 갖기에 이른다.

그 뒤 아프리카를 떠나 다시 프랑스로 돌아온 콩데는 1975년에 파리 소르본 대학에서 비교문학 박사학위를 취득한 뒤 여러 대학에서 프랑스어권 문학을 가르치는 한편, 아프리카 체류 경험에서 착안한 소설 두 편, 《에레마코농》과 《리하타에서의 한철》을 발표한 1976년부터 본격적인 작가의 길로 들어선다. 이후 1985년에 풀브라이트 장학금을 받고 미국 대학에서 가르치기 시작하면서 2002년까지 미국과 과들루프를 오가며 강의와 창작에 힘을 쏟는다. 콩데는 파킨슨병이 발병한 가운데에서도 자신의 작품을 영어권에 번역·소개하는 일을 도맡아왔던 남편이자 번역가 필콕스에게 구술하여 2017년에 소설《이방과 이바나의 슬프고 놀라운 운명》을 발표한다. 콩데는 이 작품을 끝으로 절필할 것으로 알려졌으나, 놀랍게도 최근에 알레고리의 성격이 짙은 소설《신세계의 복음》을 발표했다.

삶 자체가 디아스포라 문학이라고 해도 지나치지 않을 정도로 앤틸리스제도, 유럽, 아프리카 대륙과 아메리카 대륙을 오가는 그녀의 삶의 궤적을 따라가다 보면, 흑인이고 게다가 여자고 심지어 가난한 미혼모라는 최악의 삶의 조건에 놓이지 않았더라면, 최고의 엘리트 교육을 받은 그녀는 어쩌면 고국에서 본국의 이익을 대변하는 흑인 부르주아 엘리트로 편안한 삶을 살았을지도 모른다는 생각을 하게 된다. 역설적이게도, 콩데 개인에게는 비극적이었던 경험이 작가 콩데의 삶을 풍성하게 만들었고, 사회적 약자와 폭력과 차별의 희생자에 대한 남다른 공감과 이해로 이끌었다.

마리즈 콩데는 이번에 번역·소개하는《세구, 흙의 장벽》을 통해, 독자들을 낯선 시공간인 18세기 후반의 세구 왕국(1712~1861)으로 이끈다. 서아프리카의 나라 말리의 영토 대부분을 차지했던 세구 왕국은 밤바라족이 세운 나라로서, 대내적으로는 가부장을 중심으로 한 농업 사회지만 대외적으로는 끊임없는 침략 전쟁을 통해 주변 민족을 복속시켜온 강대한 왕국이었다. 물질적인 풍요를 누리며 번영을 구가하던 세구 왕국은 소설의 배경이 되는

18세기 후반에 이르면 외부 세계로부터 밀려들어 오는 수많은 변화에 직면하게 된다. 프랑스, 영국, 포르투갈 등 유럽 각국에서 몰려오는 최초의 식민지 개척자들이 등장하고 그로 인해 노예무역이 급성장하는가 하면, 사헬지역에서부터 시작된 이슬람화가 밤바라족의 전통문화와 신앙 체계를 뿌리째 흔들어놓게 된다.

마리즈 콩데는 이러한 격동기에 휘말린 트라오레 가문의 역사를 삼대에 걸쳐서 좇아간다. 전편에서는 세구 왕국의 귀족 가문인 트라오레 가문의 수장 두지카가 처첩에게서 본 네 아들, 티에코로, 나바, 시가, 말로발리의 이야기를 주로 다룬다. 제 발로 이슬람 성원을 찾아가 전통 신앙을 부정하고 개종한 뒤 이슬람화에 앞장서는 장남 티에코로, 노예 사냥꾼에게 붙잡혀 한순간에 귀족에서 노예로 전락하는 바람에 타지에서 의연한 죽음을 맞게 되는 나바, 첩의 아들로서 늘 장남 티에코로의 그늘에 가려진 삶을 살다가 티에코로의 길동무 자격으로 형의 유학길에 강제 동행하게 되면서 상업에 눈뜨게 된 시가, 첩의 아들임을 알고 나서 큰형 티에코로와의 불화까지 겹치자 가출하여 용병의 삶을 살아가는 말로발리.

이들의 파란만장한 삶을 따라가다 보면, 독자는 세구에서 통북투로, 제네에서 페스로, 함달레에서 아보메로, 우이다에서 쿠마시로, 프리타운에서 런던으로, 낯선 풍광으로 가득한 아프리카 대륙을 종횡무진 누비다가 유럽까지 오가게 된다. 또한 다소 이국

적이어서도 흥미롭게 다가오는 독특한 의식주 문화와 신분제 사회 그리고 전통 신앙을 통해 드러나는 삶과 죽음에 대한 밤바라 족 특유의 인식 등이 작가의 펜 끝에서 생생하게 살아나면서, 식민지 시대 이전 아프리카의 전통 사회에 대한 구체적인 이해에 다가가게 된다. 물론 서글프게도, 지배 계층이 전쟁 포로들을 노예로 공급하면서 노예무역이 가져다주는 이익을 식민지 개척자들과 공유하는 한편 돈으로 자유인 신분을 사서 노예의 삶에서 가까스로 벗어났던 노예 출신들이 이번에는 스스로가 노예무역의 공급책으로 변신하는 등, 그러한 전통 사회가 유럽의 문물과 접하면서 최악의 방식으로 와해되는 과정까지 목도하게 되겠지만.

이 긴 이야기가 이끄는 여정에 오르게 될 독자들이 낯선 풍광과 풍습이 안겨줄 색다른 즐거움을 만끽하기를, 더불어 희로애락이 출렁이는 낯선 듯 낯설지 않은 삶의 이야기에서 위로와 위안을 얻기를 바란다. 끝으로, 두지카의 손주 세대 이야기가 궁금해질 독자들을 위해, 후편이 기다리고 있음을 알려드린다.

2022년 봄,
옮긴이 정혜용

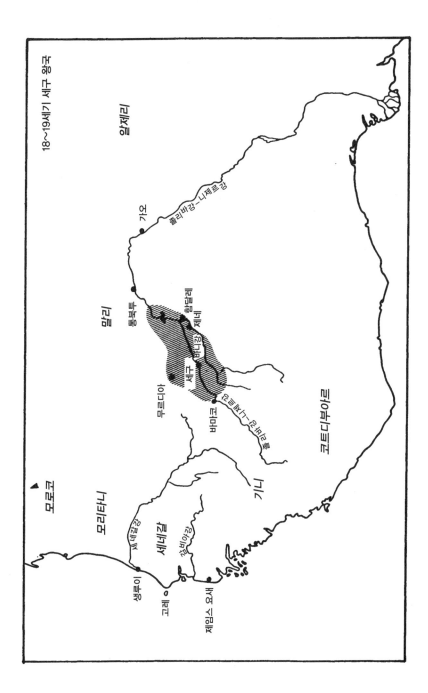

18~19세기 세구 왕국

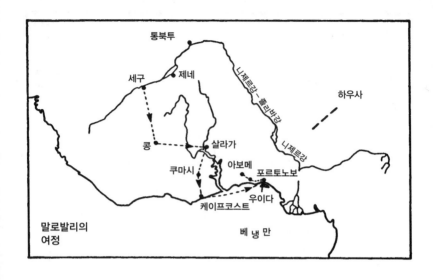

통북투
세구 · 제네
하우사
니제르강 → 뷸리바강
콩 · · 살라가 니제르강
쿠마시 아보메 포르토노보
케이프코스트 우이다

말로발리의
여정

베 냉 만

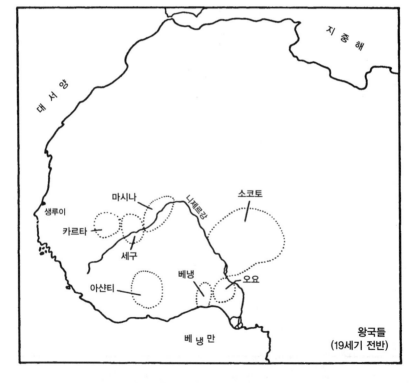

지 중 해

대 서 양

마시나 니제르강 소코토
생루이
카르타
세구
베냉
아샨티 오요

베 냉 만

왕국들
(19세기 전반)

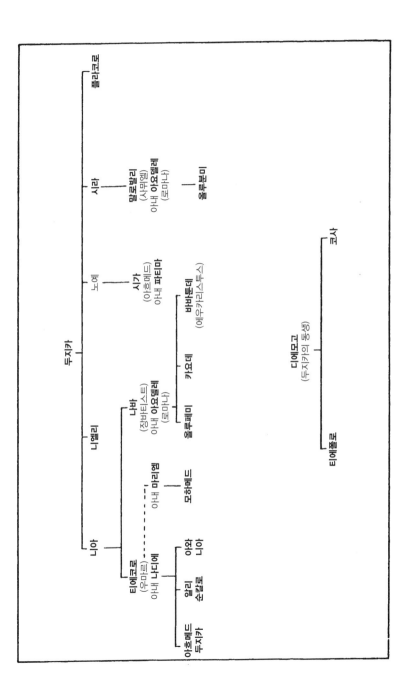

두지카

폴라쿠로

시란

말로발리
(사미엘)
아내 **아요델레**
(로마나)

올루분미

누에

시가
(아흐메드)
아내 **파티마**

바바툰데
(에우카리스투스)

카요데

올루페미

니엘리

나바
(장바티스트)
아내 **아요델레**
(로마나)

나이

티에쿠로
(우마르)
아내 **마리엠**
아내 **나디에**

모하메드

아완
니아

알리
순칼로

아흐메드
두지카

디에모고
(두지카의 동생)

쿠사

티에폴로

은행나무세계문학 에세 • 6

세구: 흙의 장벽 2

1판 1쇄 발행 2022년 5월 30일

지은이 · 마리즈 콩데
옮긴이 · 정혜용
펴낸이 · 주연선

(주)은행나무

04035 서울특별시 마포구 양화로11길 54
전화 · 02)3143-0651~3 | 팩스 · 02)3143-0654
신고번호 · 제 1997—000168호(1997. 12. 12)
www.ehbook.co.kr
ehbook@ehbook.co.kr

ISBN 979-11-6737-177-5 (04800)
ISBN 979-11-6737-117-1 (세트)